エラリー・クイーンの新冒険

エラリー・クイーン

人里離れた荒野に建つ巨大な屋敷“黒い家”が、一夜にして忽然と消失するという不可解極まる謎と名探偵エラリーによる解明を鮮烈に描いて、著者の中短編でも随一の傑作との評価をほしいままにする名品「神の灯」を巻頭に掲げた、巨匠クイーンの第二短編集。そのほか、第一短編集『冒険』に続き「……の冒険」で題名を統一した、推理の妙を堪能できる4編と、それぞれ野球、競馬、ボクシング、アメリカンフットボールを題材にしたスポーツ連作4編の全9編からなる本書は、これぞ本格ミステリ！と読者をうならせる逸品ぞろいの名作品集である。

エラリー・クイーンの新冒険

エラリー・クイーン
中村有希訳

創元推理文庫

THE NEW ADVENTURES OF ELLERY QUEEN

by

Ellery Queen

1940

目　次

エラリー・クイーンの新冒険

謝辞

以下、それぞれ版権をお持ちの作品を、再録する許可をくださった《ディテクティブ・ストーリー》、《レッドブック》、《アメリカン》、《カヴァルケード》、《ブルーブック》各誌編集部諸氏に、心からの感謝を申し上げる。

「神の灯」「宝捜しの冒険」一九三五年《ディテクティブ・ストーリー》
「がらんどう竜の冒険」一九三六年《レッドブック》
「暗黒の家の冒険」一九三五年《アメリカン》
「血をふく肖像画の冒険」（初出題 The Gramatan Mystery）一九三七年《カヴァルケード》
「人間が犬を噛む」「大穴」「正気にかえる」「トロイの木馬」一九三九年《ブルーブック》

神の灯

The Lamp of God

1

もしも物語が「むかしむかし、荒野にぽつんとうずくまる一軒の家に、メイヒューという年老いた世捨て人が住んでいました。妻ふたりに先立たれ、生ける死人《しびと》になり果てた、狂った男のその家は、〝黒い家〟と知られておりました――」という具合に始まるなら、誰も取り立てて驚きはしないだろう。そういう家でそんな暮らしをしている者はいてもおかしくないし、常軌《じょうき》を逸《いっ》した人間の頭のまわりに、謎めいた不気味さが霊体《エクトプラズム》のごとくまとわりつくのが、はっきりと実体化して眼に見えるのも珍しいことではない。

ところで、エラリー・クイーン君は、生活態度がどうしようもなくだらしないとはいえ、頭の中は実にきちんと整った人物である。ネクタイも靴も寝室のあちこちに散らかっているが、頭蓋骨の中では念入りに油をさした機械が軽やかな音をたて、惑星軌道のごとく正確無比に動き続けている。もしもシルベスター・メイヒューなる故人と、先立ったふたりの妻たちと、陰気な住み家のまわりに、こんがらがった謎が存在するのであれば、間違いなくクイーン君の頭脳はそれをつかまえ、よくもみほぐし、中身をひとつひとつ取り出して、目も覚めるほど美しく整然とした列に並べてしまうのは間違いない。合理性の権化《ごんげ》、まさにそれである。どんな秘教の魔術さえも、この男を騙《だま》すことはできない。そう、絶対にだ！　クイーン君の両の足は神の創《つく》りたもうた大地にしっかと根をおろしており、一たす一は――必ず――二になるのであり、そうなると決まっているのである。

たしかにマクベスは、墓石は動くもので木は告げ口をするものと語った。しかし、それがなんだ？ そんなものは文学的な空想にすぎない。いまは国際共産党《コミンテルン》や、平和の闘争や、ファシズムや、ロケット実験の存在する世の中だぞ？ ナンセンスだ！ 実のところ、クイーン君なら、我々の住むこの無情で残酷な世界では、奇跡というものに風当たりが強いと言うであろう。奇跡などもはや、愚かさの奇跡か国家的な貪欲《どんよく》さの奇跡のほかに、起きることはない。ほんのひとかけらでも知性を持ちあわせている者なら、そのくらい常識である。

「ああ、わかってるよ」クイーン君はこう言うに違いない。「行者だの、黒魔術師《ブードゥー》だの、修行僧だの、シャーマンだの、ほかにも時代遅れの東洋や原始的なアフリカのインチキまじない師がわんさかいるが、そんな見え見えの詐欺師には誰だって洟《はな》もひっかけないさ――まともな人間ならね。この世は合理的で、起きることはすべて、合理的な説明がつかなきゃならないんだ」

たとえば、正気の者なら、三次元の血肉を持つ正真正銘の人間が突然しゃがんだかと思うと靴紐をつかんで空を飛んでいったなんて話を信じられるわけがない。もしくは、目の前で水牛が金髪の少年に変化《へんげ》したとか。または、百三十七年前に死んだ男が墓石を押しのけ、穴から出てきて、あくびをし、〝アルマンティエールから来たマドモアゼル（アルマンティエールはフランス最北端の第一次世界大戦の要地）〟の歌を三節唄ったとか。あるいは、それこそ墓石が動いて木が告げ口をしたとか――そう、たとえそれがアトランティスやムーの伝承だったとしてもだ。

それとも……あなたは信じるか？

シルベスター・メイヒューの家の物語は、不思議な話である。その出来事が起きた時、まともな精神は土台からぐらつき、陶磁器のような信念はこっぱみじんに砕け散りかけた。何もかもが奇々怪々で、五里霧中の謎に包まれたあの所業が行われようとしたまさにその時、主《しゅ》が御《おん》みずからお出ましになられた。そう、神がシルベスター・メイヒューの家の物語に介入なされたおかげで、かの不屈の懐疑論者である痩身《そうしん》の青年、エラリー・クイーン君が巻きこまれた中でももっとも驚くべき冒険となったのである。

＊

メイヒュー事件の発端の謎はごく些細《ささい》なもので――単にいくつかの事実が欠けていたという理由で謎だというだけだった。それなりに刺激的な謎とはいえ、超自然の風味はこれっぽっちもなかった。

そのじめじめして寒い一月の朝のこと、ぱちぱちとはぜる暖炉の前で、エラリーが敷物の上にのびのびと寝そべり、さて、いまから勇敢に、足元の危なっかしい通りに出て肌を刺す風と戦いながら、何かおもしろいことを求めてセンター街の警察本部に顔を出してみようかな、それとも、このままごろごろしていようかな、と自問自答していると、電話が鳴った。

かけてきたのはソーンだった。エラリーはソーンを思い出すたびに、ひとつの石から彫ったこちこちの人間の像を――ひょろ長い四肢と、豊かな白髪と、大理石の頬と瑪瑙《めのう》の眼を持つ、男らしい顔つきで身体の表面を黒檀《こくたん》の化粧板でおおわれている石像を思い浮かべてしまうのだが、電話に出てびっくりした。あのソーンが興奮している。かすれてもつれたひと声ひと声が、雄弁に激情を物語っている。エラリーが覚えているかぎり、ソーンが人間の感情らしきものをかけらほども見せたのは、これが初めてだった。

「どうしたんです？」エラリーは強く訊ねた。「まさか、アンに何か？」アンというのはソーンの妻である。

「いや、いや、違う」ソーンは息切れして、早口だった。まるで走ってきたかのようだ。

「いったい、いままでどこに行ってたんです。昨日、アンに会ったけど、もう一週間近く、あなたから連絡がないと言ってましたよ。もちろん、あなたの奥さんだから、弁護士の仕事が昼も夜もなく続くことには慣れっこだろうけど、いくらなんでも何も言わずに六日も行方をくらま――」

「聞いてくれ、クイーン君、口をはさまないで。きみにどうしても助けてもらわなきゃならん。三十分後に五十四番埠頭《ふとう》に来てくれるか。ノースリバー（ハドソン川河口部）の」

「いいですよ、もちろん」

ソーンが何やらつぶやいた言葉は「助かった！」によく似た響きだった。ソーンは慌てて続けた。「荷造りしてくれ。二、三日泊まれるように。それと銃を持ってきてほしい。銃だぞ、クイーン君、絶対に忘れるな」

「わかりました」エラリーはそう答えたが、何もわかっていなかった。

「キュナード（英国の海運会社）のコロニア号を出迎える。今朝、波止場に着く船だ。私はライナックという男と一緒にいる。ライナック博士、医者だ。きみは私の同僚だ。わかったね？　とにかく尊大なつんけんした態度でいてくれ。愛想よくするな。あの男に——私にも、質問をしちゃいけない。のせられて、うかつに口をすべらせないように、油断するな。わかったか？」

「はあ」エラリーは言った。「まあ、一応は。ほかに何か？」

「私のかわりにアンに電話をかけてもらえるか。心配ない、あと何日か帰れないが、きみも一緒だし、私は大丈夫だと。それから、事務所に電話をかけてクロフォードに私の状況を説明するように頼んでほしい」

「てことは、いまあなたが何をしてるのか、事務所の相棒も知らないんですか？」

しかしソーンは電話を切っていた。

エラリーは受話器を置きながら、眉を寄せた。こんな妙なことってないぞ。ソーンはこれまでずっとまっとうに生きてきた一市民であり、私生活は非の打ちどころがなく、成功した弁護士として、仕事ぶりは頑固《がんこ》一徹、堅実至極《しごく》であった。そのソーンじいさんが謎の網にからめとられるとは……

エラリーはわくわくしながら大きく息を吸いこむと、ソーン夫人に電話をかけ、できるだけ自信たっぷりな声で話をしてから、大声でジューナを呼び、鞄に何着か服を投げこんで、難しい顔で愛用の三八口径の警察用リボルバーに弾丸《たま》を装塡《そうてん》すると、大急ぎでクイーン警視に短い手紙を書き、階段を駆け下りて、ジューナがつかまえていたタクシーに飛び乗り、約束の三十秒前に五十四番埠頭におり立った。

＊

ソーンの傍《かたわ》らにいる肥《ふと》った巨大な男に気づくより先に、エラリーはひと目で、弁護士の様子がひどくおかしいことに気づいた。ソーンはスコットランド風のチェックの分厚いコートの中で、まるで繭《まゆ》の中でかえらぬまま死んださなぎのように縮んでしまっていた。二週間ほど前、最後に会った時から何歳も老けこんで見える。いつもはすべすべの青い頬が無精ひげにおおわれている。着ている服さえくたびれて、見るからに手入れされていない。エラリーの手を握った時、充血した眼にひそかな安堵の光がちらりと浮かび、それはいつもの誰にも頼らない自信満々な態度を知る者にしてみれば、哀れにさえ思える。

けれども、ソーンはこう言っただけだった。「やあ、クイーン君。残念だが、思っていたより長く待たされそうなんだ。ハーバート・ライナック博士を紹介するよ。先生、こちらはエラリー・クイーンです」

「どうも」エラリーはそっけなく言いながら、男の巨大な手袋をはめた手に触れた。尊大なつんけんした態度ということは、失礼なくらいでいいんだろうな。

「これは驚きですなあ、ねえ、ソーンさん」ライナック博士はエラリーが聞いたこともないほど深い声で言った。雷鳴の轟《とどろ》きのような声が胸の空洞の奥底から這いのぼってくる。小さな紫がかった眼はとても、とても冷たかった。

「嬉しい驚きと言っていただきたいですね」ソーンは言った。

エラリーは紙巻きたばこ《シガレット》を両手でおおいながら、友人の顔をちらりと見ると、それでいい、という表情を読み取った。一度、正解を引き当てたなら、あとはどう振る舞えばいいかは心得ている。エラリーはマッチをはじき飛ばすと、いきなりソーンを振り返った。ライナック博士は、なかば戸惑い、なかばおもしろがりつつ、エラリーを観察している。

「コロニア号はどこに?」

「検疫所でひっかかってる」ソーンが言った。「船内の誰かが病気だか何だかで、ほかの乗客を簡単に降ろすわけにいかないいんだ。何時間もかかるんじゃないか。しばらく待合室でゆっくりしていよう」

ごった返した待合室の中でようやく三人分の席を見つけると、エラリーは足の間に鞄を置き、同行者たちのどんな細かい表情もあまさず観察できる位置に陣取った。ソーンの抑えこんでいる興奮も、恰幅《かっぷく》のよい医者の全身を包むぴりぴりした空気も、エラリーの好奇心を恐ろしくかき立てていた。

「アリスは」ソーンは、アリスが何者かをエラリーもよく承知しているといった口ぶりで、淡々と言った。「いまごろはだいぶん、いらいらしているだろう。まあ、短いつきあいとはいえシルベスターのご老体と会ったかぎりじゃ、気が短いのはメイヒュー一族の特徴らしい。ねえ、先生？　はるばる英国からやってきて、玄関先でぐずぐず足止めを食らうなんて、腹立たしいかぎりでしょうね」

ふむ、つまり、いま自分たちは英国からコロニア号でやってくるアリス・メイヒューを出迎えにきたわけだな、とエラリーは考えた。あっぱれだ、ソーン！　思わずエラリーは笑いだしそうになった。〝シルベスター〟というのは、おそらくアリスの親類にあたる、メイヒュー一族の年寄りかな。

ライナック博士は小さな眼でエラリーの鞄をじっと見つめ、轟く声で丁重に訊ねてきた。

「クイーンさんは、どこかへご旅行ですか？」

ということは、ライナックはエラリーが彼らに同行することを知らないわけだ――どこに行くのか知らないいが。

ソーンは分厚いコートの奥で身じろぎし、乾燥した骨を詰めこんだ袋のように、がさがさと音をたてた。「クイーンは私たちと一緒に来ます」その声には冷ややかな敵意が混じっていた。

肥った男の眼がまたたいたのち、目玉が半月形にたるんだ肉の下に埋もれた。「ほほう、それはそれは」対照的に、医師の太い声は優しかった。

「説明しておくべきでしたね、先生」ソーンが出し抜けに言った。「クイーンは私の同僚です。今度の事件にこの男が興味を持ちまして」

「事件？」肥った男が言った。

「法的に言えば、そうです。この男が私を手伝ってくれると――つまり――アリス・メイヒューさんの利益を守る手助けをしたいという申し出を断るほど、私は非情ではありませんので。もちろん、異議はないでしょう？」

こいつは綱渡りの真剣勝負だぞ、と、ようやくエラリーは確信した。なにか重大なことが、いま危機に瀕《ひん》している。そしてソーンは、いつもの頑固一徹なやりかたで、力ずくでも、どんな汚い手を使ってでも、絶対に阻止しようとしているのだ。

ライナックの腫《は》れぼったいまぶたが両の眼にかぶさり、ぽっちゃりした両手が腹の上で重なった。「もちろん、あるわけがないでしょう」心からそう思っているような口ぶりで答えた。「来ていただけるなら、こんな嬉しいことはありませんよ、クイーンさん。ちょっとばかり驚きましたが、嬉しい驚きというものは人生にとって詩と同じくらい大切なものですからなあ。ねえ?」そして、くっくっと笑った。

サミュエル・ジョンソンか、とエラリーは医者の言葉の出典に気づいた。と同時に、この偉大な詩人との肉体的な相似に気づいてあっと思った。何層もの脂肪の下に隠れているのは鋼鉄の層で、縦に長い頭蓋骨の中にはすばらしい脳が詰まっている。待合室で目の前のベンチに蛸《たこ》のように坐っているこの男は、めんどくさそうで、鈍そうで、異様なほどまわりに対して無関心だった。無関心――そう、それだ、とエラリーは思った。この男は途方もなく遠いところにいる。はるか彼方《かなた》の地平線にかすかに黒く浮かぶ嵐雲のように。

ソーンが疲れた声で言った。「昼食にしましょうか。腹が減った」

＊

午後三時になるまでに、エラリーは何年も歳を取って、精も根もつきた気がしていた。数時間もぶっ続けで用心深く沈黙を守り、いつ足元が崩れるかわからない落とし穴だらけの細道を笑顔で進むうちに、間違いなく警戒しなければならないと思い知らされたのだ。危機が霧のように押し寄せて、未知のどこかから脅威が迫りくる気配を感じるたびに、何度も何度も身体の奥が緊張し、咽喉《のど》が締めつけられるのを味わった。何か途方もないことが起きようとしている。

三人そろって埠頭に立ち、コロニア号の巨体がしずしずと横づけされるのを見守りながら、エラリーは長く重苦しい不穏な時の間に、どうにかかき集めた情報の切れ端を咀嚼《そしゃく》していた。いまでは、シルベスター・メイヒューなる男がすでに故人であること、妄想症《パラノイア》をこじらせていたこと、その住まいはロングアイランドの人里離れた荒野の奥地にぽつんと埋もれていることを知っていた。コロニア号の甲板のどこかから埠頭をはらはらしながら見ているであろうアリス・メイヒューはこの男の、幼いころに生き別れた娘だ。

そしてエラリーは、ライナック博士なるやけに人目をひく人物も、パズルの中にはめこんでいた。この肥えた男はシルベスター・メイヒューの、母親の違う兄弟である。そしてメイヒュー老人が死ぬまで、主治医として尽くしてきた。老人の病気も、亡くなったのも、最近のことらしい。たいして悲しみを感じられない口調で〝葬式〟の話が出たからだ。さらに背景には、ぼんやりした姿が見え隠れするライナック夫人と、もうひとり、死んだ男の妹だという奇妙な老女がいることもわかった。しかし、謎そのものの正体も、ソーンがこんなにも取り乱している理由も、エラリーにはまったく見当がつかなかった。

定期船がついに埠頭につながれた。港の係員たちが駆けまわり、汽笛が鳴り響き、タラップが渡されると、乗客がぞろぞろと降りてきて、出迎えの人々にお決まりの大声の挨拶《あいさつ》と抱擁《ほうよう》を受けていた。

ライナック博士の小さな眼に好奇の色が忍び入り、ソーンはといえば、身を震わせていた。「来た！」弁護士はかすれた声で叫んだ。「写真でしか知らないが間違いない。あの茶色いスカーフを頭に巻いた、細っこい娘さんだ！」

ソーンが大慌てで行ってしまうと、エラリーは食い入るような眼で娘を観察した。不安げにきょろきょろと群衆を見回しているのは、背の高い魅力的な娘だ。弾むような身のこなしは運動的というよりも芸術的で、均整の取れた繊細な目鼻立ちはなかなかに美しい。とても簡素で、たいして金のかかっていない装いをしているのを見てとり、エラリーの眼は鋭くなった。

娘を連れて戻ってきながら、ソーンは手袋越しの手を優しくなでつつ、小声で話しかけていた。娘の顔は明るく輝き、生き生きとしている。その自然とあふれ出る陽気さを見たエラリーは、この先、いかなる謎か悲劇が待ち構えているのか、娘はまだそれを知らないのだ、と確信した。同時に、娘の眼と口のあたりにはなんらかの表情が漂っていることを――疲れか、緊張か、不安か、その原因はわからない――エラリーはいぶかしんだ。

「本当に、どうもありがとうございました」娘は英国なまりの強い、上品な声で小さく言った。不意にその表情があらたまり、エラリーとライナック博士に視線を動かした。

「お嬢さん、こちらはあなたの叔父さんです」ソーンは言った。「ライナック博士ですよ。もうひとりの紳士は、残念ながらあなたの親類ではありません。私の同僚の、エラリー・クイーンと申します」

「まあ」娘はそう声をもらすと、肥った男に向きなおり、震える声で言った。「ハーバート叔父様。なんだかとても不思議な気分ですわ。わたし——わたし、ずっと自分は天涯孤独だとばかり思っていて。わたしにとって、あなたは伝説の中の人でしたから。ハーバート叔父様、ええ、サラ叔母様も、ほかのみんなも。それがこうして……」娘は声を詰まらせると、肥った男の首に両腕を回し、たるんだ頬にキスをした。

「ああ、おまえ」ライナック博士は重々しく言った。その重々しい口調に、ユダを思わせる不誠実さを感じ取り、エラリーは殴りたくなった。

「教えてください、全部！　お父様——お父様はお元気ですか？　なんだか不思議……こんなふうに、お父様と口に出して言えるなんて」

「お嬢さん、よろしければ」弁護士が急いで言った。「先に税関を通ってしまいませんか。だいぶ遅くなってきましたし、まだまだこの先、長いですから。ロングアイランドまで行きますので」

「島《アイランド》？」娘はすなおに眼を丸くした。「まあ、楽しみ、きっとすてきなところね！」

「ああ、いや、たぶんあなたが想像しているようなのとは——」

「ごめんなさい。さっきからわたしったら、馬鹿みたいで」娘はにっこりした。「何もかもおまかせします、ソーン様。とてもご親切なお手紙をくださって、心から頼りにしていますわ」

皆で税関に向かって歩いていく途中、エラリーは少しだけ遅れて、うしろからライナック博士の姿をじっくりと観察した。しかしその巨大な月のような横顔からは、怪獣《ガーゴイル》のそれのように何も読み取れなかった。

＊

ライナック博士が運転をした。ソーンの車ではなかった。たしかソーンは豪華な堂々たる真新しいリンカーンのリムジンを持っているはずだが、いま乗っているこれは、とりあえず動いている古いビュイックのおんぼろセダンだ。

娘の荷物は車の後部や両脇にくくりつけられている。エラリーはその荷物の少なさに首をひねっていた——小さなスーツケースが三つに、船室の寝台の下にしまえる平べったい小型トランクがひとつだけ。本当に、このたった四つしかない貧相ないれものの中に、娘の全財産がはいっているのというのか？

肥った男の隣の席で、エラリーは耳に全神経を集中させた。ライナックが運転する道のりにはほとんど注意を払わなかった。

うしろのふたりは長い間、黙りこんでいた。やがてソーンは奇妙な、不吉な決断の響きをはらむ空咳《からぜき》をした。エラリーはこれからソーンが何を言おうとしているのかを悟った。死刑宣告しようとする判事の口から、こんな咳払いが飛び出すのを何度も聞いたことがある。

「お嬢さん、悲しいお知らせがあるのです。いまのうちに、お話ししておいた方がいいと思いまして」

「悲しい？」一拍、間《ま》をおいて、娘は小さく言った。「悲しい？　まさか――」

「あなたのお父さんのことです」ソーンの声は聞き取れないほどかすかだった。「お亡くなりになりました」

「そんな！」娘は弱々しく、かすかな悲鳴をあげた。そのあとは、黙りこんだ。

「このようなお知らせでお迎えすることになって、本当に残念でなりません」ソーンが沈黙を破った。「我々としても、いろいろ考えたのですが……こんなことを藪《やぶ》から棒に知らされて、あなたもまごつかれるばかりでしょう、お気持ちお察しします。なんといっても、あなたはお父さんをほとんどご存じなかったわけですから。こんな言いかたはなんですが、私は親への愛情というのは、子供のころにどれだけ関わりがあったか、その深さに正比例するものだと思うのですよ。まったく関わりがなかったのなら……」

「ショックなのは、本当です」アリスはくぐもった声で言った。「でも、あなたがおっしゃるとおり、父はただ名前だけの、まるで赤の他人のような存在でした。あなたへの手紙にも書いたとおり、離婚した母に連れられて英国に渡った時、わたしはまだよちよち歩きの赤ちゃんで。父のことは全然、覚えていません。別れてからは一度も会ったことがありませんし、消息を聞いたこともありませんから」

「そうでしょう」弁護士は小さく言った。

「母が、わたしが六つの時に亡くならなければ、もっと父のことを教えてもらえたでしょうに。でも、母は亡くなって、わたしの親類は――母の親類は――英国の人間ばかりで。……伯父のジョンが秋に亡くなりました。最後の身内でしたの。それで、わたしはひとりぼっちになってしまいました。そうしたら、あなたからのお手紙が届いて——本当にありがとうございます、ソーン様。あの時からもうひとりぼっちではないと知って、寂しくなくなりましたわ。あんなに心から幸せな気持ちになれたのは、本当に何年ぶりかしら。でも、もう——」娘は言葉を詰まらせ、窓の外をじっと見つめた。

ライナック博士の巨大な頭が振り返り、優しげにほほ笑みかけた。「おや、おまえはひとりじゃないよ。こんな私でよければ叔父さんもいる、おまえの叔母さんのサラもいる、ミリーも——ミリーは私の女房だよ、アリス、もちろん、おまえはミリーのことは何も知らんだろうが——それから、家の雑用をやってくれているキースという、逞《たくま》しい若いのもいる——これがなかなか聡明な好青年でねえ、まさに天からの授かりものだ」博士はくすくす笑った。「そんなわけだから、友達に困ることはないよ、大丈夫」

「ありがとうございます、ハーバート叔父様」アリスはつぶやくように言った。「皆さん、きっと優しいかたばかりですね。ソーン様、父はどうして……あなたからのお返事には父は病気だと書いてありましたけれど、それでも——」

「九日前に突然、昏睡状態になりました。その時はまだ、英国を出発される前だったので、あなたの骨董品屋に電報を打ったのですが、どうしてか届きませんで」

「ごめんなさい、その時にはもう、わたしはお店を売って、あれこれ手続きをしたり、いろいろ片づけたりで、飛びまわっていたんです。父はいつ……亡くなったんでしょう?」

「ちょうど一週間前の木曜日でした。葬儀ですが……その、遅らせるというわけに参りませんでした。コロニア号に電話をかけるなり電報を打つなりすることもできたのですが、あなたの船旅を台なしにすると思うと、どうにも心が痛みまして」

「本当に、何から何まで気を配っていただいて、なんとお礼を申し上げていいか」娘の顔を見なくても、涙を浮かべているのがエラリーにもわかった。「親身になってくださるかたがいてわたしは幸せですわ――」

「私たちみんなには辛かった」ライナック博士が太い声を響かせた。

「あっ、はい、そうですよね、ハーバート叔父様。ごめんなさい」娘は黙りこんでしまった。次に口を開いた時には、無理して言葉を押し出しているようだった。「ジョン伯父が亡くなった時、どうやって父に連絡をとればいいのかわかりませんでした。わたしの知っていたアメリカの住所というのが、ソーン様、あなたのだけで。お店のお得意様か誰かがずっと前に教えてくださったんです。ほかには何も考えつきませんでした。とにかく、弁護士さんならきっと父を探し出してくれると思って。それで、できるだけ詳しく手紙を書いて、写真を何枚も送ったんです」

「もちろん、当方としましては、できるかぎりのことをさせていただきました」ソーンは声を出すのが苦しそうだった。「お父さんを探し出してから、初めて面会にうかがった時に、あなたの手紙や写真をお見せしたのですが、その時、お父さんは……あなたもきっと喜んでいただけるでしょうが、お嬢さん、お父さんはあなたにとても会いたがっていましたよ。晩年は辛い生活を送っておられたようです――その、精神的にいろいろと。それで、私はお父さんの依頼を受けまして、あなたに手紙を書かせていただいたのです。次に行った時、それが生前のお父さんとお会いした最後になりましたが、財産の問題が持ち上がって――」

エラリーの眼には、ハンドルを握るライナック博士のこぶしがぎゅっと固くなったように見えた。けれども、肥えた男の顔は、変わらぬやわらかな微笑みをほんのりと浮かべたままだ。

「ごめんなさい」アリスが弱々しく言った。「本当に申し訳ないんですけど、ソーン様。わたし――わたし、いまはそういうお話は、聞きたくないんです」

車は、まるで空模様から逃げようとするように、人気《ひとけ》のない街道を飛ばしている。空は鉛色《なまり》だった。陰気な空の下で、田舎の風景が縮こまっている。隙間風《すきま》のはいる暗い後部座席は寒くなってきた。隙間からはいりこんでくる冷気が、コートを通して身体に染みこんでくる。

エラリーは小さく足踏みすると、身体をよじってアリス・メイヒューの様子をちらりと見た。霧の中に、たまご形の顔がほのかに輝いている。娘は膝の上で小さなこぶしをきつく握り、身体を固くしてじっと坐っていた。ソーンはその隣でみじめにぐったりと、窓の外を見つめている。

「こりゃ、雪になりそうだなあ」ライナック博士が愉快そうに頬をふくらませて、ぷっと息を吐いた。

誰も返事をしなかった。

車は延々と走り続けた。どこまでも続く荒涼とした景色は、この天候と似合いだった。

本街道《ハイウエイ》をはずれて恐ろしげな脇道の道路にはいってからもうずいぶんたつが、葉の落ちた木々が手入れもされずに立ち並ぶ間を、道路はうねうねと抜けながら、東へ東へと弧を描いて続いていく。路面はでこぼこで、固く凍っていた。森は立ち枯れの木々がからみあい、地面は下生えの藪にびっしりおおわれていたものの、何度も火事にあって繰り返し炎に焙《あぶ》られてきたように見える。あたり一帯の何もかもから染み出す雰囲気は、荒れ果てた寂しい景色をいっそう重苦しくしていた。

「〝誰もいない国〟に来たみたいですね」ライナック博士の隣で、がたぴしと跳ねる座席におさまっていたエラリーがとうとう口を開いた。「まさにそんな雰囲気ですし」

ライナック博士の鯨のような背中が、声のない笑いに大きく盛り上がった。「実際、地元の人間はそう呼んでいますよ。神に見捨てられた地、ってねえ。しかし、シルベスターは、三一致の法則（ひとつの場所で、一日のうちに、ひとつの事件が完結される、というフランス戯曲の約束事）そのものだと力説しとりましたがなあ」

この男は、まるで普段は暗く静かな洞窟に住んでいて、ときどき意地悪く現れては、毒をまき散らす生き物のようだ。

「あまりわくわくする場所ではありませんね」アリスが低い声で感想を言った。この見捨てられた地に暮らしていた奇妙な老人や、大昔にここから逃げ出した母親のことを考えていたに違いない。

「ずっとこんな具合だったわけではないんだよ」ライナック博士はウシガエルのように頬をふくらませた。「むかしはなかなかいい場所だった。私が子供のころさ。あのころは賑やかな町の中心になりそうな勢いだったなあ。それなのに、開発がこのあたりからそれて、そのあと大きい山火事が二度も起きたのがとどめだった」

「ひどいわ」アリスはつぶやいた。「なんてひどい」

「アリスや、それはおまえが無邪気だから、そんなふうに思うのさ。人生というものは、醜い現実に薔薇《ばら》色のおおいをかぶせて隠そうと、死にもの狂いにあがくことだよ。自分の心に正直になってごらん。この世はすべてが腐ってぷんぷんと臭っている。さらに悪いのは、死ぬほど退屈ってことさ。どう考えたって、生きる価値なんてない。それでも生きなきゃならんのなら、腐ったものだらけのこの世界を受け入れて、満足して生きる方が幸せってものだよ」

老弁護士はアリスの傍らで身じろぎし、コートをかき寄せて埋もれた。「先生はなかなかの哲学者だ」皮肉っぽく言った。

「私は正直者なのでねえ」

「先生、わからないかなあ」エラリーは黙っていられずにつぶやいた。「ぼくはだんだんあなたにいらいらしてきましたよ」

肥った男はちらりとエラリーを見た。そして言った。「で、ソーンさんは、この謎めいたあなたの友達の意見に賛成なのかな」

「たしか」ソーンはぴしゃりと言い返した。「行動は言葉よりも雄弁という、陳腐なことわざがあったと思いますが。私はもう六日もひげをあたっていないし、葬儀以来、今日が初めてですよ、シルベスター・メイヒュー氏の家から出たのは」

「まあ、ソーン様！」アリスは叫んで向きなおった。「どうしてそんな？」

弁護士は声を落とした。「すみません。あとでゆっくりお話しします、いまはちょっと」

「あなたは私たち一家を誤解しとるねえ」ライナック博士はにこやかに言いながら、深いわだちを上手に避けた。「おまけに、どうも私の姪《めい》に、親族の印象をひどくねじ曲げて伝えようとしているみたいだ。たしかに私たちは変人の集まりだよ、それは間違いない。もう何代も冷たい穴倉に寝かされて、血が酸っぱくなってきたんだろう。しかし、いちばん上等な年代もののワインは、セラーのいちばん奥から出てくるものじゃないかね？　私の言葉が正しいかどうかは、ほれ、アリスをちょっと見るだけでわかる。これほど生き生きとした愛らしさは、古い一族でなければ生まれないものだよ」

「ハーバート叔父様」アリスはかすかに不快そうな光をまなざしに浮かべていた。「それは母のおかげだと思っています」

「おまえのお母さんは」肥った男は答えた。「ただの触媒でしかないよ。おまえは典型的なメイヒュー一族の顔立ちだ」

アリスは返事をしなかった。今日まで会ったことのない叔父は、なんとも胸くそ悪い謎そのものだ。目的の地で待ち受ける、まだ見ぬほかの親族たちが、この叔父よりましな人柄だとは、ほぼ期待できない。父方には鉛色の血が流れている。父は偏執症で、被害妄想にとらわれていたらしい。存命しているという父の妹、闇の向こうに垣間見えるサラ叔母もまた変わった人物のようだ。ライナック博士と結婚したミリー叔母については、過去にどんな人間だったとしても、博士をひと目見れば、いまのミリー叔母がどうなっているか、容易に想像がつく。

エラリーはうなじがむずむずしてきた。荒野の奥に進めば進むほど、今回の冒険がいよいよ気に食わなくなってくる。まるで怪物のような力を持つ手によって、恐るべき悲劇の第一幕の舞台セットが組まれている最中《さなか》を、すでに運命づけられた脚本どおりに動かされているような……。エラリーは身震いして、小賢《こざか》しい馬鹿げた考えを振り払うと、いっそう深くコートの中に身体を沈めた。それにしても妙だ。どれほどさびれた村と比べても、生活感というものがまったくない。電柱もなければ、見渡すかぎり電線もない。ということは、蠟燭《ろうそく》を使う生活というわけか。エラリーは蠟燭が大嫌いだった。

背後で太陽が去ろうとしていた。弱々しい太陽は生気のない冷えた空で震えている。しかしエラリーは、どんなに弱々しくとも太陽にこのまま残っていてほしかった。

一同はがたんごとんと人形のように揺すぶられながら、どこまでも進んでいった。脇道は東へ東へと、頑固に弧を描き続けている。空はますます鉛色が濃くなってきた。冷気がいっそう骨の髄まで染みてくる。

ライナック博士がついに太い声で言った。「着きましたよ」そして、がたつく車を脇道から左に分かれた砂利の狭苦しい車路《くるまみち》に入れたので、エラリーははっと驚きながらも、やれやれと安堵した。これでようやく、この旅も終わったわけだ。背後でソーンとアリスが身動きする気配がした。ふたりも同じことを考えているに違いない。

エラリーは身を起こし、氷のように冷えた足を何度も踏みしめ、あたりを見回した。車路の両側はやはりまったく手入れされていない木々のからみあう森にさえぎられている。そういえば、本街道をはずれてから一度も、ほかの道路と交わることもなく、ひたすら一本道だった。エラリーは気持ちが沈んだ。なるほど、絶対に迷うことのない地獄行きの道というわけだな。

ライナック博士が太い首をひねって、声をかけた。「おまえの家だよ、アリス」

アリスは口の中で何かつぶやいたようだが、聞き取れなかった。ライナックがかけてやった虫食いだらけの車用のひざかけを、眼のすぐ下まで引き上げている。エラリーはじろりと肥った男を睨んだ。あの癇《かん》に障る太い声が、からかい嘲《あざけ》るような響きをはらんでいたのだ。しかし、その顔はあいかわらず、つやつやと脂ぎって、温厚そうな表情だった。

ライナック博士は車を動かし、車路をさらに進むと、二軒の家の間の、少し手前で駐車した。ふたつの家は車路をはさんで建ち、この狭い道の幅しか離れていない。車路は、まっすぐ前方の奥にあるぼろぼろのガレージに続いている。そのいまにも崩れそうなガレージの中にソーンのぴかぴかのリンカーンがおさまっているのを、エラリーは素早く見てとった。

からみあう木々に囲まれた三つの建物は、何もない海に浮かぶ三つの無人島のように、草ぼうぼうの空き地で寄り添っている。

「あっちのが」ライナック博士が陽気に言った。「先祖代々の家だよ、アリス。左側のが」

左側の家は石造りの屋敷だった。かつては灰色だったのが、風雨にさらされ、さらには山火事のせいだろう、いまは真っ黒だ。表面は斑点と縞模様だらけで、あたかも無慈悲な皮膚病におかされているように思える。三階建てで、石の花飾りやガーゴイルにごてごてと飾られたその造りは、間違いなくビクトリア様式だ。屋敷の正面は、長い年月のみが刻むことのできる、ざらざらと荒れた石肌だった。屋敷そのものが、この見捨てられた風景の中に、しっかりと根をおろしているように見える。

エラリーは、アリス・メイヒューが恐ろしさで声も出せずに屋敷を凝視しているのに気づいた。この屋敷には、古い英国風の邸宅に見られるような、古き良き趣《おもむき》といったものは一切感じられない。無残な山火事と荒れ果てた田舎の恐るべき年月にもまれた、ただ古い、ただただ古いだけの家だ。エラリーは、いたいけな娘をこんなぞっとする経験に直面させたソーンを、口の中で罵《ののし》った。

「シルベスターはこれを〝黒い家〟と呼んどったなあ」ライナック博士はエンジンを切りながら、陽気に言った。「たしかにきれいとは言えんがね、七十五年前に建てられた時と同じくらい、しっかりしとるよ」

「〝黒い家〟だと」ソーンはぶつくさと言った。「馬鹿馬鹿しい」

「あの、それは、まさか」アリスがかすれた声を出した。「父は……母も、ここに住んでいたということですか?」

「そうだよ、おまえ。なかなか変わった名前でしょう、ソーンさん。これもシルベスターの変人ぶりを表す証拠のひとつってところだね。アリスや、その家を建てたのはおまえのおじいさんだ。のちに、おじいさんは隣のもう一軒も建てた。おまえもきっとこっちの方がもっと住みやすいと思うよ。そんなことより、みんなはどこにおるんだ?」

医者はよっこらしょと車を降りて、姪のためにうしろのドアを支えてやった。エラリー・クイーン君は助手席のドアからするりと車路におり立つと、野生の動物が警戒して鼻を鋭くひくつかせるように、あたりを抜かりなく見回した。古い邸宅の伴侶として建てられた家は、ずっと小さく、はるかに飾り気の少ない住まいだった。二階建ての石造りのその家は、もとは白かったようだがいまは灰色に変色していた。玄関の扉は閉めきられ、一階の窓のカーテンはすべて閉じている。けれども、内側で炎が燃えているのがわかった。ちらちらと光が揺らめいている。次の瞬間、その光の前に老女の頭がぬっと現れ、一瞬、窓ガラスに顔を押しつけたかと思うと、すぐに消えた。しかし、玄関の扉は閉まったままだった。

「もちろん、私たちと同じ家に寝泊まりするだろう?」医者が優しげに言うのが聞こえた。エラリーは車の反対側に回った。三人の同乗者は車路に立っていた。アリスは助けを求めるように、ソーン老弁護士にぴったりくっついている。「アリスや、おまえは〝黒い家〟に泊まりたくないだろう。あそこには誰もおらんよ。中は荒れ放題だし、なんたって、死人の家だ……」

「やめてくれませんか」ソーンは怒鳴った。「かわいそうに、この子が死ぬほど怖がっているのは、見ればわかるでしょう。怖がらせて追っぱらおうとしてるんですか!」

「怖がらせて追い払う? わたしを?」アリスは茫然と繰り返した。

「おやおや」肥った男はにっこりした。「ソーンさん、あなたに芝居がかったまねは似合わんよ。アリスや、たしかに私は老いぼれの変人だがね、全部、おまえのためを思って言っとるんだ。本当に、〝白い家〟の方がずっと居心地がいいはずだからなあ」急に、医者はくすくす笑いだした。「〝白い家《ホワイトハウス》〟ってのは、私がつけた名前だよ、つりあうようにねえ」

「さっきからおかしいおかしいと思っていましたけれど」アリスが固い声で言った。「ソーン様、どういうことですの？　埠頭で皆さんとお目にかかってからずっと、ほのめかしや当てこすりの言い合いばかり。それに、お葬式のあとどうしてあなたは、父の家に泊まり続けたんですか。わたしには知る権利があるはずですわ」

ソーンはくちびるをなめた。「それは、その――」

「これこれ、アリスや」肥った男が言った。「いつまでもこんなところに突っ立っていたら凍え死んでしまうよ」

アリスは薄いコートをかき寄せ、いっそう身体に巻きつけた。「みんな、変よ、おかしいわ。ねえ、ハーバート叔父様、よろしくて？　わたし、この家の中を見たいんです――父と母が住んでいた……」

「お嬢さん、やめておいた方がいい」ソーンが急いで言った。

「どうしてかな？」ライナック博士が穏やかに言い、〝白い家〟と呼んだ建物を肩越しにちらりと見た。「いまのうちに決着をつけてしまう方がいいかもしれんよ。家の中もまだ明るいだろう。そのあと、あっちの家に行って、顔を洗って、温かい食事を腹に入れれば、ぐっとくつろげる」医者は娘の腕をつかむと、枯れた小枝の散らばる地面を突っ切り、真っ暗な建物に向かって引っぱっていった。「たしか」玄関の石段をのぼりながら、医者が温和な口調で言った。

「ソーンさんが鍵を持っとったはずだなあ」

娘は黒々とした瞳で三人の男の顔をじっと観察しながら、無言で立って待っている。弁護士は青ざめていたが、頑固にくちびるを真一文字に引き締めていた。そして、返事もせずに、ポケットから大きな錆びた鍵束を取り出すと、玄関の扉の鍵穴に差しこんだ。鍵はきしる音をたてて回った。

それからソーンが扉を押し開け、一同は屋敷にはいっていった。

*

そこは墓穴だった。満ちている黴《かび》と湿気の臭い。かつては疑いようもなく絢爛《けんらん》豪華だったであろう堂々たる家具や調度品はどれも荒れ果て、埃《ほこり》をかぶっている。壁の塗装ははげ、ひび割れ、下地の色褪せた板が覗く。どこもかしこも塵《ちり》や、壊れた残骸ばかり。こんな掃き溜めのような穴倉で、かつて人間が生活をしていたとは、とうてい信じがたかった。

娘は眼を恐怖に見開いて、よろめく足であちらこちらを見てまわり、ライナック博士は落ち着き払って案内に立っていた。この視察の巡回にどれほどの時が過ぎたのか、エラリーにはわからなかった。赤の他人の彼でさえ、この場の雰囲気は不愉快で、耐えがたかった。一同は無言のままさまよい、残骸を踏み越え、自分たちより強大な何ものかの力で、部屋から部屋へと歩かされた。

一度、アリスは咽喉を締めつけられるような声で言った。「ハーバート叔父様、誰も……父の世話をしてくださらなかったの？　この恐ろしい場所を、お掃除してくださろうとしなかったの？」

　肥った男は肩をすくめた。「おまえのお父さんは歳を取ってから、すっかり偏屈になってしまってね、誰が何を言っても聞いてくれなかった。まあ、その話はあまりしないでおこうか」

　饐《す》えた臭いが鼻いっぱいにはいりこんでくる。一同はおそるおそる進んでいき、しんがりをつとめるソーンは老獪《ろうかい》なコブラのごとく気を配っていた。その視線はライナック博士の顔からはずれることがなかった。

　二階で見つけた寝室は、肥った男によれば、シルベスター・メイヒューが死んだ部屋であった。ベッドは乱れたままだった。実際、マットレスとくしゃくしゃのシーツの上には、死んだ男の身体の跡が残っているのがわかった。

　がらんとしたみすぼらしい部屋は、ほかの場所ほど不潔ではないけれども、はるかに気の滅入る重苦しさに満ちていた。アリスは咳きこみ始めた。

　何度も、何度も、アリスはかつて自分が生まれた、部屋の中央の汚いベッドを凝視したまま、咳《せき》をし続けて、どうしても止めることができなかった。

　唐突に、ぴたりと咳がやむと、アリスは脚が一本取れて傾いた箪笥《たんす》に駆け寄った。箪笥の上には、黄ばんだ壁に立てかけられた、大きな額入りの色褪せた手彩色の写真（白黒写真に職人が手で彩色したもの。一九〇〇年代初期に流行）があった。アリスは長い間、触れもせずに、ただじっと見つめていた。やがて、それを手に取った。

「お母様だわ」ゆっくりと言った。「本当に、お母様だわ。わたし、来てよかった。父はやっぱり、母をずっと愛していたんですね。いままでこんなに長い間、これを持っていてくれたんですもの」

「そうですよ、お嬢さん」ソーンがそっと言った。「あなたはきっとそれをお持ちになりたいだろうと思っていました」

「わたし、母の写真は一枚しか持っていないんです、でもあまり写りがよくなくて。これは──まあ、お母様は本当に美しいわ、そう思いません？」

アリスは誇らしげに彩色写真をかかげると、いまにもヒステリックに笑いだしそうだった。長い年月に色の褪せた彩色写真には、髪を高く結い上げた、気品のある若い女性が写っていた。きりっとした顔はよく均整が取れている。写真の女性にはどこかアリスの面影があった。

「おまえのお父さんは」ライナック博士がため息をついて言った。「亡くなる前によく、おまえのお母さんのことを話していたよ、とても美しい人だったと」

「父がわたしに遺してくれたものがこれひとつだけでほかに何もなくても、英国からはるばる旅してきた甲斐がありましたわ」アリスは身を震わせた。そして、彩色写真を胸にしっかり抱きしめ、皆のもとに急ぎ足で戻ってきた。「もう出ましょう」うわずった声で言った。「わたし──わたし、ここは嫌いです。気味が悪いんですもの。ここは……怖いわ」

一同は、まるで何ものかに追われるように小走りで家を出た。老弁護士は玄関の扉の鍵を慎重に回す間ずっと、ライナック博士の背を睨んでいた。しかし肥った男は姪の腕をつかんで、車路を横切り〝白い家〟に向かって引っぱっていった。こちらはいま、いくつもの窓で明かりが揺らめき、玄関の扉が大きく開かれていた。

＊

ふたりのうしろから遅れて、ざくざくと砂利の音をたててついていきながら、エラリーはソーンに早口で鋭く言った。「ソーンさん。手がかりをください。ヒントを。なんでもいい。ぼくはまるっきり闇の中だ」

ソーンのひげぼうぼうの顔は、夕日を浴びてげっそりとやつれて見えた。「いまは話せない」弁護士は声をひそめて言った。「何も信用するな、誰も信じるな。今夜、会って話す、きみの部屋で。個室でなければ、きみがひとりの時に。……クイーン君、頼むから、用心してくれたまえ！」

「用心？」エラリーは眉を寄せた。

「きみの命に関わると、そう考えて行動してほしい」ソーンのくちびるが険しく、きっと結ばれた。「私の考えるかぎりでは、そのはずなんだ」

そしてふたりは〝白い家〟のドアをくぐり抜けた。

＊

エラリーの持った印象は不思議なほど漠然としていた。何時間も冷気にさらされたあとで、いきなり、息苦しいほどの熱気に包まれたせいかもしれない。全身が急にぐんにゃりして、脳味噌も熱でとろけたせいかもしれない。

しばらくの間、エラリーは意識が半分飛んだままで立ちつくし、年月を経て黒く煤《すす》けた暖炉で唸りをあげる炎から、渦を巻いて波のように押し寄せてくる熱を、全身に浴びていた。なんとなくわかったのは、出迎えてくれた人間がふたりいることと、室内の様子だ。この部屋はこれまで目にしてきたものと同様に古く、調度品はどれも骨董品店にあったように思える。一同が立っているのは大きな居間で、なかなか居心地がよかった。エラリーがなんとなく落ち着かないのは、部屋の何もかもが時代遅れだからなのだろう。たっぷり詰め物をした椅子には、なんとも古風に埃よけの飾り布がかぶせられているのだ！　部屋の角から、すり減った真鍮《しんちゅう》の踏み板がついた広い階段が弧を描いて、寝室のある二階に続いている。

出迎えてくれたふたりのうちひとりは、ライナック博士の妻だった。ひと目見るなりエラリーは、まだ夫人がアリスの身体を抱きしめているうちから、これこそまさにあの肥った男が伴侶として選びそうな女だと思った。顔色の悪いしおれた小柄な女は、華奢《きゃしゃ》な骨と薄い皮ばかりで、いまにも壊れそうだ。そして明らかに静かな恐怖の波におののいていた。かさかさの青ざめた顔は追いつめられた表情をして、アリスの肩越しに、まるで鞭で打たれた犬のように、従順なまなざしで夫を見ている。

「あなたがミリー叔母様なんですね」アリスはほっと息をついて、身を離した。「わたし、まだ他人行儀で、失礼な態度だったらごめんなさい……でも、何もかも突然で」

「かわいそうに、くたくたでしょう」ライナック夫人は小鳥のように甲高い声で言った。アリスは疲れた笑みを浮かべて、感謝しているようだった。「いいのいいの。しかたないわ、わたしたちは赤の他人みたいなものだったんだもの。あらっ！」夫人は不意に声をあげて、言葉を切った。色の薄い眼は娘が両手で持っている彩色写真をひたと見つめている。「あら」夫人は繰り返した。「もうあっちの家に行ったのね」

「もちろん行ったさ」肥った男は言った。医者の妻はその太い声の響きに、いっそう顔色が悪くなった。「それじゃあ、アリスや、ミリーに部屋に案内してもらって、楽にしたらどうだね」

「わたし、なんだか、すっかり疲れてしまって」アリスは告白した。そして、もう一度、母親の彩色写真を眺めて、にっこりした。「わたしのこと、馬鹿みたいだとお思いでしょ、いきなりこうやって飛びこんできて、これひとつだけを――」みなまで言うかわりに、暖炉に歩み寄った。その上の、炎に焙られて黒ずんだ広い炉棚の上は、過ぎ去りし年月のたくさんの飾り物がごたごた並んでいる。ビクトリア風に装った美女の彩色写真を、それら炉棚の置物の間に並べた。「これでいいわ！　なんだか、とってもほっとしました」

「紳士諸君、紳士諸君」ライナック博士が声をあげた。「まあ、そう堅苦しくせんでくれ。ニック！　ぼやっとしとるんじゃない。お嬢さんの荷物が車にくくりつけてある」

壁に寄りかかっていた、ぎょっとするほど大きい青年が不愛想にうなずいた。青年はアリス・メイヒューの顔を、何を考えているのかわからない謎めいた瞳で、吸い寄せられるように凝視していた。やがて出ていった。

「あのかたは」アリスは頬を染めて、口の中でおずおずと言った。「どなたですの？」

「ニック・キースだよ」肥った男はコートを脱いで、ぶよぶよの両手を温めに火のそばに寄った。「私が世話しとる若いのだが、どうにも愛想のない奴でねえ。それでも、あれのかぶっている分厚い殻を破ることさえできたら、なかなかおもしろい奴だとわかるよ。たしかもう話したと思うが、この家の雑用をさせている。身分違いだと、よそよそしくせんでくれ。ここは民主主義の国だからね」

「きっと、とてもいいかただと思いますわ。あの、申し訳ありませんけれど。ミリー叔母様、よろしければ……」

山ほど荷物をぶらさげて戻ってきた青年は、ずしんずしんと居間を突っ切り、どすんどすんと階段をのぼっていった。すると急に、それが合図だったかのように、ライナック夫人がぺちゃくちゃ喋りだし、アリスの腕を取って、階段に向かって案内していった。ふたりはキースを追って姿を消した。

「医者として」肥った男はくすくす笑いながら、ふたりのコートを集めると、玄関ホールのクロゼットに放りこんだ。「ひとつ、よい薬を処方して進ぜよう……そら」サイドボードに歩み寄り、ブランデーのデカンターを引っぱり出した。「冷えた腹に、実によく効く」言いながら、自分のグラスを驚くほど器用にぐいとひと口で空けると、炎の光を浴びた団子鼻に網の目に走る毛細血管がくっきりと浮かび上がった。「ああ、ふう！　この一杯のために生きとるようなもんだ。おふたりはあったまりましたかなあ？　じゃあ、そろそろ顔でも洗いたいでしょう。どうぞ、こっちです、部屋に案内しますよ」

エラリーはぶるっと頭を振って、思考をはっきりさせようとした。「先生、この家にはいってから妙に頭がぼうっとしていますよ。ええ、ありがとうございます。ソーンもぼくも、ざっと顔を洗ってさっぱりしたいですね」

「ああ、まさにね、ざっと洗うという言葉がぴったりです」肥った男は声をたてずに身体を震わせて笑った。「見たとおり、ここは森の奥でね。電気もガスも電話ももちろんのこと、水道も通っとらんのです。家の裏にある井戸を使っとります。シンプルライフってやつですわ。現代文明の便利さに手取り足取りで甘やかされる生活より、ずっとよろしい。たしかにご先祖様たちは我々よりも簡単に、病原菌にやられてころっと逝っとったかもしれんが、現代人よりはるかに鼻風邪に対する免疫があったに違いありませんからなあ！……まあ、まあ、そろそろ無駄話はやめて、二階に行きますか」

二階の廊下の寒さにふたりは身震いしたが、おかげで生き返りもした。エラリーはたちまちすっきりした。ライナック博士は蠟燭とマッチを持って、家の正面の部屋にソーンを案内してから、エラリーを家の側面の部屋に入れた。部屋の片隅の大きな暖炉で炎がぱちぱちと音をたて、古風な洗面台には、氷のように冷たそうな水が満たされた洗面器がのっている。

「お気に召すといいんですがね」肥った男は戸口でぐずぐずしながら、のんびりと言った。「ソーンさんと姪だけが来るとばかり思っていたものですから。しかし、まあ、ひとりくらいなら、すぐにお泊めする用意はできますよ。ええとあなたは——たしかソーンさんが、同僚のかたと言っとりましたなあ？」

「二度、言いましたね」エラリーは答えた。「すみませんが、かまわなければ――」

「かまいませんよ、どうぞどうぞ」ライナックはあいかわらず居坐ったまま、にこやかにエラリーを見つめている。エラリーは肩をすくめ、上着を脱ぐと、顔を洗い始めた。水は本当に冷たかった。小魚の群れにつつかれているように、指がぴりぴりする。エラリーはざばざばと勢いよく顔を洗った。

「さっぱりしました」エラリーは顔を拭きながら言った。「ずいぶんと。階下《した》で、どうしてあんなにぐったりしていたのか自分でもわかりませんね」

「そりゃあ、冷たいところから急に暑いところにはいったせいですよ」ライナック博士はまったく出ていこうとする様子がなかった。

エラリーはまた肩をすくめた。そしてわざと無関心な素振りで鞄を開けた。着替えの上に、三八口径の警察用リボルバーがのっている。エラリーはそれを無造作に脇にどけた。

「クイーンさんはいつも銃を持ち歩いとるんですか」ライナック博士がぼそりと言った。

「いつもです」エラリーはリボルバーを取り上げ、尻ポケットにすべりこませた。

「そいつは結構！」肥った男は三重の顎《あご》をなでた。「いやいや、結構なことだ。それじゃ、クイーンさん、失礼して、ソーンさんの様子を見てきますよ。しかし、ソーンさんというのは頑固な人ですねえ。この家に泊まって、ありあわせですがうちの料理を一緒に食べてくれればいいのに、どうしても隣のあの汚い穴倉にひとり閉じこもると言ってきかないんです」

「ほほう」エラリーはつぶやいた。「どうしてでしょうね」

ライナック博士はじろじろとエラリーを見ていた。やがて口を開いた。「支度ができたら、おりてきてください。家内がご馳走を用意しましたのでね。私と同じくらい腹ぺこなら、きっとご満足いただけますよ」まだ、微笑みを浮かべたまま、肥った男は姿を消した。

エラリーはしばらくその場に立ったまま、耳を澄ましていた。廊下のいちばん奥で、肥った男が立ち止まるのが聞こえて、すぐに、重たい足音が再び響き、今度は階段をおりていった。

エラリーはつま先立ちで素早くドアに近寄った。部屋にはいった瞬間に気づいていたことがある。

鍵がついていない。鍵のあった場所には、木片のささくれだらけの穴が開いているだけで、見た感じ、ささくれはできたばかりのようだ。眉間に皺《しわ》を寄せ、エラリーはがたつく椅子をドアノブの前に置くと、室内をうろつき始めた。

とりあえず、ずっしりした木製のベッドからマットレスを持ち上げ、下をさぐってみたものの、自分でも何を探しているかわからなかった。戸棚も引き出しもかたっぱしから開けていった。すり切れた絨毯《じゅうたん》を手でさぐって、盗聴器を探してもみた。

十分後、自分で自分に腹がたってくると、室内の捜索をやめて窓辺に寄った。広がる景色が恐ろしく陰気で、エラリーはひたすらみじめな気持ちで顔をしかめた。見えるのは葉の落ちた褐色の森と鉛色の空だけだ。〝黒い家〟というイメージどおりの名のついた古い屋敷は、エラリーの部屋がある側面とは反対側の、もう一方の側面と向きあっているので、ここの窓から見ることはできない。

雲のベールをまとって、太陽が沈んでいく。薄い嵐雲のおおいが一瞬、はらりとはがれ、まばゆい太陽の光の輪が直接、眼に飛びこみ、しばらくエラリーの視界で色のついた光の球のまぼろしがちかちか踊っていた。やがて、雪をはらんだほかの雲が近づき、太陽が地平線の下にするすると沈んでいく。室内はあっという間に暗くなった。

鍵がえぐり取られていただと？　誰だか知らないが、ずいぶん手早い仕事じゃないか。もちろん、エラリーが来ることは誰も知っていたはずがないのである。ならば、車路で停車した時に、何者かが窓から彼の姿を見たのだ。あの一瞬、外を覗いた老女か？　そういえば、あの老女はいまどこにいる？　なんにせよ、ドアから鍵を素早く取りはずすのは、慣れた人間ならものの数分とかからない……ひょっとして、ソーンのドアの鍵もえぐり取られているのだろうか。それと、アリス・メイヒューの部屋の鍵も。

＊

エラリーが一階におりていくと、ソーンとライナック博士がすでに暖炉の前に坐りこんで、いまは肥った男ががらがら声で喋っているところだった。「いやあ、かえってよかったかもしれん。あれもかわいそうに、落ち着くまで時間がかかるだろうなあ。今日のようなショックを受けたら、へたをしたらあの世に行ってておかしくない。家内には、サラにやんわりと伝えるように言っておいたんだが……ああ、クイーンさん。どうぞ、こっちへ。アリスがおりてきたら、すぐ食事にしましょう」

「お嬢さんの叔母のサラさん――シルベスター・メイヒュー氏の妹さんで、結婚していまはフェル夫人とおっしゃる。このご婦人が、姪御さんが来ると聞いて興奮しすぎて、ちょっと参ってしまっているらしいんだ」

「いま、ライナック先生からお詫びを受けていたところだよ」ソーンがさらりと言った。

（本文順）

「ほほう」エラリーは言いながら腰をおろし、一対の薪《まき》のせ台の、近い方に足をのせた。

「実を申しますと」肥った男が言った。「かわいそうな異母姉《あね》は、気が触れとりましてなあ。精神的に不安定なんですわ。暴れるわけじゃないが、なるべく刺激しない方がいいことにかわりない。とにかく、あれは、まあ、正気ではないので、アリスに会わせるにしても――」

「それはそれは」エラリーは言った。「お気の毒に。お兄さんのシルベスターさんも、あんなごみに埋もれてひとりで住んでいたなんて、兄妹そろって精神的に、ええと、そのう、繊細だったんですね。それで、フェル夫人が不安定というのは、どういう？」

「妄想ですよ、よくあるやつで――自分の娘がまだ生きていると信じとるんです。実は、かわいそうなオリビアは三年前に自動車事故で亡くなりましてなあ。それでサラの母性がショックを受けたというわけで。サラはずっと、兄の娘のアリスに会えるのを楽しみにしとったんですが、もしかすると、それがよくなかったかもしれん。心の病《やまい》というものは、変わった状況に対して、どう反応するか読めませんからなあ」

「それは」エラリーはのんびりと言った。「心の病の有る無しにかかわらず、反応を読むのは難しいと思いますよ」

ライナック博士は声を出さずに笑った。ソーンは火のそばで背を丸めていたが、ぼそりと言った。「あのキースという若いのは」

肥った男がゆっくりとグラスを置いた。「一杯どうです、クイーンさん」

「いえ、結構」

「あのキースという若いのは」ソーンがもう一度言った。

「うん？　ああ、ニックのことか。なんです、ソーンさん。あれがどうかしましたか」

弁護士は肩をすくめた。ライナック博士はまた自分のグラスを取り上げた。「私が気を回しすぎとるのかもしれんが、ひょっとして、敵意のようなものを持たれとるのかな？」

「ライナック先生――」ソーンが声を荒らげた。

「キースのことなら気にする必要はない。うちではあれをたいてい放っておいてます。キースは世間というものに幻滅してましてね。まあ、それこそ、あれの頭がいいという証拠でしょう。ただ私と違って、その殻を破って楽天的になることができない奴でしてな。つきあいの悪い、不愛想な男だと思うでしょうが……ああ、来たね！　やあ、きれいだ、うん、実にきれいだ」

アリスは着替えていた。飾りのないシンプルなワンピースを着た彼女は、すっかり生気を取り戻していた。頰には赤みが差し、眼にはさっきまでなかった光と色がきらめいている。帽子もコートもつけていないアリスを初めて見たエラリーは、なんだか別人のようだと思ったが、女というものはなべて、外套を取り、化粧室の閉じた扉の奥で神秘的な技を駆使《くし》してみがきあげることで、まったく別人に見える努力を惜しまない生き物なのである。もうひとりの婦人にかいがいしく世話を焼いてもらったことにも、かなり元気づけられたようだ。まだ眼の下に隈《くま》は残っていたものの、微笑みはずっとほがらかなものになっている。

「ありがとうございます、ハーバート叔父様」その声はかすれていた。「でも、わたしったらなんだか、たちの悪い風邪をひいてしまったみたい」

「熱いレモネードのウィスキー割りを飲むといい」肥った男がすぐに答えた。「軽く食べて、すぐに寝なさい」

「実は、わたし、おなかがぺこぺこなんです」

「おお、それなら好きなだけ食べるといい。おまえももう気づいとるだろうが、私は不まじめな医者でね。さて、それじゃあ、食べにいこうか」

「ええ、どうぞ」ライナック夫人がびくびくした声で言った。「サラやニコラスを待つことはないわ」

アリスの眼がかすかに曇った。そして、ため息をつくと、肥った男の腕に手をかけ、皆と共にぞろぞろと食堂に向かった。

＊

晩餐《ばんさん》は失敗であった。ライナック博士は、山のようなご馳走を食らい、海のような酒をあおることに、全精力を注いだ。ライナック夫人はエプロンをつけて給仕をしてまわり、コースの次の料理を用意したり、空いた皿を片づけたりするのに忙しく、自分の料理に手をつけるひまがほとんどなかった。どうやら、使用人をひとりも雇っていないらしい。アリスの顔からは少しずつ色味が失せて、あの張りつめた表情が再び浮かんできた。ときどき、空咳をしている。テーブルの石油ランプは荒っぽくくすぶり、エラリーが何を食べてもひと口飲みこむごとに石油くさい味がした。おまけにメインディッシュ《ピエス・ド・レジスタンス》は羊肉のカレー料理だった。何が嫌いといって、エラリーは羊の肉が大嫌いなのである。おまけに何の料理が嫌いといって、カレー料理ほど胸の悪くなるものはなかった。ソーンはといえば、皿から一度も眼をあげることなく、黙々と食べ続けている。

居間に戻りながら、老弁護士はうまい具合に皆のうしろから遅れてついていくよう、足取りをゆるめた。そしてアリスに囁《ささや》きかけた。「何か困ったことはありますか。大丈夫ですか?」

「わたし、たぶん怖がりなんですわ」アリスは囁き返した。「ソーン様、子供っぽいと思わないでほしいんですけど、でもなんだか気味が悪くて――何もかもが……いまはもう、来なければよかったと思っていますわ」

「気持ちはわかりますよ」ソーンは小声で言った。「しかし、必要だったんです、どうしても。私だって、あなたにこんな辛い思いをさせずにすむ方法があれば、そうしています。ともかく、隣のあの恐ろしい穴倉にあなたが泊まるのは無理でしょう――」

「無理です、無理ですわ、そんな」アリスは身震いした。

「それに、このあたりには何キロも先まで宿の一軒もありません。お嬢さん、この家の誰かが何か――」

「いいえ、いいえ。ただ、なんとなく気味が悪いというだけで。たぶん、気のせいでしょう、寒さのせいかもしれませんし。あの、もう休んでもかまいませんか？　明日、またゆっくりお話をする機会があるでしょう」

ソーンはアリスの手を軽く叩いた。娘は感謝の微笑みを返すと、小声で断ってから、ライナック博士の頰にキスして、夫人に連れられて二階に戻っていった。

一同がまた暖炉の前に腰を落ち着け、たばこに火をつけた時、家の裏手のどこかで足音がした。

「ニックだな」医者がざらつく声で言った。「なんだ、あいつはどこ
に行っとったんだ？」

巨人のような青年が居間のドアを抜けてぬっと現れ、睨むように見下ろしてきた。ブーツが濡れてぐしょぐしょになっている。青年は例の不愛想な態度で「よう」と唸ると、火に近づき、赤くなった大きな両手を焙り始めた。ソーンのことはまったく眼中にないようだが、そばを通り過ぎる時に、エラリーを一度だけちらりと素早く見た。

「おまえ、どこに行っとった、ニック。早く食事をしておいで」

「あんたらが来る前に食った」

「何をしとったんだ」

「薪を運んでた。どうせあんたはやろうと思わないだろう」キースの口調は喧嘩腰で荒っぽかったが、エラリーはその両手が震えていることに気づいた。おいおい、変だぞ！　キースの態度はどう見ても使用人らしくなかったが、下働きのようなことをさせられているのは事実のよ

うだ。「雪が降ってるぜ」

「雪？」

一同は正面の窓に群がった。月のない夜で、よく目立つ大きなふわふわの雪が窓枠の中をすべるように落ちていく。

「ほう、雪か」ライナック博士がため息をついた。ため息をついただけなのに、その響きにエラリーはうなじがぴりぴりするのを覚えた。「〝真白き風が丘と森と川と空をおおい、庭の奥にて田舎家を押し包む〟」

「先生はなかなか風流な田舎人《びと》ですね」エラリーは言った。

「私は自然というのは荒っぽい方が好きですなあ。春は腰抜けのためのものだ。冬こそ人間の地金をさらけ出してくれます」医者はキースの広い肩に腕を回した。「ほら、笑顔はどうした、ニック。天にましますわれらの父が見ておられるぞ？」

キースは無言でその腕を振り払った。

「おっと、まだクイーンさんを紹介していなかったな。クイーンさん、これはニック・キースです。ソーンさんはもう会っとりますな」キースはそっけなくうなずいた。「ほれほれ、そう辛気《しんき》くさい顔をするんじゃない。おまえは感情が顔に出すぎるぞ、まったくしょうのない奴だ。さあて、みんなで一杯やろうじゃないか。不安という病は伝染するからねえ」

ぼくは神経過敏になってるな！　エラリーは憂鬱《ゆううつ》だった。空気中に細かな謎の匂いを嗅ぎつけ、鼻の穴がむずむずする。エラリーはじれた。ソーンは腹痛を起こしたように、腹をかかえこんで小さくなっている。こめかみの青筋が膨れあがり、額には汗が浮いている。二階からは何の物音もしなかった。

ライナック博士はサイドボードに歩み寄ると、次から次へ瓶を取り出した――ジン、ビターズ、ライウィスキー、ベルモット。医者はひっきりなしに喋りながら、飲み物を混ぜ始めた。そのざらついた低い声には、純粋な興奮で震える響きが感じられた。エラリーは苦痛をこらえながら考えた。いったいいまここで何が起きている?

キースがカクテルを配ってまわると、エラリーは目顔でソーンに注意した。ソーンはかすかにうなずいた。ふたりは二杯だけ飲んで、あとは断った。キースはがぶ飲みしていた。まるで何か忘れたいことがあるように。

「これでずいぶん居心地がよくなった」ライナック博士は安楽椅子に巨体をおさめながら言った。「女を追い払って、温かい暖炉と酒があれば、人生はなんとか我慢できる」

「あいにく」ソーンは言った。「私はあなたを不愉快にさせることになりそうですよ、先生。いまから、あなたの人生を我慢できないものにしますから」

ライナック博士は眼をぱちくりさせた。「おやおや」医者は言った。「おやおや」そして、自分の肘のあたりからブランデーのデカンターを用心深く押しやり、ぶよぶよの両手を腹の上で組んだ。紫色の小さな眼がきらりと光った。

ソーンは暖炉に歩み寄ると、皆に背を向けて立ったまま、炎を見下ろしていた。「ライナック先生、私はメイヒュー嬢の利益を守るために、ここにいます」ソーンは振り向かずにそう言った。「ただ、お嬢さんの利益のためだけにです。シルベスター・メイヒュー氏は先週、突然亡くなられた。およそ二十年前に離婚して以来、一度も会ったことのない娘と再会するのを待ちわびている間に、亡くなったのです」

「正確な事実ですなあ」医者は眉ひとつ動かさずに、声を響かせた。

ソーンが突然、振り向いた。「ライナック先生、あなたはメイヒュー氏が亡くなる一年前から主治医として付き添ってこられた。具体的に、どこが悪かったんです?」

「いろいろですよ。これと言って特別な病気じゃない。死因は脳出血です」

「あなたの死亡診断書にはそう書いてありますがね」弁護士はずいと身を乗り出した。「私は完全には納得していません」ゆっくりと言った。「あなたの死亡診断書に書かれているのが真実かどうか」

医者は一瞬、弁護士を凝視して、いきなり、はち切れそうなふとももをぴしゃりと叩いた。「すばらしい!」医者は怒鳴った。「すばらしい! 実に私の大好きなタイプの人物だ。ソーンさん、あなたはそれだけ干からびた見かけのわりに、中身はみずみずしい胆力に満ちたかたですなあ」そして、顔いっぱいに笑いながらエラリーを振り返った。「聞きましたか、クイーンさん? あなたのご友人は公然と私を人殺しだと糾弾されましたよ。いやあ、実に愉快だ、わくわくしますなあ。なるほど! このライナックは異母兄《あに》殺しか。ニック、おまえはどう思う? おまえの保護者が冷血な殺人鬼だと訴えられているぞ。はっはっは」

「馬鹿馬鹿しい」ニック・キースは唸った。「ソーンさん、あんただって信じちゃいないだろう」

弁護士のやつれた頬が、きゅっと引っこんだ。「私が信じているか否かは問題じゃない。そういう可能性が存在するということです。それより、私が心配しているのは、殺人事件があったかどうかではなく、アリス・メイヒュー嬢の利益だ。シルベスター・メイヒュー氏はなんらかの原因で亡くなった――神の手によるか人間の手によるかは定かではないが。しかし、アリス・メイヒュー嬢はいま現在、生きているのです」

「ふむ、それで?」ライナック博士が穏やかに訊いた。

「それで、私が言いたいのは」ソーンは低い声で言った。「よりによってこのタイミングでお嬢さんの父親が亡くなったのは、とてつもなく変だということです。とてつもなく」

長い間、沈黙が続いた。キースは膝に両肘をつき、少年のようにぼさぼさの、眼が隠れるほど長い前髪の下から、じっと炎を凝視していた。ライナック博士は愉快そうにブランデーを飲んでいる。

やがて、医者はグラスをおろして、ため息をついた。「おふたかた、人生というものは、腹のさぐりあいなんぞで時間を無駄にできるほど長いものじゃない。誘導だのなんだの、くだらんことなしにさっさと話を進めようじゃないですか。ニック・キースは私の信頼する男ですから、あれの前では何を話してもいい」青年は微動だにしなかった。「クイーンさん、あなた、本当は何も事情を知らんのでしょう?」肥った男はあけっぴろげな笑顔で言った。

エラリーもまた微動だにしなかった。「どうして」ぼそりと言った。「わかったんです?」

ライナックは微笑みを絶やさなかった。「おやおや。ソーンさんはシルベスターの葬式以来〝黒い家〟から一歩も出なかった。それに、今日までずっと、寝ずの番を買って出て、おこもりしていた間、手紙を一通も出したり受け取ったりしていない。今朝になって、埠頭でソーンさんがひとりでどこかに電話をかけにいった。それからまもなく、あなたが現れた。ソーンさんはほんの一、二分しか私から離れていなかったのだから、たいしたことを言うひまはなかったはずだ。今日のあなたの振る舞いに拍手を送りますよ、クイーンさん。実に模範的な演技でしたな。まったく五里霧中で絶望的に何も事情がわからないのを隠して、さも何もかも知っているという態度でねえ」

エラリーは鼻眼鏡《パンスネ》をはずして、レンズをみがきだした。「あなたは医師であると同時に、心理学者でもありますね」

ソーンが唐突に言った。「そんなことは関係ないでしょう」

「いやいや、関係大ありですとも」肥った男は悲しげに太い声を響かせた。「ねえ、クイーンさん、あなたのご友人が苦しんどる悩みですがね――これ以上、あなたに気をもませるのも、なんですからなあ――ざっと説明しましょう。私の異母兄《あに》のシルベスターは、主よ、あの者の苦しみに満ちた魂をお救いください。ひとことで言えば、守銭奴《しゅせんど》だったんですよ。自分の金貨を墓まで持っていけたとしたら――絶対に墓泥棒の心配がないと保証されていれば――あの男なら間違いなく、そうしたでしょうなあ」

「金貨？」エラリーは眉を上げた。

「いやあ、お笑い種《ぐさ》でしょう。シルベスターは、中世に生きとるようなところがありましてねえ。天鵞絨《びろうど》の長い黒のローブを着てラテン語の呪文を唱えていてもおかしくなかった。それはともかく、墓に金貨を持っていくわけにいかなかったシルベスターは、次善の策をとりました。隠したんですわ」

「こりゃ、参ったな」エラリーは言った。「お次は帽子から、鎖を引きずった亡霊を引っぱり出すつもりですかね」

「隠したんですよ」ライナック博士はにんまりした。「不浄な銭を〝黒い家〟の中に」

「じゃあ、アリス・メイヒューさんは？」

「あのかわいそうな娘は、状況の犠牲者というわけですなあ。シルベスターは、アリスのことをきれいさっぱり忘れとったんですわ、つい最近、あの娘がロンドンから、母方の親類の最後のひとりが死んでしまったと知らせてくるまで。そう、信頼のおける弁護士だと誰かに紹介されたあなたのご友人、がりがりに痩せて眼がぎらぎらしとる、そこのソーンさんに手紙をよこすまでねえ。いやあ、実にごりっぱな弁護士さんですよ！　なんたって、アリスは父親が生きているかどうかも、そもそも、どこに住んでいるのかも知らなかったんですからねえ。そうしたらなんと、このよきサマリア人《びと》たるソーンさんは、我々を探し出し、アリスが自分の身の上についてこまごまと書きつづった長い手紙と写真の束をシルベスターに届けてくれたうえ、その後は連絡係《リエゾン》をずっとつとめてくれていたんですよ。しかも、この御仁《ごじん》は実に用心深い切れ者でしてなあ！」

「そういう説明はまったく必要ない」弁護士はつっけんどんに言った。「クイーン君は事情を全部――」

「知らんのでしょう」肥った男はにんまりした。「私のつまらん話に、これほど食いついて聞いている様子を見れば。ねえ、ソーンさん、お互い、もっと賢明になろうじゃありませんか」医者はまたエラリーに向きなおると、愛想よくうなずいた。「それでです、クイーンさん、シルベスターは、溺れる者が救命具にすがるように、この新たに見つかった実の娘という考えにすがりつくようになりましてねえ。私は何ひとつ隠すつもりはありませんよ、シルベスターはすっかり耄碌《もうろく》して妄想がひどくなって、自分の家族を疑うようになったんです――信じられますか！――私たちが異母兄《あに》の財産を狙って、悪だくみをしとるというんですからなあ」

「それはまたひどい邪推ですね」

「そうそう、そのとおり！　ともかく、シルベスターは私の目の前でソーンさんに、もうとうのむかしに、財産は金貨にかえてあの家のどこかに隠したと言ったんです。隠し場所は唯一の相続人である娘のアリスにだけ伝えると。わかりましたか？」

「わかりました」エラリーは答えた。

「不幸なことに、アリスが着く前にシルベスターは死んでしまいましてな。となれば、ねえ、クイーンさん、ソーンさんが私たちのことで、いろいろ不吉な考えを持つのは不思議じゃないでしょう？」

「荒唐無稽《こうとうむけい》な話なのはわかっている」ソーンは顔を赤くして、ぴしゃりと言った。「しかし、私は依頼人の利益を守らなければなりませんから、どこかに金貨の山がほったらかしにされているというあの家を、見張りもつけずにそのままにしておくことなど——」

「まあ、できませんわなあ」医者はうなずいた。

「ぼくにささやかな、まことにちっぽけな発言をお許し願えれば」エラリーがぼそぼそ言った。「そいつは巨人の大群とねずみ一匹の戦いみたいなもんじゃありませんか？　我が国ではもう何年も前から金貨の所有が法律で禁じられているんですよ。せっかく見つけたところで、おかみに没収されるだけでしょう？」

「そこは法的にいろいろ複雑な問題だ、クイーン君」ソーンは言った。「しかし、金貨が発見される前なら、問題は存在しない。つまり、私が努力しているのは——」

「実に涙ぐましい努力でしたねえ」ライナック博士はにやにやした。「まあ、聞いてください、クイーンさん、あなたのご友人は、鍵をかけてかんぬきをおろした扉のうしろで寝とったんですよ、短剣《カットラス》を握って——海軍にいたシルベスターの祖父の、名誉ある形見の短剣をね。いやあ、愉快じゃありませんか」

「私は愉快だとは思わなかった」ソーンはそっけなく言った。「そうやって茶化してばかりいるなら——」

「まあ、それはともかく——ソーンさん、あなたのちょっとした疑惑の問題に戻りますがね——事実を分析しましたか？　誰を疑ってるんです？　この卑しい私《わたくし》めですかな？　保証しますが、私は精神的には禁欲主義で——」

「それだけぶよぶよ肥っているくせに、よくもまあ！」ソーンはつっけんどんに言った。

「――その、金《かね》そのもの《ペル・セ》は、私にとって何の意味もないものです」医者は落ち着き払って続けた。「私の異母姉《あね》のサラですか？ すっかり耄碌して妄想の世界に住む、シルベスターと同じノアの箱舟より旧《ふる》い時代の人間――知ってのとおり、あのふたりは双子ですからなあ――それももうあまり先の長くない年寄りだ。すると残るのは、私の良き妻ミリーと我らが不愛想な若者ニックですか。ミリーを疑う？ 馬鹿馬鹿しい、あれはもう二十年も、いいにしろ悪いにしろ自分の考えなんか持っちゃいない。ニックかな？ ああ、そういえばよそ者ですなあ――これは見込みがありそうだ。すると、あなたが疑っとるのはニックですか、ソーンさん？」ライナック博士はくっくっと笑った。

キースが立ち上がり、肥った男のべっとり脂ぎった満月のような穏やかな顔を、ものすごい眼で見下ろした。恐ろしく酔っているようだった。「この豚野郎が」くぐもった声で言った。

ライナック博士はあいかわらず微笑を浮かべていたが、その豚のような小さな眼は用心深く隙《すき》がなかった。「これこれ、ニックや」医者はがらがら声でなだめるように言った。

それはあまりにも素早い出来事だった。キースが突然、大きく身を乗り出し、ずっしりしたカットグラスのブランデーのデカンターをひっつかんで、医者の頭めがけて振りおろした。ソーンは叫び声をあげ、本能的に一歩飛び出した。が、その動作は不必要だった。ライナック博士は肥った蛇が鎌首をもたげるように、さっとのけぞったので、狙いがはずれた。乱暴な動きにキースの身体がぐるりと一回転し、デカンターが手の中からすっぽ抜け、暖炉の中に飛んでいき、粉々になった。かけらが暖炉いっぱいに散らばり、暖炉の前まで飛び散った。デカンターに少しだけ残っていたブランデーがじゅっと炎にかかり、青い焔《ほのお》を燃え上がらせた。

「あのデカンターは」ライナック博士が怒った声を出した。「百五十年近くむかしのものなんだぞ！」

キースは無言で突っ立ち、広い背中を皆に向けていた。その肩が大きく波打っている。

エラリーはなんとも言えない妙な気分でため息をついた。室内が、まるで夢の中のようにちらちらと揺らめく中、たったいまの出来事が、あたかも舞台のワンシーンのように嘘くさく思えた。彼らは演技をしているのか？　いまの一幕は入念に計算された芝居なのか？　だとしたら、なぜそんなことを？　口論の末にぶん殴るふりをして、一体全体、どんな目的が達成できる？　ただ、美しい年代もののデカンターがぶっこわれるという無残な結果にしかならなかったじゃないか。まったく意味をなしていない。

「ぼくは失礼して」エラリーは言いながら、よろりと立ち上がった。「悪魔が煙突からおりてくる前に、ベッドにはいるとしましょう。それじゃ、皆さん、すばらしく風変わりな夜を過ごさせてくださって感謝しますよ。ソーンさん、あなたもそろそろどうです」

エラリーはおぼつかない足取りで階段をのぼっていった。うしろからついてくる弁護士も、同じくらい疲れているようだった。ふたりは寒い廊下でひとことも交わさずに別れると、ありがたい寝室によろめきながら歩いていった。階下《した》からは重苦しい静寂が漂ってくる。

ベッドの足元の板にズボンをかけたところでエラリーは、そういえばソーンが夜になったらこの実に面妖な事件についてすっかり説明すると囁きかけてきたな、とぼんやり思い出した。エラリーは苦労してガウンを着てスリッパに足を突っこみ、のろのろとソーンの部屋まで歩いていった。しかし、弁護士はすでにベッドの中で高いびきだった。

エラリーはのそのそと自分の部屋に戻ると、寝間着に着替えた。明日はきっと二日酔いに違いない。エラリーは酒に弱いことで有名だった。ぐるぐると脳味噌が回るのを感じながら、這うようにして毛布の下にもぐりこむと、すぐに大いびきをかきだした。

＊

何度も寝返りを打ち、ちっとも休まらない眠りの最中《さなか》、何かが変だという不安に突き動かされて、眼を開いた。最初はただ頭がずきずきして、舌がざらつくことしかわからなかった。自分がどこにいるのかも覚えていなかった。そのうちに、色褪せた壁紙や、すり切れた青い絨毯に日光の青白い点々や、昨夜ベッドの足元にかけておいたズボンを見て、記憶がよみがえってきた。震えながら、寝る前にはずし忘れた腕時計を確かめた。六時五十五分。室内の凍てつく空気の中に、枕から頭を起こしてみた。鼻が凍りつきそうだ。しかし、おかしなことは何も見つけられない。朝日は弱々しくとも、エラリーの眼にはまばゆくぎらついていた。室内はしんと静まり返り、寝る前に見た光景とどこも変わっていない。ドアは閉じたままだ。エラリーはまた毛布の中に潜りなおした。

その時、それが聞こえた。ソーンの声だ。ソーンの、まるで悲鳴のような、かすかな叫び声が、家の外のどこかから聞こえてくる。

エラリーはベッドから飛び出し、裸足でひとっ跳びに、窓辺に寄った。けれども、家のこちらの面には、立ち枯れの森がすぐそこまで迫っているので、この窓からソーンの姿は見えない。エラリーは大慌てで取って返し、靴に足を突っこみ、パジャマの上からガウンを巻きつけ、ベッドの足元に飛んでいき、かけてあるズボンの尻ポケットからリボルバーを引き抜くと、拳銃片手に廊下に走り出て、階段をめざそうとした。

「どうしました?」何者かの唸る声がして、エラリーが振り返ると、ライナック博士の巨大な頭が、隣の部屋からにょっきりと突き出されている。

「わかりません。ソーンが叫んでいるのが聞こえましたが」それだけ言って、エラリーは階段を駆け下り、玄関の扉を開け放った。

戸口で、エラリーは棒立ちになり、息をのんだ。

すっかり身支度を整えたソーンが、家から十メートルほど離れたところで、エラリーから斜めに顔が半分見える姿勢で突っ立ち、やつれた顔に誰が見てもはっきりわかる恐怖の表情を浮かべて、エラリーの視界からはずれた何かを凝視している。エラリーはいまだかつて、これほどすさまじい恐怖に満ちた顔を見たことがなかった。ソーンの隣には、まだ身支度のすんでいないニコラス・キースが、腰を抜かしたようにへたりこんでいる。青年は口を開け、両眼をまん丸に見開きぎょろつかせていた。

ライナック博士はエラリーを乱暴に押しのけて怒鳴った。「どうした? 何があった?」肥った男はカーペット地のふわふわしたスリッパに足を突っこみ、寝間着の上からアライグマの毛皮を着こんでいるので、どう見ても肥った熊そのものだった。

ソーンの咽喉仏《のどぼとけ》がごくりと動いた。地面も、木々も、世界のすべてが、この世のものとは思えぬ、雪の毛布にすっぽりとおおわれている。大気は、ふわふわとゆっくり落ちてくる暖かそうな雪の綿毛《わたげ》で満ちていた。吹き寄せられた雪の山が大きく盛り上がり、木々の幹を埋めるように積もっている。

「来るな」エラリーと肥った男が歩きだそうとしたとたん、ソーンはしゃがれた声を出した。「来るんじゃない、来るな。そこにいてくれ」エラリーはリボルバーをぐっと握りなおすと、ソーンの言葉にかまわず、医者の脇をすり抜けようとした。しかし、医者は石の壁のように立ちはだかっている。ソーンは、背景よりさらに白い顔をして、雪の上にふた組の足跡を残しつつ、よろめきながら玄関まで戻ってきた。「私を見てくれ」ソーンは叫んだ。「私を見てくれ。正気に見えるか？　私は気が狂ってしまったのか？」

「しっかりしてください、ソーンさん」エラリーは鋭く言った。「どうしたんです？　ぼくには、どこにも何も異常があるようには見えませんよ」

「ニック！」ライナック博士が怒鳴った。「おまえもおかしくなったのか？」

突然、青年は日焼けした顔を両手でおおった。やがて、手をおろし、もう一度じっと見ている。

そして、やっと咽喉から声を絞り出した。「きっとおれたち全員狂っちまったんだ。こんな

――いいから、自分の眼で見てみな」

するとライナックが動いたので、エラリーはその横をすり抜け、がたがた震えているソーンのそばのやわらかな雪の上に飛びおりた。うしろからライナック博士がよたよたついてくる。エラリーは雪を蹴立ててキースに向かって走り、眼をすがめて同じ方向を凝視した。

凝視する必要はなかった。そこに見えるものは、視力のある者なら誰でも簡単に見えるものだった。エラリーはそちらを見たとたん、髪がぞわぞわと逆立つのを感じた。同時に、これこそが前日の狂気に満ちた一連の出来事に続く唯一絶対のクライマックスであり、必然の結果だったと確信せずにいられなかった。世界はめちゃくちゃになってしまったのだ。物の道理も、正気も、何の意味も持たないものに成り果てたのだ。

ライナック博士は一度、大きく息をのんだ。そして、突っ立ったまま、巨大なフクロウのように眼をまたたかせていた。〝白い家〟の二階のどこかで窓ががたつく音がした。見上げる者は誰もいなかった。音の主《ぬし》はガウンを身体に巻きつけたアリス・メイヒューで、車路に面した側面にある彼女の部屋の窓から、顔を出したのだ。アリスは一度、大きく叫んだ。そして、同じように黙りこんでしまった。

そこには一同がたったいま出てきたばかりの家が、ライナック博士が〝白い家《ホワイトハウス》〟とあだ名をつけた家が、開きっぱなしの玄関の扉が音もなく揺れてアリス・メイヒューが側面の窓から外を見ている家がある。石と木と漆喰《しっくい》とガラスでできて、実に古色蒼然とした、どっしりと実体のある家が、たしかにある。

しかしその向こう、ガレージに続く車路の向こう側の〝黒い家〟が、前の日の午後にエラリー自身が足を踏み入れたばかりの家が、汚物と悪臭にまみれた家が、同じく石の壁と木の縁取りとガラスの窓と煙突と雨樋のガーゴイルと玄関ポーチでできた家が、黒ずんだ家が、南北戦争時代に建てられたビクトリア様式で古めかしいシルベスター・メイヒューの死に場所である家が、ソーンが短剣を持ったまま一週間もこもって不寝番をしていた家が、一同が見て聞いて匂いを嗅いだ家が、建っていた場所には……何も建っていなかった。

壁もない。煙突もない。屋根もない。残骸もない。瓦礫《がれき》もない。家もない。何もない。あるのはただ、なだらかな暖かそうな雪に一面おおわれた空き地だけ。

家は夜の間に消えていた。

2

「おまけに」エラリー・クイーン君はぼんやりと考えた。「アリスって名前の登場人物までいるんだからな」

エラリーはもう一度、よく見た。眼をこすらなかったのは、自分が道化《どうけ》に見えるように思えたからである。そもそも、視覚は、いや、五感は、これまでになく冴えきっている。

雪の中に立ちつくしたままエラリーは、七十五年前から三階建ての石造りの屋敷があったはずの空き地をただ、ただ、ただ、見つめていた。

「家が、ないわ」二階の窓からアリスの声が弱々しく降ってきた。「ないわ……家が……ない」

「なら、私は狂っていないんだな」ソーンがよろめきながらふたりに歩み寄ってきた。エラリーは老人の足が雪をかき分け、長い跡をつけてくるのを見つめていた。ということは、人間の体重はまだこの宇宙でそれなりの意味を持っているのだ。それに、自分の影が落ちている。つまり、実体のある物質は影を落とすという決まり事はまだ有効なのだ。馬鹿げてはいるが、この発見のおかげで、わずかとはいえいくらかほっとした。

「消えてしまった！」ソーンがしゃがれた声で言った。

「みたいですね」エラリーは自分の声がくぐもり、のろのろしていることに気づいた。口から言葉がふわりと渦を巻いて大気の中に流れ出て、煙のように消えてしまうのを見つめていた。

「そうみたいですね、ソーンさん」としか言えなかった。

ライナック博士は、肥った首を弓なりにそらし、七面鳥のようにたるんだ頬を震わせた。

「信じられん。信じられん！」

「信じられない」ソーンが小さくもらした。

「非科学的だ。ありえない。私は理性的な人間だ。理性的だ。頭ははっきりしている。こんなことが――くそっ、あるはずがないんだ！」

「初めてキリンを見た人間もそう言ったでしょうね」エラリーはため息をついた。「しかし……たしかにあるんですよ」

ソーンはすっかり途方に暮れたようにぐるぐる歩きまわりだした。アリスは魔法にかけられた石像のごとく、二階の窓からじっと外を見つめている。キースは何やら罵ったかと思うと、いきなり雪におおわれた車路を横切り、眼が見えない者のように両手を前に突き出して、透明な屋敷に向かって走りだした。

「待った」エラリーが声をかけた。「その場を動かないでくれないか」

大男は立ち止まると、険悪な顔になった。「なんでだよ」

エラリーは尻ポケットからリボルバーを抜くと、雪をかき分けて進み、車路の青年のすぐ近くで立ち止まった。「ぼくにも何がなんだかわからない。ともかく、何かが変だ。ぼくらか、世界か、どっちかが狂っている。ここはぼくらの知っている世界じゃない。ここは……別の次元の世界みたいだ。なあ、太陽系がまるごと宇宙の軌道からはずれて、誰も知らない四次元の時空に落っこちたと思うかい？　うん、わかってるよ、自分でも馬鹿なことを言ってるのは」

「ああ、そうだろうよ」キースは怒鳴った。「おれはこんなインチキに騙されない。昨夜、そこにはたしかに家があったんだ、それがいまはなくなってるって、誰がなんと言ったって、絶対信じないぞ。自分の眼だって信じてたまるか。おれたちは――催眠術にかけられたんだ！　そこの河馬《カバ》がやったに決まってる――あいつはなんだってできるんだ。催眠術をかけやがった。そうだろう、催眠術をかけたんだろう、ライナック！」

医者はつぶやいた。「なんだって？」そう言っただけで、空き地をじっと見つめている。

「家はあそこにあるって、そう言ってるんだ！」キースは怒ったようにわめいた。

エラリーはため息をついて、雪の上にひざまずいた。そして、凍えたてのひらで、白いやわらかな毛布を取りのけ始めた。地面が現れると、濡れた砂利とわだちが見えた。

「これは車路だよな？」エラリーは顔も上げずに訊いた。

「車路か」キースはとげとげしく言った。「でなきゃ、地獄行きの道かもしれないぜ。あんたもおれたちと同じくらい頭がおかしくなったんだな。車路に決まってるだろう！　あそこのガレージが見えないのか？　車路じゃないわけがあるのか？」

「わからない」エラリーは眉を寄せて、立ち上がった。「ぼくは何も知らない。もう一度、最初から全部、学びなおさないと。ひょっとすると――引力の問題なんだろうか。ぼくらみんな、いつ宇宙にふわふわ飛んでいくか、わからないぞ」

　ソーンが唸った。「助けてくれ」

「ぼくが確実に言えるのは、昨夜、何か不思議なことが起きたってことだけだ」

「おれは違う」キースはわめいた。「こいつは眼の錯覚だか幻覚だかに決まってる！」

「何か不思議なこと」肥った男が身じろぎした。「ああ、それは間違いない。しかし、なんとも中途半端な言葉だねえ！　家が一軒、消えたというのに。何か不思議なことだって」医者はひきつるような声で、おもしろくもなさそうに笑った。

「わかってますよ」エラリーはいらいらと答えた。「たしかにそのとおり。そのとおりですよ、先生。ぼくは事実を言ったまでだ。きみもね、キース、本当はその集団催眠がうんたらかんたらという馬鹿な話は信じちゃいないんだろう？　家は消えた、それは間違いないことだ……さっきからぼくが悩まされているのは、家が消えたという事実じゃない。これを実現した、その方法だ。こいつは臭う――何か――」エラリーは頭を振った。「ぼくはいままで信じたことはない……こんな、こんな馬鹿げたことがあるなんて。くそっ、あるわけがないんだ！」

ライナック博士は広い肩をそびやかし、血走った眼をかっと見開き、雪におおわれた空き地を睨みつけた。「これはトリックだ」医者は怒鳴った。「ろくでもないトリックだ、そうに決まっとる。あの家はいまもみんなの鼻先に建っとるんだ。さもなけりゃ――さもなけりゃ――いいか、私は騙されんぞ！」

エラリーは医者を見た。「もしかすると、キースがポケットにしまってるかもしれないと？」

アリスが素足にハイヒールの靴をつっかけて、カタカタと玄関ポーチに走り出てきた。髪が渦を巻いて流れ、寝間着の上で薄いコートがはためいている。うしろからのそのそと小柄なライナック夫人が出てきた。ふたりともすっかり動転している。

「あのふたりと話をしてください」エラリーはソーンに囁いた。「どんなことでもいい。ただ、ご婦人たちの気をそらし続けてほしいんです。せめて正気の雰囲気を保たないと、全員の頭がおかしくなってしまう。キース、ほうきを持ってきてもらえるかな」

エラリーは足を引きずるように車路を歩いていき、眼に見えない家を慎重に迂回しつつも、ぽっかりと空いた地面から決して視線を離そうとしなかった。肥った男はためらったが、やがてエラリーの足跡をどすんどすんとたどり始めた。ソーンはよろよろと玄関ポーチに戻っていき、キースは大またに〝白い家〟の裏手に消えていった。

いまはもう太陽はなかった。ほの白く不気味な光が冷たい雲の向こうからもれてくるばかりだった。雪はまだふわふわと、視界を厚くさえぎるように降り続いている。

＊

人は、真っ白な紙の上にぽつんぽつんと打たれた小さな頼りない点のようだった。

エラリーはガレージのアコーディオンドアを引き開けて、覗きこんだ。ガソリンとゴムのほっとする匂いが鼻をつく。ソーンの車は、前日の午後にエラリーが見たとおり、クロムめっきがきらめく漆黒の堂々たる巨体を休めていた。その隣には、エラリーたちが到着したあとにキースがしまったのだろう、ライナック博士がニューヨークからここまで運転してきたおんぼろのビュイックがある。どちらの車も完全に乾いていた。

エラリーはガレージの扉を閉めなおすと、車路に引き返した。雪の上に点々と続く、たったいま自分たちがつけた足跡のほかは、一面まっさらな雪が広がっている。

「ほら、ご注文のほうきだよ」大男が言った。「何をするつもりなんだ――またがるのか？」

「ニック、口をつつしめ」ライナック博士が唸った。

エラリーは笑った。「いや、かまいませんよ、先生。むしろ、彼の不機嫌丸出しの正気が伝染してくれた方が、みんなの頭がはっきりする。一緒に来てください、おふたりさん。今日はひょっとすると審判が下される、この世の終わりの日かもしれませんが、何もしないより何かした方がずっといい」

「クイーンさん、ほうきでどうするのかな?」

「この雪が偶然か、それとも計画のうちだったのか、見極めるのは難しいですから」エラリーはつぶやいた。「今日、起きたことは何でも真実になりそうだ。文字どおり、何でも」

「馬鹿馬鹿しい」肥った男は鼻を鳴らした。「どんな呪文を唱えたというんだね。アブラカダブラ。オン・マニ・パドメ・フム。どうやって人間が計画どおりに雪を降らせることができる? 馬鹿馬鹿しくて話にならん」

「人間が計画したとは言っていませんが」

「くだらん、くだらん、くだらん!」

「息の無駄づかいをしなくてもいいです。暗がりが怖くて口笛を吹き鳴らす、小さい子供みたいじゃないですか——ねえ、先生。そんなにでかい図体をしているくせに」

エラリーはほうきをしっかり握りなおすと、威勢よく足を踏みしめながら、車路を横切った。純白の四角い空き地に踏みこもうとして、自分の足がすくんでいるのに気づいた。筋肉がぎゅっと縮こまって、まるで本心では、たしかにそこにあるのに、なぜか見ることのできない、巨大な屋敷にぶつかると予期しているようだ。冷たい空気のほかに触れるものが何もないとわかると、エラリーは自嘲気味に小さく笑い、変わったやりかたで、雪の上でほうきを動かし始めた。とても繊細に、地面を掃く動作をして、積もった雪の表面の層を削《けず》り取っていく。こうして一層一層、少しずつ雪の厚みを減らしていった。一層はがされるたびに、エラリーは飛びつくように新たな表面をじっくりと調べた。この作業を、地面が現れるまで繰り返した。こうして積雪の底に達しても、人間の痕跡にはついにこれっぽかしも出合わなかった。

「妖精さんだな」エラリーはぶつぶつ言った。「妖精さんのいたずらに違いない。白状しますよ、ぼくはもうお手上げです」

「土台は――」ライナック博士が重たい声で言いかけた。

エラリーはほうきの柄で地面を突いた。ダイヤモンドなみに硬かった。

ばたん、と玄関の扉が閉まる音と共に、ソーンとふたりの女は〝白い家〟に逃げ帰った。外に残された男三人は、何をするともなくただ茫然と立ちつくしていた。

「そうですね」エラリーがようやく言った。「これは悪い夢か、さもなければ、この世の終わりってことでしょう」そして、家があるはずの四角い空き地を、疲れた掃除係のようにほうきをうしろにずるずる引きずりながら斜めに突っ切り、雪におおわれた車路に出た。それから、ここからは見えない道路に向かって車路をとぼとぼ歩いていき、裸の枝から白い氷柱《つらら》が垂れ下がる木々の下を通り抜け、曲がり角の向こうに姿を消した。

道路まではたいして距離がない。エラリーもそれはよく覚えていた。本街道から枝分かれしたその道路は長い長い弧を描く一本道だった。がたぴし揺れる旅の間、分かれ道は一本もなかった。

エラリーは道路の真ん中に立った。道は雪に埋もれているが、白い粉をかぶってからみあう木々の間をきらきらと輝きながら、すっとひと条《すじ》延びていく一本道は、はっきりと見分けがついた。記憶していたとおりに、道路はゆるやかにカーブを描いている。エラリーはなんとなく、ほうきを動かして、小さくそのあたりの雪を払ってみた。古ぼけたビュイックの往復でできた、でこぼこのわだちの跡が現れた。

「何を探してるんだ」ニック・キースがやけに静かに訊いてきた。「金貨か？」

エラリーはのっそり身を起こし、ゆっくり振り向くと、大男と向きあった。「なるほど、きみはぼくの後をつけてくる必要があると判断したわけか。それとも——いや、失敬。ライナック博士の思いつきだね、もちろん」

日に焼けた顔は眉ひとつ動かさなかった。「頭いかれてんのか。あんたの後をつけるだと？おれは自分のことだけで手いっぱいだ」

「ああ、そうだろうね」エラリーは言った。「でも、きみはぼくが金貨を探してるかどうか訊いたじゃないか、巨人《プロメテウス》君」

「変な奴」ふたりそろって屋敷に戻っていく道すがら、キースが言った。

「金貨か」エラリーは繰り返した。「ふうむ。あの家の中には金貨があって、いま現在、家は消えてしまった。その家が小鳥のようにどこかに飛んでいってしまったのを見つけたショックで、ぼくはこのちっちゃな品物のことをとんと忘れていたぞ。どうもありがとう、キース君」エラリーは重々しく言った。「思い出させてくれて」

＊

「クイーン様」アリスが声をかけてきた。暖炉のそばの椅子で縮こまっている娘のくちびるは色を失っていた。「わたしたち、どうなってしまったんでしょう？　どうすればいいんでしょう？　わたしたち……昨日のあれは夢だったの？　みんなであの家にはいって、中を歩きまわって、いろんな物に触ったのに……わたし、怖い」

「もし昨日が夢だったなら」エラリーはほほ笑んだ。「明日は啓示がもたらされるでしょう。聖なる経典にはそう書かれていますからね。奇跡を信じるなら、経典のありがたい話も信じましょうよ」そして、ごしごしと両手をこすりあわせた。「キース君、火をおこしてくれないか。北極にいるみたいだ」

「すみません」キースがびっくりするほど感じよく言って、出ていった。

「啓示があるとありがたいな」ソーンはぶるっと震えた。「私の頭は――おかしくなったんだ。こんなことはありえない。ぞっとする」てのひらで脇腹を打つと、何かがポケットでちゃりんと音をたてた。

「鍵だ」エラリーが言った。「なのに、家がない。やれやれ、参ったね」

キースが薪を山ほどかかえて戻ってきた。暖炉の中に散らばったガラスのかけらを見て顔をしかめ、薪を床に落とすと、前の晩に自分がぶつけて壊したブランデーのデカンターの成れの果てをほうきで集め始めた。アリスはその広い背中から、炉棚にのせた母の彩色写真に視線を移した。ライナック夫人はといえば、怯えた小鳥のように黙りこみ、しなびた小妖精のように部屋の隅で突っ立っている。ショールを身体に巻きつけ、スズメ色のよれよれの髪を背中に垂らし、ガラス玉のような眼で夫の顔を凝視し続けていた。

「ミリー」肥った男が言った。

「ええ、ハーバート、あっちに行ってますね」ライナック夫人は即座に言うと、のそのそと階段を上がって姿を消した。

「さて、クイーンさん、答えは出ましたか？　それとも、この謎はあなたの好みより超自然的すぎますかなあ？」

「どんな謎も超自然的ではありませんよ」エラリーはつぶやいた。「神の謎でないかぎりは。それはもう謎じゃない――大いなる深淵《しんえん》というものです。先生、どうにかして応援を呼ぶ方法はありませんか」

「空を飛べなきゃ無理だねえ」

「ここには電話がない」キースが振り向きもせずに言った。「そして道路の状態は見てのとおりだ。雪が積もってて、車で町までおりるのは無理だぜ」

「車があればの話だが」ライナック博士は咽喉の奥で笑った。が、消えた家のことを思い出したのか、笑いはやんだ。

「どういう意味です？」エラリーは詰め寄った。「車ならガレージに――」

「機械時代が生んだ役立たずの機械がふたつある。どっちの車も燃料切れですがねえ」

「しかも私のは」突然、ソーンが参加してきた。重大な個人的問題を思い出したのだ。「どこかが故障してるんだ。おまけに、運転手をニューヨークに置いて私だけでここまで運転してきたんだよ、クイーン君。タンクに残ったほんの少しのガソリン程度じゃ、私にはエンジンをかけることもできやしない」

　エラリーの指が、椅子の腕をリズミカルに叩いている。「やれやれ！　これじゃあ、ぼくたちが魔法にかけられたかどうか、第三者に確かめてもらうことさえできなくなったわけか。ところで先生、いちばん近い村か町はどこです？　ぼくは残念ながら、ここに来るまでほとんどまわりに注意していなかったので」

「道なりに二十五キロほど行けばありますよ。徒歩で行くつもりなら、どうぞご自由に、クイーンさん」

「この雪の積もり具合じゃ絶対無理だね」キースはつぶやいた。どうもこの青年は大雪が相当、気になるらしい。

「つまりぼくらは雪に閉じこめられてしまったわけか」エラリーは言った。「四次元世界のど真ん中で——いや、もしかすると五次元かな。実にすてきじゃないですか！　ああ、キース君、火をありがとう、ずっとよくなったよ」

「あなたは今度の出来事にあまり気が動転しとるようには見えませんなあ」ライナック博士は妙な眼でエラリーを見た。「白状しますが、今度のことは私でさえショックを受けとりますよ」

　エラリーはしばらく無言でいた。やがて、軽い口調で言った。「慌てふためいても、何もならないでしょう?」

「私はドラゴンがここまで飛んできてくれないかと本気で期待しているよ」ソーンはうめいた。そして、いくぶんきまり悪そうにエラリーを見た。「クイーン君……私は思うんだが……脱出を考えた方がよくないだろうか」

「いやいや、キースの言ったことを聞いたでしょう」

ソーンはくちびるを噛んだ。アリスが「寒くて凍えそう」と言いながら、火のそばに寄った。

「どうもありがとうございます、キース様。これ――この――こんな暖かな火にあたっていると、家庭でくつろいでいる気分になれますから」青年は立ち上がり、振り返った。ふたりの眼が一瞬、合った。

「おれはたいしたことはしてない」キースはそっけなく言った。「たいしたことじゃない」

「きっとあなただけね、この家で――まあ!」

黒いショールをまとった、とてつもなく歳を取った老女が階段をおりてきた。何年も前から死んでいるかのように、肌が恐ろしく黄ばみ、痩せ衰え、まるで木乃伊《ミイラ》だ。それでいて、齢《よわい》を知らぬ悠久の命を持つもののごとく、はっとするほど生気を感じさせる。黒い瞳は若々しく、明るく、聡《さと》くきらめき、その顔は驚くほど表情豊かだ。老女は横向きに片足で階段をさぐりつつ、二本の干からびたかぎづめのような手で手すりをつかみ、ぎこちない動きでおりてくる間じゅう、光に満ちた眼でアリスの顔をじっと凝視し続けている。老女の表情には奇妙な切望が浮かんでいた。大昔に死んでしまった希望が突然、いかなるわけか、再び大きく燃え上がったとでもいうように。

「だ――誰――」アリスは口ごもりながら、身体を遠ざけようとした。

「怖がらんでいい」ライナック博士が慌てて言った。「しまったな、ミリーの目を盗んで抜け出してきたのか……サラ！」またたきひとつする間に博士は階段の真下に立ち、老女の行く手をさえぎった。「こんな時間に何をしとるんだね。サラ、自分の身体をもっといたわらなきゃだめだよ」

老女は博士を黙殺し、かたつむりのごとくずるりずるりとおりてくると、ついに博士の象のような巨体のそばにたどりついた。「オリビア」もごもごいう声には、必死の熱情があふれていた。「オリビアが、わたくしのところに帰ってきてくれましたのよ。ああ、わたくしのかわいい、かわいいオリビア……」

「いいかい、サラ」肥った男は優しく老女の片手を取った。「そう興奮しちゃいかんよ。サラ、あれはオリビアじゃない。アリスだ――アリス・メイヒューだ、シルベスターの娘の、イギリスから来た。覚えとるだろう、アリスを。あの小さかったアリスだ。オリビアじゃないんだよ、サラ」

「オリビアじゃない？」老女は手すり越しに見ながら、皺だらけのくちびるを動かした。「オリビアじゃ、ないの？」

娘は、ぱっと立ち上がった。「わたし、アリスです、サラ叔母様。アリス――」

いきなり、サラ・フェルは肥った男の脇を駆け抜け、部屋を小走りに突っ切り、娘の手をひっつかみ、その顔を穴が開くほど見つめた。怯えきった顔を隅から隅まで見つめるうちに、老女の表情は絶望のそれに変わっていった。「オリビアじゃないわ。オリビアの美しい黒髪じゃ……オリビアの声じゃない。アリス？　アリスですって？」老女はアリスがそれまで坐っていた椅子にへたりこむと、骨と皮ばかりの幅広の肩を落として、しくしくと泣きだした。まばらな白髪を通して、黄ばんだ頭皮がはっきり見える。

ライナック博士が吼えた。「ミリー！」激怒した声だった。ライナック夫人がびっくり箱から飛び出すように、ただちに現れた。「どうしてサラを部屋から出した？」

「だ、だって、わたしはてっきり――」ライナック夫人は口ごもった。

「いますぐ部屋に連れていけ！」

「わ、わかったわ、ハーバート」びくびくすずめは小さな声で答え、ガウン姿で階段を慌てて駆け下り、老女の片手を取ると、老女は逆らわずに、手を引かれるままついていった。フェル夫人は姿が見えなくなるまで、しゃくりあげる合間にずっと繰り返していた。「どうしてオリビアは帰ってきてくれないの？　わたくしは母親なのに、どうしてオリビアをわたくしから取り上げたの？」

「すまんすまん」肥った男は汗を拭き拭き、大きく息をついた。「いつもの発作だ。アリス、おまえが来ると聞いてサラがやたらと興味を持ちだした時から、危ないと思っとったよ。たしかにおまえはオリビアと似とるんだ。サラが混乱するのも無理はない」

「あのひと――あのひと、怖いわ」アリスは消え入りそうな声を出した。「クイーン様――ソーン様、わたしたちここに居続けなければいけないんですか？　町にいた方がずっと気が楽だわ。それに、わたし、風邪をひいてしまって、ここのお部屋はとても寒くて――」

「ああ、もう」ソーンが暴発した。「こうなったら一か八かで、歩いて出ていってもいい気がしてきた！」

「そしてシルベスターの金貨を、私たちの優しさと思いやりにゆだねるというわけですなあ？」ライナック博士はにんまりした。が、またまじめな顔になった。

「わたし、父の遺産なんて欲しくありません」アリスは必死に声を絞り出した。「いまはただ、ここから離れたいの、それだけです。わたし――わたしなら、大丈夫、なんとかやっていきますから。仕事を見つけて――わたし、これでも結構いろいろなことができるんですよ。とにかく、ここから出たいの。キース様、お願い、あなたなら――」

「おれは魔術師じゃない」キースはそっけなく言い捨て、分厚いダブルの短いコートのボタンをかけると、大またに家を出ていった。背の高い姿が雪のベールの向こうに向かって消えていくのが見えた。

アリスは顔を赤らめ、火に向きなおった。

「そう、ここに魔術師はいない」エラリーは言った。「お嬢さん、どうか気をしっかり持って、出ていく手段が見つかるまで、なんとか踏ん張ってください」

「わかりました」アリスは震えながら、小声で答えると、炎の中をじっと見つめた。

「ちょうどいい、ソーンさん、いまのうちにあなたがこの事件で知っていることを全部教えてくれませんか。特にシルベスター・メイヒュー氏が住んでいた家について。お嬢さん、あなたのお父さんに関する話を聞けば、何か手がかりが見つかるかもしれませんよ。家が消えたのなら、家の中にある金貨も消えたということだ。あなたがそれを望むと望まないとにかかわらず、あなたのものであることに違いない。ゆえに、我々はそれを見つける努力をしなければなりません」

「そりゃあそうだが」ライナック博士がぼそぼそと言った。「まずは家を探すんですな。家を！」毛深い腕を振りまわし、爆発するように叫んだ。そして、サイドボードに向かって歩きだした。

アリスは力なくうなずいた。ソーンが小声で言った。「なあ、クイーン君、ふたりだけで少し相談した方がよくないかね」

「昨夜は率直に話を始めました。そのまま同じフェアな態度を続けてはいけない理由が見当たりませんね。ライナック博士の前で言葉を渋る必要はないですよ。我々のホストは明らかにひとかどの人物だ——枠におさまらない大人物に違いないです」

ライナック博士は返事をしなかった。水用のゴブレットになみなみとジンを注いでいる、その丸い顔の表情は険しかった。

＊

むき出しの敵意で金属のように緊張した空気の中、ソーンは険しい声で語った。その間じゅう、弁護士のまなざしはライナック博士から一度たりとも動こうとしなかった。

最初に、何かがおかしいという疑念をソーンの心に芽吹かせたのは、シルベスター・メイヒューその人であった。

アリスからの手紙を受け取ったソーンは調査を開始し、メイヒューの居どころを突き止めた。弁護士は寝たきりの老人に、もしも父親がまだ存命なら消息を知りたいと、彼の娘から依頼されたのだと説明した。メイヒュー老人は異様なほど興奮して、その話をすなおに受け入れた。それればかりか、ぜひ娘と再会したいと切望した。そう語ったソーンは、敵意むき出しの口調で、メイヒュー氏は隣の家に住む親族たちをひどく恐れて暮らしていたようだ、と付け加えた。

「恐れてですと、ソーンさん？」肥った男は腰をおろしながら、眉を上げた。「あの男が恐れていたのは私たちじゃあない、貧乏ですよ。どうしようもない吝嗇家《りんしょくか》でしたからなあ」

ソーンは医者を無視した。メイヒューはソーンに、アリスに手紙を書いて、すぐアメリカに来るようすすめてほしいと依頼した。老人は自分の全財産を娘に、死ぬ前にゆずるつもりでいたのだ。金貨の隠し場所を教えることを、メイヒューはのらりくらりとかわし続け、ソーンにさえももらさなかった。ただ、〝家の中〟にある、と言うばかりで、具体的な隠し場所はアリス本人以外に伝える気はないと言うのだ。〝ほかの連中〟は〝隣に住み着いてから〟というもの、ずっと金貨を探しているらしい。

「ちょっといいですかね」エラリーはゆっくりと言った。「ライナック先生、ここの皆さんはこちらの家にどのくらい長く住んでおいでですか？」

「一年かそこらですなあ。まさか、死にかけの年寄りの妄想を信じたりせんでしょう？　私たちがここに住んどる理由は別になんの不思議も秘密もありませんよ。私は長い間、ここから離れて暮らしとったんですが、一年と少し前にシルベスターの様子を見に訪ねてきたら、あの古い家にあいかわらず住んどって、この家が空き家になっとったんです。ちなみにこの家、〝白い家〟ですが、これは私の義父――つまり、シルベスターの父親が、シルベスターとアリスの母親が結婚した時に建てたものでしてなあ。シルベスターはこの家に住んどりましたが、義父が死ぬと〝黒い家〟に戻ったんです。私が様子を見にきた時のシルベスターは、見る影もなく痩せ衰えて、固くなったパンをかじりながら、たったひとりで生活していて、それこそ緊急に医師の世話になる必要があったんですよ」

「たったひとりで――この、人里離れた荒野のど真ん中で?」エラリーは信じられない気持ちで訊いた。

「そうなんですわ。この家はあの男のものですが、実を言うと、私がここに住む許可をもらうには、無料《ただ》で治療をしてやる、という餌を目の前にぶらさげてやるしかありませんでな。気を悪くせんでくれ、アリス。おまえのお父さんは、すっかり耄碌して、もう頭がまともでなくてねえ……。ミリーとサラと私――サラはオリビアが亡くなってから私たちと同居しとるんです……みんなでこの家に移ってきました」

「見上げた心がけですね」エラリーは感想を言った。「異母兄の介護のために、ご自分の商売をあきらめなきゃならなかったんじゃないですか?」

ライナック博士はとりすました顔になった。「いやあ、たいして繁盛しておりませんでしたからなあ」

「でも、ほぼ純粋な兄弟愛から、どうしてもやらなければという衝動に駆られたわけでしょう？」

「もちろん、少しはシルベスターの遺産のお相伴《しょうばん》にあずかれるんじゃないかと、ちらっと期待したことは否定しませんよ。正当な我々の権利だと信じとったんです、アリスの存在を知りませんでしたから。ところがどっこい——」医者は肥った肩をひょいと上げた。「ま、私は悟りを開いとりますのでね」

「それなら、これも否定しないだろうな」ソーンは叫んだ。「メイヒュー氏が昏睡状態に陥《おちい》って私がここに戻ってきた時、あなたがたがみんなして、まるで——まるでスパイの一団のように、私をこそこそ監視し続けたことを！　私は邪魔者だからな！」

「ソーン様」アリスが青い顔でかすれた声を出した。

「申し訳ありません、お嬢さん。しかし、あなたも真実を知っておいた方がいい。ああ、ライナックさん、私を騙そうたってそうはいかんぞ！　アリスさんがいるいないにかかわらず、金貨が欲しかったんだろう。私はただあなたがたの手から金貨を守るためだけに、あの屋敷に閉じこもったんだ！」

　ライナック博士はまた肩をすくめた。ゴムのようなくちびるがぎゅっと潰《つぶ》れている。

「率直に話せと言ったな。よろしい！」ソーンはざらついた声で言った。「クイーン君、メイヒュー氏の葬儀が終わってから、お嬢さんが着くまで、私はあの屋敷に六日間閉じこもって、金貨を探し続けていいたんだ。あの屋敷の上から下までひっくり返して探した。しかし、影も形もない。私に言わせれば、あそこに金貨はない」そして、はったと肥った男を睨んだ。「きっと、メイヒュー氏が亡くなる前に盗まれたんだ！」

「いやいや」エラリーはため息をついた。「それじゃあ、もっと無意味ですよ。それならどうして、どこかの誰かさんがわざわざ呪文を唱えて、屋敷を消しちまったんです？」

「わからん」老いた弁護士は荒々しく言った。「私にわかるのは、ここで実に見下げはてた卑怯なたくらみがなされたことと、何もかもが不自然で、あの——あのいかさま師の笑顔の影に隠されているってことだ！　お嬢さん、あなたご自身のご家族について、こんな言いかたをしなければならないのは、本当に残念です。ですが、あなたはいま、人の皮をかぶった狼の中に飛びこんでしまった状態なのだと警告するのは、私の義務だと思っております。いいですか、ここは狼の群れの中ですよ！」

「たぶん」ライナック博士は苦々しげに言った。「私の身元保証人としてあなたを選ばない方がいいんでしょうな、ソーンさん」

「わたしは」アリスがひどく低い声で言った。「自分が死んでしまっていたらよかったと、心の底から思っていますわ」

しかし、弁護士はすでに自制心を吹っ飛ばしていた。「あのキースって男は」弁護士は怒鳴った。「あれは何者です？　ここで何をしているんだ？　どう見てもちんぴらじゃないか。クイーン君、私はあの男を疑って——」

「どうやら」エラリーは苦笑した。「あなたは誰も彼も疑っているんですね」

「キース様？」アリスはつぶやいた。「あら、わたしはそうは思いませんけど。わたし——あのかたはそんな人じゃないと思いますわ、ソーン様。むしろとても苦労してこられたように見えますけれど。ずいぶん辛い目にあってこられたんじゃないかしら」

ソーンは大げさにお手上げのポーズをすると、火に向きなおった。

「ひとまず」エラリーが愛想よく言った。「目先の課題に集中しませんか。たしか、我々は消えた家の問題について考えていましたよね。その〝黒い家〟とやらの設計図みたいなものは残っていますか」

「いやあ、ありませんなあ」ライナック博士は言った。

「その家には、あなたの義理のお父さんの死後、シルベスター・メイヒューと奥さんのほかに誰が住んでいましたか」

「奥さんたち、ですよ」医者は訂正しつつ、自分のグラスにもう一度、なみなみとジンを注いだ。「シルベスターは二度結婚しとりますのでね。アリスや、おまえもそれは知らなかっただろう」アリスは暖炉のそばで身震いした。「私はむかしのことをあれこれ蒸し返すのは好かんが、何しろ率直に話せということなのでねえ……シルベスターはアリスの母親を、実に極悪非道に扱っとりましたよ」

「わたし――そんな気がしていました」アリスはつぶやいた。

「気の強い女だったので、めそめそと言いなりになっちゃいなかった。とうとう堪忍袋の緒が切れて英国に帰りましたが、反動が来たらしく、やがて亡くなりました。死亡記事がニューヨークの新聞に出とりましたよ」

「まだわたしが小さかったころだわ」アリスが小さく言った。

「シルベスターはもう、そのころにはだいぶ頭がおかしくなっとったが、それでもまだ、晩年の世捨て人のような暮らしぶりではなかったので、金持ちの未亡人を口説き落として、ここに連れてきて一緒に暮らし始めたんです。このふたり目の女房は、最初の亭主との間に生まれた息子を連れてきました。シルベスターの父親はもう亡くなっとったので、ふたり目の女房と一緒に〝黒い家〟にはいったんです。シルベスターが未亡人と結婚したのが金目当てだったのは、すぐに明らかになりましたよ。あの男は女房に財産を全部、自分名義に書き換えさせてしまうと――あの当時では途方もない莫大な財産でした――とたんに虐待を始めましてなあ。結果、女はある日突然、連れ子と一緒に姿を消したんですわ」

「先生、たぶん」エラリーはアリスの顔を見ながら言った。「この話はもうよした方がいいでしょう」

「実際に何が起きたのか、ついぞわかりませんでしたがねえ――シルベスターが追い出したのか、それとも、暴力に耐えかねて、女房が自分から出ていったのか。なんにしろ、数年後に偶然、新聞の死亡広告欄で、女が貧乏のどん底で死んだことを知りましたが」

アリスは気分が悪くなったのか、鼻に皺を寄せて医者を茫然と見つめている。「父が……そんなことを？」

「いいかげんにやめたまえ」ソーンが怒鳴った。「かわいそうに、お嬢さんがヒステリーを起こしそうじゃないか。そもそも家が消えたこといまの話に何の関係がある？」

「率直に、と言われたのはクイーンさんですよ」肥った男はおっとりと言った。エラリーは魅入られたように暖炉の炎を見つめている。

「論点は」弁護士はぴしゃりと言った。「ライナックさん、私がここに足を踏み入れた瞬間から、あなたがたが私をずっと監視していたという事実です。一瞬でも私をひとりきりにするのを恐れていたという、この事実ですよ。そもそも、あなたは私が二度ここに来た時、二度ともキースにあなたの車で迎えにこさせた——ここまで私を〝護送〟するためにだ！　ここに着いてからも私はあのご老人とは、五分とふたりきりにならせてもらえなかった——そう仕組んだのはあなただ。そのあとメイヒュー氏は昏睡に陥り、結局、亡くなるまでついに一度も話をすることができなくなってしまった。なぜです？　何のために監視していたんです？　これでも私は、寛大な人間のつもりだ。それなのにあなたときたら、何をたくらんでいるのかと、私でさえ疑いたくなることばかりしている」

「どうやら」ライナック博士はくすくす笑った。「あなたはシーザーとは意見が合わんようですなあ」

「なんだって？」

肥った男は暗唱した。「〝あの男がもっと肥っていれば安心できるのだが（シェイクスピア『ジュリアス・シーザー』より。痩せた男は奸計をめぐらせるので油断ならない、というシーザーの台詞）〟。まあまあ、皆さん、この世の終わりが来るにしても、朝めしを食っちゃいかん理由はないでしょう。おい、ミリー！」医者は怒鳴った。

＊

まどろんでいた老いた猟犬がぼんやりと危険の気配を感じたように、ソーンはのろのろと目を覚ました。寝室は冷えていた。弱々しい朝の光が窓の向こうから、かろうじて射しこんでくる。弁護士は枕の下を手でさぐった。

「動くな！」かすれた声を振り絞った。

「ははあ、なるほど、あなたも銃を持っていたんですね？」エラリーはつぶやいた。すでに身支度を整えているが、よく眠れなかったような顔をしている。「ぼくですよ、ソーンさん、話し合いをしに忍んで参りました。まあ、ここに忍びこむのは文字どおり朝めし前ですね」

「どういう意味だ？」ソーンは唸るように言いながら、起きなおると、旧式のリボルバーをしまった。

「ドアの鍵がなくなってるじゃないですか、ぼくの部屋の鍵も、アリスの部屋の鍵も、〝黒い家〟や、シルベスター・メイヒューの逃げ足の速い金貨と同じように、消えてますよ」

ソーンはパッチワークのキルトにくるまり、老いたくちびるは真っ青になっていた。「それで、クイーン君？」

エラリーは紙巻きたばこに火をつけ、一瞬、ソーンの部屋の窓の外に眼を向け、まだ空から降ってくるふわふわの雪を見つめた。雪は前の日から休むことなく降り続けている。「ソーンさん、今回のこれは何から何まで奇妙奇天烈《きてれつ》な事件です。変てこな登場人物と摩訶《まか》不思議な現象の、実に稀《まれ》なる寄せ集めだ。いま、ちょっと偵察してきたんですがね。我らが若き友人、コロッサス（ロードス島の巨像）君が行方をくらましたと知ったら、あなたも興味を持つかな」

「キースがいなくなっただと？」

「ベッドに寝た跡はまったくありませんでしたよ。確かめてきました」

「そういえば、昨日も奴はほとんど姿を消していたな！」

「まさにそうなんですよ。あの多芸多才の不機嫌な坊やは、どうやら深刻な厭世《えんせい》の病にかかっているらしく、定期的に姿を消すんですよね。どこに行くんだろう？　誰か答えを教えてくれるなら、たっぷりと礼をはずむんだがなあ」

「この大雪が積もった中、そう遠くには行けないはずだ」弁護士はつぶやいた。

「フランス人なら、そこに考察の余地があるなんて、気取ったことを言いそうですけどね。同志ライナックも消えてますよ」ソーンは顔をこわばらせた。「ああ、あの医者のベッドなら寝た跡がありましたが、たぶん短い時間だ。ふたり一緒にずらかったのか？　それとも別々に？

ソーンさん」エラリーは考え考え言った。「ますます奇々怪々なことになってますよ」

「お手上げだ」ソーンはまたぶるっと震えた。「私はもうしっぽを巻いて逃げようと思い始めた。ここに来てから何の成果も出していない。あるのはただ、ぞっとするような信じられない事実だ……家が――消えてしまった」

　エラリーはため息をついて、腕時計を見た。七時一分。

　ソーンはキルトを放り出すと、ベッドの下のスリッパをさぐった。「階下《した》に行こう」不機嫌に言った。

＊

「すばらしいベーコンですね、奥さん」エラリーは言った。「ここまで食料品を運んでくるのは、ずいぶんたいへんでしょうけど」

「我々には開拓者の血が流れとるのでね」夫人が答える前にライナック博士が陽気に言った。医者は山のようなスクランブルエッグとベーコンをがぶりがぶりと飲みこんでいた。「幸い、うちの食糧貯蔵庫にはかなり長い間、やっていけるだけの備蓄があります。ここいらの冬は厳しいのでねえ――去年、学んだ教訓ですわ」

キースは朝食のテーブルに現れなかった。あの老女、フェル夫人はいた。胃袋を満たすほかは人生における肉体的な歓びが何も残されていない年寄りらしく、恥じらいのかけらもなしに、がつがつとむさぼり食っている。それでいて、げっそりとやつれたアリスの顔を、ひとことも喋らず、器用にずっとじろじろと凝視し続けていた。

「わたし、あまりよく眠れなかったわ」アリスはコーヒーカップをもてあそびながら言った。その声はいっそうかすれていた。「このいやな雪！　どうにかして、今日じゅうにここから出ていくことはできないんですか」

「雪が降り続いている間は無理でしょうね」エラリーは優しく言った。「あなたは、先生？　あなたもよく眠れなかったんですか。それとも、目と鼻の先で、家がまるごと何者かにかっぱらわれた件は、少しも神経に障らなかったんですか」

肥った男の眼の縁は真っ赤で、まぶたはたるんでいた。にもかかわらず、くすりと笑って答えた。「私ですか？　私はいつもぐっすり眠りますよ。やましいことなど何もないのでねえ。なぜです？」

「ああ、特別な理由はありません。それより、キース君は今朝、どこに？　引っこんでばかりですが、ずいぶんと人見知りなのかな？」

ライナック夫人がマフィンをまるごとごくりと飲みこんだ。夫がじろりとそちらを睨むと、夫人はさっと立ち上がり、台所に逃げこんだ。「さあ、どうですかなあ」肥った男は言った。「バンクォーの亡霊のように、とらえどころのない奴ですから。ま、お気になさらず。あれは人畜無害な男ですよ」

エラリーはため息をつくと、テーブルに手をついて立ち上がった。「二十四時間が過ぎましたが、状況の不可解さが改善される気配はかけらもない。すみません、お先に失礼します。なくなってしまった家をもう一度、見てきますよ」ソーンが腰を浮かせた。「いや、ソーンさん、ひとりで見にいきたいんです」

エラリーはいちばん暖かい服を着こむと、外に出ていった。雪はいまや下の窓に届くまで積もっていた。木々は、ほぼ雪にすっぽりとおおい隠されてしまっている。誰かが玄関のドアの前数メートルほどを雪かきして作った道があったが、すでに半分、雪に埋もれていた。

エラリーは雪をかいた小さな道で立ちつくし、凍りそうな空気を胸いっぱいに吸いこみながら、〝黒い家〟が建っていた。右手にある長方形の空き地を見つめた。そこを突っ切って、空き地の向こうにある森の端まで、うっすらと足跡らしきものが続いている。エラリーは切りつけてくる風に対抗してコートの襟《えり》を立てると、腰まである雪の中にずぶずぶとはいっていった。歩きにくかったが、不快ではない。しばらく歩くと、身体がずいぶんぽかぽかしてきた。世界は純白で静かだった——新しい、不思議な世界。

空き地を通り越して、森の中にどうにかはいっていくと、その新しい世界さえ置き去りにしてきた気がした。何もかもがあまりにも静かで、白くて、美しくて、この世のものとは思えない純粋な美そのものだった。カーテンのようにふんわりとおおいかぶさる雪に包まれた森はもとの形を捨てて、新しい姿に生まれ変わっていた。

ときどき、低い枝から雪が、エラリーの上にぱさりと落ちてくる。

そして、この地面と空の間に枝の屋根がかかっている森の中は、謎の足跡を消してしまうほど速く雪が降っていないのだった。この足跡は目的地がしっかりとわかっている足取りで迷うことなく一直線に、彼方のゴールに向かって、点線を描いて進んでいる。エラリーは新発見の予感に胸をおどらせ、ますます足を急がせた。

不意に、世界が真っ暗になった。

実に奇妙な現象だった。純白の雪が、うっすら灰色がかった白鼠色《しろねずいろ》になり、次いでもう少し濃い銀鼠色《ぎんねずいろ》になり、さらに暗く鼠色《ねずみいろ》になり、しまいには、まるで墨壺《すみつぼ》からあふれ出した墨が広がるように、真っ黒になった。そして、頬に雪の冷たく濡れた接吻を感じて、エラリーは少しびっくりした。

眼を開くと、雪の上で仰向けになっていた。分厚いコートを着たソーンが、真っ青な顔から氷柱のように鼻を突き出し、エラリーの真上でしゃがみこんでいる。

「クイーン君っ！」老人は叫んで、エラリーを乱暴に揺すぶった。「大丈夫かっ！」

エラリーは身を起こして坐ると、くちびるをなめた。「まあ、なんとか」うめくように答えた。「何にやられたんだろう？　まるで神の怒りのいかずちが降ってきたみたいだ」エラリーは後頭部をさすって、よろよろと立ち上がった。「ねえ、ソーンさん、どうやらぼくらは魔法の国の境界線にたどりついたようですよ」

「クイーン君、きみ、うわごとを言っているんじゃないだろうね？」弁護士は心配そうに訊ねた。

エラリーはそこにあるはずの足跡を探した。しかし、ソーンが立つ足元まで続いているふた条《すじ》の線のほかは何も見えない。明らかに、かなり長い時間、意識を失って雪の中に倒れていたのだ。

「ここから向こうには」エラリーは苦い顔で言った。「行かない方がいいでしょう。手を触れちゃいけない。鼻を突っこんじゃいけない。余計なことをしちゃいけない。そこにある見えない境界線を越えた先には、黄泉《シオウル》の国が、悪の巣窟《ドムダニエル》が、底なしの奈落《アバドン》が横たわっている。〝汝ら、ここよりはいる者は、すべての希望を捨てよ《ラシャーテ・オニ・スペランツァ・ヴォイ・ケントラーテ》（ダンテの『神曲』で地獄の入り口に書かれている言葉）〟……ソーンさん。ひょっとして、あなたがぼくの命を救ってくれたんですか？」

ソーンはきょろきょろと首をめぐらし、静まり返った森の奥を覗いている。「どうかな。違うと思うぞ。すくなくとも見つけた時、きみはひとりで倒れていた。びっくりしたよ――死んでいるのかと思った」

「へたをすると」エラリーは身震いした。「死んでてもおかしくありませんでしたね」

「きみが家を出ていくと、アリスは二階に行って、ライナックも昼寝をしたいようなことを言ったものだから、私は家を出てきたんだ。それからしばらく、雪道をうろうろしていたんだが、きみのことを思い出して引き返した。きみの足跡は消えかけていたが、空き地を突っ切って、森の端にたどりついて、きみを発見するまで、十分はっきり見えていたよ。でも、もうその足跡も消えてしまった」

「気に入らないですね」エラリーは言った。「だけど、別の意味では実に気に入った」

「どういう意味だ？」

「ぼくには想像できないんですよ」エラリーは言った。「神様ともあろうおかたがあれほど卑怯極まりない不意打ちの一撃をくださるとは」

「そうだ、これはもう戦争だ」ソーンはつぶやいた。「敵が誰か知らんが――そいつは決してあとに引かないだろう」

「とはいえ、慈悲深い戦争ですね。ぼくは情けをかけられたんですよ、そいつはぼくを簡単に殺すことができたのに――」

エラリーは絶句した。火の中で松かさがはじけるような、はたまた、凍った枝がまっぷたつに折れるような鋭い音が、それよりもずっと大きく響いて、耳に飛びこんできたのである。やがて、もっとやわらかな、しかし聞き間違いようのないこだまが届いた。

銃声だ。

「家だ！」エラリーは叫んだ。「行きましょう！」

積もった雪をかき分けてふたりで必死に進みながら、ソーンは真っ青になっていた。

「銃……忘れていた。部屋の枕の下に置きっぱなしだ。まさか――」

エラリーは自分のポケットを乱暴にさぐった。「ぼくのはまだここにある……だめだ、畜生、やられた！」かじかんだ指で不器用に弾倉をがちゃつかせた。「弾丸《たま》が抜かれている。しかも、ぼくは予備を持ってこなかった」そして、黙りこみ、口元をこわばらせた。

女たちとライナック博士は、怯えた動物のように、わけもわからずむやみやたらと駆けまわっている。

「いまのを聞きましたか！」ふたりが家に飛びこんでいくと、肥った男は叫んだ。医者は珍しく驚くほど興奮していた。「誰かが銃を撃った！」

「どこで？」エラリーは油断なくあちこちに目をさまよわせた。「キースは？」

「知りません、どこに行ったんだ。ミリーは家の裏から聞こえたと言っとります。私は昼寝をしとったので、わからんのです。銃だと！　すくなくとも、奴はおもてに出てきたわけだ」

「誰が？」エラリーは訊ねた。

肥った男は肩をすくめた。エラリーは台所を突っ切り、裏口のドアを開けた。外の雪はまっさらで、足跡ひとつない。居間に引き返すと、アリスが震える指で首にスカーフを巻きなおしているところだった。

「おふたりがどのくらい長くこんな気味の悪い場所にいらっしゃるつもりか知りませんけれど」娘は激しい口調で食ってかかった。「わたしはもうたくさんです、もう結構だわ。ソーン様、後生ですから、いますぐ、わたしをここから連れ出してください。いますぐに！　こんなところ、もう一瞬もいたくありません」

「まあまあ、お嬢さん」ソーンは疲れた声で言いながら、娘の両手を取った。「それは私もそうしたいのはやまやまですよ。しかし、おわかりでしょう――」

エラリーは階段を二段飛ばしに駆け上がっていったので、そのあとの言葉は聞き取れなかった。ソーンの部屋に突っ走り、ドアを蹴り開け、鼻をひくつかせた。そして、苦い笑みを刻みながら、寝乱れたベッドに歩み寄ると、枕をひっぺがした。銃身の長い、旧式のリボルバーが横たわっている。弾倉を確かめた。からっぽだった。今度は銃口を鼻に近づけてみた。

「どうだった？」ドアの外からソーンが言った。英国娘は弁護士にしがみついている。

「どうだったかって？」エラリーは銃を放り出した。「我々はいまや幻覚ではなく、現実と直面してるってことです。ソーンさん、あなたが言ったとおり、これはもう戦争だ。さっきの発砲に使われたのはあなたの銃です。銃身がまだ温かいし、銃口からまだ硝煙が上がってるし、ここの冷たい空気をうんとよく嗅げば、焦げた火薬の匂いがしています。しかも弾丸《たま》がなくなっている」

「でも、それは、どういう意味なんですか?」アリスは声を絞り出した。

「誰かが実にこまっしゃくれたいたずらをしてるってことですよ。さっきのは、ソーンとぼくを家に呼び戻すための単なる手段でしょう。いや、もしかすると、銃を撃ったのは、ぼくらをおびき寄せるためだけじゃなくて、警告のつもりかもしれないいな」

アリスはソーンのベッドにへたりこんだ。「それは、わたしたちが、まさか――」

「そうです」エラリーは言った。「お嬢さん、いまからぼくらは捕虜というわけです。この檻《おり》の囲いの外に出ていかせてもらえない。しかし」エラリーは眉を寄せて付け加えた。「いったいなぜ、こんなことを?」

*

一日は、時のないもやの中を過ぎていった。家の外の世界は降りしきる雪のとばりにいっそう閉ざされ、息苦しさが増すばかりだった。空気は固く白い塊《かたまり》だった。まるで、天の蓋が開いて、これまでに降った雪全部が、でなければ、これから降ることになっている雪全部が、落ちてきているかのように思われた。

キース青年は正午に突然姿を現し、ほとんど口をきかず、どんよりした眼のまま、温かい食べ物をいくらか、あわただしく飲みこむと、何の説明もせずに自分の部屋に引っこんでしまった。ライナック博士はしばらくあたりをよたよた歩きまわっていたが、やがて姿を消し、夕食時になってようやく、酔っぱらって、何やら薄汚れて、だんまりのまま現れた。一日が過ぎるにつれて、誰もの口数は減っていった。絶望したソーンはウィスキーの壜と仲良くなっていた。キースは八時におりてきて、自分にだけコーヒーをいれ、三杯飲むと、また二階に上がっていった。ライナック博士は愛想をすっかり失くしてしまったようだった。不愛想を通り越して、不機嫌そのものになり、口を開けば妻をがみがみ怒鳴りつけていた。

そして雪は降り続いていた。

一同はほとんど口をきかずに、早々とそれぞれの寝室に引きあげた。

真夜中になると、エラリーの鉄の神経すら耐えられないほど、緊張はピークに達した。寝室の中を何時間もうろうろと歩きまわったり、火格子で景気よく燃え盛る炎をつついたりしながら、ありそうもない奇抜な想像から、妄想のような思いつきまで、考えに考えるうち、ついに頭ががんがん痛みだした。もはや眠ることなど無理である。

自分でもどういう理由かわからないが分析する気にもならず、ともかく謎の衝動に従って、上着をひっかけ、冷えきった廊下に出ていった。

ソーンの部屋のドアは閉まっていた。老弁護士のベッドがきしむ音と、うめくような声が聞こえてくる。廊下はまさに漆黒の闇で、エラリーは手さぐり足さぐりで進んだ。突然、つま先が絨毯の境目《さかいめ》にひっかかり、つんのめったエラリーはバランスを取ろうとしたが、よろけて、どすんと壁にぶち当たり、そのすぐ下の、絨毯が敷きつめられていない板張りの部分で、靴のかかとを思いきり強く踏み鳴らしてしまった。

姿勢をどうにか立てなおすと同時に、咽喉を締めつけられるような女の悲鳴が聞こえた。自分の部屋の向かい側。たしかアリス・メイヒューの寝室だ。あまりに弱々しく、怯えきったような悲鳴だったので、エラリーは飛ぶように廊下を走った。そうしながら、マッチを探してポケットをまさぐった。ドアの前に着くと同時に、ようやくマッチが手に触れた。一本すって、ドアを開けて立ちはだかると、燃え上がる小さな炎で目の前を照らしだした。

アリスはベッドの上で起きなおって、肩までキルトを引き上げ、かすかな光に眼をきらめかせている。部屋の奥にある脚付き簞笥の前で、ひとつだけ開いた引き出しの中身を片手でかきまわしている途中で動作を止めた、きちんと服を着こんだライナック博士の巨体が立ちすくんでいる。医者の靴は濡れていた。無表情な顔。線のような眼。

「おっと、そのまま動かないでください」エラリーが言うと同時に、マッチの火が消えた。「ぼくの拳銃は飛び道具としては役にたちませんが、鈍器としては十分に使えます」そう言うと、近くのテーブルに歩み寄った。マッチの火が消える前、そこにオイルランプがあるのを見てとったのだ。新しくマッチをすり、ランプに火をともすと、またうしろに下がって、部屋の出口をふさぐように立ちはだかった。

「ありがとうございます」アリスは囁いた。

「何があったんです?」

「わたし……わかりません。よく眠れなかったんです。それで、ついさっき、床がきしむ音が聞こえた気がして、目を覚ましたの。そうしたら、あなたが駆けこんでいらして」アリスは突然叫んだ。「ああ、よく来てくださったわ!」

「悲鳴をあげたでしょう」

「わたしが？」アリスは疲れた子供のようにため息をついた。「わたし……ハーバート叔父様！」突然、娘は激しく声をあげた。「どういうことです？　わたしの部屋で何をなさっているの？」

肥った男の眼が大きく見開かれ、無邪気な笑いに輝くと、その手が引き出しから抜かれて、箪笥を閉めた。そして、象のような巨体をのばし、まっすぐに立った。「何をしていたかって？」ががら声で言った。「そりゃあ、おまえの様子が心配で見にきたんだよ」医者の眼はキルトの上から小さく覗く、アリスの白い肩をじっと凝視している。「今日、おまえはずいぶん疲れとっただろう。純粋に叔父として気になったものだからねえ。脅かしてしまったなら、すまなかったな」

「どうやらぼくは」エラリーはため息をついた。「あなたという人を見誤っていたようですね、先生。いまのは全然、賢い答えじゃない。はっきり言って、どうしようもなくへたくそな言い訳だ。ぼくが精いっぱい物わかりよく解釈してあげるなら、一時の気の迷い、というくらいですかね。その脚付き箪笥はたしかに物がたくさんはいりそうですが、お嬢さんは普通、そんなところのてっぺんの引き出しにはいっていませんから」エラリーは鋭く声をかけた。「お嬢さん、この男はあなたに触れましたか？」

「わたしに触れる？」娘の両肩がぞっとしたように縮みあがった。「いいえ。もしそんなことを、真っ暗な中でされたら、わたし——わたし、きっと死んでしまっていたわ」

「これはまた、涙が出るほど嬉しいお言葉だねえ」ライナック博士は情けなさそうに言った。「さて、それでは」エラリーは問いつめた。「何を探していたんですか、先生?」

肥った男はのっそりと回って、身体の右側をドアの方に向けた。「私は右の耳がよく聞こえないのでねえ。おやすみ、アリス。良い夢が見られるといいな。それでは、ランスロット卿、そこを通してもらえますかなあ?」

エラリーはドアが閉まるまで、肥った男の澄ました顔をじっと凝視し続けていた。ライナック博士の笑い声の最後のこだまが消えてからも、ふたりはしばらく無言のままだった。

やがてアリスはベッドにもぐりこむと、引き上げたキルトの端を握りしめた。「クイーン様、お願い! 明日、わたしをここから連れ出して。わたしは本気よ。もう、無理。わたし――どんなに怖いか、言葉で言い表せないくらい。怖いわ、ここの……何もかもが。思い出すだけでも、あんな――あんなことが……どうして、現実に起きるの? クイーン様、ここは正気の世界じゃないわ。これ以上いたら、わたしたちみんな気が狂ってしまいます。お願い、わたしを連れて逃げて」

エラリーはベッドの端に腰かけた。「本当に、我慢できませんか?」優しく訊ねた。

「わたし、ただ怖いんです」娘は小さな声で言った。

「なら、明日、ソーンとぼくで、できるだけのことをしてみましょう」エラリーはキルトの上からアリスの腕を優しく叩いた。「まず、ソーンの車を見て、あれを使ってどうにかできるか調べてみます。ソーンの話じゃ、ガソリンが少しだけ残ってるそうです。車で行けるところまで行って、残りは歩いて、なんとかがんばりましょうか」

「でも、そんなにガソリンが少しなんて……いいえ、かまわないわ！」アリスは怯えた眼でエラリーを見上げた。「大丈夫かしら……あの人がわたしたちを行かせてくれると思います？」

「あの人？」

「誰かわかりませんけど、わたしたちを閉じこめている……」

エラリーはほほ笑みながら立ち上がった。「そこはまあ、成り行きまかせの出たとこ勝負です。ともかく、少し眠った方がいい。明日はたいへんな日になりますから」

「大丈夫でしょうか、わたし――あの人は――」

「ランプの火はつけたままにして、ぼくが出ていったあとはドアノブの下に椅子を押しつけておきなさい」エラリーは素早く見回した。「ところで、お嬢さん、あなたの持ち物の中に、叔父さんが欲しがりそうな物はありますか」

「わたしもそれが不思議なんです。わたしが持っている物で、叔父様が欲しがる物なんて思いつきません。クイーン様、わたしは本当に貧しいんです――本物のシンデレラなんですよ。何も持っていません。身のまわりの小物と着替えのほかには」

「むかしの手紙とか、書類とか、形見のような物は？」

「母のとても古い写真が一枚だけです」

「ふうむ、あの先生はそこまでおセンチには見えませんでしたが。ま、とりあえず、おやすみなさい。ドアを椅子で押さえておくのを忘れないでくださいよ。大丈夫、あなたは安全です、ぼくが保証します」

エラリーが廊下の冷えきった暗闇の中でしばらく待っていると、アリスがベッドから這い出てドアに椅子を押しつけるのが聞こえてきた。エラリーも自分の部屋にはいっていった。

するとそこにはむかしながらの髪がぼさぼさで陰気くさい顔の幽霊のような、よれよれの寝間着姿のソーンが坐っていた。

「うわっ！　幽霊かと思った。あなたも眠れないんですか？」

「眠れるかだって！」老人は身震いした。「この神に見捨てられた地で、まっとうな人間がどうして眠れるんだ。きみは妙に元気そうだな」

「元気なわけじゃありません。目が冴えちまったんです」エラリーは腰をおろして、たばこに火をつけた。「ちょっと前に、あなたが寝返りを打ってるのが聞こえましたよ。この寒い中、わざわざベッドから出てくるようなことが起きたんですか」

「いや。ただ、神経が参っただけだ」ソーンは飛び上がると、せかせかと歩きまわりだした。「どこに行ってたんだね」

エラリーはいきさつを話した。「なかなかたいした奴ですよ、ライナックは」そうしめくくった。「しかし、感心してばかりもいられない。ソーンさん、一時的でいい、我々はもう本当にあきらめるべきだ。ぼくはできれば……いや、だめだ！　あのかわいそうな娘さんに約束した。どうにかして、明日、ここから脱出しましょう」

「そして来年の三月に救助隊が、我々の凍った死体を発見してくれるわけだな」ソーンはみじめな顔で言った。「実に明るい見通しだ！　しかし、この忌まわしい場所にとどまるより、凍死する方がまだましだな」そして、茶目っ気のある眼でエラリーを見た。「クイーン君、悪いがきみにはちょっとばかり失望したよ。きみのすばらしい仕事ぶりをあれこれ聞いていたが……」

「ぼくはね」エラリーは肩をすくめた。「自分が魔術師だと言ったことは一度もありませんよ。もちろん、神学者だともね。ここで起きたことは、もっとも邪悪な黒魔術の結果か、奇跡は実際に起きると目に見える証明がなされたか、そのどちらかです」

「どうやらそうみたいだな」ソーンはつぶやいた。「それでも、きみが本気を出せば、こんな事件……ああ、畜生、まったく理屈に合わん！」

「なるほど」エラリーは淡々と言った。「法律家先生も最初のショックからだんだん立ちなおってきたようですね。ええ、ある意味、こんな形でここを出ていかなければならないのは屈辱です。あきらめるなんて、考えたくもない――特に、いまとなっては」

「いまとなっては？　どういう意味だね？」

「言わせてもらいますが、ソーンさん、あなたはこの小さな問題をまともに分析できるほど、ショック状態から立ちなおれていませんね。ぼくは今日、この問題をさんざん考えました。目標はまだとらえられていませんが――しかしぼくは、そばまで近づきましたよ」エラリーはそっと言った。「すぐ、そばまで」

「すると」弁護士はあえいだ。「すると、きみは、もう実際――」

「実に驚くべき事件です」エラリーは言った。「ええ、まさに尋常ならざる——この事件を的確にずばりと言い表す単語はどの国の言葉にもないでしょう。ぼくが信仰篤《あつ》い人間なら、きっと……」エラリーは考えをめぐらしながら、たばこの煙をふうっと出した。「すべての大きな問題と同様に、この問題も実に簡単な要素に分解できるのです。金貨に変えた財産が存在する。それは一軒の家の中に隠されている。その家が消え失せる。金貨を見つけるには、まず家を見つけなければならない。ぼくが信じているのは……」

「前にキースのほうきで妙なまじないをしていたほかには」ソーンが怒鳴った。「きみがそっちの努力をしているところは、一度も見た覚えがないぞ。家を見つけるって！——何を言ってる、きみはただ坐って、待っているだけじゃないか」

「そのとおりです」

「なに？」

「待つことです。これがあなたに出す処方箋ですよ、痩せっぽちの怒《いか》れる我が友よ。それこそが〝黒い家〟から悪霊を退散させる呪法です」

「じゅほう？」ソーンは眼をぱちくりさせた。「あくりょう？」

「待つことです。まさにそれです。ああ、ぼくがどんなに待っているか！」

ソーンは、エラリーが真夜中だというのに悪ふざけをしているのかと、いぶかしみ、面食らっているようだった。しかし、エラリーはまじめな顔で坐ったまま、たばこをふかしている。

「待つだと！　何のために？　きみは、あのでぶの怪物よりたちが悪いぞ。何を待つんだ？」

エラリーは弁護士を見た。やがて立ち上がると、吸いさしのたばこを、消えかけている暖炉の火に投げこみ、老人の腕に手をかけた。「ソーンさん、もう寝た方がいい。ぼくがいま話しても、あなたはきっと信じないでしょうし」

「クイーン君、とにかく話してくれ。今度の出来事にお天道様の光が当たってくれないと、私は気が狂いそうだ」

エラリーが、はっとした顔になった。ソーンには、その理由がわからなかった。そして、やはりわけのわからないことに、エラリーはソーンの肩をぴしゃりと叩いてきて、くすくすと笑いだした。

「ま、寝てください」まだくすくす笑いながらエラリーは言った。

「いや、まず話してくれ！」

エラリーはため息をつき、笑みを消した。「だめです。あなたはきっと笑うだけだ」

「私は笑う気分じゃない！」

「そして、これは笑いごとじゃない。ソーンさん、ぼくはついさっき、こう言いかけていたんです。もしも、哀れな罪人《つみびと》であるぼくが、宗教的なことに影響されやすいたちだったら、この三日を過ごしたことで、死ぬまで神様を信じただろうってね。どうも、ぼくは救いがたい現実主義者らしい。だけど、そんなぼくでさえ、今回の事件には、地上のものではない力が働いているとわかりましたよ」

「芝居がかったもの言いだな」老弁護士は唸った。「神の手が見えたと言うつもりかね……神を冒瀆《ぼうとく》するのはやめたまえ、きみ。野蛮だぞ」

「神の手？」エラリーはつぶやいた。「いや、手じゃない。この事件が解決するとすれば、それを解いてくれる鍵は……灯《ともしび》です」

「ともしび？」ソーンは呆《ほう》けたように言った。「灯？」

「そう。いわば、〝神の灯〟ですよ」

3

次の日はこれまでにないほど、灰色で、陰鬱《いんうつ》で、何もかもがどんよりとした夜明けで始まった。信じられないことに、雪はこれまでと同じペースでしんしんと降り続けていた。まるで空全体が少しずつ、少しずつ、ほろほろ崩れ落ちてきているように。

エラリーは昼間の大半をガレージで過ごし、大きな黒塗りの車の動力関係をあちこちいじくりまわしていた。ガレージのドアは全開にして、誰でもエラリーが何をしているのか、見たい時に見られるようにしておいた。自動車の機械についてはほとんど何も知らないので、取りかかる前から、骨折り損の気はしていたが。

ところが、何時間も無駄な努力を重ねたのち、不意に、ある短い針金が目についた。どうも、これはどこかからはずれているように見える。ただ無意味にぶらさがっているだけだ。論理的に考えれば、どこかに接続していなければおかしい。エラリーはあちこちためしてみた。そして、ぴったりつながる場所を発見した。

スターターが回り、冷えきったエンジンが息を吹き返したとたん、ガレージの入り口が人影で暗くなった。

それはキースだった。雪を背景に、大またを広げて仁王立ちになった黒い人影は、大きな両手にひとつずつ、大きな缶をぶらさげている。

「やあ」エラリーはもそもそと言った。「きみはまた人間の姿に戻ったのか。めったにご降臨《こうりん》されない人間界へ、お散歩の続きをしに戻ってきたのかい、キース君」

キースは静かに言った。「どこかに行くのか、クイーンさん」

「もちろんだとも。なぜだい――ぼくを止める気なのかな？」

「行き先による」

「うわあ、おっかないなあ。それじゃ、もしぼくが行き先をきみに言ったら？」

「話したきゃ話しな。ともかく、行き先がわからないうちはここから出さない」

エラリーはにやりとした。「きみは実にすなおでまっすぐだね、キース君。こんな時だが、そういうところ、ぼくは好きだな。じゃあ、きみを安心させてあげよう。ソーンとぼくはお嬢さんを連れてニューヨークに戻るつもりだ」

「なら、いい」エラリーは青年の顔をまじまじと見た。疲労と不安で皺が何本も深々と刻まれている。キースはガレージのセメントの床に、缶をどんとおろした。「使いなよ。ガソリンだ」

「ガソリンだって！　こんなものどこで手に入れた？」

「さあね」キースはにこりともせずに言った。「古いインディアンの墓穴から掘り出したとでも思ってくれ」

「じゃあ、そういうことで」

「あんた、ソーンさんの車を直したんだな。そんな必要なかったのに。おれが直せたぜ」

「なんで直してくれなかったんだ？」

「誰にも頼まれなかったからな」大男はくるりとうしろを向くと、姿を消した。

エラリーは眉を寄せて、しばらく坐りこんでいた。やがて、車の外に出ると、缶を拾い上げ、中身をタンクに流しこんだ。もう一度、車にはいると、エンジンをかけっぱなしにし、巨大な猫が咽喉を鳴らすような音をたてさせたまま、家の中に戻っていった。

アリスは自分の部屋で肩にコートをかけたまま、窓の外をじっと見つめていた。エラリーがノックをしたとたん、アリスはさっと立ち上がった。

「クイーン様、ソーン様の車を直してくださったのね！」

「まあ、なんとか」エラリーはほほ笑んだ。「支度はできてますか」

「ええ、もちろん！　本当にここを出ていけるとわかって、ずっと気分がよくなりましたわ。この先、道はたいへんかしら？　そういえば、キース様が缶を運んでいらしたでしょう。あれはガソリンじゃありません？　本当にご親切なかた。わたし、全然、キース様を疑っていませんでしたわ、だってあんなにいいかたなんですもの――」アリスはぱあっと赤くなった。頰が染まり、瞳はここ数日見ないほど明るく輝いている。声も前ほどかすれていなかった。

「雪でかなり走りづらいとは思いますが、あの車にはチェーンが積んでありました。運がよければ、なんとか行けるでしょう。かなり馬力のある車ですから――」

エラリーが、本当に唐突に口をつぐんで、足元のすり切れた絨毯を、驚いた眼をひたと据えてじっと見つめた。

「クイーン様、どうかしたんですの？」

「どうかした？」エラリーは視線を上げると、深く深く息を吸いこんだ。「どうもしませんよ。〝神、そらに知ろしめす。すべて世は事も無し（ブラウニング「春の朝」上田敏訳）〟」

アリスは絨毯を見下ろした。「あら……お日様！」歓びの声をあげて、窓を振り返った。「クイーン様、雪がやんでいます。日が沈んでいくわ――やっと、お日様が見えた！」

「待ちくたびれましたがね。よかった」エラリーはきびきびと言った。「支度をしてください。すぐに出発します」エラリーは娘の鞄を持ち上げると、古い床板がぐらぐら揺れるほど景気よく足を踏み鳴らして、飛ぶように歩いていった。廊下を横切り、アリスの部屋の向かいの自分の部屋にはいると、エラリーは口笛を吹きながら、自分の鞄に荷物を詰めこみ始めた。

＊

居間は、別れの挨拶で賑やかだった。事情を知らない人が見れば誰でも、これはごく普通の家庭における、普通の人々の、普通の日常風景だと思うに違いない。アリスは特にはしゃいでいて、いつどんなことになるかわからない金貨の山を残していくようには、まったく見えなかった。

アリスは炉棚の母親の彩色写真のそばにバッグを置いて、その上にかかる大鏡の前で帽子を直すと、ライナック夫人を両腕でぎゅっと抱きしめ、フェル夫人のしなびた頰に用心しいしいそっとキスをし、ライナック博士にすら寛大にこれまでのことを水に流したような笑顔を見せた。そのあと、走って暖炉の前に引き返し、バッグをつかむと、キースの苦痛をこらえているような顔を、謎めいたまなざしでしばらく見つめてから、悪魔に追われているかのごとく、大急ぎで外に走り出た。

ソーンはとっくに車に乗っていた。その老いた顔は、まるで死刑執行室の緑のドアに足を踏み入れる一歩手前で、執行を止められて引き戻された者のように、信じられないほどの幸せに酔いしれて輝いている。弁護士は沈みゆく夕日を浴びて、嬉しそうに笑っていた。

エラリーはアリスのうしろから、のろのろとついていった。それぞれの荷物はソーンの車に積みこんである。もうあとはすることがなかった。エラリーは運転席に乗りこむと、エンジンをかけ、サイドブレーキをはずした。

肥った男が玄関をふさぐように立って叫んでいる。「道はわかりますね？　この車路の突き当たりで右に曲がってください。あとは一本道です。迷いっこありませんからな。本街道にはだいたい……」

言葉の終わりはエンジンの唸りにかき消された。エラリーは片手をひらひら振った。アリスは後部座席でソーンの隣に坐っており、身体をひねって振り返ると、いくらかヒステリックに笑った。ソーンはエラリーの後頭部に向かって、ただにこにこ笑いながら坐っている。

車はエラリーの運転で危なっかしく揺れながら車路を出ると、右に曲がって道路にはいった。あっという間に空は暗くなってきた。車はゆっくりとしか進まなかった。大きな車は雪をかき分けてのろのろと進んだが、チェーンを巻いているにもかかわらず、タイヤはスリップし、右に左によろめいた。とっぷりと日が暮れると、エラリーは強力なヘッドライトをつけた。エラリーは一瞬たりとも気をゆるめることなく、運転に集中し続けた。

誰も口をきかなかった。

本街道にたどりついた時には、何時間もかかったような気がした。けれども、除雪車でそれなりに雪が片づけられている本街道の路上で車が息を吹き返すと、あっという間に、もよりの町の入り口にはいっていた。

ほっとする電灯の明かり、舗装された道、規則正しいブロックごとの家並みを見たとたん、アリスは混じりけのない歓喜の声をあげた。エラリーはガソリンスタンドで車を停め、満タンにした。

「ここまで来れば、そう遠くないですよ、お嬢さん」ソーンが安心させるように言っていた。「もうすぐ街に着きます。トライボロブリッジ（イーストリバーとハーレムリバーにかかる、マンハッタン島との連絡橋）を渡れば……」

「ああ、生きているって、すばらしいわ！」

「もちろん、我が家にご招待しますよ。家内もあなたに来ていただければ、大喜びでしょう。

とりあえず落ち着いたら、そのあとのことは……」

「本当にご親切にしていただいて、ソーン様。どうやって感謝すればいいかわかりませんわ」娘はそこで、びっくりして言葉をのみこんだ。「あの、どうなさったの、クイーン様?」

エラリーは不思議なことをしていた。交差点で車を停め、低い声で勤務中の警察官に何かを訊ねている。警官は眼を見張ってエラリーをじっと見つめ、身振り手振りで答えた。エラリーは大きくハンドルを切って、別の道路にはいった。そして、のろのろと車を走らせた。

「どうなさったの?」アリスは前に身を乗り出して、もう一度訊ねた。

ソーンは眉を寄せた。「道に迷うはずないだろう。あそこにははっきりした標識も……」

「いや、そうじゃないんです」エラリーは何かに気を取られているようだった。「ちょっと思いついたことがあるんですよ」

娘と老人はきょとんとした顔を見合わせた。エラリーは、外側に緑の電灯がふたつついている大きな石造りの建物(ニューヨーク市内のすべての警察署は入り口の両脇に緑の電灯がついている)の前に車を停めると、中にはいっていき、十五分ほど出てこなかった。やがて、口笛を吹きながら現れた。

「クイーン君!」突然、ソーンが例のふたつの緑色の電灯を見つめたまま言った。「何があった?」

「どうしても片づけなければならないことがひとつあるんです」エラリーはぐるりとターンして交差点に向かった。そこに着くと、左にハンドルを切った。

「あらっ、道が違うわ」アリスが不安げに言った。「こっちはわたしたちが来た方向でしょう。

わたし、覚えていますもの」

「そのとおりですよ、お嬢さん。来た道です」アリスは、戻ると考えただけでぞっとしたのか真っ青になり、座席にぐったり倒れかかった。「ぼくたちはあの家に戻るんです」

「戻るだと！」ソーンが大声で怒鳴って、がばっと身を起こした。

「そんな、あの恐ろしい人たちのことなんて、忘れてしまえばいいでしょう？」アリスが悲痛な声をあげた。

「ぼくって奴は、いやになるほど記憶力がいいんです。それに、ほら、今回は応援もいます。うしろに、車が一台ついてくるのが見えるでしょう。あれは警察の車で、中には地元警察の署長と、選りすぐりの刑事たちが乗っています」

「でも、どうして、クイーン様？」アリスが叫んだ。ソーンは何も言わなかった。幸福そうな様子は消し飛んで、陰気な顔でエラリーのうなじをじっと見つめている。

「なぜなら」エラリーの声がぞっとするほど真剣になった。「ぼくには探偵としての矜持《きょうじ》があるからです。このぼくが、いまいましいほど頭のいい魔術師の手品に、いいように騙されてきたからですよ」

「手品？」アリスは茫然と繰り返した。

「今度は、ぼくが魔術師になる番だ。あなたがたは家が一軒、消えたのを見ましたよね」そして、そっと笑った。「では、ぼくはそれをもう一度、出してごらんにいれましょう！」

ふたりは、困惑のあまり口もきけず、ただエラリーを見つめるばかりだった。

「それに」エラリーの声はいっそう険しくなった。「家が消えるといったつまらないことなら見逃してやってもかまいませんが、良心にかけて、どうしても見逃せないのは……殺人です」

4

そして再び〝黒い家〟が、そこにあった。幻影ではない。翼を生やして飛び去ろうなどと一度も夢見たことがなさそうな、年を経て汚れた、頑丈そのものの、たしかに実体のある家が。それは〝白い家〟と車路をはさんで反対側の、もとからあった場所に建っていた。

雪の積もった脇道から、車路にはいろうと曲がった時からすでに、明月を背にそびえ立つ威容が、この正気の世界で当たり前のものとして、皆の眼に見えていた。

ソーンも娘も言葉を失っていた。最初に家が消えた時より、もっと偉大なる奇跡を目の当たりにして、ただただ口もきけずに茫然とするばかりだった。

一方エラリーは車を停めると、運転席から飛びおり、真うしろで鼻をすりつけんばかりにくっついてきた車に合図すると、雪の積もった地面を駆け抜け、ランプや暖炉の明かりで窓という窓が煌々《こうこう》と輝いている〝白い家〟に突進していった。警察車両からは男たちがわらわらと飛び出してくると、猟犬のようにエラリーを追っていく。ソーンとアリスはわけがわからないまま、あとに続いた。

エラリーは〝白い家〟のドアを蹴り開けた。手にはリボルバーを持っている。その持ちかたから、弾倉に弾丸《たま》がこめなおされているのは明らかだった。

「やあ、ただいま」颯爽《さっそう》と居間にはいっていきながら、エラリーは言った。「亡霊じゃありません。正真正銘、ちゃんと肉体のある、クイーン警視の愛息子《まなむすこ》ですよ。復讐《ネメシス》の女神の代理人と思ってくれて結構。どうも皆さん、ご機嫌麗《うるわ》しゅう。あれっ――歓迎の笑顔は見せてくれないんですか、ねえ、ライナック先生？」

肥った男は、スコッチのグラスを口元に持っていく途中の姿勢で固まっていた。そのぶよぶよの頬から血の色が失せて灰色になっていく様は、思わず感心するほどだった。ライナック夫人は部屋の片隅でめそめそし、フェル夫人はぽかんと眼を丸くしている。ニック・キースだけは、たいして驚いた顔を見せなかった。青年はコートの襟を立てて耳の下まで隠して窓辺に立っている。その顔には、苦々しさと、賞賛と、なぜか、ほっとしたような表情が浮かんでいた。

「出口を封鎖」エラリーの背後で、刑事たちが無言で散開した。アリスはよろよろと椅子に近づき、混乱した必死の眼でライナック博士を食い入るように見つめている……。どこかで吐息のように小さな音がしたかと思うと、刑事のひとりが、キースの立っていた窓に向かって突進した。しかし、すでにキースはそこにいなかった。森に向かって雪の中を、巨大な鹿が飛び跳ねるように走っていく。

「逃がすな！」エラリーが怒鳴った。刑事が三人、銃を抜き、大男を追って窓から飛び出した。銃声が連続して鳴り響く。夜闇の中、オレンジの閃光が稲妻のように走った。

エラリーは暖炉に近寄ると、両手を焙った。ライナック博士はゆっくりと、とてもゆっくりと、肘掛け椅子に腰をおろした。ソーンもまた椅子に沈みこみ、両手で頭をかかえている。

エラリーは振り返って言った。「署長、ここにぼくらが着いてから起きた一連の出来事を、あなたにはもうひととおり説明しましたから、これからぼくが話すことについて、もう前知識は十分と考えてよろしいですね」制服姿のずんぐりした男は短くうなずいた。

「ソーンさん、昨夜、ぼくは探偵としてのこの人生で初めて」エラリーは軽い口調で続けた。「天の助けというものの存在を認めましたよ……さて、このとんでもない犯罪に加担した諸君、もし天にまします善き神が救いの手をさしのべてくださらなければ、アリス・メイヒュー嬢が相続する遺産を狙ったきみたちの計略は、まんまと成功しただろう」

「あなたにはまったくがっかりしましたよ、そんな世迷言《よまいごと》を言う人だとはねえ」沈みこんだ椅子の中から肥った男が言った。

「傷つくなあ」エラリーは医者を見て、にこやかに言った。「それじゃあひとつ、ぼくを信じてくれないあなたに説明しましょう。先日、ソーン氏とメイヒュー嬢とぼくがここに着いた時は、もう午後も遅かった。二階の、あなたがご親切に用意してくださった部屋で、窓から外を見ると、沈んでいく太陽が見えました。むろん、これは別になんということのない現象であり、何の意味もない。日没です。そう、単なる日没ですよ。実に些細な、詩人か気象学者か天文学者くらいしか興味を持たない、つまらん出来事だ。ところがこの時の日没は、真実を求める者にとっては命の光……暗闇を照らすまぎれもない神の灯だったのですよ。

つまりですね。初日にメイヒュー嬢に割り当てられた部屋は、ぼくの部屋とは家の反対側の壁に面していた。つまり、ぼくの窓から太陽が沈むのが見えたということは、ぼくの部屋は西向きで、お嬢さんの部屋は東向きということになります。ここまで、よろしいですね。ぼくたちはお喋りをして、そのあと休みました。翌朝、ぼくは七時ごろに起きています――冬のいまはちょうど、日の出すぐの時間帯です――そして、ぼくは何を見たでしょう？　ぼくの部屋の窓から朝日が射しこむ光を見たのです」

エラリーの背後で炎の中からぱちっとはぜる音がした。紺《こん》の制服姿のずんぐりした男は、居心地悪そうにもぞもぞした。

「わかりませんか？」エラリーは声を張った。「ぼくの窓から、夕日が見えたのに、今度は朝日が見えたのですよ！」

ライナック博士は苦い顔でエラリーを見ていた。ぶよぶよの頬には血の色が戻っていた。持っていたグラスを、なぜか乾杯するような仕種で高くかかげてみせた。それから、グラスの中身を、がぶりと飲み干した。

エラリーは続けた。「この超自然的な現象の意味に、ぼくはすぐに気づけなかった。しかし、あとになって思い出しました。偶然か、宇宙の摂理《せつり》か、はたまた神か、呼び名はともかく、何かそういうものが、一夜にして地上から一軒の家を消滅させるという、桁外《けたはず》れにどでかい、たまげた現象の、謎を解き明かす武器をぼくにくれていたのだと、遅まきながらぼんやり悟ったのです」

「いやはや」ソーンがつぶやいた。

「でも、ぼくには確信が持てなかった。記憶に自信がなかったのです。ぼくの疑わしい記憶を裏づけてくれる証拠を、もう一度、天に実証してみせてもらう必要があった。だから、来る日も、来る日も、来る日も雪が降り続けて、太陽の顔を分厚いとばりで隠し続けていた間、ぼくは待ち続けたのです。雪がやんで、もう一度、太陽が顔を出してくれるのをひたすら待ったのですよ」

エラリーはため息をついた。「次に太陽が輝いた時、もはや疑問の余地はなかった。再び現れた太陽が最初に見えたのは、ぼくたちが到着した午後に東を向いていたメイヒュー嬢の部屋の窓です。そのお嬢さんの部屋から、今日の午後遅くにぼくが見たものは何でしょうか。ぼくが見たのは、夕日でした」

「いやはや」再びソーンが言った。ほかの言葉が出てこないらしい。

「ということは、お嬢さんの部屋が今日は西を向いていたことになります。到着した日に東を向いていた部屋が、どうして今日は西を向くことができるのでしょう？　到着した日は西を向いていたぼくの部屋が、どうして今日は東を向いているのでしょう？　太陽がまったく動かなくなったのか？　世界が狂ってしまったのか？　それとも、もうひとつ、別の解答があるのか――どうしようもなく単純すぎて、想像するのさえためらわれる解答が？」

ソーンがぼそぼそと言いだした。「クイーン君、それはまさか――」

「すみませんが」エラリーは言った。「最後までぼくに説明させてください。唯一の論理的な結論、自然界の法則と科学そのものを前に裸足で逃げ出さない、ただひとつのまともな結論とはすなわち、今日ぼくらがいた家も、泊まっていた部屋も、最初に到着した時の家や部屋と同じに思えるが、実は同じでなかったということです。このがっちりした建築物が土台の上で、軸にのっかったおもちゃの家のようにくるっと半回転したなんて、そんな馬鹿馬鹿しいことが起きるわけがない。ならば、家そのものが同じ家ではないのです。内装も外観もそっくり同じ、家具も同じ、絨毯も同じ、調度品も同じ……けれども、家は同じではない。違う家だ。細部に至るまでもう一軒と完全に同じ、もうひとつの家なのですよ。ただ一点だけが違っていました。それが太陽に対する方角です」

逃げられた、と外の刑事のひとりが叫んで知らせる声を、明るく冷たい月の下、風が届けてきた。

「どうです?」エラリーはそっと言った。「すべてが腑《ふ》に落ちるでしょう。ぼくたちのいる〝白い家〟が、最初に泊まった〝白い家〟とは別の、太陽に対する方向だけが違う双子の家であるなら、〝黒い家〟は、あたかも消滅したように見えるけれども、消えちゃいない。もとからあった場所にそのままあるはずだ。消えたのは〝黒い家〟じゃない、ぼくたちの方だ。移動したのは〝黒い家〟じゃない、ぼくたちの方だ。最初の夜に、ぼくたちは別の家に移動させられたのです。まわりを囲む森がそっくりで、車路がそっくりで、突き当たりのガレージがそっくりで、外の道路が古くてでこぼこなのがそっくりで、何もかもがそっくりなのに、〝黒い家〟だけがない、かわりに空き地があるだけの場所に。

そうです、ぼくらは最初の夜に眠ってから、翌朝、目を覚ますまでの間に、双子のもうひとつの〝白い家〟に、身体も荷物も運ばれてきたのですよ。ぼくたちも、お嬢さんが炉棚に飾った彩色写真も、ドアの鍵をえぐり取った穴も、前の晩に実にうまい芝居でもとの家の暖炉に叩きつけて割ったブランデーのデカンターのかけらさえも……すべて、すべてが、翌朝になってもぼくたちがまだもとの家にいると錯覚させる手品のために、双子の家に移動させられたのです」

「ナンセンスだねえ」ライナック博士がにんまりとした。「まったく、たわごともいいところだ、幻覚でも見たのかな」

「おみごとでしたよ」エラリーは言った。「実にみごとな計画でした。対称《シンメトリー》の美そのもの、洗練された偉大な芸術です。ぼくが正しい環をさぐり当てたあとは、論理の環が次々とつながって美しい鎖ができあがりました。では、お次の環は何でしょうか？　ぼくたちが夜の間に移動させられたのに、そのことを知らなかったとすれば、それはぼくらが意識を失っていたからでしかない。ぼくはソーン先生と一緒に飲み物を二杯飲んだことを思い出しました。翌朝起きた時、舌が妙にざらつく感じがして、頭が変にずきずきした。ならば、ぼくは軽く薬を盛られていたに違いない。その夜、飲み物を作ってくれたのはライナック先生でした。医者——薬。実に単純な話だ」肥った男はからかうように肩をすくめ、紺の制服姿のずんぐりした男を、横目でちらりと見やった。けれども、紺の制服を着たずんぐりした男は、険しい表情をまったく動かさなかった。

「しかし、ライナック先生ひとりの仕業でしょうか?」エラリーはつぶやいた。「いいや、そんなことは不可能です。たったひとりじゃ、ほんの数時間で必要な作業をすべて終わらせられるわけがない……ソーンさんの車を直し、ぼくらと着替えと荷物を〝白い家〟からもう一方の片割れに運び――車を使ってです――着いてからまたソーンさんの車を動かせないように細工し、ぼくらをベッドに運び、着替えをもとのとおりに並べなおし、彩色写真や、暖炉の中に散らばったカットグラスのデカンターのかけらや、第二の〝白い家〟になかったこまごまとした物なんかも抜かりなく全部移す。たとえぼくたちが着く前から下準備をしていたとしても、とんでもない大仕事だ。明らかに大人数でやった仕事です。共犯者たちの協力があってのことだ。どう考えても、この家全員の仕業じゃありませんか? ただし、フェル夫人はおそらく加わってはいないでしょう。あのご婦人の精神状態では、まわりで何が起きているのか理解できないでしょうし、簡単にぼろを出しそうですから」

エラリーの眼がきらめいた。「ゆえに、ぼくはあなたがた全員を告発します――賢明にも逃走したキース君も含めて――シルベスター・メイヒュー氏の正当な相続人が遺産の隠された屋敷を手に入れることを阻止するために、はかりごとをくわだてた罪で」

＊

ライナック博士が上品に空咳をすると、巨大なあざらしのように、ぱたぱたと両手を叩いた。「実に興味深いですなあ、クイーンさん、実におもしろい。まぎれもない作り話にこれほど心を奪われたことはありません。しかし、緻密《ちみつ》な物語に感服いたしましたが、あなたのお話には個人的なほのめかしがいくつか感じられて、反感を覚えずにはいられませんね」医者は紺色の制服姿の男を振り返った。「ねえ、署長さん、当然ですが」医者は咽喉の奥で笑った。「こんな荒唐無稽の話を信じたりしないでしょう？　クイーンさんはきっとショックのあまり、少々、気が変になったんでしょうなあ」

「おやおや、先生、あなたらしくもない」エラリーはため息をついた。「ぼくたちがいま現在この瞬間、ここにいるという事実こそ、ぼくの話が真実だという証拠ですよ」

「すみませんが、説明していただかんと」警察署長は話についてこられないようだった。

「それはつまり、ぼくらがいまはもとの〝白い家〟にいるということです。いま、ここに来る時に案内したのは、ぼくだったでしょう？　なんなら、もう一軒の双子の〝白い家〟に皆さんを案内することもできますよ、この手品のタネをぼくはもう知ってますからね。今晩、ぼくたちが出ていったあと、この家の全員がこちらの家に戻ったのです。もう一軒の〝白い家〟はすでに目的を果たしたので、お役御免というわけだ。

これは地形を利用した手品です。ぼくは道路が何キロにもわたって同じ方向にずっとカーブし続けていることに気づきました。この一本の道路から、ふたつの家それぞれの車路が二本、出ているのですが、一本はもう一本よりさらに十キロほど道路を進んだところにあります。ところで、この道路は数字の9のような形をしていて、カーブの先で大きく円を描いてぐるっともとの場所に戻るんですよ。つまり道路にそって進めばふたつの家の車路の入り口は十キロも離れていますが、9の輪の中にある家同士は、直線距離で実は一キロ半程度しか離れていないのです。

コロニア号が入港した日にライナック先生がソーンさんとメイヒュー嬢とぼくを車でこの家まで連れてきた時、もう一軒に続くほとんど気づかないほど目立たない車路をわざと通り過ぎて、もともとの家に続く車路まで行ったのです。ぼくらは手前側の車路の存在に気づきませんでした。

ソーンさんの車は、彼に運転をさせないためにわざと故障させられたのです。車を運転している人間は、ただ乗せられているだけの人間がほとんど、もしくはまったく気づかない道しるべにも気づきますからね。キースはソーンさんが生前のメイヒュー氏に二度会いにきた時、二度ともわざわざソーンさんを迎えにいってさえいます——表向きは〝道案内〟のためですが、実はソーンさんに道路の景色をしっかり覚えさせないためです。そして、初日にぼくたち三人を乗っけて運転したのはライナック先生でした。今夜、ぼくに運転を許したのは、これが片道の旅で二度と帰ってこないと彼らが信じたのと、ぼくらが出ていくのがもう一軒の家の方で——二軒のうち町に近い側の車路を使うからです。これならぼくらが、秘密を暴露しそうな第二の車路を発見して、疑念を抱《いだ》く心配もない。それに、多少、運転する距離が短いくらいのことは、気づかれるわけがないという自信もあったのでしょうね」

「しかし、クイーンさん、もしそれが全部本当だとしてもですよ」署長は言った。「この人たちの目的がさっぱりわからん。まさか死ぬまで皆さんを騙しとおせるとは思っちゃいないでしょう」

「そのとおりです」エラリーは叫んだ。「しかし、いいですか、この連中の腹づもりでは、ぼくらが騙されたトリックのあれやこれやに気づいたころには、とっくにメイヒュー氏の遺産をふところにとんずらしている予定だったのです。わかりませんか、今度の手品は何もかもが時間を稼ぐために計画されたのですよ。誰にも邪魔されずに〝黒い家〟の中をずたずたにして、必要なら取り壊してでも、隠された金貨を探し当てるだけの時間が欲しかった。いま向かいの屋敷を調べたら、おそらく中はしっちゃかめっちゃかに荒らしつくされているんじゃないですか。だから、ライナックとキースはしょっちゅう姿を消していたんだ。交替で何度も何度も〝黒い家〟に行っては、壁や床の石をひとつひとつはずして、狂ったように隠し場所を探していたんでしょう。その間、ぼくらはというと、もう一軒の〝白い家〟で超自然的に見える現象に茫然としていました。それで、ぼくがのこのこと雪の上のキースの足跡を追おうとした時、何者かが――おそらくは尊敬すべきそこのお医者さんだと思いますが――ソーンさん、あなたのあとから家を抜け出し、ぼくの頭をがつんとやってくれたわけですよ。ぼくをもとの家に行かせるわけにはいかなかった。行かれたら、この前代未聞のとてつもない手品のタネがばれてしまいますからね」

「それじゃあ、金貨は？」ソーンがうめいた。

「さあ、たぶん」エラリーは肩をすくめた。「もう見つけて、どこかにしまっちゃったんじゃないですか」

「違うわ、そんな、だってまだわたしたちは」ライナック夫人が泣き声をあげて、椅子の中で身もだえした。「ハーバート、だからわたしが言ったのに――」

「馬鹿」肥った男が言った。「どこまで頭が悪いんだ、豚め」夫人はまるでぶたれたように身をこわばらせた。

「お宝をまだ見つけてなかったんなら」署長は無表情でライナック博士に言った。「どうして今夜、この人たちを出ていかせてやったんです？」

ライナック博士はぶよぶよのくちびるをぎゅっと結んだ。が、不意にグラスをあげて、ぐびりと飲み干した。

「たぶん、その答えはぼくから説明できると思いますよ」エラリーが暗い声で言った。「さまざまな意味において、それはこのパズル全体の中でもっとも重要なピースです。まぎれもなく残忍極まりない、許しがたいものだ。さっきの手品なんて、これに比べたら子供の遊びにすぎない。なぜなら、このピースには一見、相反する要素がふたつ、両立しているからです――アリス・メイヒュー嬢と、殺人と」

「殺人だって！」署長はぎょっとして叫んだ。

「わたし？」アリスが困惑したように言った。

エラリーは紙巻きたばこに火をつけ、それをはさんだ指を署長に向かって大きくひらめかせた。「初日の昼過ぎに、アリス・メイヒュー嬢はぼくらと一緒に〝黒い家〟にはいりました。父親の寝室で、お嬢さんは一枚の彩色写真に駆け寄った――この部屋にはないようですね、なら、まだもう一軒の〝白い家〟に置きっぱなしなんでしょう――ずっと前に亡くなった母親が、娘時代に撮ったりっぱな肖像写真です。アリス・メイヒュー嬢は、まるで難民がひと椀の粥《かゆ》に襲いかかるような勢いで、お母さんの写真に飛びついた。お嬢さんは、母親の写真はたった一枚しか持っておらず、しかも写りが悪いのだと話してくれました。まったく思いがけない宝物を発見して、たいへんに喜んだお嬢さんは、その場ですぐさまそれをかかえて、いそいそと〝白い家〟へ――いまぼくらのいるこっちの家に持ってきました。そして、炉棚の上のいちばん目立つ場所に、その彩色写真を飾ったのです」

ずんぐりした男は眉を寄せた。アリスはとても静かに坐っていた。ソーンは戸惑った表情を浮かべている。そしてエラリーはたばこを再びくわえて、続けた。「それなのに、今夜〝白い家〟からぼくらと一緒に逃げ出した時、これが最後の機会のはずだったのに、お嬢さんは母親の写真を完全に無視したのですよ。初日にあれほど大喜びした、大切な宝物の形見をです！逃げる興奮のあまりに見落としたとは言わせませんよ。ほんの一瞬前、お嬢さんはバッグを炉棚にのせています。あの写真のすぐそばにね。それから、また炉棚に近づいてバッグを取り上げた。しかし、写真は一顧《いっこ》だにせず、さっさと通り過ぎてしまった。お嬢さん自身が言っていたとおり、あの写真に対する感情的な価値は計り知れないもので、あれだけはほかの何を忘れても絶対に忘れるはずのないものです。初日にあの写真を持ってきたお嬢さんなら、ここを出ていく時に、当然、持っていかないはずがない」

ソーンが叫んだ。「クイーン君、きみはいったいぜんたい何を言っているんだ?」弁護士の眼は、椅子に縫いつけられて、ほとんど息もできずにいる娘を、凝視している。

「ぼくが言ってるのは」エラリーはぶっきらぼうに答えた。「ぼくらが盲目だったってことです。家が偽装だっただけじゃない、ひとりの女性が偽装だった。この女はアリス・メイヒュー嬢ではない、ぼくはそう言ってるんですよ」

*

永遠とも言える間をおいて、娘は目をあげた。その間ずっと、誰ひとりとして、居並ぶ刑事たちさえ、一歩も動かなかった。

「あたし、全部の可能性を想像したと思ってたわ」娘はとても奇妙なため息をつくと、まったくかすれていない声で言った。「ばれるなんて可能性、考えもしなかった。あんなにずっと、何もかもうまく運んでいたんだもの」

「ああ、きみはぼくを実にうまいこと騙してくれたよ」エラリーはゆっくりと言った。「昨夜の寝室でのちょっとした出来事も……いまならぼくにも、何があったのかわかる。こちらのライナック大先生は夜中にきみの部屋をこっそり訪ねて、〝黒い家〟の捜索の進捗《しんちょく》具合をきみに報告したんだろう。それとたぶん、ソーンさんとぼくをなんとかして今日じゅうにここから出ていかせるように仕向けろと、きみにはっぱをかけたんじゃないかな――どんな手を使ってでも追い出せ、とね。たまたまぼくが、きみの部屋の外の廊下を通りかかって、何かにつまずいて壁にどかんとぶち当たった時に、いったい誰が、なんの目的でやってきたのかわからなかったきみたちは、とっさにうまいこと芝居に切り替えて、みごとにぼくを騙してくれた……役者だね！　きみたちふたりとも、本職の役者にならなかったのは惜しいな」

肥った男は眼を閉じた。まるで眠っているように見える。すると娘が、投げやりな声で言い返した。「別に惜しいなんてことないわ、クイーンさん。これでもあたし、何年か舞台に立ってたのよ」

「きみたちふたりは悪魔だ。心理的な面から見ても、この事件の計画は、悪の天才が生み出したものと言っても過言じゃない。きみたちはアリス・メイヒューが我が国の人間には写真でしか知られていないと気づいた。そのうえ、写真でもわかるとおり、きみたちふたりは驚くほどそっくりだった。しかも、本物はソーンさんとぼくとはほんの二、三時間、それもセダンの中のぼんやりした光の中でしか一緒に過ごさないとわかっていた」

「なんてことだ」ソーンはうめいて、恐ろしいものを見るような眼で娘を凝視した。

「アリス・メイヒューは」エラリーはぞっとするほど冷たい声で言った。「この家にはいり、ライナック夫人にさっさと二階に連れていかれた。その後、英国娘のアリス・メイヒューは、二度とぼくらの前に現れなかった。一階におりてきたのはきみだ。それまでの過去六日間、ずっと隠れ続けていたきみの存在は、ソーンさんに気づかれなかった。ソーンさんがアリス・メイヒューの写真と、さまざまな情報満載《まんさい》のお喋りな手紙の束をここに持ってきた時、事件全体の計画を立てたのはきみだろう。本物のアリス・メイヒューとはまったく面識のない男ふたりの眼には、瓜ふたつに見えるきみが。実を言うと、ぼくはね、最初の晩にきみが夕食に現れた時、なんとなく違って見えるとは思ったんだ。でも、着替えて、化粧を直して、帽子もコートも脱いだ状態のお嬢さんを初めて見たから、そんなふうに思うんだろうと納得してしまった。もちろん、その後は、きみを何度も見るうちに、本物のアリス・メイヒューの印象の細かい点を忘れてしまい、無意識のうちに、きみこそ本物だと信じるようになっていた。波止場からここまで長いこと車に乗っていたせいで風邪をひいたという言い訳でかすれ声を出していたのは、声が違うことをごまかすうまい手だったわけだ。唯一の危険性はフェル夫人がかかえていた。ほら、初めて会った時、すべての謎の答えとなるヒントをぶちまけてくれたじゃないか。あの人はきみを我が子のオリビアだと思いこんだ。それもそのはず、だってきみはまさにオリビアなんだ！」

＊

ライナック博士はいまや、まわりの一切がまるで他人事であるかのように無関心な態度で淡々とブランデーをちびちびやっていた。その小さな眼は何キロも彼方をじっと見つめているようだった。フェル夫人はあんぐりと口を開けて、娘を凝視している。

「その危険に対してもきみは先手を打って、フェル夫人の〝妄想〟が激しいだの、オリビア・フェルは数年前に自動車事故で〝死んだ〟だの、ライナック先生の口からぼくらの耳に嘘八百を吹きこませた。まったく、たいしたものだ！　しかし、こちらの気の毒なご婦人は老いの悲しさで、声と髪の違いにすっかり騙されてしまった――いちばん人を見分けやすいふたつの特徴が変わっていたせいで。ライナック夫人が本物のアリス・メイヒューを二階に連れていった時に、きみはその髪をそっくりに似せたんだろう、何しろ生きたモデルが目の前にいるんだ……ただひとつのことさえなければ、ぼくはきみを賞賛していただろうな」

「あなたって、とっても頭がいいのね」オリビア・フェルは冷ややかに言った。「ほんと、化け物だわ。で、なによ、どういう意味？」

エラリーは娘に歩み寄ると、肩に手をのせた。「アリス・メイヒューは姿を消し、きみがとってかわった。どうしてきみは彼女になりすました？　ふたつの理由が考えられる。ひとつ目――ソーンさんとぼくを危険地帯からできるかぎり早く追っぱらい、アリス・メイヒューという身分の特権を利用して、遺産を〝放棄《ほうき》〟するなり、ぼくらをお払い箱にするなりして、邪魔者をここから遠ざけておくためだ。その証拠にきみは、ここから自分を連れて逃げてくれと、さんざん騒ぎ立てただろう。ふたつ目――こちらは、今回の計画において、計り知れないほどの重要性がある。もし、きみの共犯者たちがすぐに金貨を見つけられなかった場合も、きみがぼくらにとってアリス・メイヒューであることに変わりはない。それなら、あの家を好きに処分する権限は、きみが持っているというわけだ。時間がかかっても、いずれ金貨が見つかれば、それをきみは共犯者ともども手に入れることができる。

しかし、本物のアリス・メイヒューは消えてしまった。偽物のきみが、正当な相続人から遺産を横取りするには、時間も手間もかかる。その間、ずっときみが相続人になりすましているためには、本物に永遠に姿を消してもらう必要があった。アリス・メイヒューが当然受け取るべき遺産を、きみが奪い取り、果実を愉しむには、本物に死んでもらわなければならない。ソーンさん、わかりましたか、これが」エラリーはぴしりと言うと、娘の肩をつかんでいる手にぐっと力をこめた。「ぼくが今夜、消えた家のことのほかに、片をつけておかなければならない問題があると言った理由です。アリス・メイヒューは殺されたのですよ」

＊

外から、ひどく興奮したような叫び声が、尾を引いて響いてきた。が、不意に、ふっとその声がやんだ。

「殺されたのです」エラリーは続けた。「最初の晩にこの女詐欺師が二階からおりてきた時、ただひとり家の中にいなかった、この家の人間――ニコラス・キースの手によって。あの男は金で雇われた殺し屋だった。とはいえ、ここにいる全員が殺人の共犯だ」

窓から声がした。「殺し屋じゃない」

一同はいっせいに振り返り、そのまま声を失った。窓から飛び出していった三人の刑事たちが遠巻きに、無言で鋭い眼で見張っている。その前にはふたりの人物が立っていた。

「この方は人殺しではありません」ふたりのうち、ひとりが言った。それは女だった。「そう思われていただけですわ。あの人たちには内緒で、わたしの命を救ってくださったの……ね、ニック」

すると、灰色のとばりが、まるで棺にかけるビロードの布のように、フェル夫人とオリビア・フェルとライナック夫人と肥った医者の顔におおいかぶさってきた。なぜなら、キースの隣に立っていたのはアリス・メイヒューだったからである。暖炉のそばに坐っている女とは、だいたいの顔立ちが似ているだけだった。こうしてすぐ近くで比べてみれば、違いは歴然としている。疲れきって、やつれていたが、幸せそうだった。歯を食いしばって口を結んでいるニック・キースの腕を、自分だけのものだというように、しっかりとかかえながら。

補遺

のちに、この驚くべき陰謀の計画と実際の事件の全貌《ぜんぼう》を振り返ることができるようになってから、エラリー・クイーン君は言ったものである。「この陰謀はふたつの要素がなければまったく不可能だったな。オリビア・フェルの性格と、そして——まさに——森の中にそっくりな双子の家が建っているという、実に現実離れした状況そのものだ」

そしてまた、このふたつの条件も、メイヒュー家が変人ぞろいであるという特徴がなければ、そろわなかっただろうと付け加えた。シルベスター・メイヒューの父親は——つまりライナック博士の義父は——前々から常軌を逸した人物ではあったが、その子供たちも負けず劣らずの変人ばかりだった。シルベスターと、のちに結婚してフェル夫人となるサラは双子なのだが、相手が自分より得をしていると思うたびに、手がつけられないほど嫉妬に狂うのである。双子が同じ月にそれぞれ結婚した時、父親は余計な問題ごとを避けるべく、特別に設計して細部までそっくり同じに造った家を二軒用意し、それぞれに与えた。一軒は、父親が自分の屋敷の隣に建てて、結婚祝いとしてフェル夫人となったサラに、もう一軒は数キロ離れたところに持っていた土地に建てて、シルベスターに引き渡したのである。

サラの夫は結婚してまもなく死んでしまった。するとサラは、異母弟のハーバートに引き取られていった。父親のメイヒュー老人が亡くなると、シルベスターは自分がもらった家の扉や窓を板でふさぎ、先祖代々の屋敷に移り住んだ。そんなわけで、中の調度品までそっくり同じしつらえの双子の家が、ほんの数キロの道にへだてられたところに、何年もむかしから建っているのである——実に変人ぞろいのメイヒュー家にふさわしい記念物と言えるだろう。

双子のもうひとつの〝白い家〟は板張りにされてむなしく放置され、あとはただオリビア・フェルという悪の天才が現れて、利用されるのをいまかいまかと待ち受けていた。オリビアは美しく、聡明で、頭の回転が速く、マクベス夫人のように破廉恥《はれんち》で悪事に対するためらいがなかった。シルベスター・メイヒューから財産を脅し取るなり奪い取るなりするという、ただそれだけの目的で、〝黒い家〟の隣に長年打ち捨てられた家に再び移り住むよう、一族をそそのかした人物こそ、オリビアだった。ソーン弁護士が、シルベスターがむかしに生き別れて以来、長らく行方知れずだった娘の消息があった報せをたずさえて現れると、陰謀の危機を察知したオリビアは、ソーンが持ってきた英国の従姉妹の写真を見て、自分たちがよく似ていることに気づくやいなや、すぐさま、あの驚天動地の計画のプロットを生み出したのである。

となれば明らかに、計画の第一歩は、シルベスターを排除することにある。完全無欠のロジックで、オリビアは理詰めにライナック博士を説き伏せ、シルベスターの娘が着く前に彼の患者を殺させた（のちに遺体を掘り起こして解剖した結果、毒物の痕跡が見つかった）。一方、オリビアはなりすましと手品の計画を、より完璧なものへと練り上げていった。

家の消失と入れ替えの手品は、ソーン対策だった。弁護士を混乱させ、現場から遠ざけておいて、その間に〝黒い家〟をばらばらに壊して金貨を探す算段だったのだ。従姉妹に完璧になりすませるという自信がオリビアにあれば、こんな手品は必要なかったかもしれない。

言うまでもないが、この手品は見かけよりもずっと簡単だ。双子の片割れの家はもともと、いつでも使えるように同じ調度品がそろっている。あとはただ、ふさいでいる板を取りのけ、空気を入れ替え、掃除をし、新しいリネン類を運び入れさえすればいい。このくらいの下準備をする時間なら、アリスが到着するまでにたっぷりあった。

オリビア・フェルの立てた計画における唯一の弱点は、当人の問題ではなく、外的なところにあった。この女のすることなら、何でも成功したはずだった。ところが、オリビアはアリス・メイヒューを殺す役に、ニック・キースを選ぶという間違いをおかしたのである。キースは、十分な金さえ払ってもらえればどんなことでもやるというならず者を装って、陰謀の共謀者たちの輪の中に自分からはいりこんできた。実を言うとこの青年は、シルベスター・メイヒューに虐待されたのち、貧困の中で死に追いやられた二度目の妻の、連れ子だったのだ。

母親は死ぬまで、キースの心にシルベスターへの憎悪を一滴また一滴と染みこませた。それは年を経るごとに薄れるどころか、いっそう濃くなった。キースが陰謀に加わった動機はただひとつ、義父の遺産を見つけ出し、彼に奪われた母の財産を奪い返すためである。アリスを殺すつもりはさらさらなかった——ただ、その役目を引き受けたふりをしただけだ。最初の晩にエラリーとソーン弁護士の鼻先で、アリスを家からこっそり連れ出したのは、オリビアに命じられたとおり、絞め殺して埋めるためではなく、森の中で見つけて自分だけが知っている古い丸太小屋にかくまうためであった。

〝黒い家〟の中を荒らしてお宝を探すついでに、キースは食糧など必要な物資をこっそりくすねてアリスに届けていた。最初は単純にアリスを捕虜とみなし、閉じこめておいて、その間に金を見つけ出したら、分け前を受け取ってさっさと逃げるつもりでいた。ところが、アリスの人となりを知るうちに、キースは彼女を愛してしまい、丸太小屋でふたりきりだったこともあって、すべての事情をあらいざらい告白してしまった。アリスに同情されたことで、キースは新たな勇気を得た。いまや、アリスの身の安全こそ、何よりも大切なものとなった。そして、自分が金を見つけて、共謀した仲間たちを出し抜く時まで、身を隠しているように、アリスを説き伏せた。その後、ふたりでオリビアの化けの皮をはいでやるつもりだったのだ。

＊

エラリー・クイーン君が指摘したように、この事件全体の中でも皮肉な部分は、あれだけ陰謀やら、その陰謀に対する陰謀やらをさんざんめぐらせたあげく、肝心のお目当て——シルベスター・メイヒューの金貨——は〝黒い家〟が行方をくらましたように、いつまでも見つからないままだったことである。建物も敷地もそれこそ根こそぎ探しまわったというのに、まるで煙のようにあとかたもなく消えてしまっていた。

「ぼくが皆さんに、こんなむさ苦しい我が家に集まるようにお願いしたのは」数週間後にエラリーはほほ笑みながらそう言った。「ちょっと、あることを思いついたからで、どうしてもこいつを調べてみないと気がすまなかったからなんですよ」

キースとアリスはきょとんと顔を見合わせた。ソーン弁護士は数週間ぶりに、こざっぱりとし、ゆっくり休息を取って、満足そうな様子で、エラリーのいちばん坐り心地のよい椅子で、しゃんと背筋を伸ばして坐っている。

「何かを思いついてくれる人がいてくれて、嬉しいです」ニック・キースはにこりとした。「おれは文無しだし。アリスはおれよりちょっとましなくらいだし」

「きみは富というものに対する哲学を持っていないね」エラリーは厳しく言った。「そこんとこがライナック博士の実に魅力的な個性だったよ。かわいそうな男だ！ 我が国自慢の刑務所を気に入ってくれればいいが……」エラリーは暖炉の炎の中に薪を一本、押しこんだ。「さて、お嬢さん、今日までに、ぼくらの共通の友人であるソーン氏が、あなたのお父さんの屋敷をそれこそ上から下までほじくり返して調べてくれたのですがね。金貨はありませんでした。そうでしょう、ソーンさん？」

「埃しか出てこなかった」弁護士は無念そうに言った。「まったく、あの家の石をひとつひととつひっぺがして調べたというのに」

「なるほど。ということは、これはぼくのいつもの病的な癖で独断による仮説ですが、可能性はふたつです。さて、いいですか、お嬢さん、あなたのお父さんの財産は、存在するという可能性と、存在しないという可能性がある。もし存在しないのであれば、お父さんは嘘をついていたことになり、こうなるともちろん、話は終わりで、あなたとあなたの大事なキース君は頭を突きあわせて相談し、今後は身寄りもなく厳しい貧困のどん底で気高くも清貧な生活を送るか、それとも、公的福祉の救済金に頼って生きていくかを決めなければならなくなるでしょう。しかし、もしお父さんが主張したとおりに財産が存在したのであれば、あの屋敷のどこかに隠したに違いない。それなら、どういうことになりますか?」

「それなら」アリスはため息をついた。「羽が生えて飛んでいってしまったんですわ」

エラリーは笑った。「いやいや。消失なんてものはもうたくさんです。それじゃ、この問題を違う方向から検討してみましょう。シルベスター・メイヒュー氏の生前に屋敷の中にあって、いまは屋敷の中にないものが、何かありませんか」

ソーンが目を見張った。「まさか、きみが言っているものというのは――その――ご遺体……」

「気味の悪いことを言わないでくださいよ、子供じゃないんだから。そもそも、遺体なら検死で調べてるじゃないですか。ほらほら、もう一度考えて」

アリスはゆっくりと、膝の上の包みを見下ろした。「それであなたは、わたしに今日、これを持ってくるようにおっしゃったんですね」

「じゃあ」キースが声をあげた。「あのじいさんが、財産は金貨にしてあるって言ったのは、ほかの連中の目をそらすためだったってことですか?」

エラリーはくすりと笑って、娘から包みを受け取った。包みを開けると、額縁にはいったアリスの母親の大きな古い彩色写真を、しげしげと眺めた。

そしておもむろに、骨の髄まで完璧な論理学者としての自信に満ちた手で、エラリーは額縁の裏の板をはぎ取った。

まるで滝のように、金色と緑色の書類がエラリーの膝の上にばさばさと降ってきた。

「証券に換えてあったんですよ」エラリーはにこにこして言った。「お嬢さん、あなたのお父さんが耄碌していたなんて、とんでもない。実に頭のしっかりした、聡明な紳士だ! ほらほら、ソーンさん、そう首を伸ばして覗きこんでないで、この幸運な若い人たちをふたりきりにしてあげませんか!」

新たなる冒険

宝捜しの冒険
がらんどう竜の冒険
暗黒の家の冒険
血をふく肖像画の冒険

宝捜しの冒険

The Adventure of the Treasure Hunt

「下馬《げば》！」バレット少将は陽気に力いっぱい号令をかけると、馬の背からすべり降りた。「朝めし前の運動としてはどうだったかね、クイーン君？」

「うう、すてきでしたよ」エラリーは堅い大地《テラ・ファーマ》にどうにかこうにか着地しながら答えた。大きな鹿毛《かげ》（栗色の馬）はあからさまに、やれやれとほっとした様子で頭を振り立てている。「ただ、そのう、閣下、ぼくの乗馬用の筋肉は少し委縮したようです。なんたって、六時半からずっと乗りっぱなしでしたから」そして、ひょこひょこと妙な足取りで絶壁の端まで行くと、低い石造りの胸壁に、疲れ果てた身体をぐったりともたせかけた。

ハークネスは糟毛《かすげ》（地色に白の差し毛がはいった馬）から降りて、身体を伸ばしながら言った。「どうせきみは、どんな冒険も安楽椅子の中、なんて生活を送ってるんだろう、クイーン君？　そんなだと、本物の男の世界ってやつに鼻を突っこむと、参っちゃうんじゃないかい？」そして、げらげら笑った。エラリーは男の亜麻色のたてがみのような長い髪と自信満々の眼を、慢性の引きこもり族らしく、いけすかない気分で見やった。その広い胸は、はやがけ《ギャロップ》のあとでも、まったく息切れしていなかった。

「参っちゃってますよ、馬に」エラリーは言った。「そして、この美しい景色に。閣下、この土地をただなんとなく選んだわけではありませんね。あなたの心には一片《いっぺん》の詩心があるに違いないな」

「詩心だと、クイーン君、馬鹿を言っちゃいかん！　わしは根っからの軍人だ」老紳士はよたよたとエラリーの隣に来ると、ハドソン川を見下ろした。水面《みなも》は朝の太陽の下で青い鏡のようにまばゆい光を跳ね返している。なぎさにバレット少将のボート小屋がある。そこにおりていく唯一の道は、まさに絶壁だ。なぎさにバレット少将のボート小屋がある。切り立った崖は、はるか下の細長いなぎさまでまっすぐな、崖の表面に刻まれたジグザグの急な石段だけだ。

眼下の小さな桟橋の端に、ひとりの老人が腰かけて釣りをしていた。その老人は、ひょいと上を見たかと思うと、エラリーがぎょっとしたことに、いきなり飛び上がってその場で気をつけの姿勢を取り、何も持っていない方の手をさっとあげ、堅苦しく敬礼をした。それがすむと、老人は実にゆうゆうと腰をおろして、再び釣りを始めた。

「ブローンだ」少将はほがらかな笑顔で言った。「うちで面倒を見とる。メキシコ戦争でわしの部隊におった男だ。あれと、門番小屋の年寄りのマグルーダーもな。いいかね。規律だ、規律……詩心だと？」少将は鼻を鳴らした。「くだらんな、クイーン君。わしがこの崖の岩棚を気に入っとるのは、軍事的な観点からだ。川を見下ろせるだろう。ここは小型のウエストポイント（米国陸軍士官学校）と言っても過言ではない！」

エラリーは振り返って、上を見た。少将が家を建てた岩棚は、よじのぼることが絶対にできないであろう断崖の壁に、三方を囲まれていた。絶壁ははるか上までそびえ立ち、頂《いただき》はもやがかってかすんでいる。三つのうちいちばん奥の絶壁の、岩そのものに急勾配《こうばい》の道路が刻まれているのだが、エラリーは昨夜、その坂道を自動車でおりてきたことを思い出すと、いまだにめまいがした。

「ここからは川を見下ろせますが」エラリーは冷静に指摘した。「しかし、敵が上の道路からこの岩棚を見下ろして撃ちまくれば、ここは陥落《かんらく》すると思うんですが。それとも、ぼくの戦略は子供っぽいですか?」

老紳士はつばを飛ばしてまくしたてた。「なんの、一大隊来ようが、彼奴《きゃっ》らがはいりこまんよう、うちの道路にはいる門くらい、わしひとりで守ってみせるわ!」

「大砲もありますしね」エラリーはもそもそと言った。「いやあ、閣下、実に用意周到でいらっしゃる」そして愉快そうに、近くの旗ざおの隣にある、よく手入れされてぴかぴかの小型の大砲を見た。その砲口は胸壁の外を向いていた。

「閣下は革命に備えておられるんだよ」ハークネスがやれやれというように笑った。「我々は危険な時代に生きているってわけだね」

「まったく最近の若い者は」少将はぴしりと言った。「伝統を重んじるということを知らんな。きみたちもよく知っとるだろうが、これは日没を告げる大砲だ――いくらきみたちでも、ウエストポイントにある大砲を馬鹿にせんだろう。よいか、これこそが」少将はとっておきの閲兵場向けの声を張りあげた。「わしの家で星条旗をおろすのに、絶対に必要な儀式なのだ、ハークネス――日没の礼砲が!」

「ふうん、なら」大柄の狩猟家はにんまりした。「私の象撃ち用の銃じゃあ、かわりになりませんかね？　サファリだと――」

「クイーン君、その男は無視してよろしい」少将はおかんむりだった。「わしらがこの週末、その男に我慢しとるのは、フィスク中尉の友人だからというだけだ……きみが昨夜、ここに着くのが遅くて、儀式を見られんかったのは残念だったな。実に感動的だぞ！　今日、日が沈む時に見せてやろう。古い伝統は守らねばいかん。わしの生活の一部だよ、クイーン君……たぶん、わしは愚かな老いぼれなのだろう」

「とんでもありません」エラリーは慌てて言った。「伝統こそが国の背骨です。そんなことは誰でも知っていますよ」ハークネスが忍び笑いをした。少将は見るからに嬉しそうだった。エラリーはこの手合いをよく知っている――もはや実際に奉公するには歳を取りすぎているのに、軍隊生活に恋い焦がれる退役軍人。前の晩にここに来る道中、少将の未来の婿《むこ》であるリチャード・フィスクが話してくれたところによれば、バレット少将は実に熱い魂を持つ、融通のきかない頑固《がんこ》一徹の軍人だった。一般市民としての生活を始めるにあたって、少将は、古き良き軍人生活の思い出の品を運べるかぎり、山ほど持ちこんだ。使用人さえ、元軍人ばかりであった。三つの戦争の遺物がぎっしり詰まったこの家の習慣は、連隊の兵営そのもののしきたりに従っていた。

馬丁が皆の馬を引いて去ると、三人は鯨の背がいくつも重なるような、ゆるやかに波打つ芝生の上を、ぶらぶらと屋敷に向かって歩きだした。バレット少将は唸るほど金《かね》を持っているに違いないな。そう確信するだけのものを、エラリーはすでに十分すぎるほど見せつけられていた。庭にしつらえたタイル張りのプール。すばらしく豪華なサンルーム。射撃場。ありとあらゆる武器がずらりとそろった銃器室……

「閣下」焦《あせ》った声が聞こえた。何ごとかと目をあげると、フィスク中尉が彼らしくもなく軍服を乱して走ってくる。「少しお時間をいただけますか」

「もちろんだとも、リチャード。では、おふたりとも、失礼するよ」

ハークネスとエラリーは歩調をゆるめて、距離を取った。中尉がひどく慌てたように両腕を振りまわしながら何かを言うと、老紳士の顔から血の気が引いた。ふたりはひとことも言わずに走りだした。少将は仰天した年寄りガチョウのようによたよたと、屋敷をめざしている。

「ディック（リチャードの愛称）の奴、何を慌ててるんだ」ハークネスは、エラリーと気取った足取りで歩きながら言った。

「レオニーかな」エラリーが当てずっぽうで言った。「ぼくはフィスクとは長いつきあいだけどね。あいつの心をかき乱すことができたのは、あの連隊マスコットの愛くるしいお嬢さんだけだ。何も悪いことが起きていないといいが」

「起きてたらいやだね」大柄な男は肩をすくめた。「この週末はのんびり過ごせるはずだったのに。刺激なら前回の探検旅行で十分すぎるほど堪能したばかりだ」

「何か面倒なことがあったのか」

「現地で雇った勢子《せこ》どもに逃げられて、とどめがニジェール（アフリカ西部の川）の氾濫《はんらん》さ。何もかも失くした。命があっただけめっけもんだよ……やあ、ニクソンさん。バレットのお嬢さんに何かあったんですか？」

背の高い、赤毛で琥珀《こはく》色の眼をした色白の女が、読んでいる雑誌から視線を上げた。「レオニー？　今朝は一度も見かけてないわよ。どうして？」女はあまり興味がなさそうだった。

「あらっ、クイーンさん！　昨夜、あんなに恐ろしいゲームをするんだもの、わたし、ほとんど眠れなかったわ。あなたなんて、殺された人の亡霊にうじゃうじゃ囲まれてるんでしょうに、よく眠れるわねえ」

「ぼくの悩みは」エラリーはにんまりした。「寝たりないことでなく、寝すぎることなんですよ。生まれついての怠け者でしてね。おまけにアメーバほどの想像力もないときている。悪夢をごらんになるんですか。それは良心にやましいことがおありなんでしょう」

「でも、クイーンさん、わたしたちの指紋を取る必要があったの？　だって、遊びでしょ、ただのゲームでそんな……」

エラリーはくすくす笑った。「機会ができ次第、ぼくのささやかな即席身元証明局は閉鎖するとお約束します。ああ、いや、ハークネス、ありがたいが遠慮しておくよ。こんな朝早くから、ぷかぷかやるのはどうもね」

「クイーン君」玄関にフィスク中尉がいた。褐色の頬は土気色になり、ところどころ青ざめている。その全身が異様にこわばって見えた。「ちょっといいかな――？」

「何かまずいことがあったのか、中尉」ハークネスが訊いた。

「どうしたの、レオニーに何かあったの」ニクソン夫人が言った。

「まずいこと？　いや、何もないよ」青年将校はほほ笑んで、エラリーの腕を取ると、階段に向かってぐいぐい引っぱっていった。もはやまったくほほ笑んでいなかった。「不愉快なことが起きたんだ、クイーン君。ぼくたちは――どうしていいかわからない。きみがいてくれてよかった。きみならきっと……」

「まあ、落ち着きたまえ」エラリーは穏やかに言った。「何があった？」

「昨夜、レオニーがつけていた真珠のものすごく長い《ロープ》ネックレスを覚えてるか？」

「ああ」エラリーは言った。

「ぼくからの婚約の贈り物だよ。母の形見だ」中尉はくちびるを嚙んだ。「ぼくはそれほど――その、アメリカ陸軍の一中尉の給料じゃ、真珠なんてとても買えないだろ。でも、ぼくはレオニーに何か――高価な物を贈りたかった。馬鹿だよな。ともかく、ぼくにとっても、母の真珠は思い出があって、とても大切で、それで――」

「さっきからきみがぼくに言おうとしてるのは」エラリーは階段をのぼりきったところで言った。「その真珠が消えたってことだろう」

「そう！　そうなんだよ！」

「どのくらい値打ちがある物なんだ」

「二万五千ドルだ。父は裕福だったんだよ――むかしは」

エラリーはため息をついた。この世という宇宙の仕事場において、何も見えずにうろうろしている人々の間を、大きく眼を開けて突き進む役が自分に降ってくるのは、もはや神のご意思なのだろう。エラリーは紙巻きたばこ《シガレット》に火をつけると、中尉のあとに続いて、レオニー・バレットの寝室にはいっていった。

いまや、バレット少将のたたずまいに軍人めいたものは一切なかった。どう見ても、がっくりと肩を落とした、ただの肥《ふと》ったおじいちゃんであった。レオニーはというと、さっきまで泣いていたらしかった。エラリーは、令嬢が涙を拭くのに化粧着《ペニョワール》の縁を使ったなと、とんちんかんなことを考えていた。一方、レオニーの顎《あご》にはきりっと力がこもり、その眼には強い光があった。いきなり令嬢が飛びかかってきたので、エラリーは思わず身の危険を感じて、とっさに腕を上げそうになった。

「誰かがわたしのネックレスを盗んだんです」令嬢は荒々しく言った。「クイーン様、絶対に取り戻してください。絶対にです、よくって？」

「レオニーや、しかし」少将が弱々しい声で言いかけた。

「いいえ、お父様！　わたしは、誰が傷ついてもかまわないわ。あれは――あの真珠のネックレスはディックにとってかけがえのない物よ、わたしにとってもかけがえのない物だわ、それをわたしの鼻先から泥棒がかすめ取っていくのを、ただぼんやり見ているつもりはなくってよ！」

「でも、きみ」中尉は哀れっぽく言った。「そうは言っても、呼んだのはきみの友達ばかりで……」

「わたしの友達でも、あなたの友達でも、縛り首にしていいわ」うら若き令嬢は昂然《こうぜん》と頭を振り立てて宣言した。「ポスト夫人のお作法の本にだって、招待されれば泥棒しても罪にならないなんて、ひとことも書いていないはずよ」

「だけど、むしろ使用人を疑う方が、理にかなってるんじゃ――」

少将の頭が、弾丸のような勢いではねあがった。「リチャード君」少将は鼻息荒く言った。「その考えはきみの頭から追っぱらうことだ。我が家で雇っとるのはひとり残らず、わしのもとに二十年以上おった者ばかりだ。どの人間も、わしは全幅の信頼を置いておる。全員の誠実さと忠誠の証拠なら、何百と持っておるとも」

「ぼくも招待客のひとりですから」エラリーはほがらかに言った。「意見を言わせていただく資格はありますよね。中尉、悪事が露見したのに、まともな調査がこれっぽっちも行われず、野放しにしていいものかな？　きみの婚約者の言っていることは極めて正しい。お嬢さん、窃盗に気づいたのはいつですか」

「三十分くらい前に目を覚ました時です」レオニーは天蓋付きベッドの隣にあるドレッサーを指さした。「寝ぼけまなこでも、真珠がなくなっているのは見えましたわ。いまごらんのとおり、宝石箱の蓋が上がっていたんですもの」

「昨夜、お休みになる時には蓋が閉まっていたんですね？」

「そればかりじゃありませんわ。今朝は六時に一度、咽喉《のど》が渇《かわ》いて目を覚ましたんです。ベッドから起き出して、お水を飲みにいく時に、箱の蓋が閉まっていたのをはっきり覚えています。

そのあと、もう一度、寝てしまいました」

エラリーはのっそりとそちらに近づき、宝石箱を覗きこんだ。それから、煙をふーっと吹いた。「そりゃ、運がいい。いまは八時ちょっと過ぎだ。ということは、お嬢さんは盗難を七時四十五分ごろに発見したことになる。真珠は午前六時から七時四十五分の間に盗まれたというわけだ。お嬢さん、何か物音は聞かなかったんですか？」

レオニーはほろ苦い微笑みを浮かべた。「クイーン様、わたしは一度寝ると、何があっても起きないくらいぐっすり眠ってしまうんです。ディック、あなたも覚悟しておいてね。それと、前々からもしかしたらと思っていたんですけど、実はわたし、いびきをかくのかもしれないの。でも、いままで誰にも言われたことが――」

中尉は真っ赤になった。少将が「レオニーや」と、あまり威厳のない口調で声をかけると、レオニーはくしゃりと顔を歪《ゆが》め、今度は中尉の肩にもたれて、またさめざめと泣きだした。

「さてさて、どうしたものかのう」少将は唸った。「わしらは――ええい、だめだだめだ、客人たちの身体検査をするわけにはいかん。困ったことだ！　あの真珠がそれほど値打ちものでなければ、こんな面倒なことはすっかり忘れてしまえと言うところだが」

「閣下、身体検査をする必要はありませんよ」エラリーが言った。「どんな泥棒でも戦利品を身につけているほど頭が悪くはないでしょう。警察が呼ばれることを覚悟しているはずです。警察というのは、相手の気持ちやデリカシーってものにまるっきり無神経なことで有名ですからね」

「警察」レオニーが涙声で言いながら顔を上げた。「まあ、どうしましょう。そんな――」

「たぶん」エラリーは言った。「さしあたっては、警察に頼らずになんとかできるでしょう。それはそれとして、この敷地内の捜索ですが……ぼくが勝手にうろついてもかまいませんか？」

「まったくかまいませんわ」レオニーはきっぱりと言いきった。「クイーン様、どうぞ、勝手にうろついてくださいっ！」

「では、そうさせてもらいます。ところで、ここにいる四人――と泥棒本人――のほかに、このことを知っている者はいますか」

「ひとりもいません」

「たいへんよろしい。では、万事警戒せよ、というのが今日の我々の合言葉です。何ごともなかったように振る舞ってください。泥棒は我々が芝居をしていると気づくでしょうが、芝居をしなくてはならないのは向こうも同じだ。そして、ことによると……」エラリーは一服して考えこんだ。「とりあえず、お嬢さん、もう着替えて、階下《した》の客たちのところに行った方がいい。ほらほら、そのいかにも、大事な宝物が盗《と》られましたって表情は顔から消して！」

「ええ、わかりましたわ」レオニーはどうにかほほ笑もうとしながら言った。

「そして紳士諸君、おふたりにも協力してもらいます。ぼくが、うろつく仕事に精を出している間、この階に誰も近づけないでほしい。たとえば、ぼくがニクソン夫人のブラジャーに手を突っこんでいる現場を、ご本人に見られたくありませんから」

「あっ」突然、レオニーが言った。令嬢の顔から笑みが消えていた。

「どうしたの？」中尉が心配そうな声で訊ねた。

「それが、ドロシー・ニクソンはいま、とってもお金に困っているのよ。にっちもさっちもいかないくらい。あら、いまのは――はしたなかったわ、こんなことを言うなんてよくないわ」

レオニーは不意に頬を真っ赤にした。「まあ、わたしったら半分、裸じゃないの！　さあ、どうぞ、出ていらして」

＊

「ない」朝食のあと、エラリーは声をひそめてフィスク中尉に言った。「家の中にはない」

「参ったな」将校はぼやいた。「間違いないのか」

「絶対だ。ぼくは全部の部屋を見てまわった。台所も。サンルームも。食糧貯蔵庫も。銃器室も。閣下のワインセラーまで覗いた」

フィスク中尉はくちびるを嚙みしめた。レオニーがほがらかに声をかけてきた。「ドロシーとハークネスさんと、プールでひと泳ぎしにいくの。ディック！　あなたも来ない？」

「行ってこいよ」エラリーが優しく言って、小声で付け加えた。「水浴びしながら、プールの中を捜索するんだ」

フィスクはぎょっとした顔になった。やがて、意を決したように硬い表情でうなずくと、皆を追っていった。

「見つからなかったのかね」少将が落胆もあらわに言った。「いま、リチャードに何か話しとるのが見えたが」

「まだです」エラリーは、皆が水着に着替えにはいっていった小屋から川岸まで見回した。「閣下、あちらまで行ってみませんか。ブローンにいくつか質問したいんです」

ふたりは用心しいしい、崖の岩肌に刻まれた石段を、眼下に見える狭い川岸までおりていった。老いた退役軍人は、少将の大型ボート《ランチ》の真鍮《しんちゅう》飾りをゆうゆうとみがいているところだった。

「おはようございます、閣下」ブローンはたちまち、気をつけの姿勢になった。

「楽にしてよろしい」少将は元気のない声で言った。「ブローン、こちらの紳士がおまえにいくつか質問をしたいそうだ」

「簡単な質問ばかりです」エラリーはにこりとした。「ブローン、今朝は八時にここで釣りをしていたね。桟橋にはどのくらいの時間、坐っていた？」

「さようですな」老人は左腕をかきながら答えた。「五時半ごろから、休み休みやっておりました。朝早いと食いがいいのであります。大漁でした」

「あの階段はずっと見えていたのかな」

「もちろんであります」

「今朝、あそこをおりてきた人間は？」

「ひとりもおりません」

「崖の上から誰かが、この川岸や川の中に、何かを落とすとか投げこむとかしたかい？」

「そのようなことがあれば、必ず音が聞こえたはずです。断じてありません」

「ありがとう。ああ、そうだ、ブローン、ここに一日じゅういるのかな?」

「さようですな、誰かがランチを使うのでなければ、午後は早くに切り上げます」

「なら、しっかり見張っていてくれないか。バレット少将は、今日の午後にここをおりてくる人間がいるかどうか、特に知りたがっておられる。もしも誰かがおりてきたら、よく観察して、報告してほしいんだ」

「それは閣下のご命令でありますか」ブローンは聡《さと》い目をあげて質問した。

「そうだ、ブローン」少将はため息をついた。「行ってよろしい」

「それじゃ、次は」ふたりで崖のてっぺんをめざしてのぼっていきながら、エラリーが言った。「マグルーダーの話を聞きにいくとしましょうか」

マグルーダーというのは、なめし革のような頰と、曹長そのものの鋭い眼をした、山のように大きなアイルランド人の年寄りだった。屋敷に続く唯一の道路の門のそばにある、あちこち張り出した変てこな小屋に住んでいた。

「いいえ」老人はきっぱりと言いきった。「今朝はひとりもここに近寄ったもんはおりません。はいったもんも、出てったもんもおりません」

「でも、マグルーダー、どうしてそう言いきれるんだい?」

アイルランド人は、むきになった。「五時四十五分から七時半まで、わしは門が丸見えんとこに坐って、閣下の銃をみがいとりました。そんあとは、イボタノキの刈りこみをしとりました」

「マグルーダーの言葉は福音書の言葉と同じに信じてよろしい」少将はきっぱり言った。

「わかってます、わかってますよ」エラリーはなだめるように言った。「閣下、屋敷から車で出ていける道路は、もちろん、ここしかないわけですよね」

「見てのとおりだ」

「ごもっとも、ごもっともです。で、崖の方ですが……あの切り立った岩の壁をのぼれるのはトカゲくらいだ。実におもしろい。どうも、世話になったね、マグルーダー」

「それで、次はどうするんだ」再び屋敷に向かって歩いていきながら、少将は訊ねた。

エラリーは眉を寄せた。「閣下、どんな調査もその本質は、どれだけ多くの可能性を消去できるか、という問題にほかなりません。今回のちょっとした狩りもその点においては実に興味深いことになっています。ところで、閣下はご自分の使用人に絶対の信頼をおいているとおっしゃいましたが？」

「間違いない」

「それなら、できるかぎりの使用人をかき集めて、敷地内の地面をふるいにかけるように、徹底的に調べさせてください。幸い、ここの敷地はそれほど広くありませんから、調べ上げるのにあまり長い時間はかからないでしょう」

「ふうむ」少将は小鼻をひくつかせた。「なるほど、それはいい思いつきだ！　よかろう、よかろう。すばらしいぞ、クイーン君。わしの部下は信用してくれてよろしい。ひとり残らず元軍人だから、はりきるだろうとも。それで、木はどうする？」

「ええと、なんとおっしゃいましたか？」

「木だよ、きみ、木だ！　木のまたがあるだろう。いい隠し場所じゃないかね？」

「ああ」エラリーは大まじめに言った。「木ですか。ぜひとも探させてください」

「まかせておけ」少将ははりきって言った。そして、炎のような息を吐きながら、走り去っていった。

エラリーはぶらぶら歩くと、躍動するいくつもの肉体に勢いよくかきまわされているプールにたどりつき、ベンチに腰をおろして一同を観察した。ニクソン夫人が形のよい腕を大きくひらめかせて水に飛びこみ、そのあとを追うように、日に焼けて赤光りする大男が飛びこんでいく。ぽたぽたと巻き毛から水をしたたらせて男が顔を出したのを見れば、ハークネスであった。エラリーの足元の水面に、ほっそりしたなめらかな姿が浮かび上がり、そのままひらりとプールサイドに飛び乗ってきた。

「わたし、やりましたのよ」レオニーはひそひそと小声で言うと、にっこり笑って、エラリーからの褒《ほ》め言葉を待ち受けるように、得意満面でじっと見上げてきた。

「何をやったんです」エラリーはもごもごと小声で言うと、ほほ笑み返した。

「あの人たちの身体検査」

「身体検査――！　それは、どういう？」

「んまあ、殿方ってどうしようもないお馬鹿さんばっかり、なのね」レオニーはぐっと背をそらして、髪を大きく振った。「どうしてわたしがみんなをプールに誘ったとお思い？　そうしたら、全員、服を脱がなければならないでしょう！　あとは、わたしが一階におりる前に、ひとつふたつ、ほかの寝室に忍びこめばいいだけですもの。すっかり調べましてよ、わたしも含めて全員の服を。だって、もしかすると――泥棒が、まったく関係ない人のポケットに真珠を隠した可能性もあるでしょ。でも……どこにもありませんでしたわ」

エラリーはまじまじとレオニーを見た。「いやあ、お嬢さん、ぼくはあなたの霊魂にブラウニングの詩を捧げたい、そうか、そんな手があったか……ですが、水着の方は――」

レオニーは顔を赤らめた。そして、きっぱりと言った。「あれは六連にできる、とても長いネックレスですわ。あなたがもし、いまのドロシー・ニクソンがあの水着の下に隠しているとお考えなら……」エラリーはニクソン夫人をちらりと見た。

「どう見ても」エラリーはくすくす笑った。「あなたがたのいまの衣装では、蠅《はえ》の羽より大きな物を隠すことはできそうにありませんね。やあ、中尉！　水の方はどうだ？」

「全然だめだ」フィスクはプールサイドの上に顎を突き出した。

「あらっ、ディック！」レオニーは驚いた声を出した。「わたし、あなたはプールが好きだとばかり――」

「お嬢さん、いま、あなたの婚約者は」エラリーは小声で言った。「例の真珠がプールの中のどこにもなかったと教えてくれたんですよ」

ニクソン夫人がハークネスの顔をぴしゃりと叩き、裸の脚を引き上げて、薔薇《ばら》色のかかとを男の広い顎にかけ、力いっぱい押すのが見えた。ハークネスは大声で笑いながら、水の中に沈んだ。

「いやらしいブタ」ニクソン夫人は愉快そうに言いながらプールサイドに上がってきた。

「あなたが悪いのよ」レオニーは言った。「言ったでしょ、そんな水着を着ちゃだめって」

中尉がぼそりと言った。「きみもね」

「あんたこそ、週末にターザンを招待するんなら」ニクソン夫人は言いかけて、言葉を切った。

「ちょっと、あのおじさんたちってば、あそこで何やってるの？　手をついて這いまわってるわよ！」

一同はそちらを見た。エラリーはため息をついた。「きっと閣下はぼくらの相手をするのに飽きて、元部下の軍人さんたちと戦争ごっこでもしてるんじゃないかな。お嬢さん、お父上はよくああいう遊びをなさるんですか？」

「あれは戦時を想定した、歩兵の大演習だよ」中尉が急いで言った。

「ふうん、変な遊びね」ニクソン夫人はほがらかに言うと、水泳帽を脱いだ。「レオニー、午後はどうする？　何か刺激のあることをしましょうよ！」

「私も」ハークネスは大きな猿のようにプールから這い上がって、にやにやした。「ぜひ刺激のある遊びをしたいな。ニクソンさん、あなたが参加するのならね」太陽の光が濡れたその身体の上でまぶしく輝いた。

「けだもの」ニクソン夫人は言った。「ねえ、何をする？　どう、何かいい考えはない、クイーンさん」

「うーん」エラリーは言った。「さて、どうしましょうかね。宝捜しとか？　少々、古くさいかもしれませんが、すくなくとも、それほど脳味噌に負担をかけずにすみますよ」

「まあ」レオニーが言った。「そう言われると、うんと負担がかかる予感がするわ。でも、とてもすてきな考えだと思いましてよ。クイーン様、あなたが手配をしてくださいな」

「宝捜し？」ニクソン夫人はじっと考えていた。「ふうん。おもしろそうじゃないの。お宝は値打ちものにしてね。わたしはとってもふところが寒いの」

エラリーはたばこに火をつけて、しばらく黙っていた。やがて、マッチをはじき飛ばした。

「ぼくが推薦されたからには……じゃあ、いつやりますか――昼食のあとにでも？」そしてにやりとした。「よろしい、僭越《せんえつ》ながら全力を尽くしましょう。手がかりや何かは全部、ぼくが準備します。では、皆さん、家の中にいてください。覗きはなしです、絶対に。いいですね？」

「あなたにおんぶにだっこで、おまかせしちゃうわ」ニクソン夫人が楽しそうに言った。

「羨ましいことだ」ハークネスがため息をついた。

「では、皆さん、またあとで」エラリーはぶらぶらと川に向かって歩いていった。レオニーが、昼食のために家の中にはいって着替えるよう、客たちを急《せ》き立てている元気いっぱいの声が聞こえてくる。

バレット少将は、正午にエラリーが胸壁のそばに立って、一キロ近く向こうの岸をぼんやりと眺めているところを見つけた。老紳士は頬が血の色で真っ赤に染まって、大汗をかき、ひどく立腹して疲れきった様子だった。

「おのれ、泥棒、にっくき悪党めが！」少将は大声で怒鳴ると、禿げ頭をぬぐった。そして、むちゃくちゃなことを言いだした。「わしはレオニーがどこかに置き忘れただけなのかもしれないと思い始めた」

「見つかりませんでしたか」

「影も形もない」

「では、置き忘れる場所がどこかにありますか」

「うぬう、きみの言うとおりだ。わしはもう、このいまいましいごたごたにうんざりした。我が家の客人に泥棒がおると考えるだけで――」

「閣下」エラリーはため息をついた。「客人に泥棒がいると誰が言いましたか」

老紳士は眼をむいた。「なに？　なんだと？　どういう意味だ？」

「特に意味はありませんよ。閣下はご存じない。ぼくも知らない。知っているのは泥棒本人だけです。結論に飛びついてはいけません。それより、閣下、捜索は終わりましたか」バレット少将は唸った。「マグルーダーの小屋の中もすっかり調べましたか」

「むろんだ、むろんだとも」

「厩舎《きゅうしゃ》は？」

「きみ、そんなことは――」

「木は？」

「木もだ」少将はぴしりと言った。「どこもかしこもすっかり調べた」

「結構です！」

「何が結構なのかね」

エラリーはびっくりした顔になった。「何がって、すばらしい結果ですよ、閣下！　ぼくの予想どおりです。実を言えば、確信していました。なんたって、ぼくらが相手にしているのは、たいへん頭のいい人物ですからね」

「きみは知っとるのか――」少将は驚きで息を詰まらせた。

「具体的なことはほとんど知りません。しかし、光明は見えています。では、閣下、屋敷に戻って、さっぱりされてはいかがですか？　ずいぶんお疲れでしょうし、午後のために英気を養っていただかないと。みんなでゲームをすることになっているんです」

「おお、世も末だ」少将は頭をしきりに振りながら、重たい足を引きずるように、のそのそと家に向かっていった。エラリーは老人の姿が消えるまで見守っていた。

それから、胸壁の上であぐらをかくと、沈思黙考にはいった。

＊

「さて、紳士淑女の皆さん」午後二時に一同がベランダに集合すると、エラリーは口を開いた。「過去二時間を、ぼくはまことに過酷な労働に費やして参りました――僭越ながら、大衆の娯楽のために喜んで捧げた個人的犠牲でありまして、その対価としてぼくが求めるのは、皆さんによる活発な協力のみであります」

「謹聴」少将の声はちっとも楽しそうではなかった。

「ほら、ほら、閣下も不景気な顔をしないで、つきあってくださいよ。当然、皆さんはこのゲームのルールはだいたいわかっていますよね？」エラリーはたばこに火をつけた。「ぼくは〝宝物〟をどこかに隠しました。そこに至るための手がかりを残してあります――ご承知でしょうが、まっすぐ目的にたどりつくことはできませんよ、手がかりを一歩一歩たどっていく必要があります。正しく解釈すれば次の一歩に導いてくれる鍵を、一歩ごとに落としておきました。この競争は当然、どれだけ頭の回転が速いかにかかっています。つまりこのゲームは、頭脳で賞品を勝ち取る競争というわけです」

「それじゃあ」ニクソン夫人ががっかりした顔で言った。「わたしは脱落じゃない」ぴっちりしたセーターに、ぴっちりしたスラックスを合わせ、髪を青いリボンで結んでいる。

「かわいそうなディック」レオニーが悲痛な声を出した。「わたしがペアを組んであげないとだめね。あの人ひとりでは、一塁にも進めないわ」

フィスク中尉はにやりとし、ハークネスがのんびりと言った。「組に分かれるんなら、私はニクソンさんを選ばせていただくよ。閣下、あなたはお気の毒ですがおひとりでがんばらないといけないみたいですね」

「たぶん」少将は期待するように言った。「きみたち若い者は若い者だけで遊ぶ方が……」

「ああ、それから」エラリーは言った。「手がかりはすべて引用の形にしてあります」

「あら、まあ」ニクソン夫人が言った。「それってつまり〝戦争中も一番、平和においても一番（ジョージ・ワシントンへの賛辞の一部）〟みたいな？」

「ええと――そう。そんな感じで。出典は気にしなくていいです。意味があるのは、引用の文句そのものだけですから。では、準備はいいですか」

「ちょっと待った」ハークネスが言った。「お宝は何なのかな」

　エラリーがたばこをはじき飛ばすと、それは灰皿の中にすっぽりおさまった。「それは言えない。では、行きます！　第一の手がかりはぼくが言いますよ。これは我らが古き友人、ディーン・スウィフトの辛辣《しんらつ》な羽根ペンの先から生み出されたものですが――その点は考えなくて結構。引用は――」エラリーがもったいをつけて言葉を切ると、一同は待ちきれない様子で身を乗り出した。「――〝魚は、一度目は海で泳ぐ〟」

　少将は言った。「ふんっ！　馬鹿馬鹿しい」そして、椅子にどっかりと腰をおろした。けれども、ニクソン夫人は琥珀色の瞳を輝かせて飛び上がった。

「それだけ？」夫人は叫んだ。「なあんだ、クイーンさんたら、全然、難しくないじゃないの。ほら、行くわよ、ターザンさん」そして芝生の上を駆け去っていき、そのあとを、にやにやしているハークネスがついていった。ふたりは胸壁に向かっていく。

「かわいそうなドロシー」レオニーはため息をついた。「はりきっているけど、おつむに恵まれているとは言えないわ。方向が全然間違っているもの」

「じゃあ、回れ右！とでも声をかけてあげますか？」エラリーがぼそぼそ言った。

「クイーン様ったら！　だって、まさかわたしたちに、ハドソン川の端から端まで潜らせるつもりはないでしょう。それなら当然、あなたがお考えなのは、もっと限定的な範囲の水のことですわ」令嬢はベランダから飛びおりた。

「プールか！」フィスク中尉が叫んで、慌ててあとを追っていく。

「閣下、お嬢さんはすばらしい女性ですね」エラリーはカップルを眼で追いながら言った。

「ディック・フィスクはこの上なく幸運な青年に違いないと思い始めましたよ」

「母親の頭を受け継いだんだ」少将は急に、にこにこ顔になった。「うむ、わしもおもしろくなってきたぞ」そして、よたよたと急いでポーチから離れていった。

ふたりが追いつくと、レオニーは得意満面で、プールにつかっていたせいでまだぽたぽたとしずくを垂らしている、大きなゴムの魚の空気を抜いているところだった。

「あったわ」令嬢は言った。「ほら、ディック、これ見て。ちょっと、何するの、いまはだめ、お馬鹿さん！　クイーン様が見ているじゃないの。ええと、なんですって？　〝次に、バターの中で泳ぐ〟。バター、バター……食糧貯蔵庫よ、もちろん！」そう言って、令嬢は風のごとく家から飛び出していき、中尉もあとから飛んでいった。

エラリーは手がかりの紙をまたゴムの魚の中に戻し、ふくらませて、穴をふさぎ、元どおりプールの中に放りこんだ。

「あちらの組もじきに追いつくでしょう。ああ、来た！　もう気がついたみたいだ。閣下、行きましょう」

レオニーは食糧貯蔵庫の大きな冷蔵庫の前で膝をつき、バター桶の中から紙を掘り出しているところだった。「もう、いやになっちゃう」令嬢は鼻に皺《しわ》を寄せていた。「どうしてもバターを使わなければいけませんでしたの？　ディック、あなたが読んでちょうだい。わたし、べたべただわ」

フィスク中尉が読んだ。「〝そして最後に、そら、上等のクラレットの中で泳ぐというわけだ〟」

「クイーン様！　見そこないましたわ。あんまり簡単すぎるんですもの」

「だんだん難しくなります」エラリーは澄まして言った。「先に進むにつれて」若いカップルが地下室の入り口に飛びこんでいくのを見届けて、エラリーは紙をバター桶に戻した。少将と地下室に続くドアを内側から閉めた時、食糧貯蔵庫にばたばたとはいってくるニクソン夫人の足音が聞こえた。

「レオニーめ、ネックレスのことをすっかり忘れとるんじゃあるまいの」階段の上から覗きこみながら、少将はぼそぼそとぼやいた。「これだから女というものは！」

「さあ、どうですかね、忘れてはおられないと思いますが」エラリーはぼそぼそと答えた。

「あった！」レオニーが声をたてた。「ほら……これ、なんですの、クイーン様――シェイクスピア？」令嬢はワインセラーで埃《ほこり》にまみれた二本の壜の間から紙を引っぱり出し、眉を寄せてじっと見つめているところだった。

「なんて書いてあるんだい、レオニー？」フィスク中尉が訊ねた。

「〝緑の木《グリーンウッド》の陰で〟……緑の木」レオニーはのろのろと紙をもとの場所に戻した。「ほんとに、難しくなってきたわ。お父様、うちに緑の木ってあるかしら?」

少将は弱りきった口ぶりで言った。「まったく心当たりがないな。聞いたこともない。きみはどうかね、リチャード?」中尉は困惑した顔になった。

「わたしの知っている緑の木《グリーンウッド》と言ったら」レオニーは眉間に皺を寄せた。「『お気に召すまま』の中に出てきた言葉と、トマス・ハーディの小説の題名くらいだわ。でも――」

「ほらっ、早く、ターザンさん!」頭上でニクソン夫人が甲高く叫んだ。「あの人たち、まだここでぐずぐずしてるわよ。ほらほら、どいてちょうだい、おふたりさん! 通せんぼするなんて、フェアじゃないわ」

レオニーが顔をしかめた。ニクソン夫人が地下室の階段を駆け下りてきて、そのあとからハークネスがあいかわらずにやにやしながらついてくる。夫人は棚から紙をさっと抜き取った。すぐにしょんぼりした顔になった。「なにこれ、ちんぷんかんぷん」

「どれ、見せて」ハークネスは紙をじっと見て、不意に大声で笑いだした。「さすがだね、クイーン君」そしてくすくす笑った。「chlorosplenium aeruginosum《クロロスプレニウム・アエルジノスム》。すなわち、緑青腐菌《ロクショウグサレキン》だ。ジャングルではちょっとばかり植物学の知識が必要なのさ。その木ならここの庭で何度も見かけたよ」ハークネスは階段を駆けのぼってくると、もう一度、エラリーとバレット少将ににやりと笑いかけて、姿を消した。

「やだ!」レオニーは叫んで、先頭に立ってハークネスを追っていった。

一同が追いついた時、大男はたいそう古い日よけの巨木に寄りかかって、形のよい顎をかきながら、一枚の紙を読んでいるところだった。その木の幹はびっしりと菌におおわれているのか、鮮やかな緑色をしている。

「緑の木!」ニクソン夫人が叫んだ。「これは頭のいい問題だわ、クイーンさん」

レオニーは悔しそうだった。「やっぱり男のかたってすごいのね。でも、あなたがそんなに頭がいいとは思わなかったわ、ハークネスさん。それで、なんと書いてあるの?」

ハークネスが読み上げた。「〝それから……彼が最近、投げ捨てたものを探せ……〟」

「誰が最近、投げ捨てたものなんだ?」中尉が文句を言った。「曖昧《あいまい》すぎるよ」

「はっきりしているのは」ハークネスが言った。「この代名詞が、手がかりの発見者を示しているはずがないってことだ。誰がこいつのありかを突き止めるか、クイーン君が前もって知ってたはずがない。となると……ああ、決まっているじゃないか!」そしてハークネスは鼻をこすりながら、家に向かって駆け去っていった。

「わたし、あの人嫌いよ」レオニーが言った。「ディッキー、あなたの頭には何がはいってるの? んもう、また、あの人に追い越されちゃったじゃない。クイーン様、あなたって意地悪なかたね」

「その言葉はそっくりお返ししますよ、お嬢さま」エラリーは言った。「ゲームをしたいと言ったのはぼくでしたか?」そう言いながらも、皆、一団となってハークネスを追っていった。先頭はニクソン夫人で、赤い髪を旗のようにたなびかせている。

エラリーがベランダにたどりつき、そのうしろから少将がふうふう言いながらやってくると、ハークネスがニクソン夫人のつかみかかってくる指の届かない高さに、何かを持ち上げているところだった。「だめだめ。早い者勝ちだよ――」

「でも、どうしてわかったの、いやな人！」レオニーが叫んだ。

ハークネスが高く上げていた腕をおろした。彼がつかんでいるのは、半分吸った紙巻きたばこだった。「論理的に考えたまでさ。あの代名詞はクイーン君自身を指しているに違いない。そして、彼が〝最近〟投げ捨てたもので、ぼくが唯一見たのは、ゲームを始める直前に捨てた、この吸い殻だけだ」ハークネスはたばこをほぐした。吸い口近くのたばこの葉の中から、小さなこよりが出てきた。ハークネスはこよりをほどいて、走り書きされた文を読んだ。

そして、もう一度、ゆっくりと読んだ。

「ちょっと、ちょっと！」ニクソン夫人がぴしりと言った。「ひとりじめなんてずるいわよ、ターザンさん。答えがわからないんなら、みんなにチャンスを回しなさいな」そう言うと、紙をひったくって読み上げた。「〝探す……大砲の口の中さえも〟」

「大砲の口だと？」少将はまだ息をはあはあさせながら言った。「なんで、そんな――」

「なあんだ、簡単じゃないの！」赤毛の女はくすくす笑って、駆けだした。

一同が追いついた時、夫人は川を見下ろして日没を告げる大砲の上に、へっぴり腰でまたがっていた。「なんなの、これ、どうしろってのよ」夫人は文句を言った。「大砲の口なんて！ハドソン川から三十メートルも上の空中に突き出してるのに、どうやって中を覗けるのよ。ちよっと、中尉、このろくでもない物をもう少しうしろに引っぱってちょうだい」

レオニーはこらえきれずに笑いだした。「お馬鹿さん！　マグルーダーがどうやってこれに砲弾《たま》を装填《そうてん》すると思っているの――砲口から詰めこむわけないでしょ。弾倉はうしろにあるのよ」

フィスク中尉が日没を告げる大砲のうしろに回って、慣れた手つきで素早く何かの装置をいじくると、金庫の小さな扉に似たぴかぴかの尾栓がぱかっと開いて、丸い孔が見えた。中尉は片手を突っこんで、あんぐりと口を開いた。「宝だ！」中尉は怒鳴った。「おめでとう、ドロシー、きみの勝ちだ！」

ニクソン夫人は大砲からすべりおりた。興奮したおてんば娘のように「ちょーだい、ちょーだい！」とうわずった声で叫んだ。そして、無遠慮に中尉を突き飛ばすと、脂っぽい綿の塊《かたまり》を引っぱり出した。

「それ、なあに？」レオニーが叫んで、駆け寄った。

「これ……そんな、うそ、やだ、レオニー！」ニクソン夫人の顔から威勢のよさが消えた。

「話がうますぎると思ったわ。宝物よ！　正真正銘の」

「わたしの真珠！」レオニーが金切声で叫んだ。ニクソン夫人から雪のように白い宝石の長いネックレスをひったくると、胸にしっかり抱きしめた。そうしてから、何やらもの問いたげな、とても妙なまなざしをエラリーに向けた。

「なんとまあ、いったい――どういう」少将はいまにも消え入りそうな声で言った。「クイーン君、きみが持ち出したのかね？」

「そうじゃないんです」エラリーは言った。「その場を動かないで、じっとしていてください。皆さん、全員です。いまのところ、ニクソン夫人とハークネス氏が不利な立場かもしれない。もうお気づきだと思いますが、今朝、お嬢さんの真珠が盗まれたのです」

「盗まれた？」ハークネスが片眉を上げた。

「盗まれた！」ニクソン夫人が息をのんだ。「そう、それで――」

「そうです」エラリーは言った。「では、考えてみましょうか。何者かが高価なネックレスをくすねました。ここで問題になるのが、それをここから持ち出すことです。ここの敷地から外に出る方法はふたつしかありません。あっちの崖の上の道路を通って、マグルーダーの番小屋がある正門を抜けるか、下の川にはいるかです。ここを囲んでいる垂直に切り立った崖を、よじのぼるのは不可能だ。そして崖の上は高すぎて、たとえば、共犯者がロープをおろして戦利品を吊り上げるというのも、まず無理でしょう……。さて、朝の六時前から、マグルーダーは陸路の出口を、ブローンは川からの出口を見張っていました。ふたりとも、人っ子ひとり見ていません。ブローンは、胸壁からは何も、川岸や水の中に落とされていない、もしそうなら必ず音を聞いたはずだと断言しています。泥棒がこのふたつの道のどちらからも真珠を持ち出した気配がまったくないのですから、真珠がまだこの敷地内にあるのは明白です」

いまやレオニーの顔は心なしかやつれ、青ざめていた。そして、エラリーの顔をひたと見つめ続けている。少将は当惑した顔だった。

「しかし泥棒は」エラリーは言った。「お宝を持ち出す計画を、それも、あらゆる不測の事態を回避し得る計画を立てていたに違いありません。盗難の事実がすぐに発覚するのは予測していたでしょうから、警察が早々に駆けつけてくると覚悟したうえでの対策を立てたでしょう。二万五千ドルもするネックレスをかっぱらわれて、おとなしく黙っている人間はいませんからね。警察が来るのを予想していたなら、当然、捜索されるのも予想したはずだ。ならば、戦利品をばれやすい場所に隠したはずがない――たとえば、身につけるとか、あるいは、自分の荷物の中とか、屋敷のどこかとか、この敷地内の誰でも考えつくような隠し場所には。もちろん、どこかに穴を掘って、真珠を埋めてしまうという手もあります。しかし、ぼくはそう思わなかった。なぜなら、そんなことをしても結局、厳重な監視の中でお宝をどうにかしなければならないという難問はそのままですからね。

実を言うと、ぼく自身の手で屋敷の中は隅から隅まで探したのです。また、閣下の使用人たちにもこの敷地の、屋敷の外やほかの建物の内外をかたっぱしから捜索してもらいました……すべて確認のためです。警察は呼びませんでしたが、自分たちの手で、警察がするとおりの捜索を行ったわけですよ。それなのに、真珠は見つからなかった」

「だけど――」フィスク中尉が戸惑ったように言いかけた。

「悪い、中尉、続けさせてくれないか。さて、泥棒がどんな計画を立てていたにしろ、陸路や水路のごく普通の方法を使うつもりはなかったのは明白です。それでどうやって、ここから真珠を持ち出すのか。泥棒は、真珠を自分自身で持ち去るつもりだったのでしょうか、それとも、共犯者に郵送するつもりだったのでしょうか。警察の捜索や監視がはいると予期していたのなら、そんなことはまずありえない。そもそも、同じ屋根の下に探偵がいると前もってわかっているのに、あえて計画を立てて決行したことを忘れないでください。ぼくは別に、稀《まれ》に見るどえらい奴だと褒めたたえる気は毛頭ありませんが、この状況下で犯行を練り上げ、実行に移したということは、かなり頭のいい大胆不敵な泥棒と認めざるを得ない。そんなわけで、この泥棒の計画がどんなものだったにしろ、それは決して間《ま》の抜けた平凡なものであるはずはなく、意表をつく非凡な計画と考えるのが正しいと、ぼくは感じました。

しかし、たとえ泥棒がお宝を運び出すのに、平凡な方法を無視して、驚天動地の方法を採用したとしても、ふたつしかない道のどちらかを使わないわけにはいきません。その時ぼくは、川を使った道で、これなら見かけがまったく無関係だから、歩兵の一連隊の目をかいくぐることができるかもしれないという方法に思い当たりました。ならば、それこそが正解に違いありません」

「日没を告げる大砲ね」レオニーが低い声で言った。

「そのとおりですよ、お嬢さん、あの大砲です。真珠を何かの容器に入れてから、大砲の尾栓を開いて、弾倉に容器を押しこみ、そのまま歩き去れば、真珠をここから外に持ち出すというやっかいな難問が実にあっさりと片づいてしまう。銃火器の扱いを知っている人間なら誰でも、礼砲を撃つ時には空包を使うと知っています。つまり、砲弾ははいっていない。ただ、火薬が派手な音をたてて煙を噴き出すだけです。

さて、この火薬は単に音を出すだけのものとはいえ、ある程度の推進力は有しています――たいした威力はないが、泥棒の目的を達するには十分です。このまま待っていれば、今日の日の入りのころにマグルーダーがやってきて、大砲のうしろから空包を詰めて、発射の縄を引っぱれば――どかん！という音と共に、煙幕に包み隠されて、真珠は大砲から五、六メートル飛び出し、真下の川岸を越えて水中に落ちる、というわけです」

「しかし、それでは――」少将がサクランボのように真っ赤な顔で、舌をもつれさせながら怒鳴った。

「当然ですが、容器は水に浮かぶようにしてあるでしょう。おそらくはアルミニウム、もしくは、同じくらい丈夫で軽い何かでできた物です。それなら、この計画には必ず共犯者がいる――日暮れ時に真下のハドソン川でのんびり舟遊びをしているふりを装った何者かが、容器を回収し、意気揚々と漕ぎ去るというわけだ。その時にはブローンはもう、本人が語ってくれたとおり、川の見張りから引きあげているし、たとえそこにいたとしても、大砲の爆音と煙で何も気づかないでしょう」

「共犯者だと？」少将は吼えた。「いますぐ電話を――」

エラリーはため息をついた。「閣下、もう連絡はすませてあります。午後一時に、地元の警察に電話をかけて、見張るように伝えておきました。ぼくらの求める男は日没を待っているでしょうから、閣下がいつものしきたりどおりに、沈みゆく日に敬意を払われれば、警察は現行犯でそいつを捕えるでしょう」

「しかし、その容器だか缶だかはどこにあるんだい？」中尉が訊いた。

「ああ、安全な場所に隠してある」エラリーは何気ないふうにさらりと言った。「とても安全な場所に」

「隠した？　きみが？　どうして？」

エラリーはひとしきり、のんびりとたばこをくゆらせていた。「皆さん、この世にはね、太鼓腹の小さな神様がいて、ぼくのようにあらゆることを見張っているんですよ。昨夜、みんなで殺人事件ごっこをしましたね。遊びに現実味を出したかったのと、問題の実証をわかりやすくするのに、ぼくはいつも持ち歩いている便利な探偵道具セットを使って、全員の指紋を取りました。その証拠品を処分するのを、忘れちまったんです。今日の午後、宝捜しを始める前に、ぼくは大砲の中で問題の容器を見つけました――だってそりゃ、せっかく推理で隠し場所の当たりをつけたからには、まっすぐ確かめに行くのが理の当然ってものでしょう。さて、ぼくが缶の上に何を見つけたと思いますか？　指紋ですよ！」エラリーは顔をしかめた。「がっかりさせてくれるじゃありませんか。だが、我らが泥棒殿はあまりに自信家なものだから、大砲が発射される前にお宝を見つけられてしまうなんて、想像もしなかったんですね。それで、油断した。もちろん、昨夜の証拠品ひとそろいと、缶についていたサンプルを比較するのは、子供にだってできる簡単な仕事でした」エラリーは間を取った。「どうかな？」エラリーは言った。

一同が息を止めていられる間、沈黙が漂った。静寂の中、ただ頭上で旗がはためく音だけが聞こえていた。

やがて、握りしめていた両手をゆるめつつ、軽い調子でハークネスが言った。「降参だよ、きみ」

「ああ」エラリーが言った。「それがいいね、ハークネス君」

＊

一同は日没が迫ると大砲のまわりに立った。マグルーダー老人が縄を引くと、大砲が咆哮《ほうこう》し、国旗がするするとおりる中、バレット少将とフィスク中尉は気をつけの姿勢を取り、直立不動でいた。大砲の音は何度もこだまし、雷のような轟《とどろ》きで大気を満たしていく。

「見て、あの悪党ったら」少しして、ニクソン夫人が胸壁の上から身を乗り出して見下ろしながら、咽喉を鳴らした。「ミズスマシみたいにくるくる回ってるわ」

ほかの者も夫人のまわりに無言で集まってきた。眼下のハドソン川は鋼《はがね》の鏡となり、あかがね色の残照を跳ね返している。外付けのモーターを備えた小さなボートが浮かんでいるほかは、一艘も舟は見えなかった。そして、男は何やら不安げに川面を見ながら、ボートをあっちにやりこっちにやりしている。ふと男は上を向いて、ずらりと居並ぶ顔が自分を見つめていることに気づいた。そのとたん、半狂乱になり、慌てふためいてボートを回転させると、反対側の岸に向かってモーターをぶっ飛ばしていった。

「わたし、まだわからないんだけど」ニクソン夫人は不満げだった。「クイーンさん、どうしてさっきの人を見逃してやったの。犯罪者なのに。そうでしょ？」

エラリーはため息をついた。「まあ一応、未遂《みすい》ですからねえ。それに、これはぼくじゃなくて、お嬢さんの考えなんですよ。正直、ぼくは後悔していません。そもそも、ぼくはハークネスと共犯者に令状を持ってるわけじゃないし、共犯者だってもしかすると、押しの強い我らが友人にうまいこと言いくるめられて回収の手伝いをするはめになった、かわいそうな奴かもしれませんし、ぼくはお嬢さんが寛大な心を見せてくださって、実はほっとしています。ハークネスにしたって、これまで歩んできた人生が人生だったせいで、ああいう人間になってしまっただけで、単純にあの男が悪いとは言いきれないと思うんです。誰でも人生の半分をジャングルで生きてきたら、文明社会の道徳観念は鈍ってしまう。金が必要だった。だから、真珠を盗った。あの男にとってはただそれだけのことだったんです」

「あの人はもう十分、罰を受けましたわ」レオニーが優しく言った。「ここから出ていかせないで警察に引き渡したのと同じくらいに。社交界ではもう、あの人はおしまいですもの。それに、わたしは真珠を取り戻しましたし――」

「おもしろい問題でしたよね」エラリーは思い出にふけるように言った。「もちろん、宝捜しゲームの本当の意味には、皆さん、気づいていたでしょう?」

フィスク中尉はきょとんとした。「ぼくは鈍いのかな。ぼくにはさっぱりだ」

「やれやれ！　宝捜しをやろうと提案した時には、特に何の意図もなかったんだけどね。次々に捜査の報告がはいるうちに、あの日没を告げる大砲に真珠が隠されているに違いないと推理できたものだから、このゲームを利用して泥棒を罠《わな》にかける方法を思いついたんだ」エラリーがレオニーに笑いかけると、令嬢もにっこり笑い返した。「お嬢さんはぼくの共犯者だった。ぼくはお嬢さんに、華々しいスタートを切ってほしいと頼んだんだ——警戒心を解くためにね——そして、先に進むにつれて、ペースを落としてもらった。そもそも大砲が使われた時点で、ぼくはハークネスを疑った。あの男は銃器に詳しいからね。ぼくはハークネスをテストしてみたかったんだ。

さて、ハークネスは期待どおり、こっちの罠にはまってくれた。お嬢さんが答えに詰まりだすと、俄然《がぜん》、前に飛び出した。〝緑の木〟の鍵を解き明かすことで、頭のよさを証明してみせた。たばこの鍵に気がつくことで、観察力の鋭さを披露《ひろう》してみせた。あのふたつの鍵はかなり難しかったからね。ところが、いちばん簡単な謎で、あの男はまごついた！　大砲の口の意味が〝わからない〟とは！　ニクソン夫人でさえ——失礼——すぐに気がついたのに。なぜハークネスは大砲に近寄ることをためらったのか？　それはただ、中に何がはいっているか知っていたからでしかない」

「だけど、なにもそんなめんどくさいことをする必要はなかっただろ」中尉が異議を唱えた。「指紋があったんなら、事件は解決じゃないか。どうしてこんなに手のこんだ、ややこしい芝居を打つ必要があったんだ?」

エラリーはたばこを胸壁の向こうにはじき飛ばした。「なあ、きみ」彼は言った。「ポーカーをやったことはあるかい?」

「そりゃ、あるよ」

レオニーが叫んだ。「まあっ、あなたったら狐だわ！　まさか――」

「はったり《ブラフ》ですよ」エラリーは悲しげに言った。「まったくのはったりです。缶には指紋なんか、ひとつもついていなかったんですよ」

がらんどう竜の冒険

The Adventure of the Hollow Dragon

　何があろうと主《しゅ》があらゆることを解決してくださるというのが、ミス・メリヴェルの口癖で（とは本人の言である）、いまこの時も、まったく揺らぐことのない信仰心をもって、そう断言した。とはいえ、できるのであれば主を手助けしてもばちは当たらない、と低音の声《コントラルト》で力強く付け加えた。

「で、あなたにはできるんですか？」問い返すエラリー・クイーン君の口調は少しばかり反抗気味だった。というのも、彼自身は自他共に認める有名な不信心者で、おまけに、とんでもない時刻にジューナ少年の手でベッドから有無を言わさず引きずり出され、ミス・メリヴェルの奇妙奇天烈《きてれつ》な物語に耳を貸すはめになったからである。眠りの神《モルペウス》はまだ未練がましく手招きしていた。このがっしりと逞《たくま》しい、人のよさそうな若い女性が――ギリシャ神話の豊饒《ほうじょう》の角《つの》のごとく健康と豊かさであふれんばかりの娘が――エラリーにただ説教しにきただけなら、すぐさま大きなお世話とばかりに追い返して、ただちにベッドに戻ろうと決意していた。

「わたしに？」ミス・メリヴェルは憤然と言い返した。「わたしにですって！」そう繰り返すと、帽子をむしり取った。まるでスープ皿のような形をした、ありえないほど斬新《ざんしん》でこじゃれたその帽子には、特に変わった点は何もない。エラリーはうんざり顔で眼をしばたたかせて、彼女を見た。「これを見てくださいな！」

そう言って、頭を下げてきたので、一瞬、エラリーは拝まれたのかと思ってぎょっとした。けれども、彼女がさっと長い指を上げて、左の額あたりの赤みがかった髪を手早くかき分けると、編んだ髪の束の下から、鳩の卵ほどの大きさの、腐った肉色をした盛り上がりが現れた。

「なんでまた」エラリーは叫んで、しゃんと坐りなおした。「そんな恐ろしいものをもらったんです」

ミス・メリヴェルは、痛みをこらえるように顔をしかめつつ、髪の分け目をならすと、スープ皿を戻した。「わかりません」

「わからないって！」

「もうそんなに痛くないんですよ」ミス・メリヴェルはそう言いながら、長い脚を組んで、たばこに火をつけた。「頭痛はほとんどなくなりました。冷やしたり、もんだり……まあ、普通の手当てですけど、とにかく腫《は》れを引かそうとしていて、夜明け近くまで眠れませんでした。夜中の一時に、これがどんなふうだったか見せたかったわ！　誰かがわたしの口に自転車の空気入れのホースの先を突っこんで、ずーっと空気を入れ続けて止めるのを忘れたみたいに、ぱんぱんに腫れてたんですから」

エラリーは顎《あご》をかいた。「ええと、お間違えじゃないですよね？　ぼくは――そのう――医者じゃないんですが……」

「わたしに必要なのは」ミス・メリヴェルはきっぱり言った。「探偵さんですよ」

「しかし、いったいどうして——」

ツイードスーツの下で広い肩がひょいとすくめられた。「こんなのはたいしたことじゃないんですよ、クイーンさん。頭を殴られたことなんてね。ほら、わたしはこのとおり、頑丈な女だし、六年も看護婦をやってれば、この百合のように白い玉の肌がひっかき傷や青あざだらけになるのもざらだし。わたしのむこうずねを蹴とばすのがいちばんの趣味なんて患者をお世話してたこともありますから」そう言ってため息をついた彼女の眼には、不思議な光が射し、くちびるがいくぶん引き締まった。「ほかのことです。その——変なことっていうのは」

短い沈黙がクイーン家の居間を吹き抜け、窓から出ていった。エラリーは肌が粟《あわ》立つのを感じてぎょっとした。ミス・メリヴェルの声の深淵《しんえん》には、地下墓地《カタコンブ》から虚ろに響くうめきのようなものがひそんでいる。

「変なこと?」おうむ返しに言いながら、エラリーは心の友であるシガレットケースに手を伸ばした。

「不気味っていうか。ぞくぞくするっていうか。あのお屋敷の中にいると、感じるんです。わたしは神経質な女じゃありませんよ、でも、わたしが恥を知らない人間だったら、何週間も前にあそこの仕事を辞めていたわ」エラリーは、その腹の据わった瞳を覗きこんで、そんじょそこらの幽霊程度では、この女傑にちょっかいを出したりしたら、さぞ恐ろしい目にあわされるに違いないと想像した。

「あなたが回りくどい言いかたでぼくに伝えようとしていらっしゃるのは」エラリーは軽い調

子で言った。「いまお勤めの家が、幽霊屋敷だということなんですか？」

女は鼻を鳴らした。「幽霊屋敷！　そんな馬鹿馬鹿しいもの、わたしが信じるわけないでしょう、ひどいわ、クイーンさんたら。そうやって人を馬鹿にして――」

「いやいや、とんでもない、メリヴェルさん！」

「だいたい、人の頭にたんこぶを作る幽霊なんて聞いたことがありますか？」

「ご賢察です」

「とにかく、変なんです」ミス・メリヴェルは考え考え、話を続けた。「うまく説明できないんですけど。何かが起きそうで、起きるのを待ち受けているのに、いつどこで――何が起きるのか、全然わからないって気分が、ただずっと続くような」

「見たところ、そのどこで何が起きるかわからないという得体の知れない不安は、すでに解消されたようですが」エラリーは、例のスープ皿を見やりながら淡々と言った。「それとも、あなたが予感していたのはあなたご自身に対する襲撃ではなかった、とおっしゃりたいわけですか？」

ミス・メリヴェルの落ち着き払った眼が大きく見開かれた。「あらっ、クイーンさん、誰もわたしを襲ったりしてませんけど！」

「はい？」エラリーは弱々しい声で言った。

「だから、つまり、たしかにわたしは襲われたけど、わたしが狙われたわけじゃないって言いたかったんですよ。とばっちりを食っただけっていうか」

「何のとばっちりです？」エラリーは疲れた声で訊きながら、眼を閉じた。

「わかりません。だから、おっかないんじゃありませんか」

エラリーはこめかみを指で軽くもみながらうめいた。「あのですね、メリヴェルさん、最初から筋道立てて話を整理しませんか。白状しますが、ぼくにはさっぱり話が見えない。そもそも、なぜここにいらしたんです。何か犯罪行為があった——」

「だって」ミス・メリヴェルが意気ごんで叫んだ。「カギワさんはとても変わり者で、ちっちゃくて、おひとりでは身のまわりのことを何もできなくて、お世話が必要なかたなんですよ。わたし、あのかわいそうなおじいさんが本当にお気の毒で。それにあのかたの、なんだかうねうねこんがらがった獣がくっついてる、不気味なちっちゃいドアストッパーが盗まれたものだから……ほら、誰だって怪しいと思うでしょう、ね？」そうして言葉を切ると、すさまじく消毒薬くさいハンカチーフで口元を押さえ、まるでいまの妙ちくりんな話ですべてを説明できたと言わんばかりに、勝ち誇った微笑を浮かべた。

エラリーはたばこの煙を四度、吸いこんだところで、ようやく喋る気力を取り戻した。「ぼくの聞き間違いでなければ、ドアストッパーとおっしゃったようですが」

「そう。ほら、ドアを開けっぱなしにしておく時に、床に置いて重しにするあれです」

「ええ、ええ、知ってます。それが盗まれた、と？」

「だって、なくなってるんですよ。昨夜、わたしが頭を殴られるまでは、ちゃんとありました。この眼ではっきり見たんですから、いつもどおりに書斎のドアの横にあるのを。誰もあんな物、たいして注意しちゃ――」

「信じられない」エラリーはため息をついた。「ドアストッパーねえ。妙な趣味の泥棒だな！ ええと――獣とおっしゃいましたか？ たしか〝うねうねこんがらがった〟獣でしたっけ。そう言われてもどんな獣か全然、想像つかないんですが」

「なんだか蛇みたいな化け物です。お屋敷じゅうに、うようよいます。あれが竜ってものかしら。わたしは、大酒飲みの幻覚以外で、そんなものを見たなんて話を聞いたことはありませんけど」

「だんだんわかってきました」エラリーは大きくうなずいた。「そのカギワさんという老紳士は――いま現在、あなたの患者さんなんですね？」

「そうです」相手の鋭い洞察力にうなずいて、ミス・メリヴェルはほがらかに言った。「慢性腎不全の。総合病院のサッター先生が一カ月前にカギワさんの腎臓の片方を摘出してから、徐々に回復に向かっていらっしゃいます。でも、あのかたは本当にうんとお歳を召してらっしゃるから、命を取り留められたのが奇跡みたいなものなんです。手術するのは危険でしたが、どうしてもやらないわけにいかなくて、サッター先生が――」

「専門的なお話は結構です、メリヴェルさん。だいたいのことはわかりました。その、腎臓がひとつしか残っていない患者さんというのは、もちろん日本人ですね？」

「ええ。わたしには初めての」

「その言いかただと」エラリーはくすくす笑った。「初めてのお子さんができたみたいですよ……さて、メリヴェルさん、あなたの日本人の患者さんと、落ち着きのないドアストッパーと、そのかわいらしいおつむのたんこぶに、ぼくはたいへんに興味を持ちました。少し待っていただけたら、ちょっと着替えて、探索の旅にご一緒しましょう。道々、最初からきちんと順序だててお話をうかがいます」

＊

エラリーのおんぼろだが元気いっぱいのデューセンバーグの中で、ミス・メリヴェルはニューヨークの街があっという間に何マイルも彼方《かなた》にのみこまれていくのを眺めつつ、力いっぱい息を吸いこむと、物語り始めた。彼女はサッター博士に推薦されて、ウエストチェスターの屋敷で療養中の日本人の老紳士、カギワ・ジト氏の看護をすることになったのである。屋敷に――ミス・メリヴェルの描写によれば、くだんの屋敷は何エーカーもの広大な敷地に広がる、たいそう美しい、古い、ニッポン風ではない建物で、屋敷の裏手は石を積みあげた崖にのって入り江に突き出ているということだ――一歩、足を踏み入れた瞬間から、気味悪くじわじわとからみついてくる不安にとらわれた。これといった原因は突き止められなかった。それはもしかすると外観は植民地風《コロニアル》だった屋敷の、内装の様式のせいかもしれない。内側はまるで東洋の博物館のようだ、と看護婦は言った。奇妙な異国風の家具や陶磁器や絵画やあれやこれやでいっぱいなのだと。

「匂いまで外国の匂いがするんですよ」整った顔をしかめて、そう説明した。「あのまとわりつく、甘ったるい匂い……」

「時代を超えて現代に染み出てきた、いにしえの香りですか？」エラリーはつぶやいた。いつもの猛スピードの運転をしつつ、熱心に耳を傾けるというふたつの仕事を見事に両立させながら。「メリヴェルさん、ぼくはなんだか耳までどっぷり神秘の世界につかった気がしてきましたよ。でも、ひょっとしてそれはただの、香《こう》ってやつじゃありませんか？」

ミス・メリヴェルにはわからなかった。自分は少し霊感があるのだ、と看護婦は説明した。そのせいで、印象に敏感なのかも、と。だけど、もしかすると、単にあの家の人々のせいかもしれない。主はご存じです、と看護婦は信心深く前置きしつつ、あの人たちはみんな、感じのいい人ばかりだけれども、レティシア・ガラントだけは別だと言った。カギワ氏というのは東洋の骨董品を輸入して財を成した大富豪だ。合衆国に四十年以上も住んでいて、すっかりアメリカ人風だった。そんなわけで、アメリカ人の離婚婦人と結婚もしたが、彼女はのちに天に召され、東洋人の夫に、たくさんのかぐわしい思い出と、大柄で金髪の厄介者の息子と、意地悪く頑迷《がんめい》な独身の妹を遺した。ミス・メリヴェルによれば、カギワ氏の義理の息子であるビルは、亡き母の旧姓ガラントを名乗っていたが、年寄りで小柄な東洋の義父をたいそう好いており、ここ数年は、日本の老紳士の事業を、彼が実質的に動かしている。

ビルの叔母のレティシア・ガラントは、会う人すべてにいやな思いをさせる天才で、本人の言によると〝異教徒のお情けにすがって生きながらえる〟自身にふりかかった残酷な運命とやらを大っぴらに嘆いては、寛大な恩人を軽蔑し、口汚く罵《ののし》り、ミス・メリヴェルが力強く舌打ちしつつ言った言葉を借りれば、〝言語道断としか言いようのない〟態度を取り続けているのだった。

「異教徒ねえ」エラリーは考えこむようにそう言いながら、デューセンバーグをペラム街道に乗り入れた。「たぶん、それですよ、メリヴェルさん。なじみのない雰囲気というのは、往々にして不快に感じられるものです……ところで、そのドアストッパーは高価なんですか？」その、まったくありふれた物の盗難事件が、エラリーの脳細胞をちくちくとつつき続けていた。

「いいえ、全然。ほんの二、三ドルですよ。カギワさんがそうおっしゃってましたし」そう言って、ミス・メリヴェルは元気よく腕をひと振りしてドアストッパーを払いのけると、物語のさらに劇的な部分に乗り出し、あふれる生気に顔を真っ赤にほてらせ、サスペンスと恐怖の空気をさらに盛り上げた。

前の晩に、看護婦は老いた患者を、屋敷裏手の二階の寝室でベッドに入れ、老人が眠りにつくまで見守り、それから——この日の業務がすべて終わったので——一階におりて、老紳士の書斎と続いている図書室にはいり、ゆっくり本を読もうと思った。屋敷がしんと静まり返り、炉棚の小さな和時計がカチカチとひどく大きな音をたてていたのを、看護婦はよく覚えていた。夕食後は患者にかかりきりだったので、屋敷のほかの者がどこで何をしているやら、まったくわからなかった。たぶん寝ているのだろう。もう十一時を回っているのだから……そう語り続けるミス・メリヴェルの、落ち着き払った眼は、もはや落ち着いていなかった。不穏な興奮の光に満ちている。

「図書室はとっても居心地がいいんです」低い、どこか不安そうな声で言った。「本当に静かで。わたしは左肩の上からランプに照らされて、『白衣の女』を読んでいました——美人の若い看護婦が事件に巻きこまれて、秘書と恋に落ちる……ええと、とにかくその本を読んでたんです」早口にそう続けて、顔を赤らめた。「そのうちに、家の中にだんだん、不気味な感じが漂ってきました。ええと、だから——だから、不気味な感じが。その本のせいじゃありません。ほんとにすてきな本ですよ。それで、あの時計がカチカチと鳴り続ける中、お屋敷の裏手で波が石の崖にぶつかる大きな音がして、急に身体が震えだしました。どうしてかはわかりません。そのうち、寒気がしてきたんです。まわりを見回しても、別になんにもありませんし。書斎に続くドアは開けっぱなしで、ドアの向こうは真っ暗でした。わたし——わたし、だんだん自分が馬鹿みたいに思えてきました。だって、空耳まで聞こえてきたんですよ！」

「で、どんな音がしたと思ったんです？」エラリーは辛抱強く訊ねた。

「わからないんです、ほんとに。なんて言ったらいいのかしら。こう、しゅるしゅるっていう感じの、ちょうど——ちょうど——」看護婦は言いよどんでいたが、とうとうこらえきれずに叫んだ。「どうせ笑われるんでしょうけどね、クイーンさん。でも、ちょうど、蛇が這うような音でした！」

エラリーは笑わなかった。砕石をアスファルトで固めた道路の上で何匹もの竜が踊っているのを想像してしまった。ややあって、エラリーはため息をついて言った。「もしくは、実際にどういう音がするか想像がつけばですが、竜が這うような音、とおっしゃりたいんでしょうね、メリヴェルさん。ところで、あなたはラジオドラマの効果音を聞いたことがありますか？　水を入れたグラスにアスピリンをひと粒、ぽちゃんと落としただけで、海に跳びこむ美女に早変わりですよ。人間の想像力ってやつは、まったくすごいもので……それで、その摩訶《まか》不思議な音はどこから聞こえてきたんです？」

「カギワさんの書斎です。暗闇の奥から」ミス・メリヴェルの桃色の肌は青ざめ、眼は垣間見た恐怖にぎらついて、正論による分析などまったく聞く耳を持つ気がないのだった。「変な妄想ばかりふくらんでしまって、なんだか自分に腹がたって、立ち上がって調べにいったんです。そしたら――そしたら、いきなり書斎のドアがばたんと閉まったんですよ！」

「ああ」エラリーはまったく違う口調で言った。「そして、あなたは何も考えずまっしぐらに、ドアを開けて中を調べにいったわけだ」

「わたしが馬鹿だったんです」ミス・メリヴェルは、ふうっと息をついた。「無鉄砲もいいところだわ。危ないのはわかっていたのに。でも、わたしは根っからの馬鹿だから、ドアを開けてしまって。そのまま、ぼけっと暗闇の中を見つめていたら、何かが頭にぶつかってきたんです。ああいう時って本当に星が見えるんですよ、クイーンさん」看護婦は声をたてて笑ったが、まったくおかしそうではなく、やけくそとしか言いようのない笑い声だった。その眼は、慰めを求めるように、横目でエラリーを見ている。

「それでも」エラリーはつぶやいた。「とても勇敢でしたね、メリヴェルさん。そのあとは？」

車は大きく曲がってポスト通りにはいり、北に向かっている。

「それから一時間くらい、わたしは気絶していました。気がついた時には、身体の半分は図書室、半分は書斎という格好で、ドアから頭を突っこむように倒れてたんです。書斎はまだ真っ暗で。何も変わったところは見えなくて……書斎の明かりをつけて、あたりを見回しました。いつもと同じように見えたんです。ドアストッパーのほかは。それがなくなってました。それで、どうしてドアがいきなりばたんと閉まったのか、やっとわかったんです。ね、変な話でしょう？……そのあとは、ほとんどひと晩じゅう、頭の腫れを引かせようと、あれやこれやしてました」

「じゃあ、昨夜の出来事を、まだ誰にも話していないんですか」

「それは、ええ、まあ」看護婦は顔をしかめ、フロントガラスの向こうを見つめながら、くちびるをすぼめてじっと考えていた。「言った方がいいかどうか、わからなくって。もし、あの屋敷の誰かが——人殺しの気《け》のある人だったら、何も知らないふりをしといた方がいいのかもしれないし。本当に知らないんですけどね」エラリーは無言だった。「今朝はみんな、いつもと態度が変わらないように見えました」しばらく間《ま》をおいて、ミス・メリヴェルは続けた。「わたし、今朝は非番なんです、それで、なんだかんだとうるさく言われないで出てこられたんですよ。別に、わたしが何をしようと勝手なんですけど！　でも、ほんとに何から何まで馬鹿みたいな話でしょう、クイーンさん？」

「だからこそ、ぼくは興味があるんですよ。ええと、ここで曲がるんですよね？」

＊

怯えた眼をしたメイドが玄関の扉をふたりのために開けて、威風堂々たる応接間に通してくれると、エラリー・クイーン君の眼はふたつのことにひきつけられた。ひとつは、この屋敷がこれまでに出合ったどんな家とも似ても似つかないことと、もうひとつは、何か異様な不自然さがあることだった。前者は、家具調度が東洋趣味一色に塗りつぶされていることから来ているのだろう――床の上には目の覚めるような東洋の技術で織り上げられたふかふかの絨毯《じゆうたん》、真珠母の象眼がほどこされたチーク材のテーブル、仏塔を模した吊りランプ、おびただしい数の異国風の菊の花、五色《ごしき》の竜の刺繡《ししゆう》をほどこした絹の壁かけ……。この次のものがクイーン君を悩ませた。おそらく、怯えたメイドの青ざめた顔色か、全身に染みこんでくるような芳香から生まれくるのだろう。ミス・メリヴェルが説明したとおり、まといつくような甘ったるいその匂いは、空気中にねっとりと垂れこめ、感覚をじわじわと麻痺《まひ》させるようで、エラリーはすぐにも外の空気を吸いたくてたまらなくなった。

「メリヴェルさん！」男の叫ぶ声がして、エラリーがさっと振り返ると、すっきりした頬と知的な瞳をした背の高い青年がドアの向こうから近づいてくるのが見えた。青年の身体越しに見えるドアは、どうやらミス・メリヴェルが話していた例の図書室に続いているらしい。若い女をもう一度振り返ったエラリーは、看護婦の頬が燃えるように真っ赤に染まっているのを見て仰天した。

「おはようございます、クーパーさん」息を詰まらせながら、娘は言った。「ご紹介しますね、こちら、エラリー・クイーンさんとおっしゃって、わたしのお友達です。偶然に行きあって――」エラリーの訪問の理由を、あらかじめふたりで口裏合わせしておいたのだが、せっかく用意した作り話が日の目を見ることはなかった。

「ああ、はい」青年はほとんどエラリーには目もくれずに、興奮した口調で言うと、ミス・メリヴェルに飛びかかり、両手をがばっとつかんだ。看護婦の頬はいよいよ真っ赤に燃え上がった。

「メリー、ジトさんはどこにいる？」

「カギワさん？　あら、二階にいらっしゃるでしょう、ご自分のお部屋――」

「いない。どこかに行ってしまった！」

「どこかに？」看護婦は口をぱくぱくさせて、椅子にへたりこんだ。「そんな、だって、昨夜わたしがベッドに入れてさしあげたんですよ！　今朝、出かける前だってお部屋を覗いたら、まだ寝ていらして……」

「いや、寝てなかったんだよ。きみはそう思っただけだ。その辺の物を集めてダミーの人形を作って――たぶん、ご老体の仕業だと思うが――上からふとんをかぶせてあった」クーパーは爪を嚙み嚙み、行ったり来たりし始めた。「どういうことなんだ」

「失礼ですが」エラリーが穏やかに呼びかけた。「ぼくはこういうことに多少なりとも経験のある者でして」長身の青年はぴたりと止まると、ぎょっとした眼でエラリーを見た。「そのカギワさんというのはご老人でしょう。いわゆる耄碌《もうろく》ということはありませんか。ただの年寄りの気まぐれな悪ふざけということも十分考えられるのでは」

「ありえません、絶対に！　あの人は競走犬《ホイペット》のように鋭い人だ。それに日本人は、そんな子供っぽい馬鹿ないたずらはしない。何かあったんだ。間違いありません、クイーンさん……えっ、クイーン！」クーパーは突然、疑うようにエラリーをじろじろ見た。「その名前、どこかで聞いたことが――」

「クイーンさんは」ミス・メリヴェルはおどおどと答えた。「探偵さんなんです」

「ああ、そうだ！　思い出した。てことは、きみ――」青年はぴたりと口をつぐむと、ミス・メリヴェルを見た。そのまっすぐな視線にしげしげと観察されて、看護婦はまた真っ赤になった。「メリー、きみは何か知ってるんだな！」

「ほんの少しだけですがね」エラリーがぼそりと言った。「メリヴェルさんはご存じのことを話してくださいましたが、むしろ謎だらけで、かえって好奇心をそそられましたよ。クーパーさん、カギワ氏のドアストッパーが消えてしまったことに気づいていますか」

「ドアストッパーというと……ああ、カギワさんの書斎にある、気味の悪いやつですか。いや、そんなはずないでしょう。だって昨夜、私はこの眼で――」

「いいえ、ほんとよ！」ミス・メリヴェルが半泣きで叫んだ。「それに――それに、誰かがわたしの頭を殴ったんです、ク、クーパーさん、そして、あ、あれを、盗んで……」

青年は顔色を変えた。「ほんとか、メリー。冗談じゃない――なんて乱暴な！　大丈夫か、怪我は？」

「ああ、クーパーさん……」

「はい、はい」エラリーがにべもなく言った。「愁嘆場《しゅうたんば》はそこまで。ところで、クーパーさん、この奇妙な方程式において、あなたはどういった因数です？　メリヴェルさんは、この問題について説明してくれた時に、あなたの名前を出し忘れたようでね」

ミス・メリヴェルがまた、驚くほど真っ赤に頰を染めたので、エラリーは思わずまじまじとその顔を見つめた。そして不意にミス・メリヴェルが、患者の秘書と恋に落ちる美しい若い看護婦のロマンス小説を読んでいたことを思い出した。

「私はジトさんの秘書です」クーパーは茫然としていた。「いや、ええと、そんなことより。あの不気味なドアストッパーが、カギワさんの失踪とどんな関係があると？」

「それを」エラリーは言った。「ぼくは知ろうとしているんですよ」短い沈黙が落ち、ミス・メリヴェルは涙に潤んだ眼で、余計なことを喋らないでほしい、というようにエラリーを見つめている。「ほかになくなった物は？」

「ちょっとそこの若い人、あなたに何の関係があるの？」図書室のドアの向こうから女の声がぴしゃりと言った。「でも、ありがたいこと！　異教徒が荷物をまとめて出ていってくれて。本当に厄介払いできてせいせいしたわね。あのこそこそした黄色い悪魔、ほっといたら、ろくなことにならないんだから。わたしがいつも言っていたでしょう」

「レティシア・ガラントさんですね？」エラリーはため息をついた。ミス・メリヴェルとクーパー氏の背骨がこわばり、顔が凍りついたのを見れば、一目瞭然《りょうぜん》であった。

「そんなこと言うなよ、なあ、レティ叔母さん」そのうしろから現れた男が、困ったような口調で言うと、女は長いドレスの裾をしゅっと横にさばいて、エアデールテリアのようにふんと鼻を鳴らした。ビル・ガラントは赤ら顔の、血走った眼の下がたるんだ大男であった。ひどい寝不足のような顔で、服はくしゃくしゃだった。実際にお目にかかってみると、この叔母さんはミス・メリヴェルが描写したとおり、いや、それ以上と言っても過言ではない。がりがりに痩せこけたミス・レティシアは、鯨の骨と硬いゴムと酸でできているとしか思えなかった――この女悪魔は背が高く、五十がらみで、眼に狂気を漂わせ、第一次世界大戦前に大流行したファッションで身をかためていた。悪魔の証拠の、フォークのように裂けた舌の先が見えるかもしれないと、エラリーはなかば期待した。が、女はしっかりと口を閉じ、以降は狡猾《こうかつ》にもだんまりを決めこんで、毒のこもった視線で突き刺すように見てくるので、エラリーはどうにも落ち着かなかった。

「荷物をまとめて?」自己紹介のあと、皆で書斎に向かいながらエラリーは訊いた。

「ああ、スーツケースが消えてるんだ」ガラントはがらがら声で言った。「服もなくなってるし――全部じゃないが、スーツが何着かと、ネクタイやら何やらがごっそり消えてる。使用人全員にかたっぱしから訊いてみたが、親父さんが出ていくところを見た奴はひとりもいなかった。家じゅう隅から隅まで探したさ、庭だって端から端まで調べたよ。空中でぱっと消えたようだ……やれやれ、どうしたもんかな!　親父さん、気でも狂ったのか?」

「夜中に抜け出したってことですか？」クーパーは片手で髪をなでつけた。「いや、ガラントさん、あの人は狂ってませんよ、あなただってわかっているはずだ。あの人が抜け出したのなら、必ずまともな理由がある」

「書置きは探してみましたか？」エラリーはきょろきょろしながら、誰にともなく訊いた。重苦しい匂いが皆のあとについてきて書斎にまではいりこみ、東洋風の調度品に不思議となじんで、まといついている。行方知れずの日本人の書斎に続くと思われるドアを見つけて、エラリーは図書室を突っ切り、そのドアを開けた。書斎にはもうひとつドアがある。あれは玄関ホールに出る通路に続いているに違いない。ということは、前の晩にメリヴェルさんを襲った者は、あのドアから書斎にはいってきた可能性がある。それにしても、なぜドアストッパーなんぞを盗んでいったのだろう？

「そりゃ探したさ」ガラントが言った。エラリーのあとからぞろぞろと書斎にはいってきた一同は不思議そうに、彼の様子をじっと眼で追っている。「そんなものはなかった。何も言わないでいなくなっちまった」

エラリーはうなずいた。彼は図書室に続く扉から数フィート内側で、ふかふかの東洋の絨毯の上に膝をつき、毛足についた長方形のへこみを子細に調べているところだった。だいたい横が六インチ（約十五センチ）、縦が一フィート（約三十センチ）ほどの重たい何かが、長い間、そこに置いてあったのだろう。毛足はずっと強い力で押さえつけられていたように、真っ平らに潰《つぶ》れている。間違いない、消えたドアストッパーの跡だ。エラリーは立ち上がり、たばこに火をつけ、蓮《はす》といと腰かけた。

竜が複雑にうねる彫刻と真珠母の象眼がほどこされた、大きなマホガニーの椅子の腕に、ちょ

「あのう」ミス・メリヴェルがおずおずと提案した。「警察に通報した方がよくありませんか」

「そう慌てずに」エラリーはほがらかに手をひと振りした。「とりあえず坐って話しあいましょう。ひとりの人物が自分の城から何の説明もなく出ていくことは犯罪ではありません――それがたとえ異教徒でもですよ、ミス・ガラント。ぼくはまだ、まずいことが起きたという確信すら持てていない。あの小柄な人たちは、ずいぶん頭のいい民族で、ぼくらとはまったく違うものの考えかたをしますからね。しかし、ドアストッパーが盗まれた件がどうにもひっかかる。どなたか、これがどういう品物か教えてくれませんか」

ミス・メリヴェルは名乗りをあげたそうにしていた。しかしほかの者たちは顔を見合わせ、どうしようかとぐずぐずしている。

やがてビル・ガラントが肉づきのいい肩をそびやかすと、唸るように言った。「なあ、あんた、クイーンさんだっけ、問題をすり替えようとしてないか」まるで見えない蛆虫《うじむし》に良心をちびちびとかじられているかのように、その顔は不安そうにげっそりしている。「警察を呼ばないにしたって、こりゃどう考えても、親父さんの顧問弁護士に相談しなきゃならない案件だろ。おれが電話す――」

「もちろん、あなたは良心に従って行動されるのがいちばんだと思いますよ」エラリーは優しく言った。「でも、どうかぼくの助言に耳を貸していただきたい。誰でもいい、ぼくの蒙《もう》を啓《ひら》

いて、ドアストッパーがどんな物か説明してくれませんか」

「私が正確に説明できますよ」クーパー青年が、また細い髪を白い音楽家のような指でうしろになでつけながら言った。「私は何度もあれをいじりましたし、配達された時に宅配の受領書にサインしたのも私ですから。大きさは幅六インチ、高さ六インチ、長さが一フィートで、形はいたって普通ですが、変わっていたのは、表面の浮き彫りですね――竜の模様です。まあ、日本の工芸品としちゃ、ありふれた物ですよ。別に、どうという品じゃありません」

「異教徒の偶像崇拝よ」ミス・レティシアがきっぱりと言った。蛇のような眼は、執念深い憎しみで、狂気の炎に燃えている。「悪魔だわ！」

エラリーはちらりと女を見た。そして言った。「メリヴェルさんのお話では、そのドアストッパーにはそれほど価値がないということでしたが」クーパーとガラントがうなずいた。「何でできているんですか」

「天然の石鹼石だ」そう言ったガラントの表情はまだ不安そうだった。「あれだよ、東洋でよく使うつるつるの石――専門用語だとステアタイトってやつだ。いわゆる滑石《かっせき》だな。親父さんはあの石でできた小物を山ほど輸入してた」

「ははあ、ではそのドアストッパーはカギワさんの骨董品店の売り物だったわけですね」

「いや。四、五カ月前に、日本を旅行していた友達から送られてきたんだ」

「白人から？」エラリーが出し抜けに訊いた。

一同はぽかんとした。やがてクーパーが困ったような笑みを浮かべた。「カギワさんはその友達の名前どころか、どういう人かおっしゃったことが全然ないんですよ」

「そうですか」エラリーはそう言うと、しばらく無言でたばこをふかしていた。「送られてきたんですね？　運送会社の配達で？」クーパーはうなずいた。「ところで、クーパーさん、あなたは几帳面《きちょうめん》なかたでしょう？」

秘書はびっくりしたようだった。「なんですって」

「わかってます、わかってますよ。秘書ってのは、何でも物をとっておくという、嘆かわしい習慣を持ってるんだ。その受領書を見せていただけませんか。どんな弁護士も言うように、証拠というのは必ず証言よりも価値がある。受領書からなんらかの手がかりが得られるかもしれない――送り主の名前から、もしかするとわかることが……」

「ああ」クーパーが言った。「そういうことですか。お気の毒です、クイーンさん。受領書には送り主の名前はありませんでした。はっきり覚えています」

エラリーはがっかりした顔になった。吐いた煙の幕をもうもうと張りめぐらし、その中で考えをまとめている。次に口を開いた時には、まるで、何かひどく思いきったように言った。

「クーパーさん、ドアストッパーには竜が何匹ついていましたか」

「偶像崇拝よ」レティシアは毒のしたたる声で繰り返した。

ミス・メリヴェルがわずかに青ざめた。「まさか――」

「五匹ですね」クーパーが答えた。「底にはもちろん彫刻されていません。五匹ですよ、クイーンさん」

「七匹でないのが残念だな」エラリーはにこりともせずに言った。「七というのは魔術的な数です」そして立ち上がり、たばこを吸いながら室内をぐるりと歩いて、甘ったるい、ねっとりと重たい空気の中、絹の壁かけに刺繡された黄金色の怪獣がぐるぐるととぐろを巻いている様を、眉間に皺《しわ》を寄せて見つめていた。不意にミス・メリヴェルはぶるっと身を震わせ、背の高い細面《ほそおもて》の青年にそっとすり寄った。「ところで」エラリーはきりっと歯を鳴らし、回れ右すると、煙のもやの向こう側から眼をすがめて一同を見つめてきた。「こちらの小さなご主人、カギワ・ジトさんはキリスト教徒ですか」

レティシアだけがちらとも驚きの色を見せなかった。この女は魔王《ベルゼブブ》が相手でも睨みあいに勝つに違いない。「なんて恐ろしいことを！」女は甲高い声で叫んだ。「あの悪魔が？」

「どうしてそう」エラリーは辛抱強く言った。「義理のお兄さんを執拗《しつよう》に悪魔呼ばわりするんですか、ミス・ガラント」

レティシアは金属のようなくちびるをきっと結んで、エラリーを睨みつけた。ミス・メリヴェルが優しい口調で言った。「あのかたはそんな悪く言われるような人ではありません。親切ですてきな紳士のお年寄りです。たしかにキリスト教徒じゃないですけど、でも、異教徒でもないんですよ、クイーンさん。そういうものは全然信じていないんですって。よくそうおっしゃっていました」

「そういうことなら、厳密に言えば、たしかに異教徒ではありませんね」エラリーはつぶやいた。「ご存じのとおり、異教徒と呼ばれるのは、キリスト教でもユダヤ教でもイスラム教でもない国や民族に属していて、みずからの国や民族の教義を捨てていない人々ですから」

レティシアはまごついた顔になった。が、ほどなくして、勝ち誇ったように叫んだ。「それなら、やっぱり異教徒よ！　あの男がよく話していたもの、外国の信仰で、なんとか――なんとか言う、ほら……」

「神道《シントー》です」クーパーがぼそりと言った。「メリー、カギワさんがなんにも信仰を持っていなかったというのは違うよ。あの人は、人間の善性を信じているんだ、どんな人間も、良心こそがいちばんの魂の導き手であると。それがシントーにおける道徳の規範《きはん》じゃありませんでしたっけ、クイーンさん？」

「はい？」エラリーは上の空でつぶやいた。「ああ、そうみたいですね。実に興味深い。カギワさんは何か特定のものを崇拝して熱心に拝んでいるわけではないってことでしょう？　シントーは、どちらかと言えば原始的な考えかたですよね」

「偶像崇拝者よ」レティシアは、まるで針が溝にひっかかった蓄音機のレコードのように、意地の悪い言葉を繰り返した。

一同は居心地悪そうにあたりを見回した。書斎机には、ぴかぴか光る黒曜石製の太鼓腹の小さな偶像が鎮座している。開いた窓からはいりこんできた海風に押されて、壁かけの絹の竜が蠢《うごめ》いた。

「何か古代から伝わる日本の秘密組織に属していませんでしたか」エラリーは追及した。「東洋から頻繁《ひんぱん》に連絡が来ませんでしたか。細い眼の訪問者が何度も来ましたか。何かを恐れている様子は？」

エラリーの言葉が消えると、竜がまたおどろおどろしく蠢き、侍の鎧は兜の中にぽっかり空いた顔の、見えない眼でじっと凝視してきた。胸が悪くなるほど甘ったるい匂いがいっそうきつくなり、一同の頭をくらくらするような恐ろしい妄想で満たしていく。曖昧模糊《あいまいもこ》とした原始的な恐怖に襲われ、皆、口もきけずに、どうしていいかわからぬまま、エラリーを見つめている。

「それで、そのドアストッパーですが、中までまるごと石鹸石の塊《かたまり》で、空洞はないんですか」エラリーは窓から波打つ入り江を見下ろしながらつぶやいた。何もかもが波打ち、うねっている。この屋敷さえ、どこまでも続く大海原に浮かんで、波の呼吸に合わせて上に下に揺れ動くように思われる。エラリーは返答を待ったが、誰も答えなかった。「そんなはずはないんだがな」エラリーは考えこみながらみずからの問いに答えた。そして思った。この連中は何を考えているのだろう。

「クイーンさん、どうしてそう言えるんですか」ミス・メルヴィルはおずおずと訊ねた。

「常識ですよ、常識。いいですか、実質、たいした価値がないのなら、なぜ昨夜、盗まれたんです？　感傷的な理由ですか？　唯一、そういった思い入れがありそうな人物はカギワ氏本人ですが、お気に入りだからというだけで、自分の物を自分から盗むために、あなたの頭をぶん殴るとはとても考えられない」レティシアとビル・ガラントが仰天した顔になった。「あ、そうか、おふたりはご存じないことでしたね。そう、昨夜はここで、単純ながら痛々しい事件が起きたんです。ミス・メリヴェルが、ひどい頭痛を食らわされるはめになりました。ぼくが保証しますが、実にみごとなたんこぶでしたよ……たとえば、そのドアストッパーには秘教の特別な意味があったりしませんか。何かの象徴だとか、符号だとか、不吉な兆候だとか、警告だとか？」再び海風が竜を蠢かせ、一同は身震いした。レティシアの狂おしい眼から憎しみが消え、かわりに、みずからの悪意の穢《けが》れた洞穴に、ついに囚《とら》われたちっぽけで邪悪な魂の、むき出しになった恐怖がとってかわる。

「いや、そんな――」クーパーが言いかけて、頭を振った。そして、乾いたくちびるをなめて言った。「クイーンさん、いまは二十世紀ですよ」

「そう」エラリーはうなずいた。「だからこそ我々は分別ある、論理的に説明のつく見方で、問題を考えるべきです。理性的に考えれば、ドアストッパーが盗まれたのなら、それは泥棒にとって価値があったはずだ。しかし、ドアストッパーそのものに価値がないのは明らかです。かくて推論が導き出されます。ドアストッパーには何か価値のある物がはいっていたに違いない、とね。だからぼくは、中までまるごと石鹼石のはずがないと言ったんです」

「へええ、すごいな――」ガラントは肩を丸め、言葉を切ると、感嘆のまなざしでエラリーを見つめた。

「と言うと？」エラリーがそっとうながした。

「なんでもない。ただ、ちょっと思っ――」

「ぼくが的を射た、と思ったわけですか、ガラントさん」

大柄の青年は視線を落として顔を赤くした。そして、両手を背に回すと、行ったり来たりし始めた。不安げな表情はいっそう険しくなっている。ミス・メリヴェルはくちびるを嚙んで、いちばん手近の椅子に沈みこんだ。クーパーはいらいらしているようで、レティシア・ガラントはまるで夜の下草《したくさ》の中に潜む獣のように、硬い衣擦れの音をたてた。不意に、ガラントがぴたりと足を止め、ひと息に言った。「しょうがないな、言った方がいいか。ああ、当たりだよ、クイーンさん。あんたのあてずっぽが大当たりだ」エラリーは傷ついた顔になった。「あのドアストッパーは石の塊じゃない。空洞があるんだ」

「ああ！　それで、何がはいっているんですか、ガラントさん」

「百ドル札で五万ドルはいっていた」

＊

金《かね》が奇跡を起こす、というのはもはやことわざレベルの常識である。カギワ・ジトの書斎でも、それが真実であると実証された。

竜は死んだ。侍の甲冑はぼろぼろの革と金属でできたうつろな殻《から》となった。屋敷は揺れるのをやめて、土台の上にしっかりと立った。空気までもすがすがしくなり、いつもの体《てい》を取り戻して、気配を感じられなくなった。金は聞きなれた言葉を話し始め、その言葉の論理を前にしては、ひたひたと迫りくる妖《あやかし》も一瞬で消えてしまった。一同はそろって安堵の息をつき、世間では正気の証《あかし》とされる例の無表情な光で、瞳のくもりを晴らした。ドアストッパーの中に現金がはいっていただけのことだった！　ミス・メリヴェルはくすくすと笑いをもらした。

「百ドル札で五万ドルですか」エラリー・クイーン君は、羨ましさと失望を同時に顔に浮かべてうなずいた。「それはまた途方もない枚数の札束ですね、ガラントさん。説明してくれませんか」

ビル・ガラントは説明した――早口に喋るその顔は、心の重荷をおろしたかのように、ひどくほっとして見えた。曰《いわ》く、もはや隠すべくもないが、カギワ翁《おう》の商売は破産の瀬戸際にあった。日本からの輸入品に対する関税がぐっと引き上げられたことに加え、全般的な不況でちょっと贅沢《ぜいたく》な雑貨は全然売れなくなってしまった。一年ほど前の日中戦争が起きる前ならまだ、商売を縮小することで、身を低くし、経済の嵐が過ぎ去るのを待てば、なんとかなったのかもしれない。しかし、義理の息子の助言を聞き入れず、カギワ翁は民族特有の、泰然自若《たいぜんじじゃく》とした断固たる意思に従い、商売における長年の信念を曲げることを拒絶した。破滅の予兆が目前に迫って初めて、翁の決意が揺らいだのだが、その時にはもう手遅れで、難破船から残りの財宝をできるかぎり救い出すのが精いっぱいだった。

「親父は誰にも言わないで、こっそりやったんだ」ガラントは肩をすくめた。「おれが初めて知ったのは、親父がこの部屋におれを呼んで、ドアに鍵をかけて、ドアストッパーを――ずっとそこの床に転がしてあったんだぜ！――取り上げて、竜の一匹をひねった時さ……それが栓で、すぽんとはずれたんだ。親父はドアストッパーを受け取ってすぐ、偶然、その仕掛けと空洞に気がついたんだとさ。中には何もはいってなかった、と言っていたよ。本来はどういう物なんだとか、ああだこうだと由来を説明していた。本当はドアストッパーじゃないらしい。まあ、そうだろうな——日本人の家にはそんなものないだろ。で……空洞には札束がぎゅうぎゅうに隠してあった。大金をそこらへんに転がしておくなんて馬鹿じゃないのかって言ってやったら、親父は、このことを知ってるのは自分たちふたりだけだって言うんだ。だから——」青年は顔を赤くした。

「なるほど、わかりました」エラリーは優しく言った。「どうしてあなたがそのことを話したがらなかったのか。たしかに、あなたには不利に見えますね」

大柄な青年は、どうしようもないというように両手を広げた。「おれはあの不気味な石っころを盗んじゃいない。でも、誰が信じてくれる?」そして、坐りこむと、たばこをひねりまわした。

「ひとつ、あなたに有利な点がある」エラリーはつぶやいた。「すくなくとも、ぼくはあると想像しているんですが。あなたはカギワ氏の相続人ですか?」

ガラントは、はっと顔を上げた。「そうだ!」

「はい、そうです」クーパーがのろのろと、気が進まなそうな口調で言った。「私はカギワさんの遺言の証人として署名しています」

「やれやれ。から騒ぎもいいところでしたね。いずれあなたのものになる物を、あなたが盗むはずはない。元気を出してください、ガラントさん。あなたの身は安全ですよ」エラリーはため息をつくと、コートのボタンをはめ始めた。「では皆さん、残念ながら、この事件に対するぼくの興味はなくなってしまいました。何か奇想天外《ウートレ》なことがあるに違いないと期待していたのですが……」エラリーはほほ笑んで帽子を取り上げた。「結局は、警察向けの事件だったというわけです。もちろん、力をお貸しするのにやぶさかでありませんが、ぼくの経験上、地元警察はよそ者の介入を快く思わないもので。それに、どうせぼくにできることはもうありませんし」

「でも、あなたは何が起きたとお考えですか」ミス・メリヴェルは押し殺した声で訊いた。「お気の毒なカギワさんは――」

「メリヴェルさん、ぼくは心理学者じゃないんです。心理学者でも、東洋人の頭の中の精神の動きかたには面食らうばかりでしょう。警察官はそういう微妙なことでいちいち悩んだりしませんから、地元の警察がすぐに解決してくれますよ。では、ごきげんよう」

ミス・レティシアはふんと鼻を鳴らして軽蔑するように、スカートの裾で、通り過ぎるエラリーの足を、しゅっと払った。ミス・メリヴェルは帽子のつばを引きおろし、しょんぼりとエラリーのあとに続いた。クーパーは電話機の方に向かい、ガラントはしかめ面で窓の外の入り江を眺めていた。

「警察ですか?」クーパーは空咳《からぜき》をした。「署長とお話ししたいんですが」

一同がじっと待つ間、あの古くさい重苦しい匂いをはらんだ異国風の沈黙がわずかに戻った。

「ちょっと待ってください」部屋の入り口からエラリーが言った。「すみません、ちょっと待っていただけませんか」一同は驚いて振り返った。エラリーは申し訳なさそうにほほ笑んでいた。「たったいま、思いついたことがあります。いやあ、人間の精神というのは恐るべきものだ。ぼくは犯罪的な怠慢をやらかした。ほかにもうひとつ、可能性がありましたよ」

「待った、待ってください、切らないで」クーパーが言った。「可能性？」

エラリーはひらひらと手を振った。「間違っているかもしれませんが」いさぎよく認めた。「そこのおふたりさん、よろしければ年鑑を見せてくださいませんか」

「年鑑？」ガラントはあっけに取られて繰り返した。「ああ、もちろん。なんでそんなもの――図書室のテーブルにのってるよ、クイーンさん。いや、いい、おれが取ってくる」そう言って続き部屋に姿を消すと、すぐに分厚いペーパーバックを持ってきた。

エラリーはそれを受け取ると、鼻歌まじりにめくり始めた。クーパーとガラントは顔を見合わせた。やがて、クーパーは肩をすくめて、受話器を置いた。

「ああ」エラリーは口ずさんでいたアリアを熱い石炭のように放り出して言った。「あああ。ふーむ。なるほど、なるほど。案ずるより産むがやすし。ペンは剣よりも強し。……ぼくは間違っているかもしれませんが」エラリーは静かに言いながら、本を閉じてコートを脱いだ。

「こうなってみると、ぐっと見込みが出てきた。実に役にたつものですね、年鑑ってやつは……クーパーさん」エラリーはがらりと声音を変えて言った。「例の配達の伝票を見せてください」

その声の金属のように無機質な響きに、男ふたりは思わずはっと顔を上げ、身構えた。秘書は立ち上がり、顔を憤《いきどお》りで真っ赤に染めた。「どういう意味です」秘書は怒気もあらわに叫んだ。「私が嘘をついたとでも?」

「つっ、つっ」エラリーは舌打ちした。「伝票です、クーパーさん、早く」

ビル・ガラントは困ったように言った。「しょうがない、クーパー。クイーンさんの言うとおりにしろよ。しかし、そんなことをする価値がいったい……」

「価値は心の中にあります、ガラントさん。手は目よりも速いかもしれませんが、頭脳はそのふたつよりも速い」

クーパーは眼を怒《いか》らせて睨みつけたが、彫刻された机の引き出しを開けると、中をかきまわし始めた。ようやく、さまざまな形の紙の束をつかみだすと、不承不承に調べていき、ついに小さな黄色い紙片を見つけた。

「どうぞ」仏頂面《ぶっちょうづら》で秘書は言った。「実に失礼だと思う、私は」

「あなたがどう思うかは問題じゃない」エラリーは穏やかに言った。伝票を取り上げると、考古学者よろしく、綿密に黄色い紙をじっくりと調べていた。それはありふれた運送会社の伝票で、小包の中身の情報、日付、発送地、料金といった、ごく普通の必要事項が書かれている。送り主の名はなかった。小包は日本の横浜から、日本郵船会社によって発送されたのち、サンフランシスコでくだんの運送会社に引き継がれ、受取人であるカギワ・ジトの、ウエストチェスターの住所に届けられたことになっていた。船便、速達便の料金はどちらも横浜で前払いされていたようで、小包の中身は、竜の浮き彫りがほどこされた、大きさが六×六×十二インチで重さが四十四ポンド（約二十キログラム）の石鹼石でできたドアストッパーであると、簡単な情報が記されていた。

「それで」クーパーが馬鹿にするように言った。「そのくだらない数字やら何やらは、あなたには何か意味があるんでしょうね」

「このくだらない数字やら何やらは」エラリーはおごそかに言いながら、伝票をポケットにしまった。「ぼくにはすべての意味があります。もしもなくなっていたらと思うと、ぞっとしますよ。これはロゼッタストーンだ――この鍵がなければ、今度の事件は謎の寄せ集めのまま、絶対に解くことはできなかった」エラリーは実に嬉しそうだったが、同時に、その銀の瞳に警戒の色が浮かんでいた。「古いことわざは間違っていますね。数字《ナンバーズ》の中で見つかるものは、安全ではない（「大勢の中にいれば安全」という意味のことわざ There's safety in numbers. のもじり）。光明ですよ」

ガラントは両手を大きく上げた。「クイーンさん、あんたの言うことは支離《しり》滅裂《めつれつ》でおれにはさっぱりだ」

「ぼくは実に道理にかなった話をしているんですがね」エラリーは、ふっと微笑を消した。「おふたりとも、部屋を出てください。これはどうしたって警察署長を呼ばないと――ただし、署長を呼ぶのはぼくです、失礼ながら……ぼくひとりです」

＊

「ぼくの大好物の奇々怪々な事件を、もう少しで騙《だま》し取られるところでした」その夜、エラリー・クイーン君は宣言した。「そうは問屋がおろさない」エラリーは落ち着いて、満足げだった。書斎の机の端に腰をのせ、黒曜石の像のおなかを手でさすっている。

クーパーも、ミス・メリヴェルも、ミス・レティシアも、ビル・ガラントも、そんなエラリーをまじまじと見つめていた。皆、不安の最高潮にあった。屋敷はまた揺れ動き、開いた窓から風がはいってくるたびに、とぐろを巻いた竜が蠢く。侍の甲冑は、再び魔法で、眠ることのない命を吹き返した。窓の向こうの空は暗く、さらに黒い雲がまばらに広がっている。月はまだ海の縁から上がってきていない。

エラリーは警察署長と電話で話したあと、カギワ邸からふらりと出ていき、夜になるまで姿を見せなかった。戻ってきた時には、大勢の男たちを引き連れていた。この寡黙《かもく》で逞しい男たちは、家の中にはいってこなかった。ふたりのガラントにも、秘書にも、看護婦にも、使用人たちにも、誰ひとり近づこうとしなかった。かわりに、この助っ人たちは闇にのみこまれて姿を消した。やがて、書斎の窓の外に広がる海から、がちゃんがちゃん、ばちゃばちゃと、異様な音が聞こえてきたが、誰も立ち上がって見にいこうとはしなかった。

そして、エラリーが言った。「〝死にへだてられた者と二度と会うことがかなわぬのなら、世界はどんなものになるだろう、その重しはどれだけ耐えがたいだろう〟。実に感動的な考えです。そして、今回の件に、特にふさわしい至言です。皆さん、今夜、我々は死と会います。さらに不思議なことに、そうすることで重しが取りのぞかれるのです。サウジー（ロバート・サウジー。詩人）が予言したとおりに」

一同はすっかりまごついて、ぽかんと口を開けた。外の夜闇からは、がちゃんがちゃん、ばちゃばちゃという音が続いており、ときどき、遠くから叫び声が聞こえる。

エラリーはたばこに火をつけた。「ぼくは」大きく一服した。「いま一度、自分の過ちに気づきました。今朝、ぼくは例のドアストッパーは、中に隠してある物が目当てで盗まれたのだ、と立証しましたね。ぼくは間違いをおかした。中身が目当てで盗まれたんじゃない。竜の腹の中身をかっぱらう目的じゃなかったんです」

「でも、五万ドルは――」ミス・メリヴェルはおそるおそる言いかけた。

「クイーンさん」ビル・ガラントが怒鳴った。「どういうことだ？ 警察の連中は外で何をやってるんだ？ あの音は何だ？ いいかげんに説明――」

「推理というものは」エラリーはつぶやくように言った。「すべりやすいものです。ちょうど石鹼石のようにね、ガラントさん。今日もぼくの指の間からすり抜けた。ぼくは、あのドアストッパーが、そのものを目当てに盗まれたはずがないと指摘しましたよね。ぼくはまた間違っていた。もうひとつ、ごくわずかな可能性ではありますが、ドアストッパーそのものが目当てで盗まれることもありえたのです。そのドアストッパーには、金銭的価値や、感傷的な思い入れや、何かのシンボルといったもののほかに、もうひとつの価値があった。それは――その使い道です」

「使い道？」クーパーはきょとんとした。「それは、要するに、誰かがあれをドアストッパーとして使うために盗んだってことですか？」

「もちろん、そんなのは馬鹿げています。しかし、あれにはもうひとつの使い道がありえるんですよ、クーパーさん。彫刻をした石が持つ特徴のうち、利用できそうなものは何でしょうか。いや、物理的に見て、主たる特徴は何でしょうか。その実質と重量です。あれは石の塊で、重さが四十四ポンドあります」

ガラントが片手で何かを払いのけるような奇妙な動作をして、立ち上がると、何かに突き動かされたように窓辺に近づいた。ほかの者たちは戸惑っていたが、やはり立ち上がると窓辺に寄っていき、それまで抑えに抑えられていた恐怖と好奇心に駆り立てられ、やがて前の者を押してひしめきあった。エラリーは無言でその様子を見ていた。

月がのぼり始めていた。眼下に広がる景色は、濃紺で線のくっきりした動く細密画のエッチングのようだ。大きな手漕ぎボートが一艘、カギワ邸の端から数ヤードのところに錨《いかり》をおろしている。中には男たちといろいろな道具がのっていた。そのひとりが大きく身を乗り出して、水中を一心に覗きこんでいる。不意に、水面が同心円を描くようにざわついたかと思うと、激しく波立った。水をしたたらせて、男の頭が現れ、大きく口を開けて空気を吸いこんだ。半裸の男はボートに這い上がって何かを言うと、道具がきしむ音をたて、濃紺の水面からロープが現れて小さなウィンチに巻き取られていった。

「しかし、なぜ」一同の背後からエラリーの声がした。「石でできていて、重さが四十四ポンドあるというだけで、物が盗まれなければならないのでしょうか。その観点から見ると、状況がはっきりと見通せるようになります。まず、ひとりの人間が謎めいた、説明のつかない状況で失踪した――病身で、自力では身を守るすべのない、裕福な老紳士です。そして、ひとつの重たい石の塊が消えた。さらに、老紳士の屋敷の裏には海が広がっている。この一、二、三の要素を足し算すると、あら不思議――」

ボートで誰かがしゃがれた声で怒鳴った。満月の下、ロープの端にぶらさがって、水をしたらせながら何かの塊が水中から現れた。ボートに引き上げられると、銀の光に照らされて、その塊は三つの物でできているのが見えた。ひとつ目はスーツケース。ふたつ目は彫刻された小さな直方体の石。三つ目は小柄な老人の硬直した裸の死体だった。

「現れましたるは」エラリーは鋭い声で続けながら、机の端からすべりおり、オートマチックの銃口をビル・ガラントのこわばった背中のど真ん中に突きつけた。「カギワ・ジトさんの殺害犯人というわけです！」

＊

漁の成功を祝う男たちの歓声が、老いた日本人の書斎の中で無意味に響いた。ビル・ガラントは振り向きもせず、指一本動かしもせず、死んだ声で言った。「この悪魔野郎。なんでわかった？」

ミス・レティシアの意地悪そうな口は、いつものように尊大な言葉を喋ることもできずに、ぱくぱく開いたり閉じたりしている。

「ぼくがわかったのは」エラリーはオートマチックを握った手をまったく揺るがせずに突きつけたまま言った。「あのドアストッパーはがらんどうでなく、中までしっかり詰まった石の塊であると知ったからですよ」

「そんなこと、あんたにわかるわけがない。あれを見たこともないくせに。あてずっぽに決まってる。だいたい、あんた、自分で言ってた——」

「これで二度目ですね、あなたがぼくの推理をあてずっぽだと言うのは」エラリーは傷ついた口調で言った。「ガラントさん、保証しますが、あてずっぽなんかじゃありませんよ。ただ、あのドアストッパーはがらんどうでないと知った時に、あなたの言っていた、カギワさんが竜の〝栓〟を抜いた時〝空洞〟に〝現金〟が詰めこまれているのを見た、という話が嘘っぱちだったと知ったんです。そこで、ぼくは自問しました。なぜこれほど打ちひしがれた様子の、実に人好きのする紳士が、嘘をついたのだろう？　それでわかったんですよ。あなたがそんなことをした理由はただひとつ、すなわち、あなたには何か隠しごとがあり、さらに、ドアストッパーは絶対に見つからないか、嘘がばれる心配はないと確信しているからだ、ってね」

月下の水面はだんだん静かになっていく。

「しかし、ドアストッパーが絶対に見つかるはずがないと知っているからには、そのありかを知っていなければならない。ありかを知っているということは、メリヴェルさんの頭をぶん殴って、この部屋から盗み出し、この分厚い絨毯を靴でこすりながら出て、意図せずに竜が這いまわるような音をたてて、ドアストッパーを始末した人物は、あなたでなくてはならない。ドアストッパーを始末した人物とは、優しい小さなカギワ・ジトさんの亡骸《なきがら》を始末した人物に違いない。そう、殺害犯人ですよ。いやいや、ガラントさん、フェアにお願いします。決して、あてずっぽなんかじゃないんです」

ミス・メリヴェルは、胸のむかつきをこらえているような声で言った。「ガラントさん。わたし、とてもそんな――でも、どうして、こんなひどい――ひどいこと……」

「それはぼくから話せると思います」エラリーはため息をついた。「ドアストッパーの中に現金が隠してあるという話が嘘だと知った時、彼は最初からこの独創的な作り話を持ち出す計画を立てていたに違いないと悟りました。なぜでしょう？　理由のひとつは、竜の彫刻をした石を盗んだ本当の動機をごまかすためでしょうね。死体を沈める単なるおもりにしたという実際の使い道から目をそらさせるために、あれは現金を隠すいれものだったと嘘をつき、中身が目当ての泥棒に盗まれたというふうに話を持っていこうとしたのですよ。しかし、なぜ五万ドルという嘘をついたのか。なぜあそこまで細かく、詳しく、慎重な嘘をついたのか。ねえ、ガラントさん、あなたが義理のお父さんの会社から五万ドルをくすねたからですか。帳尻が合わないことがばれるのは時間の問題と悟ったので、架空の泥棒を生み出して、昨夜、その金を盗まれたことにしようとしたんですか。実はあなたがもう何カ月も前に盗んで、使い果たしてしまったのに？」

ビル・ガラントは無言だった。

「そして、あなたは一連の出来事をでっちあげた」エラリーはつぶやいた。「問題の夜、老紳士のベッドの毛布やシーツを使って人形を作り、いかにもカギワ氏が自分でそうしたように見せかけた。カギワ氏のスーツケースに彼の衣服を何着か入れて、まるで本人がみずから出ていったように細工した。実際、あなたはカギワ氏が、事業が危なくなっていたせいで——ほとんどがあなたの使いこみのせいだったんでしょうが——西洋のしがらみをすべて断ち切って、生まれ故郷の神秘的な東洋に逃げこんだと、皆に思いこませようとした……残った財産を持って。これなら、探すべき死体も、そもそも殺人事件の疑いさえ、存在しないことになる。そしてあなたも、大金を横領したというもともとの大罪のむくいから逃れることができる。名誉を重んじる高潔な紳士の、あなたのお義父さんは、あなたになんでも与え、なんでも許してくれたかもしれないが、名誉を汚《けが》すという罪だけは絶対に許してくれないと、あなたは知っていた。もしカギワ氏があなたの横領を知れば、あなたはすべてを失ってしまったはずだ」

しかし、ビル・ガラントはこの容赦《ようしゃ》のない言葉に対して、何も言い返さなかった。ただ、静かになっていく水面しか見えない窓の外を凝視しているばかりだった。手漕ぎボートも、石も、スーツケースも、死体も、男たちも、とうに消えていた。

そしてエラリーは、なんともむなしい満足感と共に、麻痺している背中に向かってうなずいた。

「遺産も相続する」クーパーはつぶやいた。「当然だ、相続人だからね。頭がいい。まったく、頭がいい」

「馬鹿ですよ」エラリーは淡々と言った。「ただの馬鹿です。犯罪なんてものはみんな、馬鹿のやることですよ」

ガラントは同じ死んだ声で言った。「おれはまだ、ドアストッパーが中まで石の塊だったたってあんたが言ったのはあてずっぽだと思っている」まるで、意見の食い違いを丁寧に論じたがっているような口調だった。エラリーは騙されなかった。オートマチックをつかむ手にいっそう力をこめた。窓は開いていて、海はまるで、死さえも逃げ道に見えるほど絶望した人間を招いているように思われた。

「いやいや」エラリーは抗議する口調で言った。「いくらぼくのことが気に食わなくても、フェアに扱ってほしいですね。ぼくだって、ここを出ていこうとする途中で、ドアストッパーが石鹸石でできている事実が頭に浮かぶまで、まったく何もわかっちゃいなかった。石鹸石がかなり重たい物だということは知っていました。そして、ドアストッパーがほぼ完璧な直方体であり、簡単に重さを計算できることにも気づいた。それで、ふっと思ったんです、だったら、ドアストッパーに空洞があったという言葉が本当かどうか確かめることができるじゃないかってね。だから、ぼくは引き返して、年鑑を見せてほしいと頼んだんですよ。以前、一般の鉱物の重量が一覧表になって、ああいう事典に載っているのを見たことがありましたから。ぼくは石鹸石の項を探しました。みごと、ありましたよ」

「なんて書いてあった？」ガラントは好奇心をそそられたように訊いていた。

「年鑑によると、一立方フィートの石鹸石の重量は百六十二ポンドから百七十五ポンドの間とありました。あのドアストッパーは石鹸石でできています。寸法はどうでしたっけ？　六かける六かける十二インチですから、四百三十二立方インチ。すなわち、四分の一立方フィートです。ということは、年鑑の数値から割り出し、ここに竜の浮き彫りの重さを加味すると、ドアストッパーの重さは一立方フィートの重さの四分の一くらい、すなわち四十四ポンド程度ということになります」

「でも、それは伝票に書いてありましたよ」クーパーがつぶやいた。

「そのとおりです。しかし、四十四ポンドという数字は何を表していますか？　中までまるごと石鹸石の塊の重さが四十四ポンドということですよ！　ガラントさんは、ドアストッパーは中までまるごと石鹸石の塊ではないと言いました。がらんどうで、百ドル札で五万ドルがはいるくらいの空洞があったと。つまり紙幣が五百枚です。どれほど固く丸めようが、押し固めようが、これだけの紙幣をしまえるほどの空洞があれば、ドアストッパーの重量は四十四ポンドよりもかなり軽くなるはずだ。それでぼくは、ドアストッパーには空洞がなかったと知り、それなら、ガラントさんは嘘をついたのだとわかったのです」

　外から重たい足音が聞こえてきた。突然、室内は男たちでいっぱいになった。カギワ・ジトの死体は長椅子に横たえられ、裸の、古い大理石のような死体は、申し訳なさそうに、無言で水をしたたらせていた。ビル・ガラントは凍りついたまま、振り返った。そして一同は見た。死体を見つめる彼の眼もまた死んでいるのを……自分のおかした罪の深さに、いま初めて気づいたかのように。

　エラリーは、海水に濡れ光る重たいドアストッパーを警官の手から受け取り、ひっくり返してしげしげと見ていた。やがて、おもむろに壁を見上げると、親しげに竜にほほ笑みかけた。竜はもはや、絹と金糸で作られた美しい物であり、それ以外の何ものでもなかった。

暗黒の家の冒険

The Adventure of the House of Darkness

「そして、これが」ムッシュー・デュドネ・デュヴァルは謙遜するように口ひげをひねりつつ、誇らかに宣言した。「まさに比類なき、天下一品というものですよ、ねっ、あなた。私の口から言うのもなんですが。でも、ほら、見てください。これこそ――ええと、英語では、ええと――イカしているでしょう?」

エラリー・クイーン君は首すじをぬぐうと、遊園地の小径《こみち》のベンチに坐りこんだ。「ああ、本当にね」そう言って、ため息をついた。「イカしているよ、デュヴァル。きみの創造に対する熱意は、ぼくもすなおにすばらしいと思……ジューナ、こら! おとなしく坐っていろ」午後の日差しは熱帯を思わせ、エラリーの白い服はだいぶ前からべたべたとまとわりつくようになっていた。

「行きましょうよ、ねえ」ジューナはねだるように言った。

「行ったことにしようよ」クイーン君はうめいて、疲れた脚を伸ばした。夏の間、エラリーはジューナにこの遊園地行きを約束していたのだが、収穫逓減《ていげん》の法則というものをすっかり失念していた。すでにエラリーは――驚くほどあらゆる分野にわたって何百といる知己《ちき》のひとり、疲れを知らない舞台美術の鬼ことムッシュー・デュヴァルの、実に心のこもった懇切《こんせつ》丁寧な案内で――ジョイランド遊園地の熱狂的な数々の魅力を、二時間も足を引きずりながらたっぷり堪能したのだが、代償としてエネルギーをごっそり奪われたのである。もちろんジューナは大はしゃぎで、喜びを爆発させ、疲れを知らない若さのおかげで、ひとり絶好調で好き勝手に愉しんでいた。あいかわらず海から吹く風のように元気いっぱいだ。

「最高のお楽しみをお約束しますよ」ムッシュー・デュヴァルは白い歯を見せながら、熱心にすすめた。「これはジョイランドで私が手がけた中でも自慢の傑作《シェ・ドゥーヴル》です」ジョイランドというのは、この国にはまだまだ目新しい、細部まで綿密に造園され、創意工夫に富むさまざまな娯楽や、機械仕掛けの遊具や乗り物などが用意された、まさにおとぎの国そのものと言ってしかるべき遊園地で――主にデュヴァル考案によるものだ――大西洋岸のどこを探しても、似たものはふたつとなかった。「〈暗黒の家〉……あれはね、あなた、もう想像を絶する大発明です!」

「うわあ、すごいですねえ」ジューナはエラリーをちらりとうかがうように見ながら、抜け目なく言った。

「そんな言葉じゃ足りないぞ、ジューナ」クイーン君はもう一度、首すじをぬぐいながら言った。〈暗黒の家〉は、園内の通りを渡った向かい側にでんと横たわっていたが、まっとうなカトリック趣味の紳士にとっては、あまり愉快なものに見えなかった。それは実在あるいは架空の、ありとあらゆる化け物屋敷の寄せ集めであった。悪魔のような想像力が、あの狂気じみた壁と崩れ落ちそうな屋根を設計したに違いない。エラリーは――そこはさすがに良識というものを働かせて、ムッシュー・デュヴァルに面と向かって言いはしなかったが——前に見たことがあるドイツ映画『カリガリ博士』の舞台セットを思い出さずにいられなかった。屋敷はねじくれ、傾き、異様にあちこちがでっぱり、にせの割れた窓や、破れたドアや、崩れかけのバルコニーがくっつけられている。何ひとつとしてまともでなく、狂っていないものはない。広大な長方形の区画に建てられたそれは、コの字形の三翼が中庭を囲み、区画の残る一辺には、柵と切符売場の小屋が建っていた。中庭はいびつな石がごろごろし、かしいだ鉄の街灯が立ち並び、まるで悪夢の中のような街角となっている。とはいえ、空をあおぐ中庭の、おどろおどろしい街角は雰囲気を作るお飾りにすぎない。本当におぞましいことは、あの陰気な超現実主義《シュールレアリスム》そのものの壁の向こうで繰り広げられているのだ、とエラリーは憂鬱《ゆううつ》な気持ちで考えていた。

「それでは《アロール》」ムッシュー・デュヴァルは腰を上げながら言った。「ちょっと失礼《パルドン》してもよろしいですか？　ほんの少しだけ。すぐに戻りますので。そのあと、ご一緒に……それでは！」小ぎれいで小柄な身をかがめると、大急ぎで切符売場に向かって歩いていった。そのそばでは遊園地の制服を着た青年が、ひと握りの団体客に向かってしきりに大演説をぶっている。

　クイーン君はため息をついて、眼を閉じた。この遊園地はいつもたいして混んでいることがない。それが暑い夏の午後ときた日には、まったくのがらがらで、人の姿はほとんど見えなかった。たいていの人は隣の屋内プールや海岸に行く方を選んだのだろう。園内のそこらじゅうにうまく隠して仕込んであるスピーカーからは、ダンスミュージックがほぼ無人の通りや遊歩道に流れている。

「おかしいなあ」ジューナが、円錐形のピンクの紙袋の真上でポップコーンをもしゃもしゃと噛みながら、そうもらした。

「どうした?」エラリーは疲れでかすむ眼を片方だけ開けた。

「あの人、どこに行くんでしょう。すっごく急いで」

「誰だって?」エラリーはもう片方の眼も開けると、ジューナがひょいと顔を振って示した先を見た。ふさふさした髪に白いものが混じった、がっしりした大柄な男が、明らかにどこかをめざして、大またに遊歩道を突き進んでいく。縁の垂れたソフト帽を目深《まぶか》に引きおろし、黒っぽい服を着たその男のいかつい顔は、汗でぐっしょり濡れていた。

「うわ」エラリーはうんざり顔でぼそりと言った。「ああいうエネルギーはどこからわいてくるんだろうね」

「おかしいですよねえ」ジューナはもぐもぐと頬張りながら言った。

「まったくだ」エラリーは眠そうに言いながら、また眼を閉じた。「おまえはなかなかいい眼をしているね、ジューナ。ぼくはまったく気がつかなかったが、たしかに、この暑い昼下がりに遊園地の中を大急ぎで歩いていく男ってのは、実に不自然だ。あの男は白ウサギかもしれないよ、そう思わないか、ジューナ? あんなに必死になってどこかに向かってるんだから。しかし、まあ、ジョイランド族ってのは、ほかの遊園地族と一緒で、根っからのうろつき族だからね。やれやれ! 悩ましい問題だ」そう言うと、あくびをした。

「きっと、気が狂ってるんですよ、あの人」ジューナが言った。

「いやいや、ジューナ、そいつはずさんな思考の結論ってものだ。きちんとした推理ってのはまず、よく観察するところから始まる。その結果、白ウサギ氏はジョイランドそのものの愉しみに浴するのが目当てでこの地に来たのではない、という結論に至るはずだ、わかるかい？　そう、ジョイランドは単に、なんらかの目的を達成する手段にすぎない。ある意味、ウサギさんは——あの着ている皺《しわ》だらけの服の仕立てを見ろよ、ジューナ、実に上品で、こんなところじゃ目立ってしょうがない——自分がジョイランドにいることを忘れちまってるんだな。白ウサギにとっちゃ、ここは存在しない。だから、ほら、〈ダンテの地獄〉も、スリル満点の〈ドラゴンフライ〉も、ポップコーンも、フローズンカスタード（プリン味のアイスクリーム）も、眼が見えないか、どれも透明で見えないかのように、無視してどんどん通り過ぎていくだろう……さて、どういう結論になるかな？　デートだね、あれは、ご婦人と会うんだよ。そしてあの紳士は、遅刻しそうというわけだ。証明終了《クオド・エラト・デモンストランダム》……なあ、頼むから、ジューナ、おとなしくそのもそもそしたやつでも食って、ぼくを休ませてくれ」

「もう全部、食べちゃいました」ジューナはからっぽの紙袋を見つめて、悲しげに言った。

「お待たせしましたっ！」陽気なガリア人の叫ぶ声がした。エラリーは、ムッシュー・デュヴァルが勢いよく突き進んでくる姿を見て、出かかったうめき声を押し殺した。「さっ、おふたりとも、参りましょうか。それはもう、最高にすてきなお楽しみをお約束しま……ウッフ！」ムッシュー・デュヴァルは激しく息を吐いて、うしろによろめいた。エラリーは、ぎょっとして顔を上げた。しかし、それはただ、例のソフト帽をかぶったがっしりした大男が、小粋《こいき》で小柄なフランス人にぶつかって転ばせそうになっただけで、大男は何やら詫びるような言葉をつぶやき、慌てて立ち去ってしまった。「クズめ《コション》」ムッシュー・デュヴァルは口の中で言いながら、黒い瞳をぎらつかせた。そして、華奢《きゃしゃ》な肩をすくめると、男の行方を眼で追った。

「どうやら」エラリーは淡々と言った。「我らが白ウサギ君は、きみの傑作《シエ・ドゥーヴル》の誘惑に勝てなかったみたいだ、デュヴァル。立ち止まって、客引きの口上を聞いてるぞ！」

「白ウサギ？」フランス人はきょとんとして繰り返した。「はい、ええ、彼はお客様だ。そうでしょう《ヴォワラ》。お客様なら、喧嘩するわけにはいきません、ねえ《アン》？　では、行きましょうか！」

例のがっしりした男は急に足を止め、客引きの呼びこみに群がる大勢の中に身体をねじこんでいた。エラリーはため息をついて立ち上がり、皆と遊歩道をのそのそ歩きだした。

客引きの青年は、いかにもここだけの話を教えるような口ぶりで喋りまくっていた。「さてさて、そこのすてきなお兄さんお姉さん、この〈暗黒の家〉を見ずしてジョイランドに来たと言うなかれ。こんなスリルはどこにもないよ！　誰も見たことも聞いたこともない。こんなものは世界じゅうの遊園地でここだけ！　そりゃあもう不気味も不気味。ぞっとしちゃうこと請け合いだよ。これぞ恐怖の……」

前にいる背の高い娘が笑い声をたてて、娘の腕にもたれている老紳士に言った。「ねえ、お父さん、はいってみましょう！　きっとすごくおもしろいわ」エラリーの目の前で、イタリア風の上等な麦藁《むぎわら》帽子をかぶった白い頭が愉快そうにうなずくと、娘ははりきって、ほかの連中をかき分けて突き進んでいった。老人は娘の腕を離そうとしなかった。その足取りがよたよたとぎこちなく、すり足で歩いていくのが、エラリーには不自然に見えた。娘は売場で二枚切符を買うと、柵で仕切られた通路から中にはいっていった。

「〈暗黒の家〉は」客引きの青年は声をひそめて、芝居がかった口調で言った。「まさに……文字どおり……暗黒そのもの。どこにも明かりなんかありゃしない！　皆さんには勘を働かせて正しい道をさぐりだしてもらって、勘の悪いかたは……あっはっは！　とにかく真っ暗闇。まったくの暗黒で……おや、そこの茶色いツイードの紳士は、少々怖がっていらっしゃる。お兄さん、そうびくつかないで大丈夫だよ。どんなに肝《きも》の小さい腰抜けのお客さんだって、いままで――」

「冗談じゃねえぜ」前の方の一団の中から、憤慨《ふんがい》したような野太い声が響いた。あたりでくすくす笑いが聞こえてくる。肝の小さい腰抜けのお客さん呼ばわりされたのは、筋骨隆々《きんこつりゅうりゅう》とした逞《たくま》しい黒人の青年で、一分の隙《すき》もないぱりっとした茶色い服で装い、艶々《つやつや》とした黒い肌に美しく映える、麦藁を固く編んだ平たい皿のような帽子をかぶっていた。その腕にぶらさがる、褐色の肌をしたきれいな娘がきゃっきゃっと笑った。「ほら、ハニー、そうじゃないって見せつけてやるのよお！　はあい――ミスタ、切符、二枚ね！」カップルは愉しげに笑いながら、さっきの背の高い娘と父親のあとを追って、走るようにはいっていった。

「はいったら、暗闇の中を好きなだけうろうろしてくださいよ」客引きの青年は景気よく叫んだ。「出口を探して、何時間でもうろついてくださって結構。でも、どうしても怖い、我慢できないってかたのために、順路のあちこちにちっちゃい緑の矢印を用意してありますからね。

それを追っていけば、秘密のドアから館の裏手全体をぐるっと取り巻く暗い廊下に出られて——ええと——幽霊が出そうな穴ぐらに、というか、まあ、地下のホールなんですがね、そこに行けるようにしてあります。ただし、外に出たいと思わないかぎり、絶対に緑の矢印についていっちゃだめですよ。そのドアは一方通行で——廊下に出たらおしまいだからね、はっはっは！　つまり〈暗黒の家〉の中には、もう戻れないってこと。よろしいですか。でも、その簡単な逃げ道を使った人は誰もいませんけどね。小さい赤い矢印をたどっていく勇者ばかりで……」

たっぷりとしているが、あまり手入れがされていないように見える黒い顎《あご》ひげと、みすぼらしいつば広帽子と、よれよれのネクタイの男が、絵具箱のようなぺたんこのケースを持ったまま、切符を買って、せかせかと通路を歩いていった。四方八方から向けられる好奇の眼の最中《さなか》をそそくさと通り抜けながら、男は視線を意識してか、頬を真っ赤にしていた。

「で」エラリーは訊いた。「さっきのはどういうことなのかな、デュヴァル？」

「矢印ですか？」ムッシュー・デュヴァルは弁明するように苦笑した。「お年寄りや、気の弱いかたや、怖がりのお客様への配慮ですよ。私の傑作は、それはもう血が凍るほどスリル満点ですからね、クイーンさん。そういうわけで——」肩をすくめた。「いつでも出口に逃げられる抜け道を用意したんです。それがなければ、あのあっぱれな若いのが言ったとおりに、何時間もさまようことになるでしょう。緑と赤の小さな矢印はぴかぴかとまぶしく光りません。暗闇の演出をそこなうことはないです」

青年が大声で言った。「でも、赤い矢印を追いかけていけば、時間がかかっても必ず出られるのでね。矢印のいくつかは偽物ですが、ゴールに続く本物が、ちゃんとあります。遠回りしてもいずれは……スリル満点の数々の冒険の末に……さささ、皆さん、お代はたったの――」

「行きましょうよ、ねえ」ジューナはこの客寄せの口上にすっかりのせられていた。「きっと、すごくおもしろいですってば」

「きっとそうだろうね」エラリーは、人だかりが蠢《うごめ》いて、散り散りになっていくのを見ながら、陰気くさく言った。ムッシュー・デュヴァルは嬉しそうににっこりすると、優美な物腰で一礼し、切符を二枚差し出した。

「私はここでおふたりをお待ちしましょう」そう言った。「我がささやかな〈暗黒の家《ラ・メゾン・デ・テネブル》〉の感想をお聞きするのが、いまから楽しみでわくわくしますよ。それでは、どうぞ、行ってらっしゃい」そしてくすくす笑った。「神のご加護を」

エラリーがぶつくさつぶやいているのにかまわず、ジューナはぴょんぴょん跳ねるように、柵で仕切られた通路を駆けていき、正気の沙汰《さた》とは思われない角度のドアに向かった。案内係がふたりの切符を受け取ると、肩越しに親指でおごそかに順路を示した。陽の光が、いまにも崩れそうな下におりる階段をうっすらと照らしている。「地下墓地にはいらされるわけか、やれやれ」エラリーはつぶやいた。「なるほど、これがさっきの若いのが言っていた〝幽霊が出そうな穴ぐら〟だな。デュドネ、ぼくは喜んできみの首を絞めてやりたいぜ！」

階段をおりた先は、細長い穴ぐらのような部屋で、作り物の蜘蛛《くも》の巣に吊るされた電球でぼんやりと照らされていた。室内はじめじめして見え、壁はぼろぼろだった。部屋のあるじは礼儀正しい骸骨で、エラリーからパナマ帽を受け取ると、かわりに真鍮《しんちゅう》の丸い預かり札《ふだ》をくれて、長い木の棚の仕切られた区画のひとつに帽子をしまった。棚のほとんどの仕切りの中はからっぽだったが、エラリーは別の区画に絵具箱が、さらに別の区画に白髪の老人の帽子がはいっているのに気づいた。この入り口ホールの預かりの儀式がすでに何やら不気味で、ジューナはこれから先に待ち受けることへの期待で、身震いしていた。この部屋は、鉄格子でふたつに仕切られ、冒険を終えた客は仕切りの向こう側にたどりついて、鉄格子の窓を通して預けた物を返してもらい、右側の翼《よく》にある別の階段をのぼって、ありがたい陽の光の中に出ていくのだろう、とエラリーは想像した。

「行きましょうよ、ねえ」ジューナがじれったそうに繰り返した。「もう、のろいなあ。こっちが入り口ですよ」少年は〝入り口〟と表示された左側にある狂気じみたドアに向かって駆けだした。が、急にぴたりと立ち止まり、ぐずぐずとあとからついてくるエラリーを待った。

「いますよ」ジューナはひそひそと言った。

「ええ？　誰が？」

「あいつです。さっきの白ウサギが！」

エラリーは仰天した。「どこに？」

「いま、中にはいっていきました」ジューナはきらきらしたいたずらっ子らしい眼をすがめた。

「あいつ、ここでデートするんでしょうか？」

「たしかに、よりによってという妙な場所だな」エラリーは信じられないという面持ちで、狂気じみたドアを見やった。「しかし、論理的に考えればああいう結論に……まあいいさ、ジューナ、ぼくらとは関係のないことだ。それじゃ、男らしく罰を受けて、さっさとこんなところから出るとしよう。ぼくが先に行く」

「先に行かせてくださいよ！」

「行くならぼくの屍《しかばね》を越えていけ。親父と約束したんだ、おまえを――そう――生かして帰すと。ぼくの上着につかまっておいで――もっとしっかり！　行くぞ」

その続きは、まさに冒険譚《たん》であった。リチャード・クイーン警視が常日ごろから言っていたとおり、クイーン家は英雄ぞろいの一族である。そしてエラリーはまごうことなき純然たる一族の血を引き継いでいたにもかかわらず、たいして進まないうちにもう、全身が震えるほどの絶望を感じ始め、すくなくとも一千光年離れた場所にいたいと思わずにいられなかった。

中は実にすさまじかった。狂気じみたドアを一歩くぐり抜けた先で、クッションのようなふかふかの階段を転がり落ちそうになり、何かの上にどすんとおり立つと、それは血も凍るような恐ろしい声でぎゃあぎゃあ叫んでふたりの足元から飛んで逃げ、ふたりは生きながらにして地獄の責苦《せめく》を思い知ることになった。そこからは、右も左もわからず、知るすべもなかった。これまでにエラリーが運悪く出くわしたどんな暗がりよりも、深く分厚い漆黒の真っ暗闇に閉じこめられていた。ふたりにできるのは、おそるおそる手さぐりし、一歩ごとにそろりそろりと足でさぐり、ただひたすら幸運を祈ることだけだった。文字どおり、顔の前に手を持ってきても見えないのだ。

壁にぶつかれば、なんとも不快な電気ショックの報復が返ってきた。何かにぶつかると、骨のカタカタいう音やきしるような叫び声が響いた。ぼうっと暗く光る赤い小さな矢印を追っていくと、動物のように床に這えば、人間がなんとか通り抜けられる穴が壁に開いていた。穴の向こう側に何が待ち構えているのか、まったく予想もつかない。ふたりの体重でぶよぶよと沈む床は、エラリーがぞっとしたことに、その部屋の――それが部屋であればの話だが――反対側の壁に向かって、ふたりをずり落とし、壁の裂け目から一メートル下の詰め物でふかふかの床に放り出した……そのあとは、どんなに早く駆け上がってもどこにもたどりつかない階段の罠《わな》にかかった。階段だと思ったものは回転する輪に取りつけられた踏み板で、いくらのぼってもくるくる回るだけだった。お次は、頭の上に落ちてくる壁。道幅は大柄な男の肩幅ほどで、天井は子供がまっすぐに歩けるくらいの高さしかない迷路。凍えそうな風を勢いよく脚に吹きつけてくる格子。地震の部屋。そんないたずらのかぎりを尽くした仕掛けが次から次に待ち構えていた。すでにすり切れた神経をさらにずたずたにするために、空気中を満たしている、ごとごと、ぎしぎし、かちゃかちゃ、ひゅうひゅう、がしゃんがしゃん、どかんどかんという騒音の交響曲は、作曲も演奏もベドラム（英国最古の精神科病院）の入院患者たちによるものとしか思えなかった。

「なあ、なかなかおもしろいじゃないか、え？」エラリーは、踏んづけたすべる床にどすんと尻もちをついて、弱々しくかすれた声を出した。そのあと、口の中でこっそりとムッシュー・

デュドネ・デュヴァルの悪口をつぶやいた。「ここはいったいどこなんだ」
「すごい、真っ暗ですねえ」ジューナは満足げに言いながら、エラリーの腕につかまった。「ぼくはなんにも見えませんよ、エラリーさんは見えるんですか?」

　エラリーは唸り声をあげると、手さぐりを始めた。「ここはいけそうだぞ」こぶしがガラスのような表面に当たったのだ。エラリーは面の端から端までなでまわしてみた。それは細長いパネルで、エラリーの背よりも高かった。縁にそって隙間《すきま》があるので、ドアか窓と思われる。しかし、どれだけなでまわしても、ドアノブも掛け金も見つからない。エラリーはペンナイフの刃を出すと、ガラスの表面をひっかき始めた。きっと遮光《しゃこう》のためにペンキを分厚く塗ってあるに違いないと思ったのだ。しかし、数分間、必死にひっかき続けたのに、ようやく見えてきたのは、なんとも貧相な光がわずかにひと条《すじ》だけだった。

「だめだ」エラリーはぐったりした声で言った。「こいつはガラスのドアか窓で、光線が見えたってことは、たぶん中庭を見下ろすバルコニーか何かに面してるんだな。もう一度、探しなおさないと――」

「わああ!」背後のどこかでジューナが叫んだ。そして、何かをこするような音に続いて、どさりという音がした。

　エラリーははじかれたように振り返った。「おいっ、ジューナ、どうした」

　暗闇のすぐそばから、少年の半べそをかいた声が聞こえてきた。「ぼく、出口を探してたら、そしたら――そしたら、なんかにつまずいて、すべって、転んだんです!」

「はあ」エラリーは、ほっとため息をついた。「おまえがあんまり恐ろしい悲鳴をあげるから、幽霊か何かに襲われたのかと思ったよ。ほら、立って。この地獄の穴に落ちてから、おまえが転ぶのは初めてじゃないだろう」

「で、でも、なんか濡れてるんです」ジューナの声は完全にべそをかいていた。

「濡れてる？」エラリーは怯えた声に向かって手さぐりし、ぶるぶる震えている手をつかんだ。

「どこが？」

「ゆ、床です。転んだ時、ぼくの手にもつきました。もうかたっぽの手です。なんか――濡れてて、べとべとしてて、あと――あと、なんか、あったかいんです」

「濡れてて、べとべとしてて、あったか……」エラリーは少年の手を放すと、あちこちのポケットをさぐり、ようやく小さなペンライトを見つけ出した。そして、芝居がかったような妙な気分で、ボタンを押した。暗闇の中には、まったく非現実的で、それなのに、絶対的なものがあった。ジューナが傍《かたわ》らで、妙な息を吸いこんだ……

そこには、キュビズムの影響を受けてはいるが、背が低くノブが小さいだけで、それほど狂気じみていないドアがあった。ドアは閉じていた。下の隙間の向こう側からこちらの床に広がっているのは、どす黒く、ねとねとした液体だった。

「手を見せてごらん」エラリーは抑揚《よくよう》のない声で言った。ジューナは大きく眼を見開くと、痩せた小さなこぶしをおずおずと差し出した。エラリーはこぶしをひっくり返すと、てのひらをじっと見つめた。真っ赤だ。鼻に近づけて嗅いでみた。それから、ほぼ無意識にハンカチを取り出すと、赤色をぬぐった。「やれやれ！　ペンキの匂いじゃないぞ、なあ、ジューナ。それに、いくらデュヴァルだって、雰囲気作りのために何かを床にぶっかけるなら、もうちょっとましなものを選ぶだろう」床に広がる染みと恐怖が浮かび始めたジューナの顔の間に立ちふさがって、エラリーは気休めのように言った。「よしよし、ジューナ。そこのドアを開けてみよう」

エラリーはぐいと押した。ドアは一センチほど動いただけで、何かにつっかえた。エラリーはくちびるを噛むと、体当たりし、力のかぎり押した。ドアの向こうには何か邪魔をするものがあった。何か大きくて、重たいものが。頑固《がんこ》に抵抗するそれは、少しずつ、少しずつ、道をゆずっていった……

エラリーはジューナの視界をわざとさえぎると、ペンライトの細い光をドアの隙間から入れて、向こう側の室内を光の指先でなでていった。完全な八角形で、まったく何もない部屋が見えた。ただ壁が八枚と、床と、天井があるだけだ。いまエラリーの前にあるドアのほかに、あとふたつ、ドアがあるのが見える。片方の上には赤い矢印が、もう片方の上には緑の矢印があった。どちらのドアも閉まっている。……それから、光は横にさっと流れて、エラリーが押し入ったドアの下方を照らし、障害物を探した。

光の指先が、床の上の何か大きくて黒っぽい形のよくわからない塊《かたまり》に触れた。それはジャックナイフのように折れ曲がって、尻をドアにくっつけるように坐りこんでいる。光の指先は、それの背中のど真ん中に開いた四つの穴の上でぴたりと止まった。穴からは滝のような血があふれ出て、上着を濡らし、床に池を作っている。

エラリーはジューナに何ごとかを怒鳴ると、ひざまずいて、その人物の頭を起こした。あの大柄な白ウサギだ。死んでいた。

＊

立ち上がったクイーン君は、青ざめた顔で茫然としていた。おもむろに、光でゆっくりと床をなでていった。部屋の向こう側から真っ赤な条《すじ》が死んだ男まで続いている。斜め向こう側には、銃身の短いリボルバーが転がっていた。火薬の匂いがまだ室内に濃く充満している。

「あの人は――あの人は――？」ジューナがか細い声を出した。

エラリーは少年の腕をつかむと、たったいま出てきた部屋に引き返した。ペンライトの光が、さっき表面をこそげたガラス戸を照らしだした。エラリーが高く脚を蹴り上げ、ガラスが大きく震えた次の瞬間、さっと陽の光が流れ落ちてきた。自分の身体が抜けられるくらいの穴を開けると、エラリーは割れたガラスの隙間から身をよじって抜け出し、〈暗黒の家〉の中庭を見下ろす、いくつもの幻想的な小さなバルコニーのひとつに立った。落ちてくるガラス片が地面で砕ける音に引き寄せられて、野次馬が下に集まってきた。切符売場でカーキ色の制服を着た特殊な職員、すなわちジョイランド警備員と興奮したように喋りまくっている、ムッシュー・デュヴァルの小粋な姿を、エラリーは見つけた。

「デュヴァル！」エラリーは怒鳴った。「この〈暗黒の家〉から誰が出てきた？」

「え？」小柄なフランス人はきょとんとした。

「ぼくがはいったあとに。おい、早く答えろ、ぼやっと突っ立ってないで！」

「誰が出てきたですって？」ムッシュー・デュヴァルはくちびるをなめ、怯えた黒い眼で見上げてきた。「でも、クイーンさん、誰も出てきていませんが……どうしたんです？　あなたは――頭が――太陽で――」

「よし！」エラリーは叫んだ。「なら、奴はまだこのいまいましい迷宮に閉じこめられてるんだな。警備員、すぐに郡警察に通報してくれ。誰もここから出すな。出ていこうとする奴はかたっぱしから逮捕しろ。ここの上で男がひとり殺されているんだ！」

＊

女の手で蜘蛛の巣のような走り書きがされた手紙にはこうあった。〝愛しいアンス――どうしてもお目にかからなければなりません。大事なことです。いつもの場所でお待ちしています。日曜日の午後三時、ジョイランドの、あの〈暗黒の家〉で。誰にも見られないように、わたしもできるかぎり慎重に参ります。特にいまは。あのひとが疑っているの。どうしていいかわかりません。愛しています、愛しています!!!――マッジ〟

郡刑事課のジーグラー警部は指をぽきぽき鳴らして吼えた。「こいつは決定的な決め手ですわ、クイーンさん。死体のポケットから掘り出しましたよ。で、このマッジってのは誰で、〝疑っている〟ってのは誰ですかね？　女の亭主かな」

室内は一ダースもの光線に切り裂かれていた。ひとりの警官が死んだ男の上で高くかかげている角灯《ランタン》を目印に、奇妙な形の部屋の四方八方から警察官たちがかざす懐中電灯の光線が、負けず劣らず奇妙な形の紋様を描いている。八つの壁のひとつには、六人の人物がずらりと並んでいた。そのうちの五名は、交わる幾条《いくすじ》もの光線の中央で動かない塊を、眼を見開いて魅入られたように見つめていた。六人目は――白髪の老人で、長身の若い娘の腕にまだすがりついたまま――真正面を見ている。

「ふーむ」エラリーは捕虜をざっと一瞥《いちべつ》した。「ジーグラー警部、〈暗黒の家〉にはほかに人間がこっそり隠れてることは絶対にないんですね？」

「これだけです。デュヴァルさんが機械仕掛けを全部止めました。それで、ご自身で私らを案内して、隅から隅まで調べてくれたんです。この地獄の穴倉から誰も出てないってことは、殺人犯がこの六人の中にいるってことです」刑事が冷たい眼で一同をじろりと見ると、皆、すくみあがった――あの老人以外は。

「デュヴァル」エラリーが小声で言った。ムッシュー・デュヴァルはびくっとした。死人のように血の気のない顔をしている。「ここから誰にも見られずに出ることのできる〝秘密の〟通路みたいなのはないんだろうな」

「いえ、いえ、ありませんよっ、クイーンさん！　なんでしたら、いますぐにここの設計図を持ってきて、お見せしま……」

「いや、必要ない」

「あの——あのはいってすぐのホールが唯一の出口です」デュヴァルはつっかえつっかえ言った。「おお、こんなことになるなんて——」

エラリーは、壁に張りついている、地味な色の服の上品な婦人に、そっと声をかけた。「あなたがマッジさんですね？」六人の捕虜のうち、外で呼びこみの青年が大声で喋りまくるのをジューナやムッシュー・デュヴァルと一緒に聞いている間に、ただひとり、見かけなかった人物だと、エラリーは気づいたのだ。この中で〈暗黒の家〉に誰よりも早くはいっていたに違いない。エラリーが見た五人は全員、ここにいる——長身の若い娘と奇妙な父親、画家らしいいくたくたのネクタイをしたひげの男、逞しい若い黒人男と連れのきれいな娘。「お名前を教えてくださいい——マッジ・何さんです？」

「わたくし——わたくしは、マッジではございません」婦人は消えるような声で答えると、縮こまりながら、じりじりとあとずさった。痛ましい眼の下には紫色の隈《くま》が浮いている。歳は三十五、六といったところか、かつては相当美しかったであろう女性であった。エラリーは不思議と、彼女をこれほど無残に壊したものは年齢ではなく恐怖なのだ、という気がしていた。

「あっ、ハーディ先生だわ」急に、背の高い若い娘が締めつけられるような声で言った。そして、うっかり口をすべらせたことを後悔するように、父親の腕にしがみついた。

「誰ですって？」ジーグラー警部が素早く訊いた。

「あの……亡くなってるかたです。アンセルム・ハーディ先生。眼科のお医者様です。ニューヨーク市内の」

「そのとおりだね」死体のそばで膝をついてかがんでいる小柄で無口な男が言った。そして、何かを警部に向かって放り投げた。「一枚どうぞ、名刺ですよ」

「どうも、先生。お嬢さん、あなたのお名前は？」

「ノラ・ライスです」長身の娘は身震いした。「それと、父のマシュー・ライスです。わたしたちは何も知りません、この――恐ろしい出来事のことは。今日は気晴らしにジョイランドに来ただけなんです。もし知ってたら――」

「ノラや」父親が優しく言った。しかし、その眼も頭もまったく向きを変えるどころか、微動だにしなかった。

「ふうん、なら、あんたたちはこの死んだ男と知り合いだったんですかね？」ジーグラー警部の不穏な顔つきには、濃い疑念がありありと浮かんでいた。

「知り合いかと言われれば」マシュー・ライスが口を開いた。その口調はやわらかく音楽的な響きがあった。「娘も私も、ハーディ先生のことは医者として知っていただけです。記録が残っとります、ジーグラー警部。私は一年以上、先生にかかっておりました。そして眼の手術を受けました」蠟《ろう》のような顔に一瞬、痛みのようなものが走った。「白内障と診断されて……」

「ほう」ジーグラー警部は言った。「それで――」

「いま、私はまったく眼が見えません」

はっと室内が静まり返った。エラリーは自分のぼんやり加減に腹がたって頭を振った。とっくにわかっているべきだった。老人の頼りなさげな動作、不思議と一点に向けられたままの眼、常にたたえられた曖昧《あいまい》な微笑、歩く時のすり足……。「ライスさん、あなたが視力を失ったのは、ハーディ先生の責任ということですか」唐突にエラリーは質問した。

「そうは申していません」老人はつぶやいた。「これは神のおぼしめしです。先生はできるだけのことをしてくれました。この眼が見えなくなったのは、二年以上も前です」

「あなたはハーディ先生が来ていると知っていましたか、この場所に、今日？」

「いいえ。先生とはもう二年以上会っていません」

「警察があなたがたを見つけた時、どのあたりにいましたか」

マシュー・ライスは肩をすくめた。「もっと先の方です。たぶん出口の近くでしょう」

「で、あなたがたは？」エラリーは黒人のカップルに訊いた。

「おれぁ――おれは」黒人は口ごもった。「ジュジュ・ジョーンズってもんです。プロボクサーの。ライトヘビー級です。そこの医者先生のこたぁ、なんにも知らねえですよ。おれとジェシーはあっちの、ずっとがたがた揺れたり跳ねたりしっぱなしの部屋で、ご機嫌に遊んでたし。おれたち――」

「もう、いや」浅黒いきれいな娘はうめくと、連れの腕にしがみついた。

「で、あなたは？」エラリーは顎ひげの男に訊ねた。

男はまるでフランス人のような仕種で肩をすくめた。「私ですか？　私にはまったくちんぷんかんぷんですよ。今日はほとんどずっと岬の岩場で、海の絵を二枚と風景を一枚描いていました。私は画家です――ジェイムズ・オリバー・アダムズと申します。お見知りおきを」その態度には何やら反発するような、ほとんど馬鹿にするようなものがあった。「地下の手荷物預かり所に、絵具箱とスケッチを預けてありますよ、どうぞ、お確かめください。そこの死んでる人のことなんて知りませんし、こんな下品な子供騙《だま》しの出し物なんかに、うっかりはいらなきゃよかったと、心底思ってますよ」

「子供だま――」ムッシュー・デュヴァルは声を失った。烈火のごとく憤《いきどお》った。「あなたっ、誰に向かって口をきいてると思ってるんです！」フランス人はそう怒鳴ると、顎ひげの男に詰め寄った。「私はデュドネ・デュ――」

「落ち着け、デュヴァル」エラリーはなだめるように言った。「ぼくら一般人は、芸術家同士の口論なんてものに巻きこまれたくないんだ。すくなくともいまは。それで、アダムズさん、ここの機械仕掛けが停止した時、あなたはどこにいましたか」

「もっと先のどこかですよ」男は、咽喉《のど》の調子が悪いのか、ぜいぜいとかすれた声を出した。「このろくでもない最悪なぼろ屋からの抜け道を探してね。もうたくさんでしたから。それで――」

「そのとおりです」ジーグラー警部がぴしゃりと言った。「私がこの男を見つけました。真っ暗な中を右往左往しながら、そりゃもう口汚く文句たらたらでしたよ。私にまで食ってかかりました。〝どうすりゃここから出られるんだ？　あの客引きの野郎は緑の目印を追えって言ってたくせに、別のくだらんインチキ部屋に出るばっかりじゃないか〟とね。で、アダムズさん、どうしてそんなに急いで外に出たかったんです？　何か知ってることがあるんじゃないのかね？　言いなさい、全部正直に！」

　画家はふんと小馬鹿にしたように鼻を鳴らしただけで、答える素振りも見せなかった。もう一度、肩をすくめると、やれやれといった顔で壁にもたれた。

「警部、ぼくは思うんですが」エラリーは壁にへばりついている六人の顔を観察しながらつぶやいた。「マッジの手紙にあった〝疑っている〟人物を見つけることの方に集中するべきじゃないでしょうか。ねえ、マッジさん、話す気になりましたか？　隠そうとするのは愚の骨頂ですよ。絶対にいつまでも隠し通せるわけがない。遅かれ早かれ――」

　上品な婦人はくちびるをなめた。いまにも気を失いそうだった。「おっしゃるとおりですわ。わかってしまうことですものね」低いうつろな声で言った。「お話しします。ええ、わたくしがマッジです――マッジ・クラークと申します。間違いございません。わたくしがその手紙を書きました――ハーディ先生に」その声が激情で燃え上がった。「でも、わたくしの意思で書いたものではございません！　あの人に書かされたのです。あれは罠です。わかっていました。でも、逆らえなくて――」

「誰が書かせたんです」ジーグラー警部が詰め寄った。

「夫です。ハーディ先生とわたくしはずっと前からお友達……そう、秘密の、お友達でした。最初のうち、夫はそのことを知らなかったのです。それが――知られてしまいました。あとをつけてきていたに違いありません――何度も。わたくしたち――ここで逢っていました。夫はとても嫉妬深いのです。それで、あの手紙をわたくしに書かせました。書かなければ、わたくしをこ――殺すと。でも、もうかまいません。殺したければ、殺せばいい！　あの人は人殺しです！」そう言うと、両手に顔を埋めて、さめざめと泣きだした。

ジーグラー警部はぶっきらぼうに言った。「奥さん」クラーク夫人は顔を上げ、警部の手に握られた、短銃身のリボルバーを見下ろした。「これはご主人の銃ですか」

　夫人は震えあがり、あとずさった。「いいえ。あの人は銃を持っていますけれど、銃身はもっと長いですわ。主人は――射撃の名人ですの」

「質流れか」ジーグラー警部はつぶやきながら、銃をポケットにしまった。そして、うんざりした顔でエラリーにうなずいてみせた。

「奥さん、あなたは」エラリーは優しく言った。「ご主人に脅されたにもかかわらず、ここに来たのですか」

「はい。はい。わたくし――このまま黙って見てはいられなかったのです。どうしても、危ないと知らせたくて――」

「たいへん勇敢でいらっしゃる。ご主人ですが――ジョイランドの中で姿を見かけましたか、〈暗黒の家〉の前の人だかりの中にでも？」

「いいえ。見つけられませんでした。でも、トムがやったに決まっています。あの人が言ったんです、アンスを殺してやると！」

「ハーディ先生が殺される前に、あなたは先生と接触しましたか」

　夫人は身震いした。「いいえ。どうしても見つけられなくて――」

「ここでご主人と鉢合わせしましたか」

「いいえ……」

「それじゃ、どこにいるんだろう？」エラリーはぽつりと言った。「煙のように消えてしまったわけがない。奇跡や魔法の時代じゃないんだ……ジーグラー警部、その拳銃の出どころを突き止められると思いますか」

「やってみますが」ジーグラー警部は肩をすくめた。「製造番号が削《けず》り取られている。しかもかなり古い銃です。指紋もありません。地方検事にとっちゃやっかいですなあ」

エラリーは苛立ったように舌打ちすると、死体の傍らの無口な男の様子をじっと見下ろしていた。ジューナはエラリーの背に隠れて息を詰めている。不意に、エラリーが言った。「デュヴァル、この部屋の照明は？」

ムッシュー・デュヴァルはぎくっとして、何本もの剣のように光線が横切る顔はいっそう白くなった。「この建物は一切照明器具も、それ用の電線もありませんよ、クイーンさん。最初のホールだけは別ですが」

「道案内の矢印はどうなんだ？　見えるじゃないか」

「化学薬品です。こんなことになって、たいへん心が痛みま――」

「だろうな。殺人ってのはたいていい愉快なものじゃない。しかも、きみが作った地獄の釜のせいで、事態はますますややこしくなっている。警部、何かお考えは？」

「私には単純明快に思えますがね。どうやってここから抜け出したのかは知りませんが、そのクラークってのが殺人犯ですよ。そいつを見つけて、汗一滴残らないほど絞りあげてやります。犯人は、あなたが銃を見つけた位置から、医者を撃って――」エラリーは眉を寄せた。「――前の部屋のドアまで死体を引きずっていき、脱出までの時間を稼ぐために、死体をドアにもたせかけた。引きずった血の跡を見ればわかります。銃声はこのいまいましい場所の騒音にまぎれちまったんでしょう。きっとそれも計算済みだったんでしょうなあ」

「ふうむ。全部、筋はとおっている、ただ、クラークが姿を消した方法だけが……犯人がクラークだとすればの話ですが」エラリーは爪を噛みながら、頭の中でジーグラー警部の分析を反芻《はんすう》した。ひとつ、おかしな点がある……。「ああ、検死が終わりましたか。どうです、先生？」

小柄で無口な男は膝をついていたが、ランタンの光の中で立ち上がった。壁際の六人は驚くほど微動だにしない。「まったく単純ですよ。数センチ四方の広さの中に四発撃ちこんでいます。二発は背中から心臓を貫通している。相当な射撃の名手ですよ」

エラリーは眼をぱちくりした。「射撃の名手」そう繰り返した。「ええ、たしかにすばらしい腕ですね、先生。死んでからどのくらいたちますか？」

「一時間ほどでしょうか。即死です」

「ということは」エラリーはつぶやいた。「ぼくが発見するほんの数分前に撃たれたわけか。まだ温かかった」そう言って、紫色の死に顔をしげしげと見下ろした。「しかし、ジーグラー警部、犯人が発砲した位置については、あなたは間違っていますよ。ハーディ先生からそれほど離れていたはずはない。それどころか、ハーディ先生のすぐ近くから撃ったに違いありません。当然、死体には火薬の跡があるんでしょう、先生?」

郡検死官は面食らった顔になった。「火薬の跡? もちろん、ありませんよ。火薬なんてまったく。ジーグラー警部のおっしゃるとおりです」

エラリーは咽喉を締めつけられるような声を出した。「火薬の跡がまったくない? そんな馬鹿な! 間違いないんですか? 絶対に火薬の跡がなきゃいけない!」

検死官とジーグラー警部は眼を見かわした。「クイーンさん、この分野における一専門家として言わせていただきますが」小柄な男は冷ややかに言った。「被害者は最低でも三メートル半、おそらくは四メートルほど離れた場所から撃たれたのだと、保証します」

エラリーの顔になんとも名状しがたい表情が広がった。何か言おうとして口を開けたが、そのまま閉じ、もう一度、またたいて、たばこを一本取り出し、火をつけると、ゆっくり煙を吐いた。「三メートル半。火薬の跡がない」抑えた声で言った。「それはそれは。まったく驚きですね。デューイ教授も食いつくこと請け合いの、不合理のいい見本だ。ぼくには信じられない。いやあ、とても信じられない」

検死官は敵意のこもった眼でエラリーを見た。「クイーンさん、私はこれでもそれなりに知的な人間だと自負していますが、あなたの言うことはまったくわかりません」

「何が言いたいんですかね、あなたは」ジーグラー警部が詰め寄った。

「あなたもわかりませんか」エラリーは気のない返事をした。「ちょっと、被害者のポケットの中身を見せてください」

警部は床に積みあがったこまごました物の小さな山に向かって顎をしゃくった。エラリーは、まわりから向けられる視線をまったく意に介さず、床に坐りこんだ。やがて立ち上がった時、エラリーはひどく苛立ったようにぶつぶつ言っていた。論理的にあるはずの物を探していたのだが、見つけられなかったのだ。たばこ道具はひとつもない。腕時計もない。死体の手首に跡がついていないかと調べもしたが、空振りだった。

エラリーは下を向くと、いっせいに向けられたいぶかしげな視線にまったく気づかない様子で、一心に床を凝視したまま、うろうろと何かを探しだした。手に持った懐中電灯からほとばしる光で、慎重に床をなでながら。

「でも、この部屋はもう我々が捜索したんですよ！」ジーグラー警部がとうとう我慢できずに怒鳴った。「クイーンさん、いったい何を探してるんですか」

「それはですね」エラリーはおごそかな声でつぶやいた。「この世に正気というものが多少なりともあるならば、必ずここにあるはずの物です。それじゃ警部、皆さんがここの部屋全部の床から集めてきた物を見せてくれませんか」

「それだって、何も見つけちゃいませんよ！」

「刑事の眼から見て〝重要〟に思える物の話をしてるんじゃないんです。ごく些細《ささい》な物のことを言ってるんですよ。紙切れとか、木の切れっぱしとか――なんでもいいんです」

肩の広いひとりの刑事が敬意のこもった声で答えた。「クイーンさん、私が調べました。それが、埃《ほこり》ひとつ落ちていないんです」

「ちょっとよろしいですか《シルヴプレ》」ムッシュー・デュヴァルが遠慮がちに口をはさんだ。「その点、私どもは最新の設備で管理しておりますよ。当館に完備している換気装置と真空装置《バキューム》がごみを吸い取って、この〈暗黒の家《ラ・メゾン・デ・テネブル》〉を、塵《ちり》ひとつなく清潔に保っているのです」

「バキュームだって！」エラリーは歓声をあげた。「なるほど、ごみを吸い取っているのか……それだ！　デュヴァル、その装置は四六時中動いているのか？」

「いいえ、そういうわけでは。夜間だけですよ、〈暗黒の家〉に誰もいなくなって、ええと――英語ではどう言いましたっけ、ええと――稼働していない時間帯に。ですが、それで警官《ジャンダルム》のかたがたは、何も見つけなかったんですよ、塵ひとつも」

「ありゃりゃ」エラリーは冗談めかしてつぶやいたものの、その眼は真剣だった。「ごみの吸い取り装置は日中、止まっている。なら、そいつは除外だ。警部、しつこくてすみません。しかし、ひとつ残らず捜索したんですか。地下にはいってすぐのホールも？　ここにいる人たちの誰かが――」

ジーグラー警部の顔はすっかり憤慨していた。「あなたが何を言いたいのかさっぱりわからん。何回言わせりゃ気がすむんですかね。ホールで受付をしていた者も、殺人騒ぎの間にホールに来てまた戻っていった人間はひとりもいないと証言しています。だから何なんです？」

「そうですか、では」エラリーはため息をついた。「警部、ぼくはここにいるひとりひとりの身体検査をお願いしなければなりません」その声には絶望の響きがあった。

＊

エラリー・クイーン君のしかめ面は、六人いる捕虜の持ち物の、最後のひとつを置いた時には、もはや芸術の域に達していた。主に画家アダムズとミス・ライスが大声をあげての、抗議の大合唱を聞き流しつつ、ひとつひとつ調べていった。けれども、お目当ての物は見つからなかった。床にあぐらをかいていたエラリーは立ち上がると無言で、それぞれの持ち主に返すように指示した。

「やれやれ《バルブルー》！」突然、ムッシュー・デュヴァルが叫んだ。「あなたが何を探しているのか知りませんが、ひょっとすると、私やあなたのポケットにこっそり入れられた可能性もありますよ、どうです《ネスパ》？ もし、犯人にとってまずいものなら――」

エラリーはかすかに興味を持ったように顔を上げた。「冴えてるぞ、デュヴァル。そいつは思いつかなかった」

「それじゃ」ムッシュー・デュヴァルは興奮して、自分のポケットをひっくり返し始めた。「デュドネ・デュヴァルの頭脳が冴えているかどうか見てみましょうか……そら《ヴォワシ》！ クイーンさん、確認してくれますか？」

エラリーは雑多なこまごました物を手早く確かめた。「ないな。いや、ありがとう、デュヴァル」そう言うと、自分のポケットをさぐり始めた。

ジューナが誇らかに宣言した。「ぼくのポケットには、ぼくの物しかありませんよ」

「それで、クイーンさん？」ジーグラー警部は苛立ちをあらわに訊いた。

エラリーは力なく手を振った。「お手上げですよ、警部……待った！」そのまま、虚空《こくう》を睨んで立ちつくした。「ここで待っていてください。もしかすると――」そのまま説明もなく、緑の矢印の示すドアに飛びこんでいくと、いま出てきた部屋と同様の真っ暗な細い通路に出て、エラリーは懐中電灯であたりを照らした。それから、通路の端まで駆け戻ると、まるで徹底具合に自身の命がかかっているかのごとく、みみずが這うように通路を丹念に調べ始めた。角をふたつ曲がったところで、ついに行き止まりにぶつかり、そこをふさいでいるドアには〝出口ホール〟と書かれていた。エラリーはそのドアを押し開けると、部屋の光のまぶしさに、思わずまたたいた。ひとりだけいた警察官がエラリーの姿を見て帽子のつばに手を触れ、敬礼した。案内係の骸骨は怯えているようだった。

「蠟のひとかけらも、ガラスの破片も、マッチの燃えがらもない、か」エラリーはつぶやいた。その時、閃《ひらめ》いた。「きみ、すまないが、そこの格子のドアを開けてもらえないか？」

警官が格子の小さなドアの鍵を開けると、エラリーはそれをくぐって、区切られたホールの広い側に足を踏み入れた。すぐに、捕虜たち（と彼自身）が、この〈暗黒の家〉の主翼たる最奥に跳びこむ前に預けた持ち物が、仕切りの中に保管されている壁の棚に歩み寄った。エラリーはそれらをひとつひとつ細かく調べた。画家の絵具箱を開けると、中には絵具と絵筆とパレットと三枚のへたくそに塗りたくった絵が――陸の風景画が一枚と海の絵が二枚だ――はいっていたが、どれもこれもまったく普通で、特に目新しいことは見つからず、エラリーは絵具箱の蓋を閉めた……

埃舞う裸電球の光の下、深い皺を刻んだまま、エラリーは行ったり来たりし始めた。刻々と時が過ぎていく。〈暗黒の家〉は、思いがけない死を悼むように、静まり返っている。警官はぽかんとして、見つめるばかりだった。

突然、エラリーがぴたりと足を止めたかと思うと、そのしかめ面から皺が消え、かわりに苦笑が広がった。「そうだ、そうだ、それだよ」彼はつぶやいた。「どうして、いままで思いつかなかったんだ。きみ！　ここのこまごました物を全部、犯行現場に運んでくれ。ぼくはこの小さいテーブルを持っていくから。道具は一式そろっている。さあ、いまから暗闇の中で最高にスリリングな降霊会《セアンス》を開くとしよう！」

＊

エラリーが通路から八角形の部屋のドアをノックすると、ジーグラー警部自身が開けた。

「やっとお帰りですか」警部はがみがみと言った。「ちょうど引きあげようとしていたところですよ。死体はもう梱包して――」

「いや、まだ引きあげるわけにはいかないと思いますよ」エラリーはさらりと言うと、荷物持ちの警官に、先にはいるように身振りで示した。「ひとつ、ささやかな演説をぶたせてもらいたい」

「演説！」

「実に緻密《ちみつ》で賢明なる演説です、警部殿。デュヴァル、きみのフランス人魂もきっと喜ぶぞ。皆さん、その場から動かずにいてください。ああ、きみ、ありがとう、全部テーブルに置いてもらえるかな。それと、警察の諸君、懐中電灯の光をぼくとテーブルに集めてくれませんか。そうしたら、実験を始めます」

　室内はしんと静まり返った。アンセルム・ハーディ医師の遺体は、枝編みかごの中に横たえられ、褐色のおおいで隠されている。エラリーは部屋の中央で、四方八方から集まってくる光線を一身に浴び、インドの聖者《スワーミー》のようにたたずんでいた。壁際に並ぶいくつもの眼が、その光を反射してきらめくばかりである。

　エラリーは、捕虜たちの持ち物がのせられた小さなテーブルに片手をついた。「それでは《アロール》、紳士淑女の皆さん《メダム・エ・メッシュー》。まずは、今回の犯行現場には何よりも、ひとつ際立った特徴があるという事実から取り上げたいと思います。それは、現場が暗闇であったという事実です。さて、この暗闇ですが、通常の場合とはいささか異なるものであります。考察を始めるにあたって、この事実は、ある心穏やかでない意味合いをはらんでいることに気づくと思います。そう、ここは文字どおり、〈暗黒の家〉です。ひとりの男性が、暗黒の部屋のひとつで殺害されました。家の中から――もちろん、被害者と、ぼく自身と、ぼくの保護下にある胸をどきどきさせている年若い連れを除いてですが――ムッシュー・デュヴァルの悪魔的な創造物を夢中になって愉しんでいたと思われる六名のかたがたが発見されます。犯行の時間帯には、この家を設計したムッシュー・デュヴァルの言葉を信じるならひとつしかないという出口から、外に出た者はひとりも目撃されていない。ということは、ハーディ先生を殺害した犯人は、この六名の中にいるという結論にならざるを得ないのです」

そのとたん、ざわめきが起こり、大きな吐息が聞こえたが、同じくらいすぐに、また静まり返った。

「それでは」エラリーは夢想しているような口調で続けた。「運命のいたずらを検証していくとしましょうか。今回の暗闇《ダーク》における悲劇の登場人物には、ダークという言葉を連想させる人が三名います。まず、ライスさんは眼が見えない。そして、ジュジュ・ジョーンズさんと連れのお嬢さんは黒人です。なかなか意味深長だ。どうです、何か思い当たることはありませんか」

ジュジュ・ジョーンズがうめいた。「おれはやってねえよ、クイーンさん」

エラリーは言った。「さらに、ライスさんには動機もある。被害者はライスさんの眼を治療しましたが、その過程で、ライスさんは失明しています。そして、クラーク夫人は、嫉妬深い夫の情報を提供してくれた。これで、動機はふたつ見つかったことになります。いまのところ、考察は順調です……しかし、これだけでは今度の殺人事件におけるもっとも肝心な、根本的な問題が説明できません」

「で」ジーグラー警部が荒々しく詰め寄った。「何が問題だってんですかね」

「暗闇ですよ、警部、暗闇です」エラリーは穏やかな口調で答えた。「どうも、暗闇に頭を悩ませているのは、ぼくひとりだけのようですね」突然、その声にきびきびとした響きがはいりこんだ。「この部屋はまったくの暗闇です。電灯も、ランプも、ランタンも、ガス灯も、蠟燭《ろうそく》も、窓もない。この部屋に三つあるドアの向こう側はどれも、同じ真っ暗闇です。ドアの上にある緑と赤の矢印はそれ自体が浮かび上がって見えるだけで、人間の眼に見える光をぴかぴか放っているわけじゃない……にもかかわらず、この漆黒の暗闇の中で何者かは、すくなくとも三メートル半も離れた場所から、視認することができない被害者の背中の、わずか数センチ四方の中に、四発の銃弾を撃ちこむことができたのですよ！」

誰かが息をのんだ。ジーグラー警部がつぶやいた。「くそっ……」

「どうしてそんなことができたのでしょうか」エラリーは静かに言った。「射撃は正確無比でした。偶然、当たったということはありえない——四発が四発ですよ。最初、当然ぼくは死者の上着に焦げた火薬の跡がついていると思いました。殺人犯はハーディ先生の真うしろに立って、じかに身体に触れ、もしかすると動かないようにがっちり押さえこみ、背中にリボルバーの銃口を直接当てて、発砲したに違いないと。しかし、検死官は否定しています！　不可能としか思えません。まったくの暗闇の部屋で？　三メートル半も離れたところから？　ハーディ先生の気配や足音を耳で聞いただけで、命中させられたはずがない。あの射撃は正確すぎます。それに、どれだけゆっくりだとしても、的は絶対に動いていたはずだ。ぼくにはどうしても納得がいきませんでした。唯一、ありえる解答は、犯人がなんらかの光を持っていて照らすことができた、という可能性です。しかし、明かりとなるものは何ひとつありませんでした」

マシュー・ライスがよく響く声で言った。「あなたは実に頭のいいかたですな」

「いやあ、初歩的なことですよ、ライスさん。さて、この部屋自体に照明はありません……ムッシュー・デュヴァルご自慢の真空掃除システムのおかげで、この家には塵ひとつ落ちていないことがわかっています。ということは、もし何か見つかれば、それはすなわち容疑者の落とし物というわけです。ところが、隅々まで警察が捜索したにもかかわらず、文字どおり、何ひとつ見つからなかった。ぼく自身も、懐中電灯や、マッチの燃えがらや、蠟燭のかけらや――何でもいいから、犯人がハーディ先生を撃つのに光を使った証拠を探して、この部屋をくまなく捜索しました。事実を分析したあとで、何を探せばいいのかはわかっていましたから。まあ、誰にでもわかることでしょうが。しかし、光源になるものは何ひとつ見つからず、ぼくは途方に暮れました。

　六人の容疑者のポケットの中身を全部調べましたが、やはり光源の手がかりはひとつもない。マッチの軸が一本あるだけでよかったのですが。まあ、この手段はおそらく採用されていないだろうとは思っていましたけどね。なぜなら、今回の罠は前々から準備されてしかけられたものだからです。犯人は獲物をこの〈暗黒の家〉におびき寄せた。ここで殺すつもりで計画を立てた。それなら間違いなく下見に訪れて、ここには照明の設備がまったくないのを知っています。あらかじめ明かりを前もって用意しておくはずだ。その前提で、マッチに頼るとは思えない。むしろ選ぶなら懐中電灯でしょう。ところが、蓋を開ければ何もない。なんにもです、マッチを使ったとは思えませんが、それにしても、燃えがらひとつ見つからない。犯人が身につけていなかったとすれば、捨てられたのでしょうか。捨てたとすれば、どこに？　何も見つかりません。部屋にも、通路にも、どこにも」

エラリーは言葉を切って、たばこを一服した。「ここに至って、ぼくはひとつの結論に達しました」煙を吐きながらゆっくりと言った。「光は被害者本人が発していたに違いないと」

「まさか！」ムッシュー・デュヴァルは息をのんだ。「そんな馬鹿なことをする人がどこに――」

「もちろん、意識してじゃない。しかし、自覚せずに光を提供していた可能性はある。ぼくは、ハーディ先生の遺体をじっくり調べました。彼は黒っぽい服を着ています。夜光塗料で針が光る腕時計もつけていない。たばこの道具も持っていない。たばこを吸わない人だったんですね。当然、マッチもライターも携帯していない。懐中電灯も持っていない。とにかく、犯人が狙いをつけた方法を説明できる、光る物は何ひとつ見つからない。ならば」エラリーはつぶやくように言った。「最後に残るのは、ただひとつの可能性だけになります」

「それはいったい――」

「諸君、お手数ですが、ランタンと懐中電灯を全部、消してくれませんか」

一瞬、何を言われたのか理解できなかったのであろう、間《ま》が空いた。やがて、照明器具のスイッチがぱちんぱちんと音をたてて切られていき、ついに、エラリーが最初に迷いこんだ時と同じ、分厚く濃い漆黒の闇に部屋は包まれた。「いいですか、その場を動かないでいてください」エラリーが鋭く言った。「誰も動かないで」

初めのうち、身をこわばらせた人々のせわしい息づかいのほかは、何も聞こえなかった。エラリーのたばこの光が弱くなり、ふっと消えた。やがて、かすかにがさがさいう音がして、何かがかちりと鳴った。そして、一同が驚いて目を見張る中、ドミノ仮面くらいの大きさで、輪《りん》郭《かく》のはっきりしない長方形の、真珠のようにぼうっと浮かび上がる光の塊が、部屋の中を横切っていった。それは、巣に帰る鳩のようにまっすぐな線を描いて、すうっと飛んでいくと、その最初の光の塊から、小さな光が分離して、何かに触れたとたんに、なんと！ そこには、小さな第三の光が出現した。

「ただいまの実験で」エラリーの冷静な声が聞こえてきた。「自然が、わがまま極まりない子らの要求に応えていかなる奇跡を行うか、実証させていただきました。そう、燐《りん》ですよ。絵具の形の燐です。被害者が〈暗黒の家〉にはいる前に、犯人がその上着の背中に――おそらく人ごみにまぎれて――うまい具合にこいつを塗りつけることができれば、犯行に十分なだけの光源が確保できるというわけです。完全な闇の中だろうが、犯人はただ燐光の点を探すだけでよかった。そして、その光のど真ん中を狙って、三メートル半離れた場所から、四発撃ちこむ――射撃の名手なら朝飯前です――弾丸の穴が燐のほとんどを吹っ飛ばすだろうし、少々残ったところであふれ出た血が洗い流す……実に、実に、頭がいい。あっ、おい、だめだ！」

三つ目の光が不意に荒々しく動きだし、前に飛び出したかと思うと、消えたり現れたりしながら、緑の矢印が示すドアに突進していった……。どたんと何かがぶつかり、がちゃんという音がして、激しい格闘の物音が聞こえてくる。あわただしく懐中電灯が次々にともり、光が四方八方に向けられ、交錯した。光線が照らしだした床の上では、倒れこんだエラリーに組みつかれた男が、無言で、必死にじたばたもがいていた。ふたりの傍らには、開けっぱなしの絵具箱が転がっている。

ジーグラー警部が飛び入りして、男の頭を警棒でがんと殴った。男はうめき声をあげると、うしろ向きにひっくり返り、気絶した。それは、画家のアダムズだった。

＊

「しかし、まあ、どうしてアダムズだってわかったんです」しばらくして、いくらか場が秩序を取り戻すと、ジーグラー警部は急《せ》きこんで訊ねた。アダムズは床の上に転がって、手錠をかけられている。ほかの皆はそのまわりを囲み、ある者は顔に安堵の色を浮かべ、ある者は顔を恐怖に染めていた。

「ある奇妙な事実がきっかけですよ」エラリーは肩で息をしながら、服の埃を払っていた。「ジューナ、そうべたべたぼくをなでまわさなくていい！　大丈夫だって、どこも怪我してないから……警部、あなたがぼくに教えてくれたんですよ、暗がりでうろうろ迷っているアダムズを見つけた時、アダムズは外に出たいのに、出口が見つからないとぼやいていたと（そりゃ、当然、出たいでしょうね！）。緑の矢印を追えばいいとわかっているのに、そのとおりにしても、迷宮のさらに奥に迷いこむだけだと、文句たらたらだった。しかし、緑の矢印を追っていたのなら、なぜそんなことになったのでしょう？　どの緑の矢印も、出口にまっすぐ続く、何の仕掛けもない通路に導いてくれるというのに。要するに、アダムズは緑の矢印を追っていなかったのですよ。そのことで嘘をつく理由はありませんから、この男は自分では緑の矢印を追っているつもりだったにもかかわらず、部屋から部屋に迷いこんでいたのなら、実際は赤の矢印を追っていたに違いない、とぼくは推理したわけです」

「だけど、なんだってまた、そんな――」

「簡単な話です。この男は色覚障害なんですよ。赤と緑を混同してしまう、よくいるタイプの。自分がそうだと知らなかったんでしょう。自覚のない人が大半ですし。アダムズはここにはいる前に、緑の矢印についていけば外に出られるという客引きの言葉を耳にしたので、死体が見つかる前にさっさとずらかることができると踏んだわけですね。

しかし、重要な点はそこじゃない。重要なのは、画家だと名乗った点です。色の見分けが難しいのにプロの彩色画家というのは、まず無理がある。赤い矢印にまどわされて閉じこめられてしまった事実は、この男が赤と緑の見分けがつけられないのを自覚していなかったことを証明します。ぼくは絵具箱にはいっていた風景画や海の絵を見ましたが、どこも変わった点はありませんでした。その時、知ったのですよ、これはアダムズの描いた絵ではないと。アダムズは変装しているだけなのだと。画家でもなんでもないと。変装しているということは、もっとも怪しい容疑者である、というわけです！

かくて、この変装の事実と、光源に関する最終的な推理を突きあわせた結果、すべての解答が天啓《てんけい》のごとく閃きました。燐の絵具――絵具箱だ。しかも、この男はハーディ先生と前後して〈暗黒の家〉にはいっていった……。そこまでわかれば、すべてが頭に浮かびます。犯人は燐が見つかる危険はまったく心配していなかった。絵具箱を調べる者がいても、どうせ明るい場所で調べるでしょうから、発光性に気づかれることはない。とまあ、こんなところですね」

「では、わたくしの夫は――」クラーク夫人が咽喉を締めつけられるような声で言いながら、意識のない殺人犯を見下ろした。

「ですが、動機は何です？」ムッシュー・デュヴァルは額をぬぐいながら抗議した。「動機は！　何の理由もなく人を殺す人間はいないでしょう。なぜ――」

「動機？」エラリーは肩をすくめた。「動機ならもう、きみも知っているよ、デュヴァル。ほら――」そこまで言って、不意に顎ひげの男の傍らに膝をついた。その手がさっと伸びたかと思うと、引っこめられた――顎ひげも一緒に。クラーク夫人が悲鳴をあげて、うしろによろめく。「この男は声まで変えていた。お気の毒ですが、奥さん、この男があなたの消えたご主人ですよ！」

血をふく肖像画の冒険

The Adventure of the Bleeding Portrait

ナチトウクは、青空にアメリカ自慢の真っ赤な家畜小屋が色鮮やかに映え、うねうねとのびる道端の垣根につるばらがちらほら咲き初《そ》める時分に、世のグラマトンやイームズやアンガースといった面々が姿を見せる場所である。夏になると、のどかな自然のままの丘は、並木道を描いたり、木陰でタイプライターをカタカタいわせたり、暗記中の台詞《せりふ》を舞台裏の青天井で七面鳥の群れに聞かせたりする、そんな大きな子供たちで大いに賑わう。こうした移住者たちは、ライよりラムを、ラムよりアップルジャック（植民地時代に普及したリンゴ酒）を好む。そのほとんどは有名人で、魅力的で、大の話好きである。

エラリー・クイーン君はパール・アンガースから、手作りのスコーンもご馳走したいし、〈カンディダ〉の舞台を見にいらっしゃいと、ナチトウクに招待されていたのだが、上着を脱ぎ、アップルジャックのハイボールを受け取って、ポーチに腰をおろすかおろさないかのうちに、この偉大なる婦人から、マーク・グラマトンがミミとめぐり会ったいきさつの物語を、とうとうと聞かされていた。

話によると、グラマトンがマンハッタンのある高い場所からイーストリバーを見下ろして威勢よく水彩絵具を塗りたくっていた時、浅黒い肌の女が眼下の屋上に現れ、ナバホ族の毛布を広げて、服を脱いで横たわり、日光浴を始めたらしい。

イーストリバーの絵はひらひらと十五階から道に落ちていった。

しばらくたって、グラマトンは下に向かって怒鳴った。「そこの！　そこのご婦人！」

ミミはびっくりして身体を起こした。胸壁の向こうから、ざんばらの金髪をぼうぼうと振り乱し、醜い顔を興奮のあまり柿のように真っ赤にして、グラマトンが覗きこんでいた。

「裏返ってくれ！」グラマトンは世にも恐ろしい声で吼えた。「おもてはもうすんだ！」

エラリーは声をたてて笑った。「おもしろい人みたいだね」

「いやあね、この話で肝心なのはそこじゃないのよ」大女優アンガースは抗議した。「つまりね、ミミはグラマトンの手が絵筆を持っているのに気がついて、おとなしく言うとおりにしたの。そしてグラマトンは、お日様の光の下で、ミミの日に焼けた背中を見て——すぐに、物わかりのいい奥さんを離婚して、この娘《こ》と結婚したのよ」

「へえ、衝動的な人でもあるわけだ」

「そうよ、マークはそういう人！　欲求不満のわがままボッティチェリよ。マークにとってミミは美の化身なの」そしてまた、どんなコラティヌスもこれ以上に貞節なルクレティア（古代ローマの伝説の貞女。コラティヌスの妻）を妻に持てはしないだろうと言われていた。ナチトウクの貴族社会における、すくなくとも四人のタルクィニウス（ローマ王子。ルクレティアを凌辱し自害させた）が失敗し——もちろん公然の秘密というやつである——はからずもミミの高潔さを証明する役をになっていた。「まあ、四人とも根は紳士だし」大女優は言った。「それに、グラマトンはとっても大柄で、筋骨逞《たくま》しいし」

「グラマトンねえ」エラリーは言った。「珍しい名前だな」

「イギリスの人なのよ。お父さんは貴族の家系の長いしっぽにフジツボみたいにくっついているヨット好きで、お母さんは上から下までかさかさの伝統の殻に肌がぴっちりおおわれているものだから、アン女王が子供を残さずに亡くなってスチュアート王朝が途絶えてしまったのは英王国最悪の災厄だと信じている人。すくなくともマークはそう言ってるわ！」大女優アンガースは感情たっぷりにため息をついた。

「だけど、最初の奥さんに対して、ちょっとひどいんじゃないか？」公明正大を旨とするエラリーはそう訊ねた。

「あら、どうってことないのよ！　彼女はだんなさんをつなぎとめておけないとわかっていたし、自分のキャリアが大事だったしね。ふたりはいまも友達づきあいしているわ」

あくる日の夜、ナチトウク小劇場の座席で、エラリーは、おそらくは覚えているかぎりで、もっとも美しい女性の背中を、まじまじと見つめている自分に気がついた。どんな蚕《かいこ》も、どんな真珠貝も、これほど美しい肉体と張りあえるものを生み出すことはできないだろう。あらわにされた日焼けして輝く肌は、舞台も、ミス・アンガースとショウ氏の年季のはいった台詞まわしも、かすませてしまった。

客席の明かりがともり、ふと熱狂から覚めると、問題の目の前の席はもぬけの殻になっていた。エラリーは決然と立ち上がった。あれほどの肩には、男の生涯でただ一度しかめぐり会えるものじゃない。

幕間《まくあい》で息抜きに、歩道に出たエラリーは、小説家のエミリー・イームズがいるのを見かけた。

「どうも」エラリーは声をかけた。「以前、パーティーでお目にかかったことがありますね。どうです、その後、お変わりありませんか。ところで、イームズさん、あなたはアメリカじゅうの人間をご存じですよね？」

「レードウィッチ（入植当時、一家族しかなかった珍しい名前）家以外は」

「残念ながら、顔は見ていないんですよ。ただ、そのご婦人は、肩がはしばみ色で、背中は艶《つや》やかで、こんがりと日焼けして、木の実のように輝いていて……あなたなら絶対知っているでしょう！」

「それは」ミス・イームズは考えながら言った。「きっとミミね」

「ミミ！」エラリーは渋い顔になった。

「まあ、いらっしゃいな。あの子なら、男どもがいちばん集まってる場所にいるでしょうよ」

そして、ミミはラウンジにいた。七人の、胸がいっぱいで話すことのできない青年たちに囲まれて。真っ赤なビロードの椅子の上で、漆《うるし》のような髪と、子供のような眼をして、背中が大きく開いたやわらかな生地が身体にぴったり貼りつくドレスをまとった彼女は、ポリネシアの女王のようだった。しかも、ただただ、美しかった。

「どいて、坊やたち」ミス・イームズは取り巻きの求愛者たちを追い払った。「ミミちゃん、紹介したい人がいるの、クイーンさんってかた。こちら、グラマトン夫人よ」

「グラマトンだって」エラリーはうめいた。「てことは、やっぱり噂の金髪の獣《ベット・ブロンド》さん（フランス語で「いやな奴」という意味のベット・ノワール（黒い獣）のもじり）の奥さんか」

「それからこちらが」ミス・イームズは何かをこらえるようにむりやり声を出した。「汚らわしい悪魔のよ。ボルカって名前のね」

ずいぶん変てこな紹介もあるものだ。エラリーはボルカ氏と握手をしながら、ほほ笑むべきか、咳払いするべきか悩んだ。ボルカ氏は顔色が悪く、刃《やいば》のごとく痩せっぽちで、古風なヴェニス風の容貌をしており、巨大なフォーク形の槍を持たせれば非の打ちどころのない悪魔そのものだった。

ボルカ氏は、狐の牙のように鋭い歯をずらりと見せてほほ笑んだ。「イームズさんは、いつもこうして私への愛情を隠そうとなさらないんですよ」

ミス・イームズはくるりと背を向けた。「ミミちゃん、クイーンさんはあなたに恋しちゃったんですって」

「まあ、ありがとうございます」ミミはつつましく眼を伏せた。「クイーン様、わたしの主人はご存じですか？」

「うっ、つれないおかただ」エラリーは言った。

「きみね、口説いても無駄ですよ」ボルカ氏はまた歯を見せた。「この奥さんはたいへん《ララ》に稀《アヴ》少《イス》なおかたでね、ご主人を讃美するのをどうしてもやめさせることのできない、美しい淑女なんです」

美しい淑女の美しい背中が弧を描いた。

「あっちに行ってなさい」ミス・イームズが冷ややかに言った。「まったく、いらいらする男ね、あんたって」ボルカ氏はまったく気にしていないようだった。彼はお世辞を言われたかのようにお辞儀をし、グラマトン夫人は何も言わず、しとやかに坐っていた。

＊

〈カンディダ〉は成功だった。大女優アンガースは光り輝いていた。そして、エラリーはお日様をたっぷりと浴び、田舎をぶらぶら歩きまわり、カワマスやスコーンをおなかがはち切れるほど平らげた。何度か、ミミ・グラマトンの姿を見かける機会まであって、その週は愉快に過ぎていった。

二度目に見かけた時、エラリーは大女優アンガースの家の桟橋に寝そべり、湖に釣り糸を垂らして、うつらうつらと夢を釣っていた。誰かが――幸いにも針にひっかかることなく――釣り糸の下からぽっかりと浮かび上がった。濡れそぼり、カワウソのように艶やかな褐色の美女は、ちらちらと光る、面積の小さな、肌にぴったり貼りつくものを身につけている。

ミミはほがらかにエラリーに笑いかけると、身体をひねって、くるりとターンし、湖の中央の大きな島に向かって、颯爽《さっそう》と泳いでいった。手漕ぎボートで釣りをしている、毛むくじゃらの胸の肥《ふと》った男に向かって、ミミは愉しそうに声をかけた。男が満面の笑みを返す。ミミは泳ぎ続け、裸の背中が太陽の下できらめいた。

不意に、まるで網にかかったかのように、ミミはぴたりと泳ぎをやめた。エラリーは、ミミがびくんと身体をこわばらせ、立ち泳ぎをして、またたきながら濡れたまつ毛越しに島を眺めているのに気づいた。

　ボルカ氏が島の浜辺で、奇妙な形の握りをした杖に寄りかかって立っている。

　ミミは水に潜った。次に顔を出した時には行き先を変えて、島の東の突端をめざして泳いでいた。ボルカ氏は東の突端に向かって歩きだした。ミミはまた泳ぐのを止めた……しばらくすると、あきらめた様子で、ゆっくりと浜辺に向かって泳ぎ始めた。ミミが水をしたたらせて湖から上がると、真正面にボルカ氏がいた。ただじっと立っているだけの彼の前を、ミミはその姿が目にはいらないかのようにさっさと通り過ぎた。ボルカ氏はよだれを垂らさんばかりに、彼女を追って森の小径《こみち》にはいっていった。

「あのボルカって男は何者なんだ?」その晩、エラリーは訊ねた。

「あら、じゃあ、会ったのね?」大女優アンガースは言葉を切った。「あれはマーク・グラマトンのペットのひとりよ。政治的亡命者だって話だけど――そこらへんの詳しいことはあの人、ぼやかしてあまり喋らないの。グラマトンは、おばあさんが猫を集めるみたいに、そういう連中を集めるのが趣味なわけ……。でもボルカって――不気味な人なのよね。あの人の話はもうやめましょ」

　翌日、エミリー・イームズの家で、エラリーはまたミミを見かけた。ミミは麻のショートパンツに、首のうしろで紐を結んで背中を丸出し《ホルターネック》にした華やかな色のトップスというファッションで、地元の医者で針金のように細いごま塩頭のヴァロー博士を相手に、テニスを三セットプレイしたところだった。ミミは声をたてて笑いながら、のんびりとコートを出てきて、芝生の上に寝そべっているエラリーとミス・イームズに手を振ってから、ラケットを振り振り、湖の方にぶらぶら歩きだした。

突然、ミミは走りだした。エラリーはがばっと身を起こした。

ミミは必死だった。クローバーの野を突っ切っていく。ラケットを落としたが、立ち止まって拾おうともしなかった。

ボルカ氏が森の縁にそって、恐ろしいほど大またに彼女を追いかけていた。妙な形のステッキを小脇にはさんでいる。

「どうやら」エラリーはゆっくりと言った。「誰かがあのやからに物を教えてやらないと――」

「いいから横におなんなさいな」ミス・イームズが言った。

ヴァロー博士は首すじを拭きながらコートを出てきたが、ぴたっと足を止めた。博士はミミが走るのを見た。ボルカ氏が大またに追っていくのを見た。そして、ヴァロー博士はきっと口元を引き締め、あとを追っていった。エラリーはとうとう立ち上がった。

ミス・イームズは雛菊《ひなぎく》を一本折り取った。「グラマトンはね」彼女は静かに言った。「知らないのよ。そしてミミは夫を死ぬほど愛している、勇敢な娘《こ》なの」

「だけど」エラリーは三人の姿を見守ったまま、言った。「あの男が危険な存在なのであれば、グラマトンにはそう教えてやらないと。どうして、気がつかないんだろう？　どう見たって、ナチトウクの人間全員が気づいてるっていうのに――」

「マークはねえ、変わり者なのよね。美徳も多いけど、欠点も同じくらい山ほどあるの。あの人が嫉妬に狂ったら、もう誰にも止められないわ」

「ちょっと失礼」

そう言い残して、エラリーは急いで森に向かった。森の中で立ち止まり、耳を澄ましてみた。どこかで男がしつこく、必死に、それでいて捨て鉢になったように、わめいている。エラリーはうなずいて、握りしめていたこぶしをおさめた。

途中で、ボルカ氏が森からよろよろと出てくるのが見えた。まん丸い顔が痙攣《けいれん》している。やみくもに手漕ぎボートに乗りこむと、グラマトンの島に向かって、ばちゃばちゃとぎこちなくオールをばたつかせた。それからしばらくして、ヴァロー博士とミミ・グラマトンが、何ごともなかったようにのんびりと姿を現した。

「なんだかナチトウクじゅうの骨のある男はみんな」ミス・イームズは、エラリーが戻ってくると、冷静に言った。「今年の夏、ボルカと一戦まじえたがってるみたいね」

「どうして誰もあいつを町から追っぱらわないんです?」

「あの男は不思議なけだものなのよ。喧嘩となるとてんで臆病で、何をされてもやり返そうとしないくせに、根性だけは据わってんのよね。叙事詩の英雄なみのしぶとさよ」ミス・イームズは肩をすくめた。「気がついたかもしれないけど、ジョニー・ヴァローはあの男の身体に傷も痕も残してないはずよ。だってマークは、自分のペットが痛めつけられたりしたらきっと、質問攻めにして問いただすもの」

「別にいいじゃありませんか」エラリーはつぶやいた。

「あら、もし本当のことを知ってしまったら」ミス・イームズは軽い口調で言った。「マークはあのけだものを殺しちゃうわ」

＊

エラリーがグラマトンと遭遇したのは、植民地風の啓蒙主義者《イルミナティ》たちが定期的に催す、思いつくままさまざまな娯楽を念入りに準備した集《つど》いでのことだった。それは第四代グラマトン卿の奥方の胸から血がしたたるという現象を、初めて目にした機会でもあった。ジェスチャーゲームや、グッゲンハイム（お題に沿った特定の頭文字の単語をできるだけ多く書く遊び）や、二十のとびら（クイズの一種）や、ぴりっとした風刺小話といった余興が、日曜の夜、ヴァロー博士の家で催されたのだ。

博士は大まじめに、あるからくりを披露《ひろう》してみせた。それは、スチールパイプの枠の中に透明な糸で吊った、おそらく血液のつもりのトマトジュースらしき液体でふくらんだ、セロファン製のぎらぎら光る心臓であった。ヴァロー博士がうつろに響く低い声で宣言した。「この女は不貞を働いた」そして、ゴムボールを握りしめた。すると心臓がひとりでに縮んで、赤い液体がほとばしり、床に置かれた真鍮《しんちゅう》の痰壺《たんつぼ》の中に、薄気味悪くぼちゃぼちゃ落ちていった。一同は腹をかかえて笑った。

「超現実主義《シュールレアリスム》ですか？」エラリーは、この博士は頭がおかしいのかと不安になりつつも、礼儀正しく訊ねた。

大女優アンガースは笑いすぎて身体をふたつ折りにしていた。「グラマトン家の血をふく肖像画よ」大女優はおかしくてひいひい言っている。「ジョニーったら、まったく図太い神経してるわ！　そりゃ、あの人はグラマトンのいちばんの親友だけど」

「それとこれとどういう関係が？」エラリーはどうにも意味がわからず、訊ねた。

「あら、やだ！　あなた、〈血をふく心臓〉の伝説を知らないの？」

そして大女優はエラリーを、とても大柄で醜いブロンド男の方に引っぱっていった。大男はまっすぐ坐っていられないようで、ミミ・グラマトンの裸の両肩にうしろからもたれかかり、その髪に顔を埋めてげらげら笑っている。

「マーク」大女優アンガースは声をかけた。「エラリー・クイーンさんを紹介するわ。この人ったらねえ、〈血をふく心臓〉の伝説を知らないんですって！」

グラマトンは妻を解放すると、片手で眼をぬぐいながら、もう片方の手をエラリーに差し出してきた。

「やあ、どうも。まったくジョニー・ヴァローの奴！　あれだけ悪趣味なネタをあそこまで愛嬌のある出し物にできるのは、私の知るかぎり、あいつくらいだ……クイーンさん？　ナチトウクの町で見かけたことはなかったと思うが」

「それはそうよ」ミミが髪を直しながら言った。「だってクイーン様は何日か前にパールのおうちにいらしたばかりで、あなたは壁画のお部屋に閉じこもりっきりだったもの」

「ほう、それじゃ、おまえはもう会ったのか」グラマトンはにっこりしたが、その巨大な腕を妻の両肩にがっちり回した。

「マーク」大女優はせがんだ。「エラリーさんに伝説を教えてあげてよ」

「ああ、それなら、先にあの肖像画をお見せしないといけないな。きみは画家なのか？」

「エラリーさんは人殺しの小説を書いているの」パール・アンガースは言った。「たいていの人が〝変な趣味ですね〟って言うけど、怒るから、言っちゃだめよ」

「なら、四代目グラマトン卿の肖像画をぜひ見てもらわないとな。人殺しの小説か。それじゃあ、これはまさにきみの小説の題材にうってつけだ」グラマトンはくすくす笑った。「パールの家にずっと泊まる約束なのかな、なんだったらぜひ」

「あら、どうぞどうぞ」大女優アンガースは言った。「この人、うちをすっかり食いつぶしそうなの。エラリーさん、泊めてもらいなさいな」そして付け加えた。「マークはあなたを招待するつもりよ。いつだってそうなんだから」

「それに」グラマトンが言った。「きみの顔が気に入った」

「主人が言っているのは」ミミが小声で言った。「あなたも壁画のモデルに使いたいって意味なんですよ」

「いや、しかし――」エラリーは当惑して言いかけた。

「もちろん、いらっしゃいますよね」ミミ・グラマトンが言った。

「もちろん、うかがいますとも」エラリーは晴れやかな笑顔で応えた。

＊

気がつくとクイーン君は足元にスーツケースを置いて、星空の下、湖をグラマトンの島に向かって運ばれながら、大男が漕ぐのを見守りつつ、いったいどうしてこんなことになったのかと、しきりに思い出そうとしていた。ミミは蠱惑《こわく》的な表情で、ボートのともにエラリーと向きあうように腰かけており、ふたりの間ではグラマトンの巨大な肩が広がって、時を刻む針のように大きく回りながら、上がったり下がったりしている。エラリーは思わず身震いした。

不思議なくらい、グラマトンはやたらと親切だった。パールの家に寄った時も、グラマトンがじきじきにエラリーの荷物を運んでくれた。ひっきりなしに喋り続け、エラリーに居心地のよい滞在を約束し、兎狩りとか、共産主義に関する知的な討論とか、チベットやタンガニーカやオーストラリアの奥地を映した十六ミリフィルムなどの、ありとあらゆる愉快な気晴らしを用意していると言った。

「自然な暮らしなんだ」グラマトンは咽喉《のど》の奥で笑った。「原始的な生活で――島に渡る橋も、モーターボートもない……橋があると、自然に隔離された環境が壊されるし、私は騒々しい音が嫌いだ。きみは絵に興味があるのかな」

「あまり詳しくないです」エラリーは告白した。

「芸術院《アカデミー》の連中が何をほざこうが、芸術を評価するのに知識はいらんよ」一同は砂浜におり立った。ゆらり、と黒く肥った人影が砂の上に立ち上がり、ボートを引き上げた。「ジェフだ」

森の中にはいっていきながら、グラマトンは説明した。「渡り鳥ってやつだ。うちに居着いてくれてありがたい……芸術の評価？　美学の幾何学的理論について何ひとつ知らなくても、ミミの背中の美しさはわかるだろう」

「主人はいつもわたしの背中を見せたがるんです」そうこぼしたものの、ミミはさほど本気でいやがっていないようだった。「見世物みたいに。この人ったら、わたしの服も選ぶんですよ！　わたし、いつも裸で歩いている気分だわ」

家に近づくと、夫妻は立ち止まって、エラリーに思うさま家をじっくり鑑賞させた。肥って毛深いジェフがうしろから寄ってきて、エラリーの荷物を受け取り、無言で運んでいった。家は自然石の土台の上に、ぶった切った丸太を組んで建てられ、どこの角度も、つなぎ目も、翼《よく》も、変てこな形をしている。

「つまらん家さ」グラマトンは言った。「それじゃ、アトリエに行こう。グラマトン卿を紹介するよ」

アトリエはいちばん奥の翼の二階にあった。北の壁はたくさんのガラス窓が連続する、一面のガラスの壁になっており、ほかの壁は、油彩画や、水彩画や、パステル画や、エッチングや、石膏像や、木の彫刻で埋めつくされていた。

「ごきげんよう」ボルカ氏がお辞儀をした。彼はおおいをかぶせた大きな枠の前に立っており、ちょうど、さっと振り向いたところだった。

「ああ、ボルカ、いたのか」グラマトンはほほ笑んだ。「芸術を吸いこんでいたんだな、異端者め。クイーンさん、こちらは――」

「もうお目にかかりました」エラリーは礼儀正しく言った。このおおいの下には何があるのだろうと思いながら。おおいは歪《ゆが》んでいて、エラリーの眼には、不意打ちで自分たちがここにはいってくるまで、ボルカが夢中になってその下に隠れているものを覗いていたように見えた。

「あの、わたし」ミミが小さな声で言った。「クイーン様のお部屋をご用意してきます」

「何を言ってる。そんなことはジェフがやるぞ。これが私の壁画だ」グラマトンは言いながら、枠を隠しているおおいをむしり取った。「まだ、端の部分の習作だが――新美術館のロビーの入り口を飾る予定さ。もちろん、ミミがいるのはわかるね？」

もちろん、エラリーは気づいていた。奇妙な男たちが群がる中央に、巨人の女の、浅黒い、やわらかな曲線が美しい、女性的な背中が見える。ちらりとボルカ氏を見やると、氏はグラマトン夫人をじっと見つめていた。

「そして、こちらがご先祖様だよ」

大昔の肖像画は、北からの日光が当たらないよう、うまい具合に飾られていた――等身大のキャンバスは、ねっとりと濃い糖蜜のような色で、床にじかに置いてあった。四代目グラマトン卿は十七世紀風の装いで、こちらを睨んでいる。卿はその腹まわりが偉大であることと、小鼻がうんとふくらんでいることのほかは、取り立てて特徴のない人物だった。エラリーは、これほど生理的に気持ちの悪い、そしてへたくそな絵は見たことがないと思った。

「なかなかの色男だろう？」グラマトンはにやりとした。「そこの椅子に積んであるキャンバスをおろして、適当に坐ってくれ……これを描いたのはどこかのとてもまじめな、まあ、見てわかるとおりぶきっちょな、ホガース（風刺画家）の先駆者だね」

「で、グラマトン卿とヴァロー博士の余興にどんな関係があるんですか？」エラリーは訊ねた。

「おいで、おまえ」ミミは夫に近寄ると、膝の上に坐り、黒髪の頭をその肩にもたせかけた。

ボルカ氏はくるりとうしろを向いたが、床に落ちている尖《とが》ったパレットナイフにつまずいた。

「ボルカ、クイーンさんに飲み物を頼むよ。そう、我が高貴なるご先祖様は、父親の農場の積み藁《わら》から三キロと離れたことのない、ランカシャーの箱入り娘を嫁にもらったんだ。この海賊の大将は細君をたいそう自慢にしていた。それはもう、絶世の美女だったそうだ。そして、アフリカの奴隷市場で自分の黒人を並べて自慢したのと同じ調子で、宮廷に引っぱっていってはさんざん見せびらかした。あっという間に、レディ・グラマトンは威勢のいい狼どもの垂涎《すいぜん》の的になっちまったってわけだ」

「スコッチはいかがです、クイーンさん？」ボルカ氏がぼそぼそと言った。

「いえ、結構」

グラマトンは妻の首すじにキスし、ボルカ氏は立て続けに二杯、酒をあおった。「どうやら」グラマトンは続けた。「子孫に対する責任を実感したようで、グラマトン卿は結婚してすぐ、どこぞの馬の骨に肖像画を依頼したんだが、その悲惨な結果が、ごらんになったあれだ。それでも、我がご先祖様は肖像画を気に入って、たいそうな喜びようで、城の大広間のいちばん目立つ場所にかけたそうだ。伝説というのがここからで、ある夜——卿は痛風を患っていたんだが――眠れなくて何か暇つぶしでもと、えっちらおっちら一階におりてきたら、なんと、自分の肖像画の胴着から血がぼたぼたとしたたっていて、腰を抜かさんばかりに驚いたそうな」

「そんな馬鹿な」エラリーは抗議した。「それは王政復古時代のジョークですか?」

「いいや、本物の血だったんだ」画家はくすくす笑った。「――何しろ、人を斬るのが日常茶飯事の時代だからね、本物の血かどうかはひと目で見分けられるよ! そして、ご先祖様はえっちらおっちら二階に戻って、この奇跡を知らせてやろうと、奥方の寝室に行ったんだが、運悪く、かわいそうな若い夫人が、さっき私の言った生きのいい若い狼と、人生を少しばかり愉しんでいるところに踏みこんでしまった。当然、卿は剣でこのふたりを串刺しにした。その後、私の知るかぎりでは九十まで生きて、ふたり目の奥方との間に五人の子をもうけたそうだよ」

「でも――血は」エラリーはグラマトン卿の染みひとつない胴着を凝視したまま言った。「奥方の不貞と、どう関係があるんですか?」

「誰にもわからないんです」ミミがくぐもった声で答えた。「そこが伝説なんでしょう」

「ご先祖様がもういっぺん一階におりて」グラマトンは妻の耳を愛撫しながら続けた。「剣をぬぐうと、肖像画の血も消えてしまったそうだ。典型的な英国の象徴主義《シンボリズム》だな――神秘的で陳腐だ。以来、グラマトン家の妻が、より青い牧場《まきば》を求めて道を誤るたびに、四代目グラマトン卿の心臓が血をふく、と、代々言い伝えられているんだよ」

「家庭内の告げ口屋みたいなものですね」エラリーは淡々と言った。

ミミは夫の膝から飛びおりた。「マーク、わたし、本当に疲れてしまったの」

「大丈夫か?」グラマトンは長い両腕をのばした。「ラムか何かどうだ? 飲みたければ……いや、部屋に連れていってやろう。ボルカ、すまないが、明かりは自分で消してくれ」

ミミは大急ぎで出ていった。まるで何かに追われるように。実際、追われていた——ボルカ氏の眼に。一同が出ていく間も、部屋にひとり残されたボルカ氏は、サイドボードの脇にたたずみ、スコッチのデカンターを片手に、ミミをいつまでも見送っていた。

＊

「ちょっと面倒なことになって」朝食の席でグラマトンが切り出した。「申し訳ない。建築家から電報が来た。昼間のうちに、ニューヨークに駆けつけないといけなくなった」

「ご一緒しますよ」エラリーは申し出た。「あなたにはたいへん、お世話になりまし——」

「とんでもない。明日の朝には戻るから、そうしたら、何か、スポーツでもやろう」

エラリーは、グラマトンの島をぶらぶらと探検しようと、森の中にのんびりはいっていった。どうやらこの島はピーナッツのような形をしているようだ。中央のくびれ以外はうっそうと茂った森で、広さが三十エーカー(約十二万平方メートル)はある。空は雲が垂れこめて、革ジャケットを着ているのに肌寒い。寒さが自然現象によるものかどうか、エラリーにはわからなかった。この場所にいると、どんどん憂鬱《ゆううつ》な気分になってくる。

ふと気づけば、打ち捨てられた小径に迷いこんでおり、エラリーは好奇心のおもむくままにたどっていった。岩だらけの狭い隙間《すきま》を通り抜け、島の東端近くに広がる草ぼうぼうの空き地

■単行本

フレドリック・ブラウンSF短編全集3

最後の火星人 **フレドリック・ブラウン**／安原和見 訳　四六判上製・3500円 Ⓔ

ショートショートの名手フレドリック・ブラウン、そのSF短編をすべて収めた全四巻の決定版全集。第三巻は「スポンサーからひとこと」など著者を代表する傑作十六編を収録。

■創元SF文庫

《マイルズ・ヴォルコシガン》シリーズ

女総督コーデリア

ロイス・マクマスター・ビジョルド／小木曽絢子 訳　1400円 Ⓔ

皇帝への報告のためバラヤーへ出かけていた女総督コーデリアが、惑星セルギアールに帰ってきた。留守を預かるジョール提督は……。人気シリーズのその後を描くスピンオフ。

失われた世界【新訳版】

アーサー・コナン・ドイル／中原尚哉 訳　880円 Ⓔ

アマゾン流域で死んだアメリカ人の遺品の中から、有史前の生物を描いたスケッチブックが発見されるや、勇猛果敢な古生物学者チャレンジャー教授は勇躍アマゾン探険に赴いた。

Ⓔ印は電子書籍同時発売です

■創元推理文庫

エラリー・クイーンの新冒険【新訳版】

エラリー・クイーン／中村有希 訳　960円

一夜にして巨大な屋敷が消失するという強烈な謎を扱った中短編の最高傑作「神の灯」を巻頭に、本格ミステリの魅力を満喫できる全九編を収録した、巨匠クイーンの第二短編集。

月蝕の夜の子守歌　大正浪漫 横濱魔女学校2

白鷺あおい　740円Ⓔ

迷子の女の子を保護した小春たち、横濱仏語塾の面々。だがこれがみんなを巻き込む大騒動の発端だった。時は大正、舞台は横濱。妖怪＋魔女学校の好評学園ファンタジイ第二弾。

好評既刊■創元推理文庫

龍の耳を君に　デフ・ヴォイス

丸山正樹　780円Ⓔ

場面緘黙症の話せない少年と出会い、手話を教えることになった手話通訳士の荒井。少年は上達するにつれ、殺人事件を見たと手話で話し始める——。〈デフ・ヴォイス〉第二弾。

に出ると、そこには屋根が半分落ちて、何本もの梁《はり》が折れた骨のように突き出た木造の小屋が一軒あった。

「浮浪者が住み着いていそうな小屋だな」そう思うと、不意にいたずら心がわいて、中を探検したくなった。こういった古い場所では、何かしら見つかるものだ。

エラリーが見つけたのは、ジレンマであった。いまにも崩れそうな石段をのぼっていくと、暗がりから声がしたのだ。それと同時に、背後の森でかすかに、グラマトンの呼んでいる声が聞こえてきた。「ミミー!」

エラリーは立ちすくんだ。

ミミの声が、小屋の中から感情をあらわに響いてくる。「やめて。わたしに触れないで。そんなことのためにここに呼んだんじゃないわ」

ボルカ氏の声が単調に続いた。「ミミ。ミミ。ミミ」傷のあるレコードのように。

「ほら、お金よ。これを持って、出ていって。持っていってったら!」ヒステリーを起こしているようだ。

しかし、ボルカ氏はただ繰り返すだけだった。「ミミ」男の足がざらついた床にこすれる音がした。

「ボルカ! けだもの! 大声を出すわよ、ボルカ! 主人が――」

「きみを殺してやりたい」ボルカ氏は疲れきった声で言った。「これ以上、我慢ができな――」

「グラマトンさあん!」エラリーは、大男の姿が見えた瞬間に叫んだ。小屋の中の話し声がぴたりと止まった。「そんなに心配しないでください。奥さんなら、ぼくがさらって、森を案内してもらってただけですから」

「ああ」グラマトンは額をぬぐいながら言った。「ミミ！」

ミミが姿を現した。顔はにこにこしていたが、エラリーの上着をかすめる腕は震えていた。

「クイーン様に小屋を見せてあげていたのよ。マークったら、わたしを心配してくれていたの？」ミミはエラリーのそばを駆け抜け、夫の首に両腕を回した。

「だけどミミ、今朝はおまえにポーズしてもらうことになっていただろう」グラマトンは何か気がかりなようだった。ブロンドの大きな頭がきょろきょろと動いている。不意に、それがぎょっとしたように止まった。

「忘れていたのよ、マーク。そんなにむくれた顔をしないで！」ミミは夫の腕を取り、くるりとうしろを向かせると、声をたてて笑いながら、遠くに引っぱっていった。

「いい場所ですね」エラリーはそこに立ちつくしたまま、間の抜けた言葉をかけた。

グラマトンは振り返ってにっこりしたが、灰色の眼は緊張していた。ミミは夫を森の中に引っぱっていった。

エラリーは視線を落とした。ボルカ氏の変わった形のステッキが小径に落ちていた。グラマトンはそれを見たのだ。

ステッキを拾い上げて、小屋にはいっていった。もぬけの殻だった。

外に出て、ステッキを膝に当ててへし折ると、湖に投げこみ、ゆっくりとグラマトン夫妻のあとを追って、小径を戻っていった。

＊

グラマトンを見送りに行ったミミが村から戻ってきた時、エミリー・イームズとヴァロー博士も一緒だった。

「私は聴診器より絵筆を持つ時間の方が長いんですよ」医者はエラリーに説明した。「絵ってのは実にいいもんです。それに、ここらへんの人たちはもう、いやになるくらい健康な人ばかりで」

「泳ぐとか、いろいろなことをして遊びましょうよ」ミミが宣言した。「夜は、外でソーセージやマシュマロを焼いたら愉しいわ。あなたにはたいへんお世話になりましたしね、クイーン様」そう言いながらも、ミミは彼を見ようとしなかった。エラリーには、ミミが不自然にはしゃいでいるように思えた。頰が血の色で黒ずんでいる。

一同が湖で遊んでいるところに、ボルカ氏が浜辺に現れ、ひっそりと腰をおろした。とたんにミミははしゃぐのをやめた。やがて、皆が湖をあとにすると、ボルカ氏も立ち上がって、姿を消した。

夕食のあと、ジェフが焚火をおこした。ミミは、まるで寒くてたまらないというように、ミス・イームズにぴったりくっついて坐っている。ヴァロー博士は意外なことにギターを持ち出してきて、聞いたことのない船乗りのはやし歌をいくつか唄った。そして、ミミが澄んだ甘いソプラノの声の持ち主であることが判明した。だが、藪《やぶ》の中から虹色にぎらぎら光るふたつの目玉が見ていることに気がつくと、ミミはぴたっと唄うのをやめた。エラリーは夜になるとボルカ氏があっという間に狼に変身する気がした。あの目玉の凶暴な光を見ただけで、筋肉が緊張する。

雨がぱらぱらと降り始めた。一同はこれ幸いと家に駆けこんだ。ジェフが焚火を踏み消した。

「ぜひ泊まっていってちょうだい」ミミが懇願《こんがん》するようにすすめた。「今夜はマークがいないから——」

「追い出そうたって出ていかないよ」ヴァロー博士はほがらかに言った。「私はここのベッドが気に入ってるからね」

「一緒に寝る、ミミ?」ミス・イームズが訊ねた。

「ううん」ミミはのろのろと答えた。「そこまでしてもらわなくても——平気よ」

エラリーが上着を脱ぎかけた時、ノックの音がした。「クイーン様」声が囁《ささや》いた。

エラリーはドアを開けた。ミミは薄暗がりの中、背中がむき出しの紗《しゃ》のネグリジェを着て、立っていた。無言だったが、大きな瞳が懇願している。

「たぶん」エラリーは提案した。「ご主人のアトリエで話す方が、誰にも聞かれずにすむでしょう」

エラリーがジャケットを着なおすと、ミミは無言でアトリエに案内し、中にはいって裸電球をつけた。あたりの物がさっと浮かび上がった——四代目グラマトン卿は不機嫌そうに睨んでおり、北の壁一面のガラスはきらめき、床にパレットナイフが転がっている。

「あなたに説明しなければなりません」ミミは椅子に沈みこみながら、小さな声で言った。「昼間は、あの、本当にありがとうございました、どんなに感謝しても感謝しき——」

「ぼくに気をつかう必要はないんですよ、無理しなくても」エラリーは優しく言った。「だけど、あなたご自身はひどく無理しているでしょう。いつまでこんなことを続けられると思ってるんですか」

「じゃあ、あなたもご存じなのね！」そう言うと、両手で口をおおって、声もなく泣き始めた。

「あのけだものは五月からここにいるんです、そして……わたし、もう、どうしたらいいのか」

「ご主人にお話しなさい」

「だめです、そんなこと、絶対に！　あなたはマークをご存じないから。わたしのためじゃありません、マークのためです……あの人はボルカの首をじわじわと絞めるでしょう。主人はきっと——ボルカの両腕と両脚を折って……あのけだものを殺してしまいます！　そんなことをしないように、わたしはマークを守ってあげなければならないんです、おわかりになりません？」

エラリーは無言だった。なんと言えばいいのか言葉が見つからないという、ごく当然の理由で。ボルカを自分の手で殺してやることができない以上、彼は役立たずでしかないのだ。ミミは椅子の中でくずおれて、また泣きだした。

「もう、行ってください」ミミはしゃくりあげた。「本当にありがとうございました」

「ひとりでここにいて大丈夫ですか？」

ミミは答えなかった。エラリーは、自分がまったくの馬鹿に思えて、アトリエを出た。家の外に出ると、木の陰からずんぐりむっくりしたジェフの丸っこい身体がゆらりと現れた。

「大丈夫だよ、クイーンさん」ジェフは言った。

エラリーは安心して寝にいった。

＊

翌朝、戻ってきたグラマトンの眼は真っ赤に充血し、ひどい顔色をしていて、まるでニューヨークでひと晩、眠れなかったようだった。とはいえ、機嫌はよさそうであった。

「もう抜け出したりしないと約束するよ」卵を食べながらそう言った。「どうした、ミミ――寒いのか？」

訊くだけ野暮だった。この日の朝は暑く、それどころか、すべての兆候がますます暑くなることを示していた。それなのにミミは、分厚い布地のもっさりした服を着こみ、駱駝《らくだ》の毛皮のロングコートを羽織っていたのだ。その顔は妙に、やつれて見えた。

「なんだか具合がよくないの」顔色がすぐれないまま、ほほ笑んでみせた。「旅行は愉しかった、マーク？」

彼は顔をしかめた。「計画が変更になった。デザインを変更しなきゃならん。おまえの背中の絵ももう一度、ポーズしてもらって全部描きなおしだ」

「まあ……ねえ、マーク」ミミはトーストをおろした。「あなたはとても怒るかしら、もし……もし、わたしがポーズしなかったら」

「なんだって！　まあ、いいさ、しょうがない。明日から取りかかろう」

「わたしが言いたいのは」ミミはフォークを取り上げながら、小さな声で言った。「わたし……わたしは、ポーズしたくないの……もう、これ以上は」

グラマトンはカップをとても、とてもゆっくりとおろした。まるで突然、腕にひどい痛みが走ったかのように。誰も、何も言わなかった。

「わかったよ、ミミ」

エラリーは新鮮な空気を吸いたくなった。

エミリー・イームズが軽い口調で言った。「ミミちゃん、あなたったらどんな魔法を使ったのかしら。わたしと結婚していたころのこの人なら、物を投げつけてきたわよ」

エラリーにはもう何が何やらわけがわからなかった。グラマトンはにこにこしているし、ミミはオムレツをつついているし、ヴァロー博士は一心不乱にナプキンをたたんでいる。ジェフが無精ひげをかきながら、どしんどしんとはいってきた時には、エラリーは彼を抱きしめたくなった。

「あの野郎、どこにもいない」ジェフは唸った。「グラマトンさん、昨夜はあいつ、自分のベッドで寝てないんだ」

「誰が？」グラマトンはぼんやりと言った。「どういうことだ？」

「ボルカですよ。絵を描くのにあいつが必要だったんでしょう？　いなくなっちまった」グラマトンはブロンドの眉を寄せ、じっと考えこんだ。ミス・イームズは期待するように叫んだ。「ねえ、あいつは湖に落っこちて、溺れたんじゃないかしら？」

「どうやら今朝の私は、がっかりの連続のようだな」グラマトンは立ち上がった。「クイーンさん、一緒にアトリエに来てもらえるか。群像を描くのに、きみの顔をスケッチさせてもらえるとありがたいんだが」そう言うと、振り返りもせずに歩き去った。

「わたし」ミミはか細い声で言った。「なんだか頭が痛いわ」

エラリーがアトリエに着いてみると、グラマトンは股を開いて突っ立ったまま、背中のうしろで組んだ両手を握りしめていた。室内が異様に荒れている。椅子が二脚、ひっくり返り、キャンバスが床に散乱している。グラマトンが凝視しているのは、ご先祖様の肖像画だった。熱い風が彼の髪をかき乱していた。ガラス壁の窓の一枚が開けっぱなしになっているのだ。

「いくらなんでも」グラマトンは剣呑な声で言った。「我慢できるか、こんな」そして、その声は咆哮《ほうこう》になった。まるで激痛にさいなまれるライオンの叫びのようだった。「ヴァロー！　エミリー！　ジェフ！」

エラリーは肖像画に近寄ると、眼をすがめて、陰の中を覗きこんだ。自分の見ているものが信じられず、まじまじと凝視した。

夜の間に、四代目グラマトン卿の心臓は血をふいていた。

絵の左胸の上に、褐色の何かがべっとりと染みになっている。その一部は乾く前に、しずくになって、たらたらと五センチほどしたたり落ちていた。それよりたくさんの量が、グラマトン卿の胴着から腹にかけて飛び散っている。何の染みだとしても、かなりの量である。

グラマトンは泣き声のような音をもらしつつ、壁に立てかけられた肖像画をむんずとつかみ、燦々《さんさん》と日光の降りそそぐ床に投げ出した。

「誰がこんなことをした？」かすれた声で訊ねた。

ミミは口をおおった。ヴァロー博士は苦笑した。「マーク、小さい男の子ってのは、ちょっとお手頃な壁を見つけると、いたずら書きをするものなんだよ」

グラマトンは大きく息をつきながら、博士をまじまじと見た。「そんなに大げさに考えることないわ、マーク」ミス・イームズは言った。「どこかの馬鹿が、気のきいた冗談だと思ってやったんでしょ。だいたいここって、そこらじゅうが絵具だらけだし」

エラリーは、傷つき、うち倒れた貴族の上にかがみこんで、鼻をひくつかせた。やがて立ち上がって言った。「だけど、これは絵具じゃない」

「絵具じゃない？」ミス・イームズが弱々しく繰り返した。グラマトンは青ざめ、ミミは眼を閉じ、手さぐりで椅子を求めた。

「ぼくは暴力の副産物に、どちらかと言えばなじみがある方なんですが、こいつは乾いた血に、たいへんよく似ているようですね」

「血！」

グラマトンはげらげらと笑いだした。不意に、グラマトン卿の顔を両方の足のかかとで、これでもかと踏みにじった。額縁の上で何度も飛び跳ね、ばらばらに砕いた。キャンバス地は丸めて、額縁のかけらと共に暖炉に蹴りこんだ。まるまるひと箱のマッチに火をつけて、残骸の下に念入りにねじこんでいく。それがすむと、よろめきながら出ていった。

エラリーは詫びるように微苦笑を浮かべた。かがみこんで、グラマトン卿がすっかり火葬されてしまう前に、どうにかキャンバス地を引き裂いて茶色い染みのサンプルを回収した。エラリーが立ち上がった時には、ヴァロー博士だけが部屋に残っていた。

「ボルカか」ヴァロー博士が重い口調で言った。「ボルカだな」

「まったくイギリス人というやつは」エラリーはつぶやいた。「古い格言は真実を語るものだ。本当に彼らにはユーモアのセンスがかけらもない。ヴァロー先生、いますぐ、これを検査してもらえますか」

医師が行ってしまうと、ひとり残されたエラリーは、不気味なほど静まり返ったグラマトンの家のアトリエでどっかり腰を落ち着けると、じっと考えこんだ。考えながら、あたりを見回した。前の日、このアトリエの床にあった何かが消えてしまった気がする。やがて、思い出した。グラマトンの、先の尖ったパレットナイフだ。

エラリーは北の壁際に歩いていき、開いている窓ガラスの外に頭を突き出した。

「あいつはどこにもいねえですよ」背後からジェフが言った。

「まだボルカを探してたのか。きみは実に気が利くね、ジェフ」

「ふん、野郎、出ていきやがった。いい厄介払いだ、畜生め」

「それはそれとして、彼の部屋を見せてもらえるかな。頼む」

肥った男は聡《さと》い眼をまたたかせ、もじゃもじゃの胸をかいた。それから、同じ翼の一階にある部屋に案内していった。沈黙が耳に痛かった。

「違う」しばらくして、エラリーは断じた。「ジェフ、ボルカ氏はただ出ていったわけじゃない。姿を消す最後の瞬間まで、彼はここに居続ける気でいた。ほら、持ち物が全部そのままの状態でほったらかされているだろう。しかし、どうもいらいらしていたようだな——あの吸い殻の山を見たまえ」

ボルカ氏の部屋のドアをそっと閉めると、エラリーは家の外に出て、うろつきまわり、ついに、グラマトンのアトリエの北面をおおうガラス窓の下まで来て立ち止まった。窓の真下は花壇で、やわらかな土にパンジーが華やかに咲き誇っている。

しかし、誰かが、もしくは、何かが、パンジーに落花狼藉《らっかろうぜき》のかぎりを尽くしていた。グラマトンのアトリエの窓の真下では、パンジーが潰《つぶ》され、折られ、土にめりこんでいる。まるで何かひどく重たい物が上に落ちてきたかのように。荒らされた場所からは、二本の並行する細い溝がやわらかな土の上についていて、壁の近くにふたつ空いた、幅の狭い穴の底には、どちらも男物の靴の跡がついている。

靴跡は、つま先が壁と反対側を向いて、両方とも変に内側にひねられていた。

「ボルカがこんな靴をはいていたな」エラリーはつぶやいた。そして、下くちびるを噛みながら、じっと立っていた。パンジーの花壇の外側は砂利道になっている。その砂利道を横切ってうねうねと蛇行しているのは、花壇の二本の溝から続く、かすかな、がたがたで、不規則で、人体の幅ほどもある太い条《すじ》であった。

ジェフは、まるでここから飛び去りたいというように両腕をばたつかせた。が、しょんぼりと肩を落として、どしんどしんと立ち去っていった。

パール・アンガースとエミリー・イームズが家の角の向こうから、息せき切ってやってきた。女優は蒼白《そうはく》だった。

「ちょっとご挨拶《あいさつ》に来てみたら、エミリーが、とんでもないことが起きたって——」

「どんな様子です」エラリーはぼんやりと上の空で訊ねた。「グラマトンの奥さんは?」

「あなたはどう思うのよ!」ミス・イームズは叫んだ。「ああ、マークったら変わってない、やっぱりわたしの知ってる、大きなどうしようもないお馬鹿さんのまんま! 癇癪《かんしゃく》を起こした熊みたいに、自分の部屋をぐるぐる回ってるわ。だいたい、あの怪談はマークのお気に入りなんだから、今回のことも冗談だって笑い飛ばして、おもしろがってりゃいいじゃないの」

「でも、血よ」大女優アンガースは元気のない声で言った。「血よ、エミリー」

「ミミは、ただもう参っちゃってるわ」ミス・イームズはすっかり憤慨《ふんがい》していた。「まったく、マークったら大馬鹿よ! あんなしょうもない伝説、でたらめの作り話に決まってるじゃない! ジョークよ、ジョーク!」

「残念ですが」エラリーは言った。「あなたがお考えになっているような、冗談ごとのジョークではなさそうですよ」そして、パンジーの花壇を指さした。

「ちょっと」大女優は口ごもり、震えあがって友人にすり寄ると、不明瞭な跡を示した。「なに――あれ？」

エラリーは答えなかった。彼は向きを変えると、かがみこんでじっと眼を凝《こ》らし、ゆっくりと条《すじ》を追っていった。

ミス・イームズはくちびるをなめると、二階にあるグラマトンのアトリエの開いた窓を見上げてから、真下のパンジーの花壇の押しつぶされた部分を見下ろした。

大女優は、エラリーが追っている跡を見つめて、ヒステリックに笑いだした。「いやだわ、あれってなんだか」怯えた声で言った。「まるで――誰かが――引きずっていったみたい……死体とか……」

女ふたりは子供のように手を握りあい、おそるおそるうしろからついてきた。

不規則な跡はジグザグや弧を描いて庭を横切っている。ときどきもう少し幅の狭い、まるで靴を引きずったように地面が平行に削《けず》れている跡が見つかった。森の中にはいってからは、跡についていくのが難しくなった。地面が腐葉土や木の根や小枝におおわれていたからだ。

女たちは夢遊病のような足取りで、息を殺してそろそろと、エラリーのあとをついてくる。道すがら、いつの間にかマーク・グラマトンも追いついてきていた。鉄のようにこわばった脚で、うしろからずしんずしんと歩いてくる。

森の中はひどく暑かった。一同の鼻の先から汗がしたたっている。しばらくすると、まるで寒くてたまらないというように全身ぐるぐる巻きに着こんだミミが、夫にそっと忍び寄った。

グラマトンは目もくれようとしなかった。ミミは、ぐすぐすと泣きだし、遅れて離れた。

下生えがさらに濃くからみあうようになると、跡をついていくのはいっそう難しくなった。無言の行列を先導していくエラリーは、ところどころでぐるりと迂回したり、腐った倒木をまたいだりしなければならなかった。一度など、いばらが広く分厚く生い茂り、もつれあった枝の下を、跡がくぐり抜けているので、四つん這いになっても追っていくことはとうてい無理だった。しばらくエラリーは跡を見失った。その眼は異様に輝いていた。そうこうするうち、いばらの茂みを大きく迂回すると、また跡が見つかった。

ほどなくして、エラリーは立ち止まった。ほかの皆も立ち止まった。跡の真ん中に金色のカフスボタンがひとつ、落ちている。エラリーは調べて——洗練された飾り文字でイニシャルのBがはいっている——ポケットにしまった。

グラマトンの島は中央付近が、ぎゅっとくびれている。くびれ部分は広々とした、純然たる岩場だった——丸い石がごろごろして、うっかりすると足首をひねりそうな、見るからに危険な場所だ。その岩場の両脇がすぐ湖に面している。

ここでエラリーはまたもや跡を見失った。丸石の間をしばらく探しまわったが、見つけられるとすれば、警察犬くらいのものだろう。エラリーは考えこむ様子で立ち止まったが、なぜか、すでに興味を失くしているようだった。

「あっ、見て」パール・アンガースがショックを受けた声で叫んだ。

ミス・イームズは両腕でミミを抱いて、支えていた。グラマトンはひとりで立ちつくし、無表情に凝視した。エラリーは足元に気をつけて、大女優アンガースの方に歩いていった。彼女は突き出た岩の首に危なっかしく坐り、怯えた顔で湖の中を指さしている。

そこは浅瀬になっていた。水底の砂の上、腕を伸ばせば届く場所に、明らかに放り投げられたと見える、グラマトンのパレットナイフが沈んでいる。

エラリーは丸い石の上に腰をおろすと、たばこに火をつけた。ナイフを回収しようという素振りも見せなかった。昨夜なら残っていたかもしれない手がかりは、どうせすでに水に洗い流されてしまっているだろう。

大女優アンガースは何度となく湖を覗きこみ、気が進まないながらも熱心に、ナイフよりも大きな何かを探している。

「クイーンさん！」遠くで誰かが叫んでいた。「クイーンさあん！」

エラリーは叫んだ。「こっちです！」何度か、疲れた声を大きく張りあげると、また、たばこを吸い始めた。

まもなく一同は、誰かが森の中を突っ切って、どたどた走ってくる音を聞いた。しばらくすると、ヴァロー博士が息も絶え絶えに駆けつけてくるのが見えた。

「クイーンさん」博士はあえいだ。「あれ――あれは――血でした！　人間の、血液ですっ！」

そこまで言って、グラマトンに気づいた博士は、しまったという顔で口をつぐんだ。

エラリーはうなずいた。

「血」大女優アンガースは厭《いと》わしそうな声で繰り返した。「しかも、ボルカが消えてるんでしょう。おまけに、あの気味の悪い跡で、あの男のカフスボタンを見つけたわよね」大女優は身震いした。

「誰かが昨夜、アトリエであいつを刺し殺したのよ」ミス・イームズが囁くように言った。

「もみあった時に、血が肖像画についたんだわ」

「そのあと、窓から死体を投げ捨てたか」大女優は、やっと聞き取れるほどかすかな声で言った。「でなければ、争っているうちに落ちてしまったのね。それから、誰かが――二階から下におりて、森まで死体を引きずってきたんだわ――この恐ろしい場所に、そして……」

「どうだろう」ヴァロー博士が重苦しい声で言った。「私たちの手で死体を見つけられるんじゃないか、この湖の中で」

グラマトンがとてもゆっくりと言った。「警察を呼ばないと」

一同は、その単語にぎくっとして、エラリーを見た。けれどもエラリーは無言のまま、たばこを吸い続けている。

「ねえ、あの、やっぱり」ミス・イームズがついに、口ごもりながら言った。「隠すっていうのは無理、よね――殺人を？」

グラマトンは重たい足取りでとぼとぼと家の方に戻りかけた。

「いや、ちょっと待ってください」エラリーは、たばこを湖にはじき飛ばした。グラマトンは立ち止まったが振り返ろうとしなかった。「グラマトンさん、あなたは馬鹿ですよ」

「どういう意味だ？」画家は唸った。しかし、あいかわらず振り返ろうとはしなかった。

「あなたは、見かけどおりの善人ですか」エラリーは訊ねた。「それとも、あなたの奥さんや、前の奥さんや、友達が、どうやら考えているらしい人物ですか――殺人鬼の？」

グラマトンが突然、勢いよく振り返った。醜い顔は朱に染まっていた。「ああ、そうだ！」画家は怒鳴った。「私が奴を殺した！」

「違う」ミミが、石から腰を浮かせて叫んだ。「マーク、違うわ！」

「やれやれ」エラリーは言った。「グラマトンさん、そんなにかっかする必要ないんですよ。子供でもわかることだ、あなたが奥さんをかばっていることなんて――もしくは、かばっていると思いこんでいることなんてね」グラマトンは石の上にぐったり坐りこんだ。「そこが」エラリーは穏やかに続けた。「実にあなたのあなたらしいところです。あなたは奥さんをどこまで信じていいかわからない。それでも――あなたは奥さんがおかしたと思っている殺人を、みずからの罪だと告白しようとしている」

「だから、殺したのは私だと言ったら私なんだ」グラマトンはぶっきらぼうに言った。

「誰を殺したのですか、グ、ラ、マ、ト、ン、さ、ん」

そう言われて、皆がいっせいにエラリーを見た。「クイーン様」ミミが叫んだ。「だめ！」

「奥さん、もうこれ以上は無理ですよ」エラリーは言った。「そもそも、あなたがもっときちんとご主人を信頼していたら、こんなことは最初からみんな避けられたんです。そのためにいるんですよ、夫というかわいそうな生き物は」

「しかし、ボルカは――」ヴァロー博士が言いかけた。

「ああ、そう、ボルカですね。ええ、たしかに、ボルカ氏の件について論じないわけにはいかない。しかしそれよりも先にまず、我々をもてなしてくれているこの島の女主人の美しい背中について論じる必要があります」

「わたしの背中？」ミミはかすかな声を出した。

「家内の背中が何だと言うんだ？」グラマトンが怒鳴った。

「すべてを、もしくは、ほとんどすべてを物語っていますよ」エラリーはほほ笑んで、新しいたばこに火をつけた。「一服どうです？　どう見てもあなたには必要だ……いいですか、グラマトンさん、あなたの奥さんの背中は単に美しいばかりではない、実に雄弁です。ぼくはナチトウクに一週間以上も滞在しています。その間に、奥さんの背中を拝見するという、実に喜ばしい貴重な機会に何度か恵まれました。奥さんの背中がいつも世にさらされていたおかげです。むろん、美しい物はそうあるべきだ。実際、奥さんご自身のお話でも、あなたはその美しさをたいそう自慢に思っておられるために、奥さんの服までお選びになるとのことでした――おそらく、誰もが鑑賞できるように、奥さんの背中を常にあらわにしておくためでしょう」

ミス・イームズが咽喉の奥で何やら押し殺したような声をもらした。ミミは穴があったらはいりたそうだった。

「今朝になってみると」エラリーがのんびりと言った。「奥さんは突然、ずっしりした生地の、まったく透けていないドレスを着られた。しかも、上から下まで隠れる長いコートにくるまっておいでになった。そのうえ、もうこれ以上はあなたの壁画のためにポーズできないと宣言された。奥さんのヌードの背中がモチーフの中心なのにです。すべてが不自然すぎます。なぜなら、第一に、特に暑い日だった。第二に、昨夜遅くにぼくがこの眼で見た時には、奥さんの背中はむき出しで、あいかわらず美しいままだった。第三に、新美術館の壁画という、画家にとっては夢のような、野心をかなえる大仕事を引き受けたあなたが、突然、何の説明もなしに、奥さんの魅力から美の霊感を受け取ることを拒絶されたなら、それがどれほどの意味を持つか、奥さんご自身がよくご存じのはずだ。それなのに」エラリーは言った。「奥さんは突然、背中をおおい、ポーズすることを拒否された。なぜでしょう?」

　グラマトンは妻を見つめ、眉をひそめた。

「ぼくからお話ししましょうか、奥さん」エラリーは優しく言った。「なぜなら、明らかにあなたは背中を隠そうとしているからです。昨夜、ぼくがあなたと別れてから、今朝、朝食の席でお会いするまでの間に、あなたが背中を隠さなければならないことが起きたからです。昨夜、あなたの背中に、ご主人に見られたくない出来事が起こり、今朝、いつものようにポーズしたなら、すぐにばれてしまうに違いないからです。ぼくの言うことはあっていますか」

　ミミ・グラマトンのくちびるは動いただけで、声は出なかった。グラマトンとほかの面々は、困惑した顔でエラリーを見つめている。

「もちろんあっていますとも」エラリーはほほ笑んだ。「そこで、ぼくは自問しました。昨夜、あなたの背中に何が起きたのか？　手がかりはなかっただろうか？　もちろんありました——

四代目グラマトン卿の肖像画です！」

「肖像画？」ミス・イームズは鼻に皺《しわ》を寄せて、繰り返した。

「いいですか、昨夜、グラマトン卿の胸はまた血をふきましたよね。しかし、現実にそんな馬鹿な話があるものでしょうか！　ぼくは奥さんをアトリエに残して出た。そして、あの高貴なるご先祖様は血を流した、今朝になって奥さんは背中を隠された……どうです、こうなると、話はとおりませんか？　血をふく肖像画の伝説は、ただの悪い冗談だったのかもしれません。まあ、もしかすると――こんなことを言うのは、なんですが――本物の超常現象だったのかもしれませんがね。しかし、すくなくとも、今回のあれは血でした――まごうことなき人間の血だ。ヴァロー先生が証明してくれましたね。さて、人間の血が流れたからには、どこかに傷口があることを意味します。誰の傷口でしょうか。グラマトン卿ですか？　馬鹿馬鹿しい！　血は血であって、キャンバスは普通、血をふき出すものじゃない。あなたの血ですよ、奥さん、もっと言えば、あなたの傷口だ。そうでなければ、なぜ背中を見せることを怖がるんです？」

「そんな、それじゃ」グラマトンが言った。「ミミ――おまえ――」ミミはしくしくと泣きだし、グラマトンは醜い顔を両手に埋めた。

「何が起きたのかを推測し、再現するのは簡単です。現場はアトリエの中だ。争った跡が残っていた。奥さん、あなたは襲われたんですね――もちろん、パレットナイフで。投げ捨てられていたのが見つかっています。あなたは肖像画に寄りかかった。背中の傷口からは、血があふれ出ている。グラマトン卿の肖像画は床にじかに置かれているうえ等身大なので、あなたの背中の傷口は、まさに怪談にぴったりの位置に血をつけたんです。たぶん、あなたは失神された、そしてジェフが――ぼくが出ていく時、彼はすぐ外にいましたから、取っ組み合いの音に気がついたんでしょう――あなたを見つけて部屋まで運び、手当てしたあとは、忠実そのものの彼らしく、口をつぐんでいた。なぜなら、あなたが黙っていてほしいと頼んだからです」ミミは泣きながらうなずいた。

「ミミ！」グラマトンは妻のそばに飛んでいった。

「でも――ボルカは」ヴァロー博士はもごもごと言った。「どういうことなんだ――」

エラリーはたばこの灰をはじき飛ばした。「人間の想像力というのはたいしたものです」そしてにやりとした。「血――ボルカの失踪――山ほどある殺人の動機――森の中を引きずられた人間の身体の跡……殺人事件！　まったく、なんと非論理的で、なんと人間的なことか」

エラリーは煙をふうっと吹いた。「もちろん、ぼくは加害者がボルカに違いないとわかっていますよ。あの男は昨日、ぼくが聞こえるところで、奥さんを殺してやると脅していました。嫉妬と深くどす黒い情欲で、すっかり狂っていたんです。ボルカの身に何が起きたのでしょうか？　そう、窓が開いていましたね。前の晩にぼくが見た時は閉まっていた。それがいまは開いている。窓の真下のパンジーの花壇には、人間が落ちたとひと目でわかる跡が残っていて、土には、ふたつの深い穴が開いているということは、そこに両足がついたに違いない。……要するに、肝っ玉の小さい臆病者のボルカは、自分が人を殺してしまったと思いこんで、ジェフが階段をどたどた上がってくる音を聞いて慌てふためき、衝動的に逃げようとして、グラマトンさんのアトリエの窓から飛び出しました――そして、二階から墜落したというわけです」

「でも、どうして自分から飛び出したってわかるの？」大女優アンガースは眉を寄せた。「どうしてわかるのよ――ジェフが、ほら、あいつを捕まえて、殺して、死体を外に放り出して、そのあと引きずっていって……」

「それはないよ」エラリーはほほ笑んだ。「あの引きずられた跡は森の中をかなりの距離、続いていた。場所によっては、きみも見たとおり、生い茂ったいばらの下も通っていた。ぼくだって腹ばいにならなけりゃ通れないところだ。でも、引きずられた跡はいばらの茂みの下をまっすぐ通り抜けていただろう？　もし、ボルカが死んでいて、その死体が引きずられていたとすれば、殺人犯はどうやって、あのいばらの茂みを通り抜けた？　いや、そもそも、どうしてそんなところを通ろうと思う？　普通は、死体を引きずって、そんなめんどくさい場所をわざわざ這って通ろうと思わないだろう。ぼくらがやったように、すぐそばの何もない小径を通る方がずっと楽だ。

そういうわけで」エラリーは立ち上がると、島のくびれた部分の岩場を、足元に気をつけながら慎重に進んでいった。「ボルカは引きずられていったのではなく自分で自分を引きずっていった、平たく言えば、腹ばいになってずるずる進んでいったのは明らかです。つまり、彼は生きている。そう。殺人事件なんて、全然なかったんですよ」

のろのろと一同はあとに続いた。グラマトンは、ミミの身体におそるおそる片腕を回し、大きな顎《あご》が胸につくほどうなだれていた。

「でも、どうしてあんなに長い距離を這いずっていったんだろう?」ヴァロー博士は訊ねた。「見つからないように森まで這って逃げるのはわかるが、森の中にはいってしまえば、夜なんだし、もう這っていく必要は……」

「そのとおり。そんな必要はなかったはずです」エラリーは言った。「それでもなお、彼は這っていった。ならば、そうする必要があったんですよ……彼は二階の高さから飛びおりました。そして足から落ちた。パンジーの花壇についていた足跡を見れば、着地の際に両足ともつま先が内側にねじれているのがわかります。それで、ぼくは悟ったんですよ。あの男は両方の足首を折ったに違いない、と」

エラリーは立ち止まった。皆も立ち止まった。エラリーは皆を、島の東側の小径の突き当たりに連れてきたのだった。木々を透かして、打ち捨てられた小屋が見える。

「足が二本とも折れた男――両方とも折れているというのは、這った跡には平行な二本の靴を引きずった跡がついていることから明らかで、進むために片足を使うこともできなかったはずです。足を踏ん張れなければ、ボートを漕ぐこともできず、この島にはモーターボートも橋もない。ということは、間違いなく」エラリーは低い声で言った。「あの男はまだこの島にいますよ」

グラマトンは、ブラッドハウンドのように咽喉の奥で唸り声を出した。

「そして、今朝、ジェフがボルカ氏をまだ見つけられずにいることをかんがみるに、どうやらあそこのあばら家に隠れている可能性が高いと思われます」エラリーはグラマトンの灰色の瞳を覗きこんだ。「もう十二時間以上も、あの男はあそこで縮こまって、激痛に耐えながら、自分が人を殺してしまったと思いこみ、当然、死刑になると観念して、いずれ必ず引きずり出されるその時を待っているのです。ぼくはあの男が、もうこれだけで十分な罰を受けたと思うのですが、どうでしょう、グラマトンさん？」

大男は眼をぱちくりさせた。それから、ひとことも返事をせず、「ミミ？」とだけ低い声で言った。ミミは夫を見上げて、その腕につかまった。グラマトンは大切そうにミミの身体をそっと回してやると、寄り添いながら、島の西側に向かって戻っていった。

湖の上には、水からオールを上げて漕ぐのをやめたジェフが、船の中で仏陀《ブッダ》のように、どっかと坐り、見張っている。

「あなたがたも戻った方がいい」エラリーは優しく、ふたりの女性に言った。そして、ジェフに向かって腕を振った。「ヴァロー先生とぼくには、いやな仕事があります——片づけなければならない仕事が」

エラリー・クイーンの異色なスポーツ・ミステリ連作

人間が犬を噛む

大　穴

正気にかえる

トロイの木馬

人間が犬を嚙む

Man Bites Dog

ある十月の初めのこと、ハリウッドにて、かの著名なる探偵エラリー・クイーン君が、くちびるを嚙みしめ、眉をきつく結び、恐ろしくふさぎこんで、虎のようにうろうろと行ったり来たりしている様を見た者は誰でも、この偉大な人の頭脳がまたもや、悪の力を相手に、巨人の取っ組み合いのごとき大いなる激闘の最中《さなか》にあるに違いない、と、畏敬《いけい》の念をこめて断言するであろう。

「ポーラ」クイーン君はポーラ・パリスに声をかけた。「ぼくは気が狂いそうだ」

「それが」ミス・パリスは優しく言った。「恋のせいなら嬉しいわ」

クイーン君は思考の長い帯にぐるぐる巻きにされて、ひたすら歩きまわっていた。ミス・パリスは女王然として、蕩《とろ》けるようなまなざしで彼を見つめている。あの有名な映画スター、ブライズ・スチュアートとジャック・ロイルの連続殺人事件の捜査で、*クイーン君が初めて会ったころのミス・パリスは病的な心理状態にあった。人ごみを死ぬほど怖がるのだ。「群衆恐怖症《ホモフォビア》です」と、医師は診断を下していた。クイーン君はこれを、恋をしかけるという実に奇妙なやりかたでみごとに治してみせた。そしていま、ミス・パリスはこの治療法の中毒患者になっ

＊ 一九三八年 フレデリック・A・ストークス社 エラリー・クイーン著『ハートの4』参照

てしまっていた。

「そうなの？」ミス・パリスは、瞳にありったけの想いをこめて訊ねた。

「うん？」クイーン君は生返事をした。「なにが？　違うよ。いや、だから——ワールドシリーズさ」そう言うと険悪な顔になった。「いまの状況がわかるか？　ニューヨークジャイアンツとニューヨークヤンキースが、野球世界一の王座をかけて死闘を繰り広げてる真っ最中だってのに、ぼくはその聖地から五千キロも彼方《かなた》にいるんだ！」

「あらあら」ミス・パリスは言った。そして、如才なく言った。「それは残念だわねえ、かわいそうなダーリン」

「ニューヨークシリーズは一度も見逃したことがないのに」クイーン君は嘆いた。「ぼくは頭がおかしくなりそうだ。しかも、すごい試合ばかりなんだぜ！　前代未聞のプレイが連続する最高のシリーズだ。ムーアとディマジオが外野でミラクルなプレイをしただろ。ジャイアンツがトリプルプレイを決めただろ。グーフィー・ゴーメッツが十四人を三振に打ち取って第一試合を取っただろ。ハッベルがヒットを一本打たれただけで完封勝ちしただろ。そして今日は今日でディッキーが、三点負けの九回にツーアウト満塁で登場して、ライトスタンドにホームランをたたっこんだんだ！」

「それって、いいの？」ミス・パリスが訊いた。

「いいの、だって！」クイーン君は吼えた。「おかげで勝負が第七戦まで持ちこされることになったんだぞ！」

「あらあら、かわいそうなダーリン」ミス・パリスは繰り返すと、受話器を取り上げた。やがて、それを置きなおして言った。「東部はお天気が崩れ始めているわ。ニューヨーク気象台は、明日は大雨が降るでしょう、ですって」

クイーン君は眼をまん丸くした。「それはつまり——」

「つまり、あなたは今夜、東部行きの飛行機に乗るって意味よ。そうしたら、明後日はあなたが恋い焦がれている第七戦を見られるわ」

「ポーラ、きみは天才だ！」そう言ったクイーン君の顔はすぐに暗くなった。「待てよ、スタジオの仕事はどうする、試合のチケットは……ええい！　スタジオには、ぼくが象皮病で倒れたと言っておこう、それと、親父に電報を打って、ボックスの席をうまいことちょろまかさせるか。役所に顔がきくんだから、席のひとつやふたつ——ポーラ、きみにはなんと感謝すればいいか……」

「そうねえ」ミス・パリスは提案した。「わたしにキスしてくれてもいいのよ……じゃあ、行ってらっしゃい」

クイーン君はなかば上の空でそうした。そして、我《われ》に返った。「何を言ってる！　きみも来るんだ！」

「わたし、そのつもりだったのよ」ミス・パリスは満足げに言った。

＊

そんなわけで、水曜日になると、ミス・パリスとクイーン君はポログラウンド（かつてニューヨークにあった野球場。もとはポロの競技場）にて、ヤンキースのダッグアウトのすぐうしろにある特等エリア、フィールドボックスの座席におさまっていた。

クイーン君は顔をほてらせ、はしゃいで、大喜びだった。クイーン警視が、世の父親らしく疑いを心に持ちつつ、ポーラを質問攻めにし、いろいろとさぐりを入れている間、エラリーは自分とポーラの膝の上をピーナッツの殻でいっぱいにし、ホットドッグとソーダ水を節操なく腹に流しこみ、いろいろな選手が登場するたびに超辛口のコメントをし、ヤンキースの選手は野次り倒し、ジャイアンツの選手は褒《ほ》めたたえ、警視の部下のヴェリー部長刑事を相手に、複雑なルールで五十セントを賭け、ファンの愛するジャイアンツの大黒柱《ミールチケット》ことカール・ハッベル投手が、ヤンキースのエース投手のセニョール・エル・グーフィー・ゴーメッツとマウンド対決をするというアナウンスが流れた時には、ほかの五万の狂人と一緒に、絶叫しながら宙に飛び上がった。

「今日はヤンクスがあのへなちょこピッチャーをひねりつぶしてやりますよ！」救いがたいほどヤンキース愛にどっぷりつかった部長刑事は予言した。「そして、うちのグーフィーがあいつら全員、けちょんけちょんにやっつけて終わりだ！」

「五十セント《フォー・ビッツ》賭けよう」クイーン君は冷ややかに言った。「ヤンクスはカールから三点取れないって方に、どうだ？」

「受けて立ちましょう！」

「私もその賭けにのるよ、部長」前列のベンチで、目の前にいたハンサムな男がくすくす笑った。「どうも、警視さん。最高の試合日和《びより》ですね」

「ジミー・コナー！」クイーン警視は驚いて声をあげた。「懐かしの、歌と踊りの大将じゃないか。やあ、ジミー、うちのせがれのエラリーとは初対面だったね。ちょっと失礼。パリスさん、こちらはあの有名なジミー・コナーさんです。神がブロードウェイにつかわした恩寵《おんちょう》ですよ」

「お目にかかれて光栄です、パリスさん」歌と踊りの大将は、襟《えり》にさした蘭の花の香りを嗅ぎながらほほ笑んだ。「あなたの〈星《スター》を見つめて〉のコラムは毎日、拝読していますよ。こちらはジュディ・スターさんです」

ミス・パリスがにっこりとほほ笑みかけると、ジミー・コナーの傍《かたわ》らにいる女性も微笑みを返してきた。ちょうどその時、ヤンキースの選手が三人、ぶらぶらとフィールドボックスに近寄ってくると、コナーに向かって、にっくきヤンキースのダッグアウト裏の席しか取れなかったのかとからかい始めた。

ジュディ・スターは妙におとなしく坐っていた。フローレンツ・ジーグフェルド（米国の演劇プロデューサー。ブロードウェイでほぼ毎年舞台にかけられた、若い美女の集団によるミュージカルのようなレビューショウ、〈ジーグフェルド・フォリーズ〉の生みの親）に見出された、あの有名なジュディ・スターである——劇評家たちはマリリン・ミラー（ブロードウェイのミュージカルスター。ジーグフェルドガールのひとり）の再来と呼んだ。可憐で愛らしく、つんと澄ました横顔と、すばらしい蜂蜜色の瞳を持つこの美女は、その歌とダンスでニューヨークのど真ん中でみるみる名をあげた。そしていま、彼女の栄光の日々は終わりかけていた。きっと、とポーラは思った。ジュディの小さな口元がひきつり、悲哀に満ちた眼のまわりに細かな皺《しわ》が浮き、傍目《はため》にも明らかにその横顔が緊張しているのは、そのせいなのね。

きっと、そうよ。と思いながらも、ポーラには確信が持てなかった。ジュディ・スターの硬いたたずまいには、いまそこにある危険から身を守ろうとしているような切羽詰まった緊張が感じられる。ポーラは見回した。そして、すぐにその眼がすがめられた。

手すりをはさんだ左側のボックスに、長身で、なめし革のような肌の、無言で没頭している風情の男が坐っている。男もまた、その大きくて強靭《きょうじん》な筋肉質の手を、手すり越しに伸ばせば届く席にいるジュディ・スターと、不思議なほどそっくりな緊張した空気に包まれて、グラウンドを凝視していた。男の反対側の脇には女がひとり坐っていて、それが誰なのかポーラにはひと目でわかった。ロータス・ヴァーン。銀幕の女優じゃないの！

蓮花《ロータス》・ヴァーンは豪華な女で、すばらしく豊かに咲き誇る赤い髪と、水銀色の深い瞳を持ち、北イタリア出身で本名をルドヴィカ・ヴェルニッチといったが、改名し、『バリの女』という映画で、ハリウッドの空に一瞬で輝き渡った新星だった。そのカラー映画は、彼女の日に焼けて、熟れきった、危険な香りのする肉体の魅力を、限界ぎりぎりまで見せることに、これでもかと念入りにこだわって作られていた。一躍有名になったロータス・ヴァーンは、マスコミへの売りこみと、つがいのボルゾイ犬と、背の高い浅黒い肌の筋骨逞《たくま》しい男たちに熱をあげた。今日の彼女は太陽のように輝く黄色い衣装で全身を包んでおり、フィールドボックスのほかの女たちの中でひとり目立つその様は、まるで芋虫の大群の中にまぎれこんだ蝶のようだった。対して、派手な炎色の服で装っている華奢《きゃしゃ》なジュディ・スターは、かえって老けて野暮ったく見えた。

ポーラは、バッティング練習をしているヤンキースの選手を厳しい眼で粗探ししているエラリーを小突いた。「エラリー」そっと囁《ささや》いた。「隣の仕切りにいる、大柄で色黒のちょっとすてきなおじ様はどなた?」

ロータス・ヴァーンが色黒の男に何か耳打ちすると、急にジュディ・スターも歌と踊りの大将に何かを囁き、そのあとふたりの女は、ちょうど手近にナイフがない時に女が投げつけるまなざしをちらりと交わした。

エラリーは上の空で答えた。「誰だって? あっ! ビッグ・ビル・ツリーじゃないか」

「ツリー?」ポーラはおうむ返しに言った。「あれがビッグ・ビル・ツリーなの?」

「メジャーリーグでいまだかつて並ぶもののない、偉大な左投手だ」クイーン君は尊敬のまなざしで色黒の男をしげしげと見つめた。

「身長百九十センチの、革鞭と鋼鉄の筋肉の持ち主で、持ち前の癇癪《かんしゃく》なみの、予測不能にキレるカーブが天下一品の武器で、チェンジアップの巧妙さときたら、十五年間、球界の並み居る大スラッガーを次々と手玉に取って翻弄し続けたものさ。まったく、たいした男だよ!」

「でしょうね」ミス・パリスは微笑みを浮かべた。

「どういう意味だ?」クイーン君は訊ねた。

「ロータス・ヴァーンのような女性を野球観戦に連れ出すのも」ポーラは言った。「自分たちの席からつばを吐けば届く位置に奥さんが坐っているのに気がついてるくせに、あなたの大好きな筋肉むきむきのツリーさんみたいに、いけしゃあしゃあとしているのも、たいした男じゃなきゃできないものね」

「そうだった」クイーン君はぼそりと言った。「そういえばジュディ・スターはビル・ツリーの奥さんだったな」

エラリーはジョー・ディマジオのかっ飛ばしたボールがクラブハウスの時計に直撃するとうめき声をあげた。

「変ねえ」ミス・パリスの聡《さと》い眼は、すぐ前にいる四人の人物をかわりばんこに観察していた。ハリウッドの妖婦ロータス・ヴァーン。元プロ野球投手ビッグ・ビル・ツリー。ツリー夫人ジュディ・スター。夫人をエスコートする歌と踊りの大将ジミー・コナー。ふた組のカップル、ふたつの仕切り席……そして、どちらもまったく知らん顔を決めこんでいる。「変だわ」ミス・パリスはつぶやいた。「ツリーがジュディにのぼせあがって口説き倒していたころの噂を聞いたかぎりじゃ、この結婚は永遠に続きそうだったのに。とうとうある晩、ブロードウェイのウィンターガーデン（〈ウエストサイドストーリー〉の初演劇場）でジミー・コナーの鼻先からジュディをさらって、時速百三十キロでグリニッジまで車を飛ばして、ジュディが息を取り戻す前に結婚しちゃったんですって」

「なるほど」クイーン君は礼儀正しく相槌《あいづち》を打った。「しっかりやれよ、ジャイアンツ！」エラリーは、ジャイアンツの選手が打撃練習に走っていく背中に向かって叫んだ。

「そして、事件が起きたの」ミス・パリスは考え考え続けた。「ツリーは野球映画の撮影をしにハリウッドに行って、ロータス・ヴァーンと出会ったのよ。そうしたら、あのあばずれが、むかし、身体ばかり大きく育った田舎者の坊やがジュディ・スターを奪ったのと同じ手口で、身体ばかり大きく育った田舎者の坊やを自分のものにしちゃったってわけ。ねえ、因果なものだと思わない、野球馬鹿さん？」

「いいぞ！」メル・オットがライト側のフェンス越えにでかいのをかっ飛ばすと、クイーン君は大喜びで叫んだ。

「ビッグ・ビルは離婚してくれってさんざん泣きついたけれど、ジュディは頑として首を縦に振らなかったの。彼を愛していたのね、きっと」ポーラはそっと言った。「――そして、この仕打ちよ。おもしろいこと」

ビッグ・ビル・ツリーは席の中でもぞもぞと身じろぎした。ジュディ・スターは青ざめて無言のまま、その悲痛な蜂蜜色の瞳でじっとヤンキースのバットボーイの少年を見つめたものだから、少年は儚い期待と妄想にわくわくすることとなった。ジミー・コナーは、ヤンキースの選手と辛口の挨拶《あいさつ》を交わし続けていたが、その視線はちらちらとジュディの顔に戻ってばかりいた。そして、麗《うるわ》しのロータス・ヴァーンの腕が、するすると這いのぼるようにツリーの肩にからみついていった。

＊

「気に入らないわ」少しして、ミス・パリスがつぶやいた。

「気に入らない？」クイーン君は言った。「いや、まだ試合は始まってもいないぜ」

「お馬鹿さん、誰も試合のことなんか言ってないわよ。わたしは目の前の四角関係のことを言ってるの」

「いいかい、きみ」クイーン君は諭した。「ぼくは五千キロも彼方から、野球をひと試合見るためだけに飛んできたんだ。ぼくが興味あることはたったひとつ――このフィールドボックスから人類史上最高と言っていい試合を見物することだけだよ。うずうずして、全身がねじれるくらい飢えているんだ。きみは四角関係とやらを愉しんでいたまえ、でも頼むから、ぼくのことはほっといて、野球を見させてくれ」

「わたしって勘が鋭いのよね」ミス・パリスはまったく話を聞いていなかった。「これは――不吉だわ。絶対、何か起きるわよ」

クイーン君はにやりとした。「ああ、それはぼくもわかってるさ。これから津波が起きる。まあ見ててごらん」

フィールドボックスのひとりが有名人たちの姿に気づくと、あっという間に群衆の大波がふたつのボックスに押し寄せてきた。彼らは仕切りのうしろの通路で押し合いへし合いし、鉛筆と紙を振りまわして、しきりにサインをねだった。ビッグ・ビル・ツリーとロータス・ヴァーンはサインをくれという声を無視していた。一方ジュディ・スターは、柵越しに押しつけられた黄色い鉛筆を受け取り、不自然なほど熱心に次から次へと、渡される紙にサインをしていた。人のよいジミー・コナーもまた、サインをしてやっている。

「ジュディもかわいそうに」ミス・パリスは言いながら、サイン蒐集狂の手がぶつかって、眼の真上にまで叩き落とされた素朴な麦藁帽子《むぎわら》をもとに戻した。「よっぽどいらいらして、最悪な気分なのね。鉛筆の先をなめるなんて、落ち着いてたらそんなことしないでしょうよ。ロータスにからみつかれただんなさんが隣に坐ってるんだもの、自分でも自分が何をしてるかわからないくらい気が動転してるんだわ、お気の毒に」

「ぼくもだよ」クイーン君は唸りながら、大蛸《おおだこ》の化け物のごとく、スコアカードを突き出してサインをねだってくる八本の腕を必死に撃退していた。

ビッグ・ビルはくしゃみをして、手さぐりでハンカチを見つけ出すと、真っ赤に腫《は》れた鼻に当てがった。「おい、マック！」苛立った声で赤い制服を着た座席案内人を呼んだ。「野次馬どもをなんとかしろ」そして、もう一度、くしゃみをした。「まったくこの花粉症ってやつ、なんとかならんのか！」

「ちょっと田舎くさい男だけど」ミス・パリスは言った。「すっごく魅力的だわ」

「ワールドシリーズの最終戦でタイガース相手に投げた時のビッグ・ビルを見てから言ってほしいですね」ヴェリー部長刑事がくすくす笑った。「あの日のビッグ・ビルはそりゃあ魅力的でしたよ。ノーヒットノーランの完封勝ちをしたんですから！」

クイーン警視が言った。「パリスさん、あの最終戦の裏話を聞いたことがありますか？　その前の晩に、〈百発百中のマッコイ〉という通り名のギャンブラーが、賭博シンジケートを代表してビッグ・ビルに会いにくると、五万ドルを現金でどんと目の前に積んで、翌日の試合では負けろとビルに約束を迫りましてな。ビルはその金を受け取って、自分のマネージャーにすっかりその話をぶちまけると、その賄賂《わいろ》を全額、病気の野球選手を救済する基金に寄付して、翌日のタイガース戦でノーヒットノーランの完封勝利を達成したってわけです」

「ロマンティックな英雄でもあるんですね」ミス・パリスはつぶやいた。

「それで〈百発百中〉先生は怒ったのなんの」警視は笑った。「落とし前をつけろとビルのところに怒鳴りこんでいったんですがね。ビルは奴をぶん殴って、二階の階段から落っことしてやったんです」

「あらっ、そんなことして大丈夫なんですか？」

「まあ」警視は苦笑した。「普通はそう思うでしょうな。それで、ツリーの席のすぐうしろに、あの潰《つぶ》れ鼻のちんぴらが坐ってるってわけですよ。あれが〈暴れん坊ターク〉って奴で、最近までシカゴ郊外に住んでたんですが、その一件以来、ビッグ・ビルの用心棒をつとめとるんです。ターークの右手が見えないでしょう、あれは上着の下で拳銃をずっと握っとるからですよ。それと、タークが八列前のなまっちろい顔の観客から一秒も目を離そうとしないことに気がついてますか。あれが〈百発百中〉のマッコイです」

ポーラは眼を見張った。「ツリーったらなんて馬鹿なことをしたのかしら！」

「そう、たしかに馬鹿ですな」クイーン警視はのんびりと言った。「マッコイをぶっ飛ばした時に、ビッグ・ビルは投げる方の手首の骨を二本ともぽっきり折って、野球人生にさよならするはめになったんですから」

＊

ビッグ・ビル・ツリーはいきなり立ち上がって、ヴァーンに何ごとか囁き、女がこびを含んだ微笑みを浮かべると、自分だけ仕切りの外に出た。ボディガードのタークが席から飛び上がった。しかし、ビッグ・ビルはかぶりを振り、野次馬を左右にかき分けて、フィールドボックスのいちばんうしろにあるコンクリートの階段をめざしていった。

するとジュディ・スターが、手すりの向こう側にいる、夫がポログラウンドに同伴した女に向かって、何やら毒のある激しい切りつけるような言葉をぶつけた。ロータス・ヴァーンが水銀の瞳をきらりと光らせ、人を人とも思わない侮辱する声で答えると、ビル・ツリー夫人は座席の中で全身をこわばらせた。ジミー・コナーはウォルター・ウィンチェル（辛口ラジオコメンテーター。ディスクジョッキーという造語の生みの親）による『白雪姫』の映画評について喋りだした――大声で、早口に。

ヴァーンはぽってりとした豊かなくちびるに、オレンジの口紅を乱暴に塗りつけ始めた。ジュディ・スターの炎色の仔山羊《キッド》革の手袋が、ふたりの間の手すりをぎりっと固く握りしめた。

しばらくすると、ビッグ・ビルが戻ってきて、もとの席に坐った。ジュディが何ごとかジミー・コナーに囁くと、歌と踊りの大将はひとつ右の席にずれて、ジュディはコナーがいままで坐っていた席に移った。そんなわけで、ジュディと夫の間にはボックスの仕切りの手すりだけでなく、空席がひとつはさまることになった。

ロータス・ヴァーンはまたもツリーの肩に片腕をからみつかせた。

ツリー夫人は炎色のスエードのバッグの中をかきまわした。不意に彼女は言った。「ジミー、ホットドッグをひとつ買ってちょうだい」

コナーは一ダース注文した。ビッグ・ビルはむっとした顔になった。飛び上がって席を立つと、自分たちにもいくつかホットドッグを注文した。コナーは売り子に一ドル札を二枚放り投げ、手を振って追い払った。

このふたつのボックスめざして、新たな大波が押し寄せてくると、ツリーは苛立って振り向いた。「わかった、わかった、マック」ぐいぐいと迫ってくる野次馬たちを必死にせき止めている赤い制服の男に怒鳴った。「おれたちは騒ぎを起こしたくない。六人だ。六人だけサインしてやる。こっちによこせ」

勢いよく突き進んでくる人波に、案内係はあやうく突き倒されるところだった。ボックスの手すりにはばたばたとはためく手と腕とスコアカードがびっしり鈴なりになった。

「ツリーさんの——ご好意で——六人だけです！」案内係は息を切らして叫んだ。そして、伸ばされた有名人の追っかけたちの何本もの手からひとつを選んで鉛筆とカードを受け取り、ツリーに手渡した。あぶれた有名人の追っかけたちは隣のボックスに移っていった。ジュディ・スターはプロらしく最高にとびきりの笑顔を作ると、鉛筆とカードを受け取った。グラウンドにいた選手の一団も、何が起きているのかに気づくと、グラウンドとの仕切りの手すりに駆け寄ってきて、自分たちのスコアカードを差し出したので、ジュディは食べかけのホットドッグを隣の空席に置かなければならなかった。ビッグ・ビルも同じ空席に自分のホットドッグを置いた。そして、なかばぼんやりと長いこと鉛筆の芯をなめていたが、不器用に、武骨に、文字を書き慣れていない手つきで自分の名前を書き始めた。

案内係は怒鳴った。「いまので六人です！　ツリーさんは六人だけとおっしゃいました。終わりです！」まるで神が六人と告げたかのように言った。群衆はがっかりした声をあげた。ビッグ・ビルは巨大な手を振ると、自分のホットドッグを取ろうと、隣の空席に手をのばした。しかし、細君の手の方が先にのびて、うろうろとさまよい、ツリーのホットドッグに行き当たった。日焼けした大男は妻に声をかけようとした。が、気を変えると、残った方のホットドッグを取り上げて、口に詰めこみ、ごくりと飲みこんでいたが、よく味わったように見えなかった。

エラリー・クイーン君は、困惑した気がかりな顔で目の前の四人を眺めていた。ふと、ミス・ポーラ・パリスがおもしろがっているようなまなざしで自分を見ていることに気づき、腹立たしげに顔を赤くした。

＊

整備係がグラウンドを出ていき、主審がホームベースを掃き清めると、観衆の大歓声がわき起こった。ちょうどその時、ダブルプレイというのはユージーン・オニールが書いた劇のことだと思っている野球音痴のロータス・ヴァーンが、不意に妙な視線でビッグ・ビル・ツリーを見た。

「ビル！　どうしたの、具合が悪いの？」

大柄な元投手は、日焼けした肌の上からでもわかるほど顔色が病的に真っ青で、片手で両眼をおおい、意識をはっきりさせようとするかのように頭を振っている。

「ホットドッグの食べすぎよ」ロータスはぴしりと言った。「もう食べちゃだめ！」

ツリーはまたたいて、何か言いかけたが、ちょうどその時、カール・ハッベルがウォーミングアップを終え、クロセッティがバッターボックスに向かい、キャッチャーのハリー・ダニングがボールをセカンドに放ると、セカンドはそれをハッベルにひょいと投げて、テリアのように甲高い声をあげながら、自分の持ち場に駆け戻った。

一瞬、耳を突き抜けて、大観衆の大歓声が爆発した。そして、静寂が落ちた。

ハッベルが初球を投げると、クロセッティが大きく振って、ジョージョー・ムーアの頭のはるか上を抜ける三塁打をかっ飛ばした。

ジミー・コナーはまるで心臓にナイフを刺しこまれたようにあえいだ。ヴェリー部長刑事は声をかぎりにわめいていた。「言ったでしょう？　今日はぶっ潰しますよ！」

「ねえ、どうしてみんな騒いでるの？」ポーラは訊ねた。

クイーン君は、ダニングがピッチャーズボックス（一九〇一年にマウンドが導入される前に使用された平たくて四角いボックス）に向かって半分ほど近寄る様を見ながら、爪を嚙んでいた。しかしハッベルは長ズボンをぐいと引き上げて、にやりと笑ってみせた。レッド・ロルフは本塁の近くで特大のバットをぶんぶん振りまわしている。ダニングは小走りに戻った。監督のビル・テリーはジャイアンツのダッグアウトの縁に片足をかけ、こぶしに顎《あご》をのせ、心配そうな顔をしている。内野陣は三塁ランナーを警戒して前進守備を敷いた。

再び、五万の観衆が音ひとつたてずに静まり返る。

そしてハッベルは、ロルフ、ディマジオ、ゲーリッグを連続三振に打ち取った。

喜びの声をあげながらジャイアンツの選手が戻ってくる間じゅう、クイーン君は何万ものお仲間と一緒になって、大喜びで絶叫していた。ジミー・コナーはいにしえの戦勝のダンスを踊った。ヴェリー部長刑事はがっくりきていた。セニョール・ゴーメッツは何球か投げて肩を温め、審判はまた小さなほうきでホームベースを掃き、〈幽霊〉こと瘦せっぽちのジョージョー・ムーアは愛用の棍棒をぶらぶらさせている。

ムーアは四球を選んだ。バーテルは三振した。しかしジミー・〈ジープ〉・リップルが初球を叩いて、ジョー・〈フラッシュ〉・ゴードンのむこうずねをかすめるシングルヒットを放った。かくて、三塁にはムーア、一塁にリップルを置いて、ワンアウトとなり、打順は〈ちびすけ〉・メル・オットに回った。

ビッグ・ビル・ツリーが驚いた顔で座席から腰を浮かせかけ、不意に、コンクリートの床にどさりと倒れた。まるで耳のうしろに剛速球をぶつけられたかのように。

ロータスが金切声をあげた。ビルの妻であるジュディは、びくっとして、すぐさま振り向いた。付近の人々は飛び上がった。こわばった顔の用心棒、ターク氏を先頭に、三人の赤服の案内係が大急ぎで駆け寄ってきた。ヤンキースのダッグアウトでベンチを温めていた連中が、仕切りの向こうから頭を突き出して覗いている。

「気絶してる」タークは床にのびている元選手の傍らに膝をついて唸った。

「カラーをゆるめて」ロータス・ヴァーンが必死の声を絞り出した。「あ、あんな、真っ青な顔を！」

「こっから運び出さんと」

「ええ。ええ、お願い！」

案内係たちとタークは、垂れ下がった長い両腕がぞっとするほど不気味にぶらんぶらんと揺れている大男の身体を苦労して引っぱり出した。ロータスは、心配でたまらなそうにくちびるを噛んで、よろけながらその傍らに付き添っていった。

「やっぱりわたしも」ジュディは震え声で言いながら、立ち上がりかけた。

しかし、ジミー・コナーがその腕に手をかけると、ジュディはまたへたりこんだ。

うしろのボックスではエラリー・クイーン君が、ツリーの倒れた瞬間に立ち上がり、辛気《しんき》くさい行列を、気がかりな表情かつ何か怒ったような顔で、じっと見送っていた。うしろの席の誰かに「すわれよ！」と怒鳴られ、彼は腰をおろした。

「ほおらね、わかってたのよ、絶対に何か起きるって」ポーラは囁いた。

「馬鹿馬鹿しい！」クイーン君はぴしゃりと言った。「ちょっと気絶しただけだろ」

クイーン警視が言いだした。「すぐそこに〈百発百中〉のマッコイがいる。まさか――」

「ホットドッグの食いすぎですよ」警視の息子はにべもなく言った。「みんな、なんだって言うんです。ぼくは野球の試合をゆっくり見させてもらえないんですか？」そして吼えた。

「打てえええええ、メル！」

一本足打法の強打者、メル・オットが右脚を宙に上げ、大きく振った。ボールはぐんぐんと伸びてライト方向の外野に飛んでいき、そのあとをセルカークが狂ったように追いかけていく。そして一メートル以上も飛び上がって空中でキャッチし、フェンスに背中から激突した。その間にムーアは光のようにホームに突進し、ビル・ディッキーへの返球より先にタッチの差で生還した。

「よおおおおおし！」クイーン君は叫んだ。

一イニング目を一対〇でリードして終わると、ジャイアンツは走って守備位置に散っていった。

記者席では、新聞屋の勤勉な紳士たちがそれぞれの仕事に没頭しながら、オールスターゲームでカール・ハッベルがアメリカンリーグきっての最強打者五人を連続三振に打ち取った時のはなれわざを思い起こしていた。さらに、韋駄天《いだてん》セルカークのアクロバティックなキャッチを褒めたたえた。そのついでに、ナショナルリーグのあの剛腕の名投手ビッグ・ビル・ツリーがフィールドボックスで一イニング目を観戦中に、卒倒したことを伝えた。『ワールドテレグラム』紙のジョー・ウィリアムズは、興奮しすぎたからだと語り、スポーツライターのハイプ・イゴーは、日射病に違いないと見解を述べ――ビッグ・ビルは帽子をかぶらないので有名だった――『サン』紙のフランク・グレアムはホットドッグの食べすぎだろうと推測した。

ポーラ・パリスが静かに言った。「ねえ、ミスター・クイーン、あなたの名探偵の本能は、ツリーの〝気絶〟を深刻な問題だととらえてるんじゃなくって？」

ミスター・クイーンはしばらくもじもじしていたが、ようやくふてくされたようにつぶやいた。「あいにく、ぼくの本能は本調子じゃないんだ。ヴェリー、ちょっと行って、実際は何が起きたのか見てきてくれないか」

「あたしは試合を見ていたいですな」ヴェリー部長刑事はがらがら声で文句を言った。「ご自分で見にいったらどうです、大先生？」

「それと、できれば」クイーン大先生は言った。「お父さんも行った方がいいと思いますね。ぼくの勘では、どうもあなたの管轄《かんかつ》の問題のような気がしますよ」

クイーン警視は息子をしばらくじっと見ていた。やがて、立ち上がるとため息をついた。

「来い、トマス」

ヴェリー部長刑事は、誰かさんたちはいつだって人の楽しみを台なしにする、いったいどうして自分は警察官になんぞなっちまったんだ、というようなことをうめくように言っていたが、立ち上がると、従順に警視のあとをついていった。

クイーン君は爪を噛みながら、ミス・パリスの責めるような視線を避けていた。

＊

二回はこれということは何も起きず、どちらも無得点に終わった。

ジャイアンツがまた守備についた時、コンクリートの階段を案内人が駆け下りてきて、ジム・コナーの耳に何か囁いた。歌と踊りの大将は眼をまたたいた。そしてゆっくりと立ち上がった。「ちょっと失礼するよ、ジュディ」

ジュディは手すりをつかんだ。「ビルね。そうなんでしょ、ジミー」

「いや、ジュディ――」

「ビルに何かあったんでしょ、ねえ！」ジュディの声が甲高くなり、震えて途切れた。彼女は飛び上がった。「わたしも行く」

コナーは、まるで賭けに負けでもしたような苦笑をすると、ジュディの腕を取り、急ぎ足で導いていった。

ポーラ・パリスはふたりを見送りながら、荒い息をしていた。

クイーン君は赤い服の案内係を手招きした。「何があった？」詰問した。

「ツリーさんの意識が戻らないんです。お客さんの中にいた若いお医者さんが事務所で、なんとか起こそうとしてるんですが、どうしても目を覚まさなくて、そのうちお医者さんがどんどん深刻な顔に――」

「ほおら、やっぱり！」案内係が走り去ると、ポーラが叫んだ。「エラリー・クイーンさん、あなた、ここにぼんやり坐って、なんにもしないつもり？」

しかしクイーンさんは反抗的に口を結んでいた。何人《なんぴと》たりともこの偉大なる巨人たちの戦いの見物を彼にやめさせることはできないのである。そう、絶対に！

＊

ツーアウトで二巡目の打席が回ってきたフランク・クロセッティは、バッターボックスにいると、カウントツーツーからオットの頭越えの痛烈なシングルヒットをぶっ叩いた。

そして、もちろん、ヴェリー部長刑事はその瞬間を狙ったに違いなく、のしのしと階段をおりてくると、視線はグラウンドに向けたままで言った。「一緒に来た方がいいですよ、全能の先生。ご老体がひとこと物申したいそうで。おっ、フランキーが一塁に出てるじゃないですか。打て、レッド！」

クイーン君はレッド・ロルフがボール球を見送るのをじっと見ていた。「で？」短く訊いた。

ポーラのくちびるが小さく開いた。

「たったいま、ビッグ・ビルがくたばりました。二回には何があったんです？」

「あの人……亡くなったの？」ポーラは息をのんだ。

クイーン君はしぶしぶ立ち上がった。が、またどすんと腰をおろした。「畜生」吼えた。「不公平だ。ぼくは行かないぞ！」

「どうぞ、ご勝手に。いいぞっ、ロルフ！」部長刑事は、ロルフの放った鋭いヒットがバーテルの脇をかすめ、クロセッティがセカンドに進むのを見ながら怒鳴った。「あたしの見たところじゃ、今度の事件はもう解決しちまってますしね。あのちっちゃい女が、ちっちゃい手でやったことですよ」

「ジュディ・スターが？」ミス・パリスは言った。

「ビルの奥さんが？」クイーン君は言った。「何をわけのわからないことを言ってるんだ？」

「そう、ちっちゃいジュディがやったんです。亭主のホットドッグに毒を盛ったんですな」ヴェリー部長刑事はくすくす笑った。「人間が犬を嚙んだ、そしたら——驚き桃の木ってやつです」

「自白したのか？」クイーン君は鋭く訊いた。

「いえ。でも、女ってのがどんなもんか知ってるでしょう。かみさんがビルを片づけたに決まってます。打て、ジョー！　はあ、あたしは行かなきゃいけません。まったく因果な商売だ」

クイーン君はミス・パリスを見ようとしなかった。やがて、くちびるを嚙んだ。「なあ、ヴェリー、ちょっと待った」

ジョー・ディマジオが大きく打ち上げ、ライバーは定位置から動かずにかまえて、すっぽりとフライをキャッチし、ヤンキースは無得点でこの回の攻撃を終えた。

「うんうん」クイーン君は言った。「さすがハッベルだ」そして、ジャイアンツの選手が小走りに引きあげてくる間に、おもむろに分厚い札束をポケットから取り出すと、座席の上に立ち上がり、仕切りのうしろの席に坐る観客に向かって、緑色の札をばさばさ振り始めた。ヴェリー部長刑事とミス・パリスは度肝を抜かれてその様子を見つめた。

「五ドルで買うよ」クイーン君は札を振りながら叫んだ。「今日の試合前にビル・ツリーが書いたサイン、どれでも一枚五ドルで買う！ ここのボックスに持ってきてくれ！ 五ドルだよ、諸君！ 五ドル、キャッシュで払う！」

「気でも狂ったんですかね？」部長刑事は呆れたように言った。

観衆はぽかんと口を開けていたが、やがてげらげらと笑いだし、ほどなくして、どこかおどおどした男がふたり、階段をおりてきて、それからさらにふたり、最後に五人目が現れた。係員が、いったい何が起きたのかと駆けつけてきた。

「きみかい、試合前にビル・ツリーがサインをしていた時に、あそこのボックスのまわりの客をさばいていたのは？」クイーン君は鋭く訊いた。

「え、ええ。ですが、お客さん、そういうことはご遠慮いた――」

「そこの五人の紳士をよく見てくれ……ええと、そう、きみ。たしかにツリーのサインだ。じゃ、これ、どうぞ。次の人！」そして、クイーン君は行列にそって歩いて、五ドル札を次々に手渡し、ツリーの殴り書きがされた五枚の汚いスコアカードを受け取った。

「ほかにいませんか！」札束を振りながら、呼ばわった。

しかし、誰も現れようとせず、むしろスタンド席からは野次が飛んできた。ヴェリー部長刑事は立ったまま大きな頭を振っていた。ミス・パリスは興味津々で見つめている。

「名乗り出なかったのは誰だ？」クイーン君はぴしりと言った。

「へっ?」案内係はあんぐりと口を開けた。

「サインは六枚書いたんだろう。五人しか出てきてない。六人目の男はどんな奴だ? 早く言え!」

「ああ」案内係は耳をかいた。「いや、それが、男っていうか。ガキんちょでした」

「子供?」

「そうそう。半ズボンの坊主で」

クイーン君はひどくがっかりした顔になった。ヴェリー部長刑事はぶつくさ言った。「あたしゃ、ときどき思うんですよ、お偉いさんたちはあなたを野放しにするなんて、どえらい冒険をしたもんだってね」男ふたりは席を離れ、ミス・パリスは眼を輝かせてついていった。

＊

「この面倒ごとを大至急で片づけちまわないとな」クイーン君はつぶやいた。「そうしたら、後半戦くらいは見られるかもしれない」

ヴェリー部長刑事は事務室のひとつに案内していった。その前ではひとりの警察官がぶらついている。部長刑事がドアを開けると、中で警視がせかせかと歩きまわっているのが見えた。用心棒のタークは、長椅子の上に横たわって新聞紙におおわれた長い物のそばで、しかめっ面をして突っ立っている。ジミー・コナーはふたりの女の間に坐っていた。三人とも身動きひとつしない。全員真っ青で、ぜいぜいと荒い息をしている。

「こちらはフィールディング先生だ」クイーン警視は、無言で窓際に立つ、頭の白い年配の男を指し示した。「ツリーさんの主治医だそうだ。たまたま試合を見にきたら、ツリーさんが倒れたって噂が耳に届いてな。何か手助けできないかと、駆けつけてくれた」

エラリーは長椅子に歩み寄ると、新聞紙をはぎ取り、ビル・ツリーの動かない頭をあらわにした。ポーラは素早く部屋を突っ切り、ジュディ・スターに寄り添うと、声をかけた。「心からお悔やみ申し上げますわ、奥様」けれども、女は眼を閉じたまま、微動だにしなかった。しばらくして、エラリーは新聞紙を元どおりに直すと、腹立たしげに言った。「やれやれ、しかたない。で、状況は?」

「若い医者が」警視は言った。「フィールディング先生より先に来て、ツリーさんが失神しただけだと思ってそういう手当てをした。たぶん、あの医者は間違っ――」

「とんでもありません」フィールディング医師は鋭く言った。「あの先生から聞いたかぎりでは、最初の症状はまさに単なる失神とそっくりだったと言っていい。それで先生は、意識を回復させる通常の手当てをされたのです――カフェインとピクロトキシンの注射までしてくれています。しかし、容体はまったく変化しませんでした。残念ながら、たまたまビターアーモンド臭に気づけなかった」

「青酸か!」エラリーは言った。「口から摂取したんですか?」

「そうです。HCN――つまりシアン化水素、もしくは、その方がわかりやすければ青酸ですね。私はすぐにそうではないかと疑いました、というのも――実は」フィールディング医師は重苦しい声で言った。「つい先日、私の診療所であることが起きましたので」

「と言うと？」

「机の上にシアン化水素の二オンス壜をひとつ置いていたんです――ときどき、強心剤としてごく微量を使いますのでね。ツリーさんの奥さんが」医師は無言の女の方をちらりと見た。「たまたまうちで新陳代謝試験をする準備の間、診察室で休憩されたんです。奥さんは診察室にひとりでした。偶然ですが、ビル・ツリーさんも同じ日の午前中に健康診断に寄られたんです。私は別室でほかの患者さんを診《み》て、診察室に戻り、奥さんの検査をしたあと、見送ってから、ツリーさんと一緒に診察室に戻りました。その時、〝危険―毒〟というラベルを貼ったあの壜が、机から消えているのに気づいたんです。私はどこかに置き忘れたのかと思いましたが、こういうことになったいま……」

「わたしは盗《と》っていません」ジュディ・スターは眼を閉じたまま、弱々しい声で言った。「そんなものがあるなんて、気づきもしませんでした」

歌と踊りの大将は、ぐったりした手を取り、優しくさすった。

「遺体に注射針の痕はありません」フィールディング医師は淡々と言った。「そして、聞いた話では、ツリーさんが意識を失う十四、五分前にホットドッグを……変わった状況で口にされたそうですが」

「わたしは、やってません！」ジュディは悲鳴のような声で叫んだ。「わたしじゃない！」そしてすすり泣きながら、コナーが襟にさしている蘭の花に顔を押し当てた。

ロータス・ヴァーンが身震いした。「この女は自分のホットドッグを彼に取らせたのよ。わたし、見てたんだから。ふたりとも同じ空席にホットドッグを置いて、この女が先に彼のを取ったの。だから、彼はこの女のを取るしかなかったのよ。自分のホットドッグに毒を入れて、わざと取り違えさせて、彼が食べるように仕組んだんだわ。この、人殺し！」そして、憎らしそうにジュディを睨みつけた。

「泥棒猫のくせに」ミス・パリスは小声《ソット・ヴォーチェ》で言うと負けずに、憎らしそうにロータスを睨みつけた。

「言い換えれば」エラリーがいらいらしながら割りこんだ。「スターさんはふたつの一般的な理由、動機と機会によって有罪とされているわけですね。動機は——ヴァーンさんに対する嫉妬と、夫であるビル・ツリーさんに対する——まあ、これは推測になりますが——憎悪でしょう。そして、機会ですが、先生、あなたの診察室にある毒に手を触れるチャンスも、自分のホットドッグに毒をふりかけて、自分たちがスコアカードにサインをしている間にすり替えるチャンスも、あるといえばあったわけだ」

「あの女は憎んでたのよ、彼を」ロータスは毒々しい口調で言った。「そして、彼を奪ったからってわたしのことも！」

「きみね、黙ってなさい」クイーン君は言った。廊下に通じるドアを開けて、外の警官に声をかけた。「おおい、そこのなんとか君、ちょっと放送席に行って、いまから言う言葉をスピーカーから流すように頼んでくれないか。ところで、点数はいまどうなってる？」

「まだ一対〇ですよ」警官は言った。「あいつら絶好調です。ハッベルもゴーメッツも」

「アナウンサーに、試合が始まる直前にビル・ツリーに書いてもらったサインをもらった少年に、この事務室に来るように呼びかけてもらいたい。もし来てくれたら、ボールとバットとピッチャーグローブと坊やのちっちゃいベッドの上に飾るユニフォーム姿のツリーのでっかいサイン入り写真をプレゼントすると言ってやるんだ。大至急頼む！」

「了解です」警官は言った。

「〈カール大王《キング・カール》（カール・ハッベル投手のあだ名）〉が最高の投球をしている」クイーン君はぶつくさ言いながらドアを閉めた。「なのにぼくはこんなしょうもないことにつかまって、逃げられないときた。やれやれ、お父さん、あなたもジュディ・スターが例のホットドッグに毒を盛ったと考えてるんですか」

「ほかに考えようがあるか？」警視は生返事をした。その耳は、球場からかすかに響いてくる歓声しかはいってこないようだった。

「ジュディ・スターさんは」警視の息子は答えた。「ご主人に毒を盛っちゃいませんよ」

ジュディはそろそろと顔を上げた。口元の筋肉がひくついている。ポーラは嬉しげに言った。

「あなたってとってもすてきだわ！」

「やってないだと？」警視は、ぎょっとした顔になった。

「ホットドッグ説は」クイーン君はぴしゃりと言った。「どう考えても不自然極まりない。ジュディさんがご主人を毒殺するためには、壜の蓋をねじって開け、その場で自分のホットドッグに青酸をぶっかけなきゃならない。しかし、その間はずっとジミー・コナーが隣に坐っていたし、唯一、自分のホットドッグに毒をかけられるチャンスといえば、ヤンキースの選手が彼女にサインしてもらいに、ジュディさんの真正面の、手すりの向こう側のグラウンドにずらっと並んでいた時だけだ。あの選手が全員、共謀者だと言うんですか？　だいたい、あの空席にビッグ・ビルがホットドッグを置くなんて、どうしてわかりますか？　馬鹿馬鹿しくて話にならない」

スタンドから歓声があがり、エラリーはいっそう早口に続けた。「ひとつだけ、事実に即したもっともらしい仮説があります。ツリーが毒殺されたと聞いた時、ぼくは彼がスコアカードと一緒に手渡された鉛筆の先をずっとなめていたことを思い出していたんです。それなら、彼がなめていた鉛筆に毒が仕込まれていた可能性がある。だからぼくは、六枚のサインを買い取ると言ったんですよ」

ポーラはうっとりしたまなざしでエラリーを見つめ、ヴェリー部長刑事は言った。「さすがあたしら凡人とは違いますなあ」

「毒を仕込んだ奴が名乗り出てくるとは期待していなかった。しかし、やましいところのない奴は出てくるとわかっていました。五人が金を受け取りにきた。六人目の、現れなかった者は、案内係の話だと小さい男の子だということです」

「ガキがビルに毒を盛ったって」タークが初めて口を開いた。「おめえ、暑さで頭がいかれたな」

「たしかに」警視がのっかった。

「それなら、どうしてその男の子は出てこなかったの？」ポーラが急いで訊ねた。「続けて、ダーリン！」

「出てこなかったのは、やましいところがあったからじゃない。ただその子にとって、ビル・ツリーのサインはいくら金を積まれても売るわけにいかない価値あるものだっただけだ。英雄を崇拝している少年が、偉大なビル・ツリーを毒殺しようとするはずがないのは明らかだよ。それと同じくらい明らかなのが、その子は自分が何をしているのかまったく知らなかったってことだ。つまりその子は、何も知らないただの道具として使われたに違いない。すると問題だったのは――いや、いまも問題なのは――誰の道具として利用されたのかということだ」

「大当たりのホームランだな」警視がゆっくりと言った。

ロータス・ヴァーンがさっと立ち上がり、眼をぎらつかせた。「じゃあ、ジュディ・スターはあのホットドッグに毒を塗らなかったかもしれないけど、もしかしたら、その男の子を使ってビルを――」

クイーン君は蔑《さげす》むように言った。「奥さんは一度も席を立ちませんでしたよ」ノックの音がして、エラリーは廊下に続くドアを開けた。初めて彼はにっこりした。エラリーがドアを閉めた時、一同は、褐色の髪ではしこそうな眼をきょろきょろさせている少年の肩に、エラリーの腕が回されているのを見た。少年はスコアカードをしっかり抱きしめている。

「放送で聞いたんだけど」少年はおずおずと言った。「ビッグ・ビル・ツリーのサイン入り写真をもらえるって……」そこまで言って、一同の異様にぎらつく眼に怖気《おじけ》づいて黙りこんだ。

「もちろんもらえるとも」クイーン君は優しく言った。「坊や、名前はなんていうんだい？」

「フェニモア・ファイゲンスパンてゆうんだよ」少年は答えつつ、じりじりとドアに近づいた。

「ブロンクスのグランド・コンコース（パリのシャンゼリゼをモデルに造られた大通り。ミドルクラスのパークアベニューと呼ばれた）に住んでんだ。はい、これ、スコアカード。写真くれる？」

「うん、その前にちょっといいかな、フェニモア」クイーン君は言った。「ビル・ツリーはいつ、きみにこのサインをしてくれたんだい」

「試合の前だよ。六人だけって――」

「きみが渡した鉛筆はどこにある？」

少年は戸惑った顔になったが、ぱんぱんにふくらんだポケットをほじくり返し、球場でスコアカードと一緒に売っている、例の黄色い鉛筆を一本、引っぱり出した。エラリーは用心深くそれを受け取り、エラリーから手渡されたフィールディング医師はその先端の匂いを嗅いだ。医師がうなずくと、それまで仮面のようだったジュディ・スターの顔にさあっと安堵の色が広がり、ぐったりとコナーの肩に頭をもたせかけた。

クイーン君はフェニモア・ファイゲンスパンの髪をわしゃわしゃとかきまわした。「でかしたぞ、フェニモア。ジャイアンツがバッティング練習をしている時に、誰かがきみにあの鉛筆をくれたんだろう」

「そうだよ」少年はきょとんとしてエラリーを見つめた。

「誰がくれたんだい」クイーン君はさらりと訊いた。

「知らない。コートを着て、縁がだらんってなってる帽子をかぶって、ひげを生やして、でっかい黒いサングラスをかけた、おっきい男の人だよ。顔はあんまりよく見えなかった。ねえ、写真は？　ぼく、試合を見たいんだ！」

「その人が鉛筆をくれたのはどこだ？」

「どこって、えっと――」フェニモアは女性陣を恥ずかしそうにちらりと見て口ごもった。そして、小声でもそもそと言った。「トイレに行ったら、その男の人が――そこにいて――自分は恥ずかしくてサインをもらいにいけないから、かわりにその女の人のサインをもらってきてほしいって――」

「なに？　いまなんて言った？」クイーン君は叫んだ。「いま、〝女の人〟って言ったのか？」

「そうだよ」フェニモアは言った。「赤い帽子かぶって、赤い服着て、赤い手袋した、ヤンクスのダッグアウトのそばのフィールドボックスに坐ってる女の人って言ってた。ぼくと一緒にトイレの外に出て、どこらへんに坐ってるか、指さして教えてくれたんだ。あっ！」フェニモアは眼をまん丸くして叫んだ。「あの人だ！　あの女の人だよ！」そう言うと、垢じみた人差し指でまっすぐに、ジュディ・スターを指さした。

＊

ジュディは、びくっと震えると、手さぐりでやみくもに歌と踊りの大将の手にすがった。

「ちょっと最初から整理させてくれないか、フェニモア」クイーン君は優しく言った。「そのサングラスの男は、こちらのレディのサインをもらってきてほしいと言って、きみに鉛筆とスコアカードを渡したんだね？」

「うん。それと二ドルくれたんだ、試合が終わったらまた会おうって、その時にサインを渡してくれって、でも――」

「でも、きみはその男のためにレディのサインをもらわなかったんだね？　もらうつもりで階段をおりてきたけれども、順番を待ってその辺でうろうろしていたら、きみの英雄、ビッグ・ビル・ツリーが隣のボックスにいるのを見かけて、レディのことをすっかり忘れてしまったんだろう、違うか？」

少年は震えあがって、あとずさりした。「ぼく、ぼく、そんなつもりじゃなかったんだ、ほんとだよ。だから、返すよ、二ドル！」

「そして英雄、ビッグ・ビルを見つけたきみは、まっすぐ彼のサインをきみのためにもらいにいったんだろう？」フェニモアは怯えきって、こくりとうなずいた。「きみは、そのサングラスの男に渡された鉛筆とスコアカードを案内係に預けて、案内係がその鉛筆とスコアカードをボックスにいたビル・ツリーに渡した――それで間違いないね？」

「う、うん、そうだよ、あの……」フェニモアはエラリーにつかまえられている手から身をよじって逃れ出た。「ぼく――ぼく、もう行かなくちゃ」そして、誰も止める間《ま》もなく、少年は飛び出していき、風のように廊下を駆けていった。

外の警官が怒鳴ったが、エラリーは言った。「いいんだ、行かせてやってくれ」そしてドアを閉めた。が、すぐにまた開けて言った。「きみ、試合はどうなってる?」

「はっきりわかりませんや。たったいま、何かあったみたいですがね。たぶんヤンクスが点を入れたんだと思いますが」

「くそっ」クイーン君はうめいて、またドアを閉めた。

「ということは、狙われたのは奥さんで、ビルではなかったのか」警視は顔をしかめた。「たいへん失礼をしました、ジュディ・スターさん……コートと帽子と口ひげとサングラスの大男か。たいした人相書きだな!」

「あたしには変装してるように聞こえますがね」ヴェリー部長刑事が言った。

「変装だとしたら、どこかに捨てているはずだ」警視は考え考え言った。「トマス、わしらの坐っていた区画の真うしろにあるトイレを見にいってくれ。それとな、トマス」小声で言い添えた。「点数を見てきてくれんか」ヴェリーはにやりとして、急いで出ていった。クイーン警視は眉を寄せた。「五万人の容疑者の中からひとりの殺人犯を見つけにゃならんのか、これは骨が折れるぞ」

「いや」息子が出し抜けに言った。「それほど骨の折れる仕事じゃないかもしれませんよ……殺すのに使われたのは何ですか? 青酸です。狙われたのは誰でしたか? ビル・ツリーの奥さんです。事件の登場人物と青酸の間に関わりはありますか? あります――フィールディング先生は、不審な状況下で青酸の壜を〝紛失〟している。では、誰が? ビル・ツリーの奥さんは、その壜を盗むことができました……もしくは、ビル・ツリー本人が」

「ビル・ツリーが！」ポーラは息をのんだ。

「ビルが？」ジュディ・スターは吐息のようにもらした。

「そのとおり！　フィールディング先生が壜の紛失に気づいたのは、スターさん、あなたを診療所の外に見送ったあとのことだったでしょう。見送ってから、先生はご主人と一緒に診察室に戻った。部屋にはいりながら、こっそり薬瓶を自分のポケットにすべりこませることはできたんじゃありませんか」

「ええ、できましたね」フィールディング医師はつぶやいた。

「ほかには考えられませんよ」クイーン君は言った。「それ以外の結論は出しようがない。彼の奥さんが今日狙われていた標的だとわかったいま、彼女が毒を盗んでいないのは明らかです。それを盗む機会があった別の人物は唯一、ビルその人しかいません」

ヴァーンが飛び上がった。「わたしは信じないわ！　その女をかばうために適当なことをでっちあげてるんでしょう、ビルがもう自分では言い訳できないからって！」

「ああ、でも、彼は奥さんを殺す動機がありませんでしたか？」クイーン君は訊ねた。「ありましたよね。あなたと結婚するために離婚してほしいと懇願《こんがん》したのに、奥さんは絶対に首を縦に振らなかった。ねえ、ヴァーンさん、あなたは黙っている方が賢明だと思いますよ……ビルはフィールディング先生の診察室で毒の壜を盗む機会がありました。そして今日、フェニモア坊やを雇う機会もあった。そもそも、毒殺者がジュディに毒付き鉛筆を渡す役目の人間を探しにいったであろう時間帯に、あのふたつのボックスから席をはずしたのはビルただひとりです。何もかも、ビルがやったと考えれば辻褄《つじつま》が合うんですよ——変装道具を、たぶん昨日のうちに、隠しておいた場所に行く。手足に使えそうな奴を探す。フェニモア少年を見つける。指示と鉛筆を与える。変装道具を捨てる。ボックスに戻る。それに、奥さんが鉛筆の先をなめる癖があるのを誰よりもよく知っていたのはビルじゃありませんか——おそらくは、ビルから移った癖でしょう」

「かわいそうなビル」ジュディ・スターは放心したように言った。

「女って」ミス・パリスは批評した。「馬鹿ね」

「ほかにもいろいろ、びっくりするほど皮肉めいた事実がある」クイーン君は言った。「もしビルが花粉症でなければ、自分が細工した毒鉛筆を渡された時、ビターアーモンドの匂いに気がついて、価値のない人生をぎりぎりのところで救えたかもしれない。そもそも、もしビルがフェニモア・ファイゲンスパン坊やのヒーローでなければ、フェニモアがビル自身の細工した毒鉛筆をビルに渡すことはなかったでしょうね。

そう」クイーン君は愉快そうに言った。「総合して考えると、ビッグ・ビル・ツリー氏が自分の奥さんを殺そうとして、きれいさっぱり自分自身を片づけちまったことに、ぼくはとても満足しています」

「そりゃ、おまえにとっちゃ結構なことだろうよ」警視は憂鬱《ゆううつ》そうにぼやいた。「しかし、わしは証拠が必要なんだ」

「ぼくは事件がどんなふうに行われたか説明してあげましたよ」息子はさらりと言って、ドアに向かった。「それ以上のことを求められてもね。ポーラ、行こうか」

しかしポーラはすでに電話機に飛びついて、取引先の通信社のニューヨーク支局に、誰にも聞かれないように用心深くひそひそと喋っており、エラリーのことなど虫けら同然にまったく眼中にない様子だった。

＊

「点数は？　どうなってる？」自分の座席に戻りながら、エラリーはまわりの人々に訊いた。

「三対三だと！　おいおいおい、ハッベル、何やってるんだ！　ヤンクスなんかにどうして点を取られた？　いまは何回だ？」

「九回の裏だ」誰かが怒鳴った。「ヤンクスは八回に、フォアボールとツーベースでふたり出たあと、ディマジオがスリーランを打ちやがったんだよ！　ジャイアンツは六回にオットが塁に出て、ダニングがツーランを打った！　静かにしろ！」

バーテルがゴードンの頭越えにシングルヒットを放った。クイーン君は歓声をあげた。

ヴェリー部長刑事が隣の席に転がりこんできた。「やれやれ、めっけましたよ」ふーっと息をついた。「男子トイレに変装道具一式がありました――コート、帽子、付けひげ、眼鏡、何から何までが。点はどうなってます？」

「三対三だ。バントしろ、ジープ！」クイーン君は叫んだ。

「コートのポケットに、ビッグ・ビルのボックスの番号がはいった、第七戦の雨天振り替え券がはいっていました。ご老体に必要な証拠品が手にはいったってわけです。またひとつ、あなたの白星が増えましたな」

「そんなことはどうでもいい……いいぞおおお！」

ジープ・リップルは犠牲バントでみごとにバーテルを二塁に送っていた。

「まぐれだ、まぐれ」近くにいたヤンキースファンがわめいた。「カーブは決まってるんだ。いまのカーブ見たか？　なあ？」

「それと話は変わりますが」部長刑事はメル・オットがのしのしとバッターボックスに歩いていくのを見ながら言った。「ビッグ・ビルのやることなすこと裏目に出て、自分の死骸を作っちまった以上の害は全然ないし、殺人事件なんてものがない方が野球の試合はうまい具合に進むし、フェニモア・ファイゲンスパンのようにあの男が歩いた道を崇拝するガキんちょが何千人もいるでしょうし――」

「打て、終わらせろ、メル！」クイーン君はわめいた。

「――ブン屋連中は誰ひとり、ビルが気絶して退場したってこと以外、何が起きたのか気づいちゃいませんし、全員が喜んで口をつぐんでいるつもりでいますし――」

クイーン君はいきなり、人生の重大事にはっと意識を引き戻された。「なに？　いま、なんと言った？」

「打ち取れ、グーフィー！」部長刑事はセニョール・ゴーメッツに向かって怒鳴ったが、もちろん声は届かなかった。「ですからね、何が正しいかってことなんですわ、それにお偉いさんが本当のことを知っちまったら、へたをするとご老体のクビが危ない……」

ふたりの背後ではあはあと荒い息が聞こえて、振り返ると、クイーン警視がまるで必死に走ってきたかのように真っ赤な顔をして、ミス・ポーラ・パリスの手を借りて仕切りの中にはいりこんできた。ポーラはけろりと澄ました顔で落ち着いて、いつも以上にきらきらと眼を輝かせている。

「お父さん！」クイーン君は眼を見張った。「殺人事件の捜査中にどうして——」

「殺人事件？」クイーン警視はぜいぜいと息をしていた。「何の殺人事件だね？」そして、警視はミス・パリスにウィンクし、ミス・パリスはウィンクを返した。

「でも、ポーラが電話でニュースを伝え——」

「あらあ、聞いてなかったの？」ポーラは甘ったるい声で言うと、麦藁帽子をまっすぐに直し、エラリーの隣の席にすべりこんだ。「あなたのお父様と一緒に、すっかり片をつけたのよ。今夜、世界じゅうが知ることになるわ、ビル・ツリーさんが心臓発作で亡くなったことをね」

そして一同はくすくす笑った——ひとり、あんぐりと口を開けたままのクイーン君を残して。

「だから」ポーラは言った。「あなたのお父様も、大事な試合の結末を見ることができるってわけよ、あなたと同じようにね、ほんと、あなたったら自分勝手なんだから！」

しかしクイーン君はすでに、メル・オットのバットが大きく振り上げられ、セニョール・ゴーメッツの手から離れたボールがホームめがけて飛んでいく様を、夢中になって食い入るように見つめていた。

訳者註――題名は「犬が人を嚙んでもニュースにならないが、人が犬を嚙めばニュースになる」という、扇情的な新聞『ニューヨーク・サン』紙のチャールズ・アンダーソン・ダナの言ったとされる（諸説あり）言葉がもとになっている。

大穴

Long Shot

「ちょっと待って。いまね、わたしの大好きな、最高にいかした殿方が客間にふらっと舞いこんできたの」ポーラ・パリスが白薔薇《しろばら》色の受話器に向かって叫んだ。「いらっしゃい、エラリー、坐ってて！……いやあね、そんなに根掘り葉掘りさぐるもんじゃなくってよ。この人はねえ、それはもうすてきな銀色の眼をした、お堅い紳士なの。いまはわたしに独占権があるのよ。じゃあ、あなた、明日、電話でガルボがどれだけ興奮してたか教えてちょうだい。それと、クロフォード（演出家）が、期待で震えちゃってるミス・アメリカに、新しいヘアスタイル《コワフユール》をのっけてあげた瞬間のフラッシュ写真をばっちり撮ってきてよ」

こうして、ハリウッドのゴシップコラム関連のまじめなビジネスを片づけてしまうと、ミス・パリスは受話器を置き、くちびるをすぼめてクイーン君に向かって突き出してきた。クイーン君はミス・パリスの群衆恐怖症《ホモフオビア》を、恋をしかけるという、心理学の逆をついた最高に冴えた治療法でみごとに治してみせた。そう、最高の計画だったはずなのだが！　患者はあっという間にその治療法の虜《とりこ》になってしまい、さらに悪いことに、主治医までその巻き添えにされてしまったのだ。

「わたし、とっても」愛らしい患者は囁《ささや》いた。「もっと手厚い治療が必要な気がするの、ねえ、お医者様」

そんなわけでかわいそうなお医者様は、なかば上の空で、ミス・パリスに手厚い治療をほどこし、それがすむとくちびるから口紅を拭い取った。

「んもう、しょうがないわねえ」ミス・パリスはつんとしてそう言うと、抱擁《ほうよう》を解き、男の浮かない顔つきをじっくりと見つめた。「エラリー・クイーンさん、あなた、また何か、ぐだぐだと悩んでるんでしょ」

「ハリウッドは」クイーン君はつぶやいた。「神に見捨てられた土地だ。論理というものが存在しない。無秩序に組み立てられた創造物だ。永遠に続く混沌そのものだよ。ポーラ、きみのハリウッドのせいでぼくは頭がおかしく《クークー》なりかけている！」

「まあ、かわいそうなお人よしのお馬鹿さん」ミス・パリスは優しくあやしながら、自分のゆったりしたカエデ材の長椅子にいざなった。「ポーラにそのいやな場所の愚痴《ぐち》を全部話してごらんなさい」

そんなわけで、ミス・パリスのやわらかな腕《かいな》に抱かれて、クイーン君は重荷をおろしていた。どうやら、エラリーが魂を貸し出す契約をしている例の（映画界の大御所こと）マグナスタジオは、彼に所属の作家の仕事として、手垢のつきまくった競馬という題材を新鮮な味つけで料理した脚本をでっちあげろと命じたらしい。クイーン君は犯罪の専門家と目されていたので、脚本のお題は当然、探偵ものである。

「あそこは、時間を——そして金《かね》を——お馬さんを追っかけることにどんどんつぎこんでる作家を五十人も囲ってるってのに」クイーン君は苦々しげに文句を言った。「その五十人の奴隷の中からよりによって、馬の頭と尾っぽの見分けもつかない甲斐性なしをわざわざ選ぶんだからな。ポーラ、ぼくはもうおしまいだ、今日からはへっぽこ出がらし作家と呼んでくれ」

「あなた、競馬のことをなんにも知らないの？」

「ぼくは競馬に一切興味がない。競馬なんか見たことは一度もない」クイーン君はむすっとして答えた。

「んまあ、信じられないわ！」ポーラは心から感心しているようだった。そして、黙りこんでしまった。しばらくして、クイーン君は彼女の腕の中で身体をよじり、なじるように言った。

「ポーラ、何かいいことを考えてるんだろ」

ポーラはキスすると、長椅子から跳ねるように立ち上がった。「時制が違ってってよ、ダーリン。わたし、いいことを考えたのよ！」

*

緑と黄色の大牧場《ランチ》が広がる田舎に向けて車を走らせる間、ポーラはジョン・スコット老人についてすっかりクイーン君に話して聞かせた。

スコットというのはでかい図体のぶよぶよしたスコットランド人《カレドニア》で、顔つきは故郷の荒野なみに厳しく、気質もまた同じくらい気難しいじいさんだった。その心の内の風景は荒涼としていたが、馬が息づき草を食《は》む場所だけは違っていた。この弱点こそ、スコットが落ちぶれる原因となったのである。彼はサラブレッドの繁殖で二度、ひと財産を作ったが、その全財産を、二度とも馬に賭けてすってしまっていた。

「ジョンっておじいさんは、競馬においてはどんないかさまも絶対に許さない人なの」ポーラは言った。「自分のところの歴代最高の騎手だったウィード・ウィリアムズが、ほかの馬主なら見て見ないふりをするような、ちっちゃなずるをしたっていうだけでクビにして、しかも国内のまともな競馬場ではどこにも出場できないように手を回したものだから、ウィリアムズは馬の鞍作り職人か何かになったのよ。それでも――あのおじいさんたら、本当に気まぐれの変人なんだから！――二、三年したら、ウィリアムズの息子に仕事をあげたの。それでホワイティは、今度の土曜のハンディキャップ戦で、ジョンが持ってるいちばんいい馬のデンジャーに乗ることになったってわけ」

「そいつは、このあたりの連中がみんなしてそわそわ落ち着かないで喋ってる、賞金十万ドルのサンタ・アニタ・ハンディキャップ・レースのことか？」

「そうよ。ジョンの財産といえば、猫の額みたいなちっちゃい牧場と、馬のデンジャーと、娘のキャスリンだけで、あとは厩舎《きゅうしゃ》いっぱいの負け犬のお馬さんと、がっかり種馬ばっかりね」

「ここまでの話を聞くと」クイーン君は感想を言った。「B級映画のオープニングみたいだな」

「そうなんだけど」ポーラはため息をついた。「ただ、全然おもしろくはないのよね。ジョンは本当に崖っぷちなの。もしホワイティがデンジャーで今度のハンデ戦に勝ってくれないと、ジョン・スコットの先行きはどん詰まりだわ……先行きと言えば、ほら、着いたわよ」

車は舗装していない道路にはいると土煙を蹴立てて、いまにも崩れそうな小屋に向かっていった。道は穴ぼこだらけで、柵は崩れかけて、世話をしきれていないのか牧草地はあちこちはげちょろけだった。

「ここまで自分の問題で手いっぱいなら」エラリーは苦笑した。「初心者のための競馬入門お手軽レッスンなんて面倒なことを、やってくれる余裕はなさそうだな」

「競馬のことを何ひとつ知らずに育ったいいおとなに会ったら、あのおじいさんはきっと大笑いするわ。ええ、あの人はいま本当に、笑いが必要なのよ」

メキシコ人の料理人がふたりをスコット所有の馬場に案内した。そこでスコット老人は傾いた手すりに体重を預けて身を乗り出し、小さなくぼんだ眼で、トラックのずっと向こう側のカーブにそって移動していく砂塵《さじん》の雲をひたと見つめていた。ずんぐりした指でストップウォッチを握っている。

かかとの高いブーツの男が、手すりの二メートルほど離れたところに腰かけていた。その膝にのせたショットガンが、スコットのぼさぼさの後頭部に向かって話しかける異国風の妙に着飾った紳士の頭に、無造作に向けられている。着飾った男は、ぴかぴかのロードスターの中で、ごつい顔の運転手の隣に坐っていた。

「これが私の提案だ、ジョン」着飾った男は歯をむき出してにんまりした。「わかったね?」

「おれの牧場からとっとと出ていきゃあがれ、サンテッリ」ジョン・スコットは振り向きもせずに言った。

「そうするとも」サンテッリはあいかわらずにやつきながらそう言った。「あなたは私との交渉が終わったと思っているのかな、もしかすると、あなたの馬に何かが起きるかもしれないねえ」

ふたりの目の前で、老人はびくりと身体を震わせたが、振り返ろうとしなかった。サンテッリは運転手に軽く顎《あご》をしゃくった。大きなオープンカーは唸りをあげて去っていった。

馬場のトラックを進む土煙の雲がこちらに向かってきたかと思うと、黒い毛皮が汗で光る、山のように巨大な牡馬と、その上にちょこんと乗っている、セーター姿で帽子をかぶった小さな引き締まった人影が見えた。馬は馬鹿でかい猫のように勢いよく跳ね跳び、大きく首をしならせている。雷鳴のごとき蹄の音を轟《とどろ》かせながら、馬はすさまじい勢いで駆け抜けていった。

「二分二秒と五分の四か」スコットがストップウォッチに向かってつぶやくのが聞こえた。「一九三七年のハンデ戦の十ファーロング（約二キロメートル）でローズモントの出した記録と同じだ。悪かねえな……ホワイティ！」老人が騎手に向かって怒鳴ると、騎手は黒い牡馬の足取りをゆるめた。「よく汗を拭いてやってくれ！」

騎手はにんまりすると、デンジャーを馬場のすぐ隣にある厩舎に連れていった。

ショットガンの男がのんびり言った。「ジョン、またお客さんだよ」

さっと振り向いた老人の額には深い皺《しわ》が刻まれていた。そのいかつい顔に何千というひびのような小皺がはいり、老人はポーラのほっそりした手を両手でしっかり包みこんだ。「ポーラ！　よく来なすった。そこん人は誰だね？」冷たく鋭い眼でエラリーをじっと凝視して、訊いた。

「エラリー・クイーンさんよ。キャティはお元気？　デンジャーは？」

「デンジャーならごらんのとおりさ」スコットは踊りまわる馬を眼で追っていた。「そらもう元気そのもんだ。土曜のハンデ戦じゃ、おもりと合わせ百二十ポンド（約五十四キログラム）を乗せることになっとるが、けろっとしとる。いまも、同じおもりをつけて、あん調子さ。ポーラ、あの胸くそ悪い悪党を見たかい？」

「いま車に乗っていった、おしゃれさんのこと？」

「あれがサンテッリだ。あんたも聞いたろう、デンジャーに何かが起きるかもしれねえって捨て台詞《ぜりふ》を」老人は憎々しげに、道路のはるか彼方《かなた》を睨みつけた。

「サンテッリですって！」ポーラの落ち着いていた顔にショックの色が広がった。

「ビル、馬の世話をしてやってくれ」ショットガンの男は手すりからすべりおりると、よったよったと身体を揺すりながら厩舎に歩いていった。「うちの厩舎を買い取りてえってよ。ふん、あのど汚《ぎた》ねえ泥棒野郎のの、み屋はロッキー山脈の西でいちばんでけえ厩舎を持ってるくせに――うちの豆粒みてえな牧場をなんで欲しがるかね？」

「あの人、今度のハンデ戦で一番人気の、ブルームスティックのオーナーでしょ？」ポーラが静かに指摘した。「そしてデンジャーはその対抗馬として、かなり有力だと思われてるんじゃなかったかしら」

「いまのあいつのオッズは五対一（はずれ五回につき当たり一回という意味。つまり六回に一回勝つ見込み。日本で言うオッズ六倍に相当する）だが、当日になりゃ下がるだろうよ（オッズは人気によって変動し、すべての人が賭け終わったところで確定する）。ブルームスティックが二ならうちは五だ」スコットは唸った。

「じゃ、話は単純よ。あなたの馬を買い取れば、サンテッリはいちばんいい馬を二頭、自分のものにできるわ、今度のレースを自分の思いどおりにコントロールできるじゃない」

「嬢ちゃん、嬢ちゃん」スコットはため息をついた。「おれぁ、だてに歳は食っちゃいねえよ。ああいう泥棒野郎のこたぁ、よく知ってる。ハンデ戦の賞金は十万ドルだ。サンテッリはうちの厩舎を十万ドルで買い取るって言ってきた！」ポーラはひゅうっと息をもらした。「どう考えてもおかしいだろ。うちのぼろ厩舎をまるごと合わせたってそんな価値はねえ。それにうちのデンジャーが必ず勝つって保証もねえ。サンテッリは出走するほかの馬も全部買うってのか？――でかい厩舎も？　いいかい、こいつはぜってえ何かある、しかも、とんでもなく汚ねえ何かがな」そして、老人はがっしりした肩を揺すって、しゃんと背を伸ばした。「いやあ、さっきからおれの愚痴ばっかりですまねえな。で、なんでこんなとこまで来てくれたんだね、嬢ちゃん？」

「こちらのクイーンさんは、わたしの――ええと、お友達で」ポーラは頰を染めた。「競馬をもとにした映画の脚本を考えなきゃいけなくって、それで、あなたなら助けてもらえると思ったの。この人ったら競馬のことをなんにも知らないのよ」

スコットはクイーン君をまじまじと見つめ、クイーン君は申し訳なさそうにえへんと咳《せき》をした。「そうかい、兄さん、そいつはまた、あてがはずれて気の毒したな。まあ、あんたがそうしたけりゃ、好きなだけうちをうろついてもらってかまわんよ。ホワイティと話してみたらどうだい。あいつなら、なんぼでも競馬の話を知っとるさ。それじゃ、またあとでな」

老人はどすどすと歩き去り、ポーラとエラリーは厩舎にぶらぶらと向かった。

「そのサンテッリって奴は何者なんだ?」エラリーは眉を寄せた。

「名うてのギャンブラーで、全国にネットワークのあるブックメーカーよ」ポーラはかすかに身震いした。「かわいそうなジョン。エラリー、わたし、気に入らないわ」

大きな厩舎の角を曲がったところで、壁の陰にいた若い男女にあやうく衝突しそうになった。ふたりは身も世もない様子で互いにしっかり抱きあい、永遠に引き裂かれそうになっているかのように、必死にくちびるをむさぼりあっていた。

「まあっ、ごめんなさい」ポーラは言いながら、エラリーを引きずり戻した。

涙の水晶で眼をいっぱいにした若い娘は、眼をぱちくりさせてポーラを見つめた。

「あら——ポーラ・パリスなの?」娘はすんと鼻を鳴らした。

「そうよ、キャスリン」ポーラはほほ笑んだ。「このかたはクイーンさんとおっしゃるの、こちら、スコットさんのお嬢さん。ねえ、何かあったの?」

「何もかもよ」ミス・スコットは悲壮な叫び声をあげた。「ああ、ポーラ、わたしたち、もうどうにもならないの!」

娘の恋人は恥ずかしそうにうしろに下がった。すらりと細身の青年は、汚れて臭うオーバーオールを着こんでいる。眼鏡にはオート麦の殻が貼りつき、ひくついている小鼻にはべたべたした染みがついていた。

「こちらはパリスさんよ——こんにちは、クイーンさん。この人はハンク・ハリデーといって、わたしの——わたしの、ボーイフレンドです」キャスリンはすすりあげた。

「話は全部読めたわ」ポーラは同情をこめて言った。「パパさんはキャティが厩舎の使用人と仲良くするのが気に食わないのよね、旧《ふる》い人だから！　本当にかわいそうに」

「ハンクは使用人じゃないわ」キャスリンは叫んで、頬から涙をぬぐった。憤慨《ふんがい》で頬は薔薇色に染まっている。「ちゃんと大学を卒業して——」

「キャティ」ぷんぷんと臭いを放ちながら青年は威厳を見せて言った。「ぼくから説明させてくれないか。パリスさん、ぼくにはひとつ、どうしようもない性格的な弱点があります。ぼくは臆病者なんです」

「まあ、それならわたしだって！」ポーラが言った。

「だけど、ぼくは男だし……その、ぼくは特に動物が怖いんです。なかでも馬が」ハリデー君は身震いした。「ぼくはこの——このきつい仕事を、理由のない恐怖心を克服するために、あえて選びました」ハリデー君の繊細な顎に力がこもった。「ぼくはまだ克服できていませんが、それができたら、もっと安定した職を探します。そして」青年は力強く言うと、ミス・スコットのわななく肩をしっかと抱きしめた。「親父さんがなんと言おうと、キャスリンと結婚するつもりです」

「ああ、あんな意地悪なパパ、大っ嫌い！」キャティはさめざめと泣きだした。

「そしてぼくは——」ハリデー君はおごそかに言い始めた。

「おい、ハンクス・パンクス・ぼけなす！」厩舎の方から声がした。「なんのために給料を払ってんだ？　とっととこっちに来て掃除しろ、おれにぶん殴られる前に！」

「はい、ウィリアムズさん」ハンクス・パンクス・ぼけなす君は慌てて言うと、詫びるようにちょいと頭をこごめ、急いで出ていった。恋人は泣きながら、牧場小屋に向かって走り去った。

　クイーン君とミス・パリスは顔を見合わせた。やがてクイーン君は言った。「脚本のネタは拾えたけど、こいつは使えないやつだな」

「かわいそうな子たち」ポーラはため息をついた。「とりあえず、ホワイティ・ウィリアムズと話して、あなたに霊感の火花がはじけてくれるといいわね」

*

　それからの数日間、クイーン君はスコットの牧場をうろついて、騎手のウィリアムズや、眼鏡のハリデー君や——話してみてわかったのだが、青年の競馬の知識はエラリーとどっこいどっこいで、無関心なことエラリー以上であった——いつ会っても涙の途切れることのないキャスリンや、番人のビルや——この男はいつも厩舎のデンジャーのそばで、ショットガン片手に寝泊まりしているのだ——ジョン老人本人に、いろいろと話を聞いてまわった。おかげで、騎手や、予想屋や、競馬の進行や、馬具や、ハンディキャップや、賞金や、罰金や、競馬の幹事や、ブックメーカーが儲けるやり口や、有名なレースや、馬や、馬主や、競馬場に関する知識を山のように得ることができた。しかし霊感の火花ははじけることを頑強に拒んでいた。

そんなわけで、金曜の黄昏時《たそがれどき》に、なぜかスコットの牧場で誰からも相手にされなかったエラリーは、ギレアデ（旧約聖書ホセア書六章八節で〝悪を行う者どもの住みか〟と呼ばれた、丘陵地帯にある町）で水浴びでもしようと、むっつりした顔で車を走らせ、ハリウッドヒルズに向かった。

ポーラは庭で、ふたりの苦悶する若者を慰めていた。キャティ・スコットはあいかわらずしくしくと泣いており、みずから臆病者であると認めているハリデー君は、出会ってから初めて臭いのしない服を着て、娘の金色の髪を不器用になでている。

「また何かあったのかい？」クイーン君は言った。「なるほどね、そういうことだったのか。いま、きみのお父さんの牧場に行ってきたんだが、すっかり葬式ムードだったよ」

「ええ、そうでしょうよ！」キャスリンは叫んだ。「わたし、パパに言ったの、いいかげんにしてってって。ハンクをあんなふうに扱うなんて！　わたし、もう死ぬまでパパとは口をきかないわ！　パパは、おか――おかしいわよ！」

「おい、キャティ」ハリデー君はたしなめるように言った。「お父さんのことをそんなふうに言っちゃだめだ」

「ハンク・ハリデー、もしあなたにほんのちょっとでも勇気があったら――！」

ハリデー君はまるで、愛する娘の手で電極の先をねじこまれたかのように全身をこわばらせた。

「違うわ、そういう意味で言ったんじゃないの、ハンク」キャスリンはすすり泣きながら、彼の腕の中に身を投げかけた。「あなたの性格が臆病なことはなんにも悪くないわ。でも、パパがあなたを殴り倒したのに、あなたはそれでも、全然——」

ハリデー君の顎の左側がもの思わしげにひくついた。「クイーンさん、実を言うと、スコットさんに殴られた時、ぼくの中に何かが起きたんです。一瞬、感じました、変な気持ちを——その——抑えきれないほどの欲望を。本気で思ってますよ、あの時もしぼくが銃を持ってたら——そして、扱いかたを知ってたら——いまごろぼくはとっくに人殺しだって。ぼくは目の前が——たしかこういう言いまわしでしたよね——真っ赤になりましたから（「激怒する」という意味）」

「ハンク！」キャティがぞっとしたように悲鳴をあげた。

ハンクがため息をつくと、淡い青い瞳から殺意の光が薄れて消えていった。

「ジョンがね」ポーラはエラリーに向かって目くばせしながら言った。「厩舎の中でこのふたりがまた抱きあってるところを見つけて、たぶん、明日のレースのために集中しなきゃいけないデンジャーにとって教育上よくないと思ったみたいなの。それで、ジョンがハンクをクビにしたら、キャティが怒って、ジョンに思いきり言いたいことを言って、二度と帰らないって、家を出てきちゃったのよ」

「ぼくを解雇するのは、あの人の権利です」ハリデー君は淡々と言った。「でも、これでぼくはもうあの人になんの義理もありません。だから、今度のハンデ戦では、デンジャーが勝つ方には賭けません！」

「あんな馬、負けちゃえばいいんだわ」キャティはしゃくりあげた。

「キャティったら」ポーラは厳しく言った。「いいかげんになさい。お説教させてもらうわよ」

キャティはしくしく泣き続けている。

「ハリデー君」クイーン君は丁重に言った。「これは一献《いっこん》酌み交わすよき口実ではあるまいか」

「キャスリン！」

「ハンク！」

クイーン君とミス・パリスは恋人たちを引きはがした。

＊

ミス・スコットが、もう泣いてはいないが涙でぼろぼろの顔のまま、ミス・パリスの白い木造の家を出て埃《ほこり》っぽい小さな車に乗りこんだ時には、十時を少し回っていた。

イグニションキーを回して、スターターのペダルを踏んだ時、バックシートの物陰からざらついた低い男の声がした。「大声を出すな。静かにしろ。車を回して、止まれと言うまで走らせろ」

「ひいっ！」ミス・スコットは金切声をあげた。

大きな分厚い革のような手が、わななく口をふさいだ。

しばらくして、車は走り去った。

＊

クイーン君は翌日、ミス・パリスを訪ねると、美しいサンタ・アニタ競馬場が横たわる東の桃源郷《アルカデイア》をめざし、かたつむりのようにのんびりと車を走らせた。

「昨夜、泣き虫キャティはどうした？」クイーン君は訊いた。

「ああ、牧場に帰らせたわ。うちを十時過ぎに出たわよ、ほんとにかわいそうな子。ハンクス・パンクス・ぼけなす君の方はどうなったの？」

「さんざんなだめすかして、家まで送っていったよ。ハリウッドの下宿に部屋を借りてるんだ。車の中でずっと、ぼくの肩にもたれて泣いてるんだぜ。どうも、ジョンじいさんは、あの坊やの尻も蹴ったらしくて、そのことをずっと恨んで愚痴ってたな」

「かわいそうなハンク。わたしが会った男性で唯一の正直者なのに」

「ぼくも臆病で馬が怖いよ」クイーン君は素早く言った。

「んまあ！　呆れた人ね。あなた、今日は一度も、わたしにキスしてくれてないわ」

国道六十六号線のあちらこちらで与えられるミス・パリスのひんやりしたくちびるの癒しだけが、クイーン君の癇癪《かんしゃく》が沸騰するのをどうにか抑えてくれた。道路は渋滞しまくっていた。競馬場に着くと、混雑ぶりはいっそうひどかった。まるで南カリフォルニアの人間がひとり残らずサンタ・アニタに集結したかのようで、農家の土だらけのモデルT（フォードの最初の大量生産車）から、映画スターのぴかぴか光る金属のモンスターまで、ありとあらゆる車がいた。巨大な観覧席は何万という騒々しい人々でわきあがり、色と動きがひっきりなしに蠢《うごめ》くモザイクと化している。空は青く、日は暖かく、西からのそよ風が吹き、競馬場の土の状態は最高だった。何走目かのレースが行われているところで、澄んだ空気の中、遠くに小さく、艶《つや》やかな毛並みの獣たちの飛ぶように走る姿が、くっきりと見えていた。

「本当にすばらしいハンディキャップ・レース日和《びより》だこと！」ポーラは叫んで、エラリーをぐいぐい引きずっていった。「あらっ、ビング・クロスビーがいるわ、アル・ジョンソンも、ボブ・バーンズも来てる！……やっほー！……ジョーン・クロフォード、まあ、クラーク・ゲーブルとキャロル・ロンバードのご夫妻も……」

ミス・パリスが熱狂のあまり、ぐいぐいとむりやり人ごみの中を分け入っていったにもかかわらず、クイーン君はどうにか身体がばらばらにならずに、馬房に到着した。そこではジョン・スコット老人がインディアンの勇者のように集中して、デンジャーのすべすべの前脚を厩舎のスタッフがマッサージする様子をじっと見張っていた。スコットの、日に焼けて皺だらけの顔が石のように険しくこわばっているのを見て、ポーラは思わず叫んだ。「ジョン！　デンジャーに何かあったの？」

「デンジャーは大丈夫だ」老人はぶっきらぼうに言った。「ケイトさ。あのハリデーって小僧っ子とやりあったら、ケイトがうちを出ていっちまった」

「なあんだ、ジョンったら。昨夜、わたしの家から帰らせたから大丈夫よ」

「あんたんちにおったのか？　だけど、あれは帰ってきとらんぞ」

「帰ってない？」ポーラの小さな鼻に皺が寄った。

「たぶん」スコットは唸った。「あの腰抜けのハリデーと駆け落ちしたんだろう。あんなのは一人前の男じゃねえ、ふぬけの臆病もんが――」

「ジョン、誰も彼もが勇敢なヒーローになれるわけじゃないわ。あの坊やはいい子だし、何よりキャティを愛してるじゃない」

老人が自分の馬を頑固《がんこ》にじっと見つめたままなので、ふたりはまもなくその場を離れ、自分たちのボックス席に向かった。

「変ね」ポーラは不安に怯えた声で言った。「ハンクと駆け落ちしたはずないわ。あなたと一緒だったんでしょ。それに誓って、あの子は昨夜、本当に牧場に帰る気でいたのよ」

「おいおい、ポーラ」クイーン君は優しく言った。「あの子なら大丈夫さ」そう言いながらも、彼の眼は不安そうだった。

＊

ふたりのボックスはパドックの近くだった。お目当てのレースが始まるまでの間、ポーラは持参の双眼鏡で人の波をしきりに観察していた。

「おやおや」クイーン君が突然、声をあげるのと同時に、ポーラは観客席の自分たちのまわりでざわざわとうねるような騒ぎが起こるのに気づいた。

「どうしたの？　何かあったの？」

「一番人気のブルームスティックが出走を取り消した」クイーン君は淡々と答えた。

「ブルームスティック？　サンテッツリの馬？」ポーラは血の気を失って、エラリーを見つめた。

「でも、どうして？　エラリー、何かおかしいわ、これって――」

「アキレス腱を痛めて走れない、ということのようだが」

「ねえ、もしかして」ポーラは囁いた。「サンテッリが関係してるって思わない？　キャティが……家に……帰らなかったことに」

「可能性はある」エラリーはつぶやいた。「しかし、この状況の説明がさっぱり――」

「あっ、出番よ！」

大歓声が観客席を揺らした。威風堂々たる獣の行列がパドックから入場してくる。ポーラとエラリーは、ほかの何万というそわそわと落ち着きのない群衆と一緒になって立ち上がり、うんと首をのばした。ハンディキャップ・レースの出走馬がスタートの標柱めざして行進していく！

二年前のダービーで靭帯を損傷してから一度も出走していない、ハイ・トルが来た。今回のレースでカムバックする馬だ。事情通はもちろんのこと、一般大衆もハイ・トルのことは歯牙にもかけていないようで、オッズは五十対一だった。続いて、小柄なファイティング・ビリー。さらに、バズ・ヒッキーを乗せて、ゆうゆうと力強い足取りでイクエイターがやってくる。そして、ついにデンジャーが来た！　艶やかな黒毛、巨大な体軀《たいく》、帝王のごときデンジャーは、やけにぴりぴりしている。ホワイティ・ウィリアムズは制御するのに苦労しており、馬の世話係も必死に抑えようとしていた。

遠目でも見間違えようのない、ぶよぶよに型崩れした大きな身体のジョン・スコット老人がパドックからのっそり現れ、暴れている自分の馬に向かって歩いていった。なだめるつもりなのだろう。

ポーラがはっと息をのむ音がした。エラリーが素早く訊いた。「どうした?」

「観客の中にハンク・ハリデーがいるの。ほら、あそこ! いまデンジャーが通り過ぎていくスタンド。ジョン・スコットから十五メートルくらい離れたとこ。でも、キャスリンは一緒じゃないわ!」

エラリーは双眼鏡を受け取り、ハリデーを見つけた。

ポーラは椅子に沈みこんだ。「エラリー、わたし、ものすごく変な気分よ。何かが変だわ。ハンクったら真っ青だし……」

強力なレンズのおかげで、ハリデーはエラリーの目の前数センチのところにいた。青年の眼鏡が曇っている。まるで寒くてたまらないように震えているのに、エラリーにはハリデーの頰に玉のような汗がいくつも浮いているのが見えた。

そして、クイーン君は突然、身をこわばらせた。

ジョン・スコットはちょうどデンジャーの頭のあたりまで追いついたところだった。馬の頭を引き寄せようと、老人は太い腕を上げかけた。まさにその瞬間、ハンクス・パンクス・ぼけなす君が服の中を手さぐりした。次にその手が現れた時、ずんぐりと銃身の短いオートマチックを握っていた。クイーン君はあやうく大声をあげるところだった。というのも、ハリデー君がぶるぶると震える両手でかまえる拳銃の短い銃身は、激しく揺れつつジョン・スコットのいる方角を向いており、爆発音と共にその銃口から煙が噴き出たからである。

ミス・パリスは飛び上がり、頭のてっぺんから悲鳴をあげた。

「あの馬鹿、気でも狂ったのか！」クイーン君は呆《ほう》けたように言った。

銃声に怯えたデンジャーが、うしろ足で棒立ちになった。ほかの馬たちも、足をばたつかせ、踊り狂いだした。あっという間に、眼下のトラックは、パニックを起こしたサラブレッドたちでてんやわんやになった。スコットはデンジャーの首っ玉にしがみついたまま、ひどくびっくりして顔をうしろに振り向け、どういうことだと上の方を見ている。ホワイティは、半狂乱で暴れる馬をコントロールしようと必死になっていた。

もう一発、ハリデー君が撃った。そして、もう一発。続いて四度目のもう一発。この連続する発砲の間に、棒立ちになった馬はいつしか、ジョン・スコットとハリデー君の震える両手がかまえる拳銃との間にはいりこんでいた。

デンジャーの四本の足が芝生から浮き上がった。そして、苦痛にいななきを響かせ、脇腹を大きく波打たせて、デンジャーは横ざまにどうと倒れた。

「うそ。うそでしょ！」ポーラはハンカチーフを嚙んだ。

「行こう！」クイーン君は叫んで、めざす方向に走りだした。

*

ふたりが、さっきハリデー君がへっぴり腰で拳銃を撃っていた現場にたどりついた時にはもう、眼鏡の青年は姿を消していた。青年のまわりに立っていた人々は唖然として、麻痺《まひ》したように動けずにいる。スタンドのほかの場所は大混乱の地獄と化していた。

倒れたデンジャーとうろうろ歩きまわる出走馬たちのまわりを大急ぎで囲んだ警備員の不完全な非常線を、エラリーとポーラは混乱に乗じてすり抜けた。ジョン老人は黒い牡馬のそばにひざまずき、大きな両手で何度も何度も、艶やかな、静脈の盛り上がった首すじをなでている。ホワイティは真っ青になって戸惑った顔で小さな鞍を取りはずし、競馬場付きの獣医は、デンジャーの脇腹の肩に近いあたりの銃創を調べていた。近くに警備員たちが集まって、興奮した様子で相談しあっている。

「こいつがおれの命を救ってくれた」ジョン老人は低い声で誰にともなく言った。「こいつがおれを救ってくれたんだ」

獣医が顔をあげた。「スコットさん、気の毒だが」獣医は痛ましげに言った。「このレース、デンジャーは棄権《きけん》だ」

「ああ。そりゃ、そうだな」スコットはなめし革のようなくちびるをなめた。「それで――なあ、その、だいぶん重傷なのかい？」

「弾丸《たま》を摘出するまでなんとも言えない。とにかく、すぐにここから病院に搬送しないと」警備員のひとりが言った。「災難だったな、スコット。あんたの馬を撃ったくそったれは、全力で必ず見つけてやるから安心しな」

老人のくちびるが歪《ゆが》んだ。ようやく立ち上がると、倒れたサラブレッドの大きく上下する脇腹を見下ろした。ホワイティ・ウィリアムズはデンジャーの馬具を持ち、うなだれたまま重い足取りで歩き去っていく。

ほどなくしてスピーカーから、五番のデンジャーが出走取り消しになり、ほかの出走馬たちが落ち着いてスタートの柵内で整列でき次第、次のレースを開始すると、放送がはいった。

「さあ、もういいだろう、行った、行った」病院の搬送車が、起重機を引き連れて駆けつけてくると、警備員のひとりが言った。

「この馬を撃った男をどうするつもりです?」そう訊ねながら、クイーン君は動こうとしなかった。

「ちょっと、エラリー」ポーラはおろおろと囁いて、腕を引っぱった。

「捕まえますよ。目撃者が特徴をしっかり見ている。どうぞ、移動してください」

「それなら」クイーン君はゆっくりと言った。「実は、ぼくは誰が撃ったのか知っているんですがね」

「エラリーってば!」

「ぼくはその男を見ました、誰なのか知っています」

ふたりが支配人のオフィスに案内されていくと、ちょうどその時、五十対一のハイ・トルが二馬身半差で一着になり、サンタ・アニタ・ハンディキャップの優勝賞金十万ドルを獲得したというアナウンスがはいった……クイーン君は小声《ソット・ヴォーチェ》で、かわいそうなデンジャーを地に倒した遠い一発《ロング・ショット》と、同じくらい桁外《けたはず》れなロング・ショット（「大穴」という意味）だな、とミス・パリスに囁いた。

「ハリデーだあ?」ジョン・スコットは心の底から軽蔑する口調で言った。「あの肝っ玉の小せえガキがおれを撃ち殺そうとしたって?」

「見間違えようはありませんでしたよ、スコットさん」エラリーは言った。

「ええ、ジョン、わたしも見たわ」ポーラはため息をついた。

「そのハリデーってのは何者です?」警備主任が訊ねた。

スコットがハリデーについて、前日の口論も含めて、ぽつりぽつりと語った。「おれぁ、あいつを殴り倒して、蹴ってやった。きっと、あいつはおれにやり返すには銃でなきゃ無理だと思ったんだろ。それでデンジャーが巻き添えを食っちまった、かわいそうに」この時、初めて老人の声が震えた。

「なるほどね、必ず捕まえますよ。絶対に競馬場の外には出ていないはずです」主任は険しい顔で言った。「水ももれないくらい隙間《すきま》なく封鎖しましたから」

「ところで」クイーン君がつぶやいた。「スコットさんのお嬢さんのキャスリンが、昨夜から行方不明なのをご存じですか」

ジョン老人の顔にゆっくりと血がのぼってきた。「あんたまさか——うちのケイトが関わってると——」

「馬鹿なこと言わないのよ、ジョン!」ポーラがたしなめた。

「とりあえず」クイーン君は淡々と言った。「お嬢さんの失踪と、今日ここでの襲撃が、偶然、同時に起きたはずがない。主任、いますぐにミス・スコットの捜索を始めるべきだ。それと、デンジャーの馬具を取り寄せてもらえませんか。調べてみたいんです」

「ちょっと、あんたね、いったい何様です?」警備主任は唸った。

クイーン君はめんどくさそうに素性を明かした。主任はしかるべき敬意を抱《いだ》いたようだった。あちこちの警察署に電話をかけ、さらに、デンジャーの馬具を持ってこさせるように手配した。まだ騎手の服と帽子《シルク》を身につけたままのホワイティ・ウィリアムズが、競馬用の高くて小さい鞍を運んできて、どさりと床に置いた。

「ジョン、本当に、こんなことになって」騎手は低い声で言った。

「おまえの責任じゃねえよ、ホワイティ」大きな肩ががくりと落ちた。

「ああ、ウィリアムズ、ありがとう」クイーン君がてきぱきと言った。「これはデンジャーがさっきまでつけていた鞍かい?」

「そうです」

「撃たれてすぐ、きみがはずした時のままか?」

「そうです」

「誰かがこれに触る機会はあったのかな?」

「いいえ。ずっとおれの近くに置いてたけど、誰もそばに寄ってきませんでしたから」

クイーン君はうなずいてひざまずくと、ポケットをからっぽにした鞍を調べた。ポケットの蓋に開いた焼け焦げた穴をじっと見ながら、その眉がいぶかしげにしかめられた。

「つかぬことを訊くが、ホワイティ」エラリーは声をかけた。「きみの体重はいくらだ?」

「百七ポンド(約四十九キログラム)です」

クイーン君は眉間に皺を寄せた。立ち上がり、そっと膝の埃を払うと、警備主任を手招きした。ふたりは小声で何やら話しあっている。主任は面食らった顔になったが、肩をすくめると、急ぎ足で外に出ていった。

戻ってきた主任が連れていたのは、完璧すぎるほどめかしこみ、異国風の空気を漂わせた、見覚えのある紳士であった。紳士は悲しそうな顔をしていた。

「ジョン、どこぞの頭のおかしい奴があんたに向かって発砲したそうじゃないか」たいそう遺憾に思っている口調で言った。「それで、かわりにあんたの馬がやられたって。まったく、気の毒に」

このなんとでも解釈できそうな曖昧《あいまい》な言葉の裏には、妙におもしろがっているような響きがあり、ジョン老人はさっと敵意をむき出しに顔を振り上げた。

「てめえ、このど汚《ぎた》ねえ泥棒野郎——」

「サンテッリさん」クイーン君は声をかけた。「ブルームスティックの出走を取りやめることになったのを、あなたはいつ知りましたか」

「ブルームスティック?」サンテッリ氏は、この的はずれな質問に、少し驚いたようだった。

「それは、まあ、先週ですが」

「それであなたはスコットさんの厩舎を買い上げようと持ちかけたわけですか——デンジャー

を自分のものにするために」

「そうです」サンテッリ氏は愛想よくほほ笑んだ。「あの馬はすごい。うちの馬が出られないってことになったからには、本命はあの馬でしたからね」

「サンテッリさん。あなたはいわゆる真っ赤な嘘つきですね」サンテッリ氏は微笑を消した。

「あなたがデンジャーを買いたかったのは、勝たせるためじゃない。負けさせるためだ！」

サンテッリ氏はやれやれという顔になった。「誰ですか、この」警備主任に向かって、わざとらしく言った。「頭のおかしい人は？」

「ぼくはずぶのど素人《しろうと》でして」クイーン君は言った。「ここ数日の間、競馬に詳しい人々に、それこそ赤ん坊のように一からいろいろ教えてもらっていたわけですが、そうして得た情報によると、あなたのブックメーカー組織は、デンジャーのオッズが五対一の時に、その賭け率でデンジャーへの賭け金を山ほど集めたそうですね（ブックメーカー方式では、賭ける時点で賭け率が確定されている）」

「おやおや、あんた、ずいぶんな事情通じゃないか」サンテッリ氏は突然、猫の皮をかぶるのをやめることにしたようだった。

「全部でだいたい二十万ドルほど、賭け金を受け取ったんですよね？」

「やれやれ」サンテッリ氏は言った。「気の毒に、妄想がひどいな」

「ということは」クイーン君はほほ笑んだ。「もしデンジャーがハンディキャップ戦で勝ってしまったら、あなたは五対一の賭け金を支払うはめになって、まるまる百万ドルの損をするってことですよね？」

「しかし、どこかの男が消そうとしたのは、馬じゃなくてジョンの方だろう」サンテッリ氏は穏やかに指摘した。「くだらん与太話をしたけりゃ、よそに行くんだな、妄想君」

ジョン・スコットは何がなんだかわからないというように、ギャンブラーからクイーン君に視線を移した。顎の筋肉が盛り上がり、ひくついている。

まさにその瞬間、警備員が一同の輪の中に、ハンクス・パンクス・ぼけなす・ハリデー君を届けてきた。青年の眼鏡は鼻の上でひん曲がり、襟《えり》は大きくはだけられて咽喉仏《のどぼとけ》が飛び出していた。

＊

ジョン・スコットが飛びかかっていったが、エラリーは、老人がからさお武器《フレイル》のようにぶんまわしている腕が殺戮《さつりく》を始める寸前で押さえこんだ。

「この人殺し！　人でなし！　馬殺し野郎！」ジョン老人は吼えたてた。「おれの娘をどうしやがった」

ハリデー君は重々しく言った。「スコットさん、今度のことは本当にお気の毒でした」

老人の口があんぐり開いた。ハリデー君は痩せて骨張った両腕を組んで、仁王立ちになり、自分を捕まえてきた警備員を睨んだ。「ぼくを手荒に扱う必要はなかったんだ。ちゃんと覚悟はできている、その――いわゆる――〝音楽〟を聴く覚悟は。だけど、ぼくは何ひとつ答えるつもりはないよ」

「主任、こいつはハジキを身につけていません」傍《かたわ》らに立つ警備員が報告した。

「銃はどうした」警備主任が詰問した。返事はなかった。「スコットさんを射殺しようとした時には、手に持っていたのを認めるか？」返事はない。「お嬢さんはどこだ」

「いいかげん、わかれよ」ハリデー君は無表情に言った。「何を訊いても無駄だって」

「ハンクス・パンクス君」クイーン君はつぶやいた。「たいした奴だな、きみは。キャスリンの居場所を、きみは知らないんだろう」

ハンクス・パンクス・ぼけなす君は一瞬で顔をこわばらせた。「だめです、クイーンさん。ぼくに話させようとしないでください。お願いです！」

「でも、きみはここでお嬢さんと会えると期待してたんだろう？」

ハンクスは真っ青になった。警備員が言った。「こいつ、頭がおかしいんですかね。全然逃げようとしないんです。まったく抵抗しないで」

「ハンク！　ダーリン！　パパ！」キャティ・スコットの大声が響いた。髪はもつれ、顔は埃まみれで、部屋に駆けこんできた娘は、ハリデー君のぺらぺらに薄い胸に飛びこんだ。

「キャティ！」ポーラは叫んで、娘に飛びかかると抱きしめた。そして、ポーラとキャスリンとハンクスの三人が抱きあい、おいおいと声をそろえて泣きだすと、ジョン老人のあんぐり開いた顎はいっそう床に近づき、ひとりだけにこにこしているクイーン君を除き、全員がそれぞれの場所に根を生やしたように動けなくなり、永遠とも思われる時間、唖然としていた。

やがてミス・スコットが父親に駆け寄り、しっかりとしがみつくと、ジョン老人のがっくりしていた肩が少しだけ上がった。が、困惑の表情はそのままだった。娘は父親の広い胸の奥深くに顔を埋めた。

この驚くべき混沌の最中《さなか》に、競馬場付きの獣医が大急ぎでやってきた。「いい知らせですよ、スコットさん。いま弾丸を摘出してきたんですが、傷そのものは深いものの、完治すれば、デンジャーは後遺症もまったくなく元どおりになると保証します」それだけ言って、大急ぎで去っていった。

するとクイーン君はいっそうにこにこして言った。「やれやれ、これがほんとの誤解《コメディ・オブ・》から生じる喜劇《エラーズ》ってやつですね」

「喜劇だと！」娘の金色の巻き毛越しにジョン老人は怒鳴った。「おれがぶっ殺されそうになったのも喜劇だってのか？」そして、ハンク・ハリデー君をすさまじい眼つきで睨みつけた。青年はちょうどその時、警備員からハンカチを借りて、涙をぬぐっていた。

「ねえ、スコットさん」クイーン君は答えた。「あなたの命はまったく狙われちゃいませんよ。銃はあなたを狙って撃ったわけじゃない。最初っからデンジャーが、ただデンジャーだけが、生贄《いけにえ》として血祭りにあげられる予定だったんです」

「ちょっと、どういうこと？」ポーラが叫んだ。

「やあ、だめだよ、ホワイティ」クイーン君はいっそうにこにこしながら言った。「ぼくが保証するが、そのドアはしっかり監視されている」

騎手はつっけんどんに怒鳴った。「あんた、本当に頭がいかれてんな。次はおれがあの馬に鉛玉《なまりだま》をぶちこんだとか言いだすんだろう。デンジャーの背中にまたがってたのに、十五メートルも離れた観客席からどうやって撃てるってんだ？　そこのいかれたガキが撃ったところを百万の人間が見てたんだぞ！」

「喜んで」クイーン君はお辞儀をしながら答えた。「この難題を解き明かしてごらんにいれましょう。よろしいですか、紳士淑女の皆さん、デンジャーは公式にサンタ・アニタ・ハンディキャップ・レースにおいて、百二十ポンドの斤量《きんりょう》が課せられることになっていました。わかりやすく言えば、レース直前に重量を計測する儀式において、騎手が馬具を持ってはかりに乗った時に、騎手の体重と馬具の重さの合計がきっかり百二十ポンドでなければならないということです。そうならなければ、ホワイティ・ウィリアムズ氏は競馬役員から、騎乗を認められません」

「それが何だってんです？」警備主任はそう訊きながら、感情のない鋭いまなざしでホワイティ・ウィリアムズ氏を見た。

「すべてを語っていますよ。なぜなら、ウィリアムズ氏はほんの数分前に、自分の体重は百七ポンドしかないと、自分の口から教えてくれたからです。ならば必然的に、デンジャーが撃たれた時につけていた競技用の鞍には、ウィリアムズ氏の体重百七ポンドと馬具の重さを合計した総重量と、定められた斤量である百二十ポンドとの差を埋めるために、さまざまな重さの鉛のおもりが入れられることになる。ここまであっていますか？」

「もちろん。誰でも知ってることですよ」

「そうそう、ホームズ氏の不滅の名言流に言えば〝初歩的なこと〟です。にもかかわらず」クイーン君は言葉を続けながら、歩いていって、さっきホワイティ・ウィリアムズがこの部屋に持ってきた鞍をつま先でちょいとつついた。「ぼくがこの鞍を調べた時、どのポケットにもおもりはひとつもはいっていなかった。ウィリアムズ氏は、ご自身の手でデンジャーの背からはずしたあとは、この鞍に触れた者はひとりもいない、と断言しました。しかし、そんなことはありえないのですよ。おもりなしでは、ウィリアムズ氏の体重と鞍の重量の合計は、百二十ポンドに届かない。

　それで、ぼくは知ったのです」クイーン君は言った。「ウィリアムズは、違う鞍に乗って計量したに違いないと。つまり、デンジャーは撃たれた時、別の鞍を背負っていたのだと。大怪我をした馬からウィリアムズがはずしてやったのは、別の鞍だったのだと。ウィリアムズは問題の鞍をここのどこかに隠し、我々に言われて持ってきたのは、第二の鞍で――そう、床に転がってるこれです――前もって、ちょうどいい位置に弾丸《たま》で穴を開けておいたのですよ。ウィリアムズがそんなことをしたのは、第一の鞍に、他人に見られては都合の悪い何かがあるからに違いない。だとすればその何かとは、ハリデー君が最初に撃った一発に続く混乱のどさくさにまぎれて、ウィリアムズが怯えた馬をなだめるふりをしてかがみこみ、鞍のポケットに手を入れ、十五メートル先でハリデー君がさらに三発の無駄玉を撃ちまくっている間に、ゆうゆうと引き金を引いた拳銃がはいっている、秘密のポケットのほかにあるでしょうか？　どう考えても、ハリデー君があの距離からデンジャーに、確実に命中させられるわけがない。ハリデー君は銃の扱いに関してはど素人です。へたをすればむしろウィリアムズに当たっていたでしょう。ですから、ぼくはハリデー君が空包を使っただけで、銃はどこかに捨ててきたに違いないと信じているのですよ」

騎手の声は、パニックで甲高くなった。「あんた、頭おかしいぜ！　特別な鞍だって。そんな馬鹿な話、誰が聞いたことある――」

クイーン君はまだにこにこしたまま、ドアに歩み寄り、さっと開けて言った。「やあ、見つけてくれたんだ。こちらへ、頼む。へえ、デンジャーの馬房の中に？　お粗末だね」

エラリーは競技用の鞍を持って引き返してきた。ホワイティは悪態をつき、黙りこんでしまった。クイーン君と警備主任とジョン・スコットがその鞍を調べると、予想どおりに、あぶみの真上あたりにあるポケットの蓋の裏に、隠しポケットが縫いつけられ、その中に、短いずんぐりした拳銃がおさまっていた。隠しポケットを貫いた弾丸が開けた穴は、焼け焦げ、火薬の粉が飛び散っている。

「だけど、どこに」警備主任はつぶやいた。「ハリデーが関わってくるんだろう？　全然、関係性がわからん」

「そりゃ、わかる人間はほとんどいないでしょう」クイーン君は言った。「ハリデー君は二足歩行動物の中でも、言ってみれば、実に特異な存在なのですから」

「はあ？」

「だって、彼はホワイティの共犯者だったんですよ――そうだろう、ハンクス？」

ハンクスはごくりと咽喉《のど》を鳴らして言った。「そうです。いや、そうじゃなくて。だから、その、ぼくは――」

「でも、ハンクは絶対にそんなことをしないわ――」キャティは泣きだした。

「つまりですね」クイーン君はきびきびと言った。「ホワイティは、自分がこのカリフォルニアで、デンジャーを撃った犯人ではないと思われるように、お膳立てをしたかったわけです。ジョン・スコットとハンクの諍《いさか》いは、都合よく、すぐに使える材料を与えてくれました。ハンクにスコット氏に対する動機らしきものがあるいま現在、もしも、ハンクが実際に撃ったように見せかけることができれば、ホワイティがこの件に関与していると疑う者は誰もいないはずです。

しかし、ハンクをあやつるには、彼の弱みを握っていなければならない。さて、ハリデー君のアキレスのかかとは何でしょう？　むろん、キャティ・スコットに対する熱烈な愛情にほかなりません。そんなわけで、昨夜、おそらくホワイティの父親であるウィード・ウィリアムズが――この男が、ねえスコットさん、あなたにアメリカ競馬界から追い出されて鞍作り職人になったという例の騎手なんでしょう？――キャティ・スコットを誘拐してから、ハンクス・パンクス君に接触し、もしも愛する娘の生きた姿をもう一度拝みたければ、今日は言われたとおりにしろと命じたのです。ハンクス・パンクス君は、差し出された銃を受け取り、神妙に指示を聞き、何でも言われたとおりにすると同意し、ことがすんだあとに、たとえ有罪とされて刑務所にはいろうと、真相については絶対にひとこともらさないと約束しました。なぜなら、そんなことをすれば、この世の何より大切なキャティの身に何か恐ろしいことが起きると聞かされたのですからね」

ハリデー君がごくりとつばを飲み、咽喉仏が激しく上下するのが見えた。

「いまのいままでずっと」ジョン・スコットは、縮みあがった騎手をすさまじい眼で睨みながら怒鳴った。「この畜生のクズ野郎と、こいつの卑怯者の親父は、こそこそと陰に隠れて、勇敢な男を馬鹿にして笑ってやがったのか。おれにちんけな復讐をするために、おれを破滅させるために！」ジョン老人は熊のようにのそのそとハリデー君に歩み寄った。「そして、ハンク・ハリデー、おれぁ、今日ほど恥じ入ったこたぁねえ。こんなにけなげな話は、生まれて初めて聞いた。ハンディキャップ戦の賞金は取りそこなったが、ちっともおまえのせいじゃねえ、いまのおれは文無しの、ただの老いぼれだ。握手してくれるか」

ハリデー君は上の空でその手を取りながら、もう一方の手でポケットをごそごそさぐっていた。「それはそうと」青年は言った。「ハンディキャップ戦はどの馬が勝ったか、誰か知ってますか？　ぼくはいろいろと忙しかったもんで――」

「ハイ・トルだよ」ざわめきの中から誰かの声が教えてくれた。

「ほんとに？　じゃあ、この馬券を金に換えなくちゃ」ハリデー君は少し興味のわいたような声で言った。

「二千ドル！」馬券を覗きこみ、ポーラは眼を丸くして息をのんだ。「この子ったら、五十対一のハイ・トルに二千ドル賭けてたのよ！」

「ええ、母が遺してくれた、ささやかなへそくりです」ハリデー君はそう言うと、気まずそうな顔になった。「ごめんなさい、スコットさん。ぼく、あなたに腹がたって——その——お尻を蹴られた時に。それで、デンジャーに賭けなかったんです。それに、高い岩山《ハイ・トル》というのは、とてもきれいな名前だと思ったので」

「まあ、ハンク」キャティは泣きながら、青年の首っ玉に飛びつくと、ぎゅうぎゅう締めつけ始めた。

「そういうわけで、スコットさん」ハンクス・パンクス・ぼけなす君は、威厳を見せて言った。「ぼくに、キャティと結婚して、あなたが競馬界に復帰する手伝いをさせていただくことをお許し願えますか?」

「いやあ、めでたい!」ジョン老人は叫ぶと、未来の義理の息子をあばら骨が砕けるほどに抱きしめた。

「いやあ、めでたい」クイーン君はつぶやくと、ミス・パリスをつかまえて、いちばん近いバーに引っぱっていった。

おっと、危《デンジャー》ない!

正気にかえる

Mind Over Matter

ポーラ・パリスがニューヨークに着いてみると、殺人課のリチャード・クイーン警視は、慰めようもないほどしょんぼりしていた。警視の気持ちは、ポーラにはよくわかった。なぜなら、ポーラ自身、ヘビー級チャンピオンのマイク・ブラウンと、挑戦者ジム・コイルの試合を取材するために来たからである。この夜、両雄は世界チャンピオンの座を賭け、スタジアムで十五ラウンド戦う契約を結んでいた。

「まあ、お気の毒に」ポーラは言った。「で、あなたはどうなの、大先生？　試合の切符を買えないで、がっかりしてるんじゃない？」エラリー・クイーン君に訊いた。

「ぼくは呪われてるからな」偉大な先生様は憂鬱《ゆううつ》そうに言った。「ぼくが行けばきっと何か恐ろしいことが起こるに決まってる。それなのに行きたいわけがないだろ」

「ボクシングを見たい人は、恐ろしいことを見るのがお目当てで行くんだと思ってたわ」

「いや、ぼくが言ってるのは、ノックアウトなんてやわなもんじゃない。もっと、ぞっとすることさ」

「せがれが心配しとるのは、誰かが誰かを殺《ノックオフ》すんじゃないかってことだ」警視が口をはさんだ。

「だって、実際、いつもそうだったんだから」せがれは言い返した。

「これの言うことなんぞ聞かんでいいぞ、ポーラ」警視はにべもなく言った。「そうだ、あんたは新聞の婦人記者だろう。わしに切符を一枚、融通してもらえんか?」

「ぼくの分も用意してくれてかまわないんだぜ」クイーン君は唸った。

すると、ミス・パリスはにっこりして、有名なスポーツ記者のフィル・マグワイアに電話をかけ、うまいこと言いくるめたものだから、その日の夕方、マグワイア氏は自分のがたぴしする小さなロードスターで一同を迎えにくるはめになった。こうして、スタジアムでの派手な大喧嘩を見物するために、皆そろって車に乗りこみ、アップタウンに向かったのである。

「で、マグワイア、きみの予想だと試合はどうなりそうかな?」クイーン警視は丁重に訊ねた。

「この馬鹿騒ぎに関しちゃ」記者は言った。「不肖《ふしょう》マグワイア、自分があああ言ったこう言ったと引き合いに出されたくはないのであります」

「わしはチャンプがコイル坊やをのしちまうと思っとるがね」

マグワイアは肩をすくめた。「フィルはチャンピオンが気に食わないのよ」ポーラは声をたてて笑った。「マイク・ブラウンがタイトルを取ってから、フィルとマイクは仲が良くないの」

「別に個人的に何があったわけじゃないよ」フィル・マグワイアは言った。「ただ、キッド・ベレスを覚えてないかい? ほら、キューバから来た若いのだよ。オリー・スターンがマイク・ブラウンをそそのかして、そりゃもう甘々のでかい〝砂糖〟を一緒にせしめないかってしつこかったころの話だ。当然、その試合は八百長だよ。もちろんマイクは八百長だって知ってたし、キッドも八百長だと知ってたし、みんながみんな、八百長なのは知ってて、キッド・ベレスは第六ラウンドでダウンする筋書きになってた。それがどうだい、マイクの奴、ふらっと出てって、キッドを滅多打ちにして半殺しにしやがった。最低の野郎さ。キッドは病院送りだ。ひと月後に出てきた時には亡霊同然だった」そこでマグワイアはきゅっと皮肉な笑みを浮かべ、道を渡りたそうな老人を、優しいクラクションでうながした。やがて、もう一度、車を走らせながら、スポーツ記者は言った。「まあ、単に私はチャンプが好きじゃないってことかな」

「八百長の話が出たけど……」クイーン君が言いかけた。

「そんな話、してたっけ?」マグワイアはしれっとした顔で受け流した。

「もし、八百長抜きで公明正大にやれば」クイーン君は憂鬱そうに言った。「コイルがチャンピオンを殺しちまうだろうな。リングごとばらばらにするんじゃないか。あのでかぶつは、タイトルを咽喉《のど》から手が出るほど欲しがってる」

「まあね」

「おい」警視はにやりとした。「で、今夜はどっちが勝ちそうなんだ?」

マグワイアはにやりとし返した。「ま、警視も賭けのオッズは知ってるでしょ? 三対一でチャンプが有利ですよ」

スタジアムと道路をはさんでいる駐車場にはいっていきながら、マグワイアが舌打ちした。「ちぇっ、噂をすれば」スポーツ記者は小さなロードスターを、鮮やかな血の色をした十二気筒の巨大なリムジンの隣に停めた。

「なあに、どういうこと?」ポーラ・パリスが訊いた。

「このポンコツの隣に停まっている真っ赤な車はね」マグワイアはふふんと笑った。「チャンプ様のお車だよ。いや、マネージャーのオリー・スターンの車と言った方がいいか。オリーがマイクに使わせてやってるのさ。マイクの車は川にどぼんしちまったんだ」

「チャンピオンは金持ちじゃないのか」クイーン君は言った。

「いまは違う。何から何まで差し押さえられちまってる。あいつの潰《つぶ》れた耳には、裁判で確定した債務が何ダースもぶらさがってるよ」

「しかし、今夜が過ぎればまたお大尽《だいじん》じゃないか」警視は羨ましそうに言った。「試合の取り分は五十万ドル以上だろう!」

「あいつのふところにゃ、一セントだってはいりませんよ」スポーツ記者は言った。「あのかわいい奥さん——アイヴィーを知ってるでしょう、元ストリッパーの、あっちもこっちもぼいんぼいんで、たまらない曲線美のかわいこちゃんだ——そのアイヴィーとマイクの債権者たちが根こそぎ持ってっちまうだろうな。じゃ、行きますか」

クイーン君はミス・パリスがおんぼろのオープンカーから降りるのを手伝うと、キャメルの毛皮のトップコートを無造作に後部座席に放りこんだ。

「ちょっと、エラリーったら、そんなところにコートを置きっぱなしにしちゃだめよ」ポーラが止めた。「盗まれちゃうじゃない」

「盗みたきゃ盗めばいいさ。もうボロ雑巾《ぞうきん》だ。だいたい、なんでこんなもの持ってきちまったのかな、この暑いのに」

「ほらほら、もう行くよ」フィル・マグワイアがじれったそうにうながした。

＊

リングサイドの記者席《プレス》から一般のスタンド席まで、怒号と野次を飛ばす人々がひとつの大きなうねりとなっていた。リングの中ではバンタム級のふたりがやりあっている。

「なんでみんな殺気立ってるんだろう？」クイーン君はぎょっとして訊いた。

「客は大砲同士のぶつかり合いを見にきたんで、コルク栓のぽんぽん銃なんて興味ないんだ」マグワイアが説明した。「まあ、このカードじゃ無理もないね」

「前座試合が六つか」クイーン警視がつぶやいた。「どれも好カードだ、いい選手ばかりじゃないか。なんでみんな、ぶうぶう言っとるんだ？」

「バンタム級、ウェルター級、ライト級、それとミドル級だけだもんなあ」

「だから？」

「だから、物足りないんですよ。ファンはでっかいのがふたり、ぶちのめしあうのを見にきてるんだ。羽虫《はむし》なんぞお呼びじゃないってわけです――たとえ一流の羽虫でもね……よう、ハッピー」

「誰なの？」ミス・パリスは興味をひかれて訊ねた。

「ハッピー・デイだよ」警視がマグワイアのかわりに答えた。「ギャンブルで食っとる。ニューヨークでも五本の指にはいるほどの大物賭博師だ」

ハッピー・デイは二列ほど前の席にいて、首のうしろの脂肪のひだひだの上に、たいそう高価なパナマ帽をのっけていた。ぱんぱんにふくらんだ顔はミルク粥《がゆ》のような色で、目玉はふたつの干し葡萄《ぶどう》そのものだ。彼はマグワイアに会釈をすると、また前を向いてリングをじっと見ている。

「いつもなら、ハッピーの顔は生のステーキ肉みたいな色をしてるんですがね」マグワイアが言った。「何か心配ごとがあるんだな」

「たぶん」クイーン君がおどろおどろしい口調で言った。「あの紳士はネズミの匂いを嗅ぎつけたんだろう」

マグワイアは偉大な人物をちらりと横目に見たが、やがてにんまりした。「ああ、そこにチャンプの奥方がいる。アイヴィー・ブラウンが。どうです、紳士諸君、なかなかの上玉《じょうだま》でしょう?」

その女は、干からびた皺《しわ》だらけの小男の腕にすがって、ゆるゆると通路を歩いていた。小男は長い緑色の火がついていない葉巻を神経質にくちゃくちゃ嚙んでいる。チャンピオンの妻はフィレンツェのカメオのような美貌の、まさに女ざかりの獣であった。小男は女が席に着くのを手助けし、丁重にお辞儀をして、そそくさといなくなった。

「あの小男はブラウンのマネージャーのオリー・スターンじゃないか?」警視が訊ねた。

「そうですよ」マグワイアが答えた。「いまの小芝居を見ましたか? ここ二、三年、アイヴィーとマイク・ブラウンは別居してましてね。オリーは、世間体が悪いと気にしてる。でもって、おおやけの場ではああやって、チャンプの女房殿に気をつかってるところを見せるわけです。ポーラ、彼女をどう思う？　女性の見方ってのはいつも切り口が新鮮でおもしろい」

「陰口に聞こえるかもしれないけど」ミス・パリスはつぶやいた。「でもあれは、本性が雌狼の、ごてごて着飾りすぎた商売女《ハービー》ね、まともなお化粧のしかたも知らないんだわ。安っぽい——とても安っぽい女よ」

「金のかかる——とても金のかかる女だよ。マイクはもうずっと前から離婚したがってるんだが、アイヴィーが札束のふとんの上に寝そべって動こうとしない——マイクは全盛期に、そりゃあしこたま稼いだからね。それじゃ、いまから私は仕事するんで」

マグワイアは持参のタイプライターの上におおいかぶさった。

夜が深まり、客が野放図に騒ぐ中、有名な探偵エラリー・クイーン君は落ち着かなくなってきた。実のところ、百八十センチ以上もあるその身体は、バイオリンの絃のようにぴいんと張りつめていた。これはなじみ深い、そして決まって危険な事態が起きる前兆だった。この空気の中に、殺人の予感が漂っている。

＊

挑戦者が先に登場した。するとまるで決壊したダムからほとばしる激流のような、轟《とどろ》く咆《ほう》哮《こう》に出迎えられた。

ミス・パリスは、感極まって息をのんだ。「んまあ、彼、すてきじゃない！」

ジム・コイルはすてきだった——なかなかの色男で、身長百九十八センチの巨人は、肩幅が恐ろしく広く、のびのびと長い筋肉のすなおな線が美しく、肌はよく日に焼けている。コイルは無精ひげの頬をごしごしこすると、熱狂的なファンに向かって、少年のような笑顔を向けた。マネージャーのバーニー・ホークスが、続いてリングにはいった。ホークスもかなりの大男だが、世話をしている選手の隣に立つと、子供のように見える。

「ボクサーパンツをはいたヘラクレスだわ」ミス・パリスはうっとりとため息をついた。「エラリー！　あんな身体、見たことあって？」

「きみ、いま、この場でもっとふさわしい質問は」クイーン君の口調には嫉妬がこもっていた。「彼があの身体を床につけずにすむだろうかって質問だ。問題はそこだろ」

「あれだけでかい男にしちゃ、動きはめちゃくちゃ素早いよ」マグワイアが言った。「でかぶつだからと甘く見てると、びっくりするほど速い。まあ、マイク・ブラウンほどスピードはないかもしれんが、ジムの方がタッパもリーチもあるからその分有利だし、牡牛のように強い。むかしのフィルポ（〈パンパの暴れ牛〉の異名を持つヘビー級ボクサー、ルイス＝アンヘル・フィルポ）みたいだね」

「チャンプが来たぞ！」クイーン警視が叫んだ。

醜い大男がのっしのっしと通路を歩いてくると、片手を支えに、ひらりとリングの中に飛びこんだ。マネージャー——例の、干からびて皺だらけの小男である——もあとに続くと、あいかわらず火のついていない葉巻をくちゃくちゃ噛みながら、リングのキャンバス地のマットの上で、揺れに合わせて浮いたり沈んだりしている。

「ブー！　ブー！」

「みんな、チャンピオンにブーイングしてるわよ！」ポーラが叫んだ。「フィル、どういうこと？」

「奴の根性が気に食わないからさ」マグワイアがくすりと笑った。「下劣で、粗野で、醜男《ぶおとこ》で、騾《ら》馬《ば》なみにスタミナのある乱暴者で、心はプレッツェルのようにねじくれ曲がっている。そういう野郎だからだよ、ダーリン」

ブラウンは百九十センチに足りず、骨格はゴリラのようで、もじゃもじゃ毛の生えた胸は広く、腕はだらんと長く、両肩はずんぐりと盛り上がり、馬鹿でかい足の裏をべたりと地につけている。顔は潰れて、残忍そうに見えた。敵意を向けてくる観衆にも、自分より長身で大柄な若い挑戦者にも、知らん顔をしている。超然として、まわりに無関心な、まるで人ではない、戦うだけの機械のようだ。

けれどもクイーン君は、些細《ささい》なことを見逃さない実に特殊な天才なので、ブラウンの力強い下顎《したあご》がなめし革のような頬の下でずっとひくひく動いていることに気づいた。

そして再び、予感がしてクイーン君の全身はぴいんと張りつめた。

＊

第三ラウンドの始まりを告げるゴングが鳴った時、チャンピオンの左目は紫色の細い線になり、くちびるは切れて血まみれで、大猿のように毛深い胸はひと息ごとに大きく上下していた。

三十秒後、見上げるエラリーたちの目の前で、コーナーに追いつめられたチャンピオンは痛めつけられた獣だった。両方の腎臓の真上には不規則な形のあざがいくつもできて、胴体には深紅の花がいくつも咲いているのが見えた。

ブラウンが身をかがめ、両腕で前を固めて、顎をガードした。ビッグ・ジム・コイルが流れるように前に出る。巨人のグローブがブラウンの身体にめりこんだ。チャンピオンは前に倒れかかると、長い日焼けした容赦《ようしゃ》のない両腕で相手を羽交い絞めにした。

レフェリーがふたりを引き離した。ブラウンがまたコイルにからみつく。ふたりはダンスした。

観客は〈美しく青きドナウ〉を唄いだし、レフェリーがもう一度、ふたりの間に割りこむと、厳しくブラウンに注意した。

「汚いねえ、実に汚い裏切り者だ」フィル・マグワイアはにやりとした。

「誰が？　どういう意味だね？」クイーン警視は怪訝《けげん》な顔で訊ねた。

「まあ、最後まで見てりゃわかりますよ」

チャンピオンはぼろぼろの顔を上げるると、ぐしょ濡れの左のグローブを弱々しくコイルに向かって突き出した。巨人は声をたてて笑いながら進み出た。

チャンピオンはダウンした。

「絵に描いたようにおみごとだね」マグワイアは感心したように言った。

潰れた耳に歓声の嵐と共にカウント九の声が届いたところで、マイク・ブラウンがよろよろと立ち上がった。そこにコイルの巨体がするりとはいりこみ、必殺の硬いこぶしを十二発連続で叩きこんだ。チャンピオンの膝が崩れた。二十センチの距離を風を切って飛ぶアッパーカットが顎の先をとらえると、ブラウンはキャンバスマットに倒れこんだ。

今度はもう動かなくなった。

*

「しかしまあ、奴もうまいこと、まともな勝負に見せかけたもんだ」マグワイアは何やら含むような口ぶりで言った。

スタジアムは血に飢えた客の満足と歓喜の雄たけびにわきあがっている。ポーラは吐き気をもよおしたようだった。数列前にいるハッピー・デイは飛び上がると、茫然としたまなざしであたりを見回し、やがて人々をぐいぐいかき分けていった。

「ハッピーはもうハッピーじゃなくなっちまったね」マグワイアが歌うように言った。

リングの上は警官やトレーナーやスタッフでごった返している。ジム・コイルは叫んでいる人々の波にのまれて溺れかけていた。少年のようにあけっぴろげに笑っている。チャンピオン側のコーナーではオリー・スターンが、気絶した男のねじれた身体の上にかがみこんで、のろのろと介抱していた。

「まったく」フィル・マグワイアは立ち上がって伸びをした。「これほどみごとなノックアウトの芝居は見たことがないよ、これでも職業柄、結構な出来の八百長をそれなりにたくさん見てきたってのに」

「なあ、マグワイア」クイーン君はいらいらしてきて言った。「ぼくにも眼があるんだ。どうしてブラウンがせっかくのタイトルをぶんなげたって確信してるんだ？」

「あんたはセンター街（警察本部）のアインシュタインかもしれないが」マグワイアはにやりとした。「ここじゃ、ただのぼんくらだよ、クイーンさん」

「わしには」警視は群衆にもみくちゃにされながら言った。「ブラウンがかなり手ひどくやられたように見えるが」

「まあ、そうでしょう」マグワイアは鼻先で笑った。「あのねえ、マイク・ブラウンは、ボクシング史上最高に強烈な右腕を持ってるんです。今夜、奴がコイルを相手に右を使うのを見ましたかね――一度でも？」

「ふうむ」クイーン君は認めた。「いいや」

「もちろん、見たはずがない。一発だってね。特に第二ラウンドは、十回以上もチャンスはあったのに。ジム・コイルはガードが低すぎたしね。それなのにマイクのやったことと言ったらどうです？　必殺の右を大事に冷蔵庫にしまったまま、弱っちい左でちょいちょいとジャブを打つだけで――あんなのポーラを追っぱらうことさえできませんよ！――あとはひたすらガードして、クリンチで粘《ねば》って、最後にとどめの一発を食らってみせて……いやあ、実におみごとな演技だったな。だけど、元チャンプが八百長をやったのは間違いない！」

ゴリラ男は助けられながらリングからおりていった。ひどく不機嫌で、疲れて見えた。何人かがげらげら笑いながら、あとをついていく。小男のマネージャー、オリー・スターンが腹立たしげに人々を両脇に押しのけ、道を作っている。クイーン君がこっそりブラウンの細君を見やると、はち切れそうな曲線美の持ち主アイヴィーは、青ざめ、怒り狂った形相で、彼らを追っていった。

「どうやら」クイーン君はため息をついた。「ぼくの予感ははずれたらしい」

「なんのこと?」ポーラが訊いた。

「うん?　なんでもないよ」

「申し訳ないが」マグワイアが言った。「ちょっとある人の件で、人と会わなきゃならない。すんだら、コイルの更衣室に行きますよ。そのあと、ちょっとはめをはずしましょう。ジムが若いのを何人か、おもしろいところに連れてってやると約束してるんで」

「まあっ、嬉しい!」ポーラは叫んだ。「でも、フィル、どうやってわたしたちも入れてもらうの?」

「おいおい、サツのだんなが一緒でできないことがあるのかい?　じゃ、警視、彼女をよろしく」

マグワイアは痩せた身体を丸めて、ひょうひょうと去っていった。偉大な先生の頭皮が突然ひくついた。エラリーは眉をひそめると、ポーラの腕を取った。

＊

新チャンピオンの更衣室は、煙と人と騒音に満ちていた。コイル青年はマッサージ台に、まるでリリパット国に流れ着いたガリバーのように寝そべり、身体をもみほぐされている。さまざまな質問に上機嫌で答え、何台ものカメラに向かって笑いかけ、何度も力こぶを作ってみせていた。バーニー・ホークスは襟《えり》をゆるめ、まるで赤ん坊が生まれたばかりの父親のように葉巻を配って駆けまわっている。

人々が集まりすぎて、ついに続きのシャワールームにまで客があふれ出した。床は空き瓶が散乱し、シャワールームの近くでは五人の男が部屋の隅に引きこもり、恐ろしく真剣な表情でサイコロを振っていた。

警視がバーニー・ホークスに声をかけると、コイルのマネージャーは一同をチャンピオンに紹介した。チャンピオンはポーラをひと目見て言った。「なあ、バーニー、そろそろお開きにしたいんだが」

「うん、うん。なんたっておまえさんはいま、チャンプだからなあ、ジミー・ボーイ！」

「おおい、みんな、もう一生分の写真は撮っただろ？　美人さん、きみの名前、よく聞こえなかった。パリス？　そりゃ、いい名前だ」

「きみのもね、かわいこちゃん」ポーラは澄まして言った。

「参った」青年は笑った。「さあ、みんな、帰った、帰った。おれはこちらのレディと、ちょっとスパーリングしなきゃならないんだ。おい、ルーイ、その軟膏は塗らなくていい。あいつのパンチはかすりもしてないよ」

コイルが台からすべりおりると、バーニー・ホークスはシャワールームにいた男たちをしっしっと追い出し始めた。しばらくしてから、コイルはタオルを何枚かつかみ、ポーラにウィンクすると、中にはいってドアを閉めた。やがて、陽気なシャワーの音が聞こえてきた。

ややあって、フィル・マグワイアがのっそりとはいってきた。汗をかいて、何やら動揺しているように見える。

「ハイル、ヒットラー」彼は怒鳴った。「チャンプはどこだい?」

「いるよ」コイルがシャワールームのドアを開けて、裸の胸をタオルでこすりながら現れた。腰にもタオルを巻きつけている。「やあ、フィル・ボーイ。すぐに服を着るよ。なあ、この美人はあんたのこれかい?　そうじゃないんなら、手を出させてもらうぜ」

「馬鹿なこと言ってないで、チャンプ、ほら、五十二丁目で遊ぶって約束しただろう」

「そうだった!　あんたはどうする、バーニー?　一緒に来ないか?」

「行って愉しんでおいで」マネージャーは父親めいた口ぶりで言った。「私は運営と金の話をしなきゃならん」そして、シャワールームに踊るような足取りではいっていくと、帽子を片手にキャメルの毛皮のコートを腕にかけて再び現れ、コイルに向かって愛情たっぷりに投げキッスをして、どたどたと出ていった。

「まさか、彼が着替える間、ここにいるつもりじゃないだろうね」クイーン君は妙にすねた口調でミス・パリスに言った。「行くぞ——廊下できみのヒーローを待ってればいい」

「はいはい」ミス・パリスはすなおに言った。

コイルがげらげらと笑いだした。「心配すんなって。むやみに取って食うつもりはないから。おれはそこまで女に不自由してないよ」

クイーン君はミス・パリスを強引に部屋から連れ出した。「車で待っていよう」ぶっきらぼうに言った。

ミス・パリスは口の中で言った。「はいはいはい」

ふたりは無言で廊下の端まで歩いていき、角を曲がって、スタジアムから車通りに出る細い裏道にはいった。裏道を歩いていきながら、クイーン君はシャワールームの窓を通して更衣室の中を見ることができた。マグワイアが祝いの酒を一本持参して、彼とコイルと警視がグラスを上げている。スポーツ用の下着だけを身につけたコイルは――実に……

クイーン君は大急ぎでミス・パリスを裏道から連れ出すと、通りを横切り、駐車場にはいった。車が次々にゆっくりと出ていく。しかし、オリー・スターンの大きい真っ赤なリムジンはまだマグワイアのロードスターの隣に停まっていた。

「エラリー」ポーラが優しく言った。「あなたったら、ほんとにお馬鹿さんね」

「いいかい、ポーラ、ぼくはそんな話はしたくな――」

「あらあ、何の話だと思ったの？　あなたのコートの話よ、馬鹿ねえ。わたし、注意したでしょ、盗まれるって」

クイーン君はオープンカーの中をちらりと見た。彼のコートは消えていた。「ああ、あれか。どっちみち捨てようと思ってたから、別にいいんだ。それより、ポーラ、ぼくがあんな、うどの大木野郎に嫉妬したなんて、一瞬でも思っ……ポーラ！　どうしたんだ！」

まばゆいアーク灯に照らされたポーラの頬からは血の気が引いて、灰のように真っ白だった。震える人差し指で、血のように真っ赤なリムジンを指さした。

「なか――あの、なか……あれ――マイク・ブラウンじゃない？」

クイーン君は素早くリムジンの後部座席を覗きこんだ。そして言った。「ポーラ、マグワイアの車に乗って、あっちを向いてろ」

ポーラは震えながら、ロードスターに乗りこんだ。

エラリーはスターンの車のうしろのドアを開けた。

マイク・ブラウンが車から、エラリーの足元に転げ落ちて、動かなくなった。

それからまもなく、警視とマグワイアとコイルが、酔った声でマグワイアの言った冗談に笑いさざめきながら、のんきに歩いてきた。

マグワイアがぴたりと止まった。「あれ。誰だい、そりゃ？」

コイルが出し抜けに言った。「マイク・ブラウンじゃないか？」

警視が言った。「どいてくれ、ジム」そして、エラリーの傍《かたわ》らで膝をついた。

するとクイーン君が頭を上げた。「ええ、マイク・ブラウンです。誰かが針山代わりに使ったんですね」

＊

フィル・マグワイアは情けない叫び声をあげると、電話を探して駆けだした。ポーラ・パリスはマグワイアのロードスターから這い出すと、よたよたとあとに続いて走っていった。自分の職業を思い出したのだろう。

「マイクは……マイクは――」ジム・コイルは咽喉をごろごろ鳴らして言いかけた。

「正真正銘のロングカウントだ」警視は重々しく言った。「よし、あの娘は行ったな？　手伝ってくれ、ひっくり返す」

一同は彼を仰向けにした。マイクはぎらつくアーク灯を凝視したまま、ぴくりとも動かなかった。上から下まできちんと服を着ている。フェルトの中折れ帽が耳のあたりにひっかかり、くるまっているグレーのツイードのコートはボタンがかかったままだ。コートの上から腹と胸を十回は刺されている。おびただしい出血で、コートはぐっしょりと粘っこく濡れそぼっていた。

「まだ温かい」警視が言った。「ほんの数分前の犯行だ」膝をついていた土の上から立ち上がると、いつの間にか集まってきた野次馬を見るともなくぐるりと見回した。

「もしかして」チャンピオンがくちびるをなめながら言いだした。「もしかして――」

「もしかして、なんだね、ジム？」警視はじっと彼を見て訊ねた。

「いや、なんでも。なんでもないです」

「きみは家に帰ったらどうだね？　せっかくの夜を台なしにすることはあるまい」

コイルは歯を食いしばった。「ここにいます」

警視は呼び子《ホイッスル》を吹いた。

＊

警察が到着し、フィル・マグワイアとポーラ・パリスが戻り、オリー・スターンとほかの面々が通りの向こうから姿を現し、野次馬の輪が十重二十重《とえはたえ》と厚くなってくると、エラリー・クイーン君はスターンの車の後部座席にもぐりこんだ。

真っ赤なリムジンの後部座席は地獄絵図であった。モヘアのクッションも、床のラグも皺だらけで、踏みにじられ、血に染まっている。布地の切れっぱしがくっついたままの大きなコートのボタンがひとつ、クッションの上に転がっていて、隣にキャメルの毛皮のコートがくしゃくしゃに丸めて置いてあった。

クイーン君はコートをつかんだ。さっきのボタンはこれから引きちぎられたのだ。コートの前は、殺された男のコートの前と同様に、すさまじい血の染みに汚れていた。けれども、一見ばらばらの血痕の形には、つながりがあるように見える。クイーン君はコートの前を表にして座席の上に広げると、ボタンをひとつひとつはめていった。すると、血痕はぴたりとひとつに合わさった。コートのボタンをはずして、身ごろを左右に分けると血痕も分かれ、ボタンのある側の身ごろについた血の染みは、ボタンの列から三センチほど外側で、すぱっと縦の直線でまっすぐ途切れている。

警視が頭を突き入れてきた。「なんだ、それは」

「犯人のコートですね」

「見せろ！」

「着ていたのがどんな奴かは全然わかりませんよ。まあ、そこそこの安いコートで、ラベルがはぎ取られて――持ち主を示すような特徴は何もありません。ここでどんなことがあったのかわかりますか、お父さん？」

「なに？」

「もちろん、この車内で殺人が起きたんですよ。ブラウンと犯人が同時に乗りこんだか、ブラウンが最初に乗っていたところに犯人が来たのか、犯人が先にもぐりこんでブラウンを待ち受けていたのかはわかりませんが。いずれにしろ、犯人はこのコートを着ていたんです」

「どうしてわかる」

「なぜなら、激しい格闘の跡がいくつも残っているからですよ。かなり激しい争いで、ブラウンは自分を襲った犯人のコートからボタンをむしり取っています。格闘の最中に、ブラウンは何度も刺された。血が派手に吹き出し、ブラウン本人のコートだけでなく、犯人のコートにもかかった。残された血痕の形から、格闘の間、犯人のコートのボタンはとめられていたのがわかる。つまり、犯人はそれを着ていたってことです」

警視はうなずいた。「血まみれのコートを着ているところを見られちゃまずいんで、ここに捨てていったわけだ。身元を特定されそうなしるしを全部はぎ取って」

警視の背後からポーラの震え声が聞こえた。「エラリー、それはあ、あ、あなたのキャメルの毛皮のコートじゃないの？」

　クイーン君は妙な眼つきで彼女を見やった。「いや、違うよ、ポーラ」

「どういうことだ？」警視が問いただした。

「試合の前に、エラリーがフィルのオープンカーのうしろにコートを置いていったんです」ポーラが説明した。「盗まれるわよって注意したんですけど、やっぱり盗《と》られちゃって。そしたら、キャメルの毛皮のコートがあったでしょう――この車の中に」

「ぼくのじゃない」クイーン君はいらいらしながら言った。「ぼくのだとはっきりわかる目印がこいつにはない――ぼくのは二番目のボタンホールにたばこの焦げ跡がついていて、右のポケットに穴が開いている」

　警視は肩をすくめて、行ってしまった。

「じゃあ、あなたのコートが盗まれたことは、事件に全然関係がないの？」ポーラはぶるっと震えた。「エラリー、わたし、たばこが欲しいわ」

　クイーン君は望みを叶えてやった。「まったく逆だよ。ぼくのコート窃盗事件は大いに関係がある」

「何言ってるの？　あなたがいま言ったばかりじゃない――」

　クイーン君はミス・パリスのたばこにマッチを近寄せながら、マイク・ブラウンの死体をしげしげと見つめていた。

＊

オリー・スターンの運転手は強面《こわもて》だったが、帽子をひねくりまわしていた。「試合が終わったあと、今夜はもうおまえに用はないと、マイク様に言われました。のちほどグランド・コンコースで私を拾ってやると。自分で運転したいとおっしゃっていました」

「で？」

「私は、その――興味がわきまして。あちらのスタンドでホットドッグを食べながら――見ていました。そうしたら、マイク様が現れて、車のうしろに乗りこ――」

「ひとりだったのか？」警視は訊いた。

「そうです。乗りこんで、じっと坐っていました。そこに酔ったふたり組が来て、私からはよく見えなくなってしまったんです。ただ、別の誰かがやってきて、マイク様のあとから車に乗りこんだような気がしました」

「どんな奴だ？　誰だった？　見たのか？」

運転手はかぶりを振った。「よく見えませんでした。わかりません。しばらくしてから、私には関係のないことだと思いなおして、歩きだしました。そうしたらパトカーのサイレンが聞こえたものですから、つい、引き返してきたんです」

「マイク・ブラウンのあとから車にはいっていった奴というのは」クイーン君は何やら食いつくように訊ねた。「コートを着ていたのかな？」

「そう思います。ええ」

「ほかに何か見てないのか?」クイーン君は追及した。

「すみません」

「いや、いいんだ、別に」偉大な先生はつぶやいた。「筋道ははっきりしている。お天道様のように明らかだ。まず間違いなく——」

「さっきから何をぶつぶつ言ってるの?」ミス・パリスが耳打ちしてきた。

クイーン君は眼を見張った。「口に出していたか?」そして、頭を振った。

そこに、本部から来た刑事が、ひとりのやけに着飾った小男を引っぱってきた。小男は怯えきった眼をして、知らない、知らない、自分は何も知らない、と繰り返している。警視が声をかけた。「観念しろ、オージェンス。おまえはあの飲み屋でべらべら喋ってるのを聞かれとるんだ。さっさとネタをよこせ」

すると小男は頭のてっぺんから声を出した。「おれは、面倒ごとはごめんだ。ごめんだ。おれはただ——」

「ただ?」

「マイク・ブラウンが今朝、おれを探しにきたんだ」オージェンスはぼそぼそと言った。「で、おれに言ったんだ、言ったんだよ。〝おう、ハイミー〟って。〝ハッピー・デイの野郎はおまえを知ってるな、おまえ、あいつんとこの常連だろう〟ってさ。〝おまえ、ハッピーんとこに行って、コイルがKO勝ちする方に五万ドル賭けてこい〟って言うんだ。それで〝おれの代理で五万、賭けるんだぞ、わかったか？〟って。そんで、〝もし、ハッピーだろうが誰だろうが、コイルが勝つって方に、おれの代理でおまえが賭けたことを喋りやがったら〟って。〝心臓をえぐって、両手をぶち折って、思い知らせてやる。よく覚えてろ〟って。それからもっといろいろ言われたんで、言われたとおりに、コイルがKO勝ちするって方に五万ドル賭けて、ハッピーは十二対五で賭けを引き受けたよ。それ以上、金は出せねえって言うから」

ジム・コイルが怒鳴った。「貴様、首をへし折るぞ！」

「まま、待って、ジム――」

「野郎、ブラウンが八百長したって言いやがった！」チャンピオンはわめいた。「おれは、ブラウンを正々堂々とぶちのめしてやったんだ。おれは正々堂々と勝った！」

「きみは正々堂々と倒したと思ってるがね」フィル・マグワイアはつぶやいた。「ジム、八百長なんだ。警視、だから、言ったでしょ？　ずっと右を後生大事にしまって――」

「嘘だ！　おれのマネージャーはどこだ？　バーニー、どこだ。おれの賞金を取り上げようたってそうはいくか！」コイルは吼えた。「おれは正々堂々と賞金を勝ち取ったんだ――このタイトルを、おれはフェアに取ったんだ！」

「落ち着きなさい、ジム」警視が言った。「今夜、きみがまともに試合に臨んだことはみんなが知っとる。時に、ハイミー、ブラウンは自分の賭けの元手をおまえさんに渡したのか？」

「ブラウンはすっからかんだったんだ」オージェンスは小さくなって言った。「おれが立て替えておいたよ。支払いは明日ってことで。絶対、間違いないってわかってたからさ。だって、マイクが自分で、コイルが勝つって方に賭けたんなら、試合の結果は最初《はな》からわか――」

「ぶちのめすぞ！」若いコイルはわめいた。

「落ち着けと言っとるだろう、ジム」クイーン警視がなだめた。「では、ハイミー、おまえさんが立て替えて賭けた五万ドルを、ハッピーは十二対五で預かったが、おまえさんは必ずいい結果が出ると知っとったわけだな、マイクは八百長をするつもりでいたんだから。おまえさんは百二十万ドルを受け取ってマイクに渡すことになっとったわけだな？」

「そうです、そうです。でも、ほんとにそれだけで、おれは誓ってそんな――」

「最後にハッピーに会ったのはいつだね、ハイミー」

オージェンスはさっと怯えた顔になり、あとずさりだした。付き添いの警察官が少しばかり揺さぶってやらなければならなかった。けれども、ただ頑強に首を横に振り続けるだけだ。

「ひょっとして」警視が優しげに訊ねた。「おまえさんが五万ドル賭けたのは自分のためでなく、マイク・ブラウンの代理だったことを、ハッピーがどうにかして嗅ぎつけたってことはないかね？　八百長であることを知ったか、疑いを持ったってことはないかね、ハッピーが？」

警視は刑事のひとりに鋭く命じた。「ハッピー・デイを探せ」

「ここにいるぜ」野次馬の中から低音の声が聞こえた。そして、でっぷりと肥《ふと》った賭博師が人ごみをかき分けて進んでくると、クイーン警視に食ってかかった。「そうかい、なら、おれが犯人ってわけかい、え？　おれを逮捕すんのか、え？」

「あんたはマイク・ブラウンが八百長すると知っとったのか？」

「知るか！」

フィル・マグワイアがくっと笑った。

すると小男のマネージャー、オリー・スターンが、自分の死んだボクサーと同じくらい真っ青な顔でわめきだした。「警視さん、ハッピーがやったに決まってます！　八百長を知って、あいつは試合が終わるのを待って、マイクがさんざんやられてへばっちまったのを見たもんだから、ここに来て、やることやったってわけだ！　そうに決まってる！」

「なんだと、このドブネズミが」賭博師が言い返した。「貴様がやってねえってなんでわかる？　あいつが八百長やって、貴様にばれねえってこたあねえだろうが！　どうせ貴様が奴を刺したんだろうが、あいつのきれいな人形が欲しくてよ。とぼけたって無駄だ。貴様とあの尻軽のことなら全部、知ってるぜ。アイヴィーと貴様――」

「これこれ、紳士諸君」警視が満足げな笑みを浮かべて止めにはいったところで、絹を裂くような悲鳴が響き、アイヴィー・ブラウンが人ごみを肘でかき分けて現れたかと思うと、身を投げ出して夫の死体に取りすがり、ブン屋にサービスした。

カメラマンたちが嬉々として仕事し、ハッピー・デイとオリー・スターンは互いを憎らしげに睨みつけ、野次馬はがやがやとざわめき、警視は愉快そうに息子に言った。「楽な仕事だな。楽な仕事だ。もうすっかり解決しとる。ハッピー・デイがやったんだ、あとはわしのすることは証拠を見つけ――」

偉大な先生はにこりとして言った。「あなたが乗っている馬は死んでますよ」

「なに?」

「時間の無駄だって言ってるんです」

警視の顔から嬉しそうな表情が消えた。「なら、わしに何をしろと言うんだ? 教えてくれ。おまえは何でも知っとるんだろう」

「もちろん知っていますし、教えてあげますとも」クイーン君は言った。「お父さんがしなければならないことですか? ぼくのコートを見つけてください」

「おい、おまえのくだらんコートに何の関係があるんだ?」警視は怒鳴った。

「ぼくのコートを見つけてください、そうしたら、殺人犯を見つけてあげられますよ。たぶん」

＊

それは実に奇妙な事件だった。最初の出来事は、スタジアムまでのドライブで、車内ではフィル・マグワイアがマイク・ブラウンをとにかく嫌っているという会話があり、その後はリングサイドでゴシップを聞き、前座試合が始まり、メインイベントが行われ、チャンピオンがノックアウトされ、その他さまざまなことがあって——どれもこれも取るに足らない、特にどうということのない出来事ばかりだった……そして、クイーン君とミス・パリスがぶらぶらと通りを横切り、駐車場にはいったところで、ふたつの物を見つけた——というよりも、物をひとつ失くし(クイーン君のコートだ)別の物をひとつ見つけてしまった(マイク・ブラウンの死体だ)。かくて、ここに燦然《さんぜん》と、輝かしくも、重大な殺人事件が出現した、というわけである。

そしてただちに、偉大な先生はあたりを嗅ぎまわり、自分のコートのことをぶつぶつ言いだした。まるで、一枚の古ぼけたコートを盗まれたことが、マイク・ブラウンが駐車場の砂利の上で捨てられたタイヤのように穴だらけになって転がっていることや、ボディラインがストームキング・ハイウェイよりもくねくねとカーブだらけのマイクの妻が夫の胸に取りすがって泣きじゃくり、しきりに神様、神様と叫んで、ニューヨークの新聞社に、彼女がかわいそうな死んだゴリラをどれだけ深く愛していたのかを見せつけていることよりも、大事であるというように。

どうやら、マイク・ブラウンは試合後に誰かと密会の約束があったようだ。なぜなら、オリー・スターンの運転手を追い払っていたからである。状況から見て、密会の場所はオリー・スターン所有の真っ赤なリムジンの中だったに違いない。それが誰だったにせよ、密会の相手はやってきて、マイクと一緒に車に乗ったが、争いになり、長い鋭利な物でマイクを十ぺん以上もめった刺しにしたあと、現場から逃げたのだが、その際に自分のキャメルの毛皮のコートを残していった。コートの前が血まみれでは、足がつくからだろう。

ここで凶器の問題が浮上した。クイーン君も含めて、全員がそれを探し始めた。というのも、犯人は逃げる途中で落としていった可能性が高いと思われたからである。そして予想どおりに、ラジオカー（新聞社や警察用の送受信無線装置を装備した自動車）のスタッフのひとりが、駐車中の車の下で土にまみれた、細長い凶悪に光る短剣を見つけた。これといった特徴のないそれは、ラジオカーのスタッフのもの以外、指紋はついていなかった。しかし、クイーン君は凶器が見つかってからもなお、しつこく嗅ぎまわっているので、とうとう警視は癇癪《かんしゃく》を起こして訊いた。「おまえはまだ何を探しまわっとる?」

「ぼくのコートです」クイーン君は説明した。「誰か、ぼくのコートを持った人を見ませんでしたか?」

しかし、あたりにはそもそもコートを持っている人間がほとんどいなかった。暖かい夜だったのである。

そんなわけで、ついにクイーン君は奇妙な捜索をあきらめて言った。「皆さんがこれからどうするか知りませんが、ぼくはスタジアムに引き返させてもらいます」

「ええっ、何のために?」ポーラは叫んだ。

「ぼくのコートがあるかどうか探すために」クイーン君は辛抱強く言った。

「だから言ったでしょ、一緒に持ってかなきゃだめだって!」

「いいや、逆だよ」クイーン君は言った。「持っていかなくてよかった。マグワイアの車に残していってよかったよ。盗まれて幸いだった」

「ああ、もう、何言ってるのか全然わかんない、どうして?」

「なぜなら、こうして」クイーン君は謎めいた微笑を浮かべた。「探しにいかなきゃならないからさ」

そして、死体置き場《モルグ》のワゴン車がマイク・ブラウンの亡骸《なきがら》を運び去る間に、クイーン君は駐車場の砂利の上をのそのそと引き返して裏道にはいると、その先にあるスタジアムの更衣室をめざした。すると警視はすっかり途方に暮れた顔で、一同を追い立てながら――ハッピー・ディ氏とオリー・スターン氏とアイヴィー・ブラウン夫人に特別、手厚い配慮をするように手配してから――息子のあとに続いた。ほかにどうしていいのか、わからなかったのだ。

＊

かくして一同はジム・コイルの更衣室に集まることとなった。アイヴィーがさらにたくさんのカメラの前でさめざめと泣いてみせ、クイーン君がミス・パリスの真っ赤な、壺のような形の麦藁《むぎわら》帽子についてぶつくさ言い続けるうちに、戸口で物音がして、新チャンピオンのマネージャー、バーニー・ホークスが、スタッフや興行主《プロモーター》たちと一緒に、部屋の手前で立ち止まっているのが見えた。

「おやおや」バーニー・ホークスはきょとんとしてあたりを見回した。「チャンプ、まだいたのかい？　何かあったのか？」

「あったさ、山ほど」チャンプは嚙みつくように言い返した。「バーニー、あんたはマイクが今夜、八百長をしたって知ってたのか？」

「なに？　なんだって？」バーニー・ホークスはぴしりと威儀を正して見回した。「誰だ、そんな汚い嘘をつく奴は？　諸君、うちの若いのは、今度のタイトルを正々堂々と取ったんだ。ブラウンに公明正大に勝ったんです」

「ブラウンが試合を投げた？」ホークスと一緒にいた男のひとり、ボクシング協会のメンバーが言った。「証拠はありますか？」

「どうでもいいことだな」警視は丁寧に言った。「バーニー、マイク・ブラウンは死んだ」

ホークスはげらげら笑いだしたが、ぴたりと笑いを止めて、まくしたてた。「何なんです？なんですか、これは？　冗談にしても限度があるでしょう。ブラウンが死んだなんて」

ジム・コイルは巨大な手を憑《つ》かれたように振った。「バーニー、誰かが今夜、あいつをやったんだ。通りの向こうに停めてあるスターンの車の中で」

「そりゃまた、いやあ、そいつは」マネージャーは息をのみ、大きく眼を見開いた。「そうか、マイクはそんなことに？　いやあ、そうかい。気の毒に。タイトルも失くして、命も失くして。誰がやったんです？」

「ああ、あんたはうちの坊主が死んだのを知らなかったって言うんだろうよ」オリー・スターンはわめいた。「はっ、芝居がうまいな、バーニー！　八百長をマイクに持ちかけたのはあんただったのかもな、そっちの坊主がタイトルを取れるように！　もしかすると、あんたが――」

「今宵、ここでもうひとつの犯罪が生まれました」穏やかな声がして、一同は面食らってあたりを見回し、エラリー・クイーン君がつかつかとホークス氏に近づいていくのに気づいた。

「は？」コイルのマネージャーはきょとんとしてエラリーを見つめた。

「ぼくのコートが盗まれたんです」

「は？」ホークスは唖然としていた。

「そして、むかしながらの言いまわしどおりに、ぼくの眼に狂いがなければ」偉大な先生は言葉を続けつつ、バーニー・ホークスの前で立ち止まった。「再び見つけましたよ」

「は？」

「あなたの腕にかかっている」クイーン君はホークス氏の腕から、よれよれのキャメルの毛皮のコートをそっとはずすと、広げて調べた。「そう。たしかにぼくのだ」

バーニー・ホークスは青い顔になり、黙りこんだ。

クイーン君の銀の瞳が鋭く光ったかと思うと、またキャメルの毛皮のコートの上にかがみこんだ。袖《そで》を広げて、袖ぐりの縫い目をよく調べてみる。縫い目は裂けていた。コートの背中の縫い目も同様だった。エラリーは顔を上げ、非難するようにホークス氏を見た。

「せめて」彼は言った。「ぼくの持ち物を、置いていった時と同じ状態で戻してくれてもよかったんじゃないですかね」

「あなたのコート？」バーニー・ホークスは呆《ほう》けたように言った。それから怒鳴った。「何を言ってる？　それは私のコートだ！　私のキャメルの毛皮の！」

「違うんですよ」クイーン君はうやうやしく否定した。「ぼくはこれが自分のものだと証明できます。ほら、二番目のボタンホールにたばこの焼け焦げがありますし、右のポケットに穴が開いているでしょう」

「いや、でも――私はこれを置いておいた場所で見つけたんだ！　ずっとこの部屋にあった！試合が終わってから、このコートを持って、オフィスに上がっていって、こちらのかたがたと話をして、私は――」マネージャーはそこで絶句し、青い顔がついに白くなった。「じゃあ、私のコートはどこに？」ゆっくりと訊ねた。

「これなんかいかがです？」クイーン君は服のセールスマンのようにさらりと言うと、オリー・スターンの車に捨てられていた、血染めのコートを刑事から受け取った。

クイーン君はコートをホークスの前にかかげてみせた。ホークスはのろのろと口を開いた。

「なるほど。私のコートだ。ええ、あなたがそう言うんなら、私のコートなんでしょう。それで、なんだってんです？」

「それでですね」クイーン君は答えた。「何者かは、マイク・ブラウンが破産し、文字どおりの素寒貧《すかんぴん》で、今夜の賞金の取り分でさえ、借金の返済に間に合わないことを知っていました。その何者かはマイク・ブラウンに今夜のファイトを投げるようにそそのかした。おそらくは、礼金をたっぷりはずむから八百長をしろと言ってね。その礼金のことを知る者は誰もいません。つまり、マイク・ブラウンの愛らしい妻や債権者の手に奪われる心配がない。マイク・ブラウンが自由にできる金というわけだ。マイク・ブラウンは、ハッピー・デイを抱きこんで、オージェンス氏を通じてでかい賭けをすれば、さらに大金を作れると気づいた。それで、イエスと言ったんです。へそくりを二重にせしめてふところがあったまれば、冷たい世間を嘲笑《あざわら》ってやれると考えたのでしょう。

おそらく、ブラウンと誘惑者は、試合が終わってすぐにスターンの車の中で会って、礼金の受け渡しをする約束をしていたはずです。ブラウンはすぐに金をよこせと言い張ったでしょうから。ブラウンが運転手を追い払って、車の中で待ち受けていると、約束どおり、誘惑者が現れました——礼金ではなく、長細い短剣をたずさえて。そして、短剣を使って、誘惑者は莫大な金を——ブラウンに支払うと約束した額の金を——節約し、さらにはマイク・ブラウンの口から、この非情な話が非情な世間にもれることを永遠に防いだのです」

バーニー・ホークスは乾いたくちびるをなめた。「そんな眼で私を見ないでくれ。このバーニー・ホークスはやましいことはしてない。私は何も、なんにも知らないんだ」

クイーン君はといえば、ホークス氏の言葉はまったく耳にはいらない様子で続けた。「ここでひとつ、おもしろい問題がありますよ、皆さん。いいですか、誘惑者はキャメルの毛皮のコートを着て犯行現場に現れたのち、足がつかないように血で汚れたコートを残して立ち去らなければならなくなりました。同時に、殺人のあった車の隣に停めてある車の中には、まことに無防備な状態で、取り柄と言えば人の血液で汚れていないことくらいという、ぼくのみすぼらしいキャメルの毛皮のコートが放置されていました。

我々は、スターンの車の中にコートが捨てられているのを見つけ、隣の車にあったぼくのコートが盗まれているのを発見しました。偶然でしょうか？　とんでもない。犯人は明らかに、その場に置いていかなければならなくなったコートのかわりに、ぼくのコートを持っていったのです」

クイーン君が言葉を切って、一服するためにたばこを出しながら、ちらりとミス・パリスを見ると、心からの尊敬がこもったまなざしで、じっと彼を見つめている。よしよし、正気に返ったな。むかしから言うだろう、脳味噌は筋肉に打ち勝つってね。クイーン君は、ミス・パリスがジム・コイルの筋肉をどんなまなざしで見つめていたのかを思い出しながら、言いようもない格別な満足感にひたっていた。そうだよ、きみ、脳味噌は筋肉に打ち勝つんだ（本編の原題でもある Mind over matter。直訳すれば「精神は物質（または肉体）を乗り越える」すなわち、「心頭滅却すれば火もまた涼し」もしくは〝案ずるより産むがやすし〟という意味のことわざ。Mind には知性という意味もある）。

「で？」クイーン警視が言った。「そいつがおまえのコートを取ったというんだな？　それがどうした」

「いや、そこがまさにポイントなんですよ」クイーン君は嘆息した。「犯人は、ぼくの安物で着古した何の価値もないコートを持ち去りました。なぜでしょう？」

「なぜだ？」警視はぽかんとして、繰り返した。

「そう、なぜ？　森羅万象《しんらばんしょう》はなんらかの理由にもとづいているものです。なぜ、犯人はぼくのコートを盗んだのでしょうか？」

「それは、わたし――わたしの考えでは、着るためだと思うわ」

「すばらしい」クイーン君はミス・パリスを持ち上げて褒《ほ》めそやした。「まさに、そのとおり。もしも犯人が、理由があって持ち去ったとすれば、そもそも着ることができるということ以外にまったく何の取り柄もないのですから、言ってみれば、犯人はそれを着るために持ち去ったのです」そこで言葉を切ると、エラリーは声をひそめた。「しかし、なぜ犯人はそれを着たがったのでしょう？」

　警視は怒った顔になった。「おい、エラリー、いいかげんに――」

「いや、いや、お父さん」クイーン君は優しく言った。「ぼくはれっきとした目的があってこんな話をしているんです。肝心なポイントがある。重大なポイントが。皆さんは、犯人がコートの下の服に血がついたせいで、血染めの服を隠すためにコートを必要としたと言うかもしれない。違いますか？」

「うん、そうだな」フィル・マグワイアが意気ごんで言った。「そうに違いない」

「マグワイアさん、あなたはスポーツの分野ではアインシュタインかもしれませんが、この分野ではただのぼんくらですね。違います」クイーン君は悲しげに頭を振った。「そうじゃない。服に血がつくはずはないんです。そのコートを見れば、犯人がブラウンを襲撃した時にボタンをとめて着ていたのは明らかだ。コートのボタンがとまっていたのなら、血はこれっぽっちも下の服についちゃいません」

「この天気じゃ、コートがどうしても必要ってこともないな」クイーン警視はつぶやいた。

「そのとおり。今夜はずっと暖かかった。どうです」クイーン君はほほ笑んだ。「なかなかおもしろい問題でしょう。犯人は自分のコートをあとに残していった。ラベルやその他、身元がわかりそうなしるしをすべてはぎ取っておけば、コートが発見されてもかまわないと考えた——さもなければ、どこかに隠すか、捨てるかしたはずだ。こういう場合、普通はコートの下に着ていた服のまま、逃げそうなものです。しかし、犯人はそうしなかった。犯人は別のコート、つまり、ぼくのコートを盗んでいます、逃げるために」クイーン君は軽く咳払《せきばら》いをした。

「逃げるためにぼくのコートを盗んだ。つまり、逃げるにはどうしてもぼくのコートが必要だった、ということが明らかではありませんか？　ぼくのコートを着なければどうしても目立ってしまう、ということが明らかではありませんか？」

「わけがわからん」警視は言った。「目立ってしまうだと？　だが、普通の服を着ていたのなら――」

「それなら、ぼくのコートは明らかに必要ではありません」クイーン君はうなずいた。

「でなければ――そうだ！　もし制服のようなものを着とったとすれば――たとえば、スタジアムの職員とか――」

「それならますますぼくのコートは必要じゃありませんよ。制服なんて、誰にも気づかれずに群衆の中を通り抜けるのに、完璧な通行証じゃないですか」クイーン君は頭を振った。「いいえ、この問題に対する解答はひとつしかありません。もちろん、ぼくはすぐに気づきました」警視の表情に気づいたエラリーは急いで続けた。「よろしいですか。もし殺人犯が服を――どんな類《たぐい》の衣服でもいい、とにかく肌をおおう何かを、血染めのコートの下に着ていたのなら、その服のまま逃げることができた。ところがそうしなかったということは、つまり、犯人は服を着ていなかったということにほかならない。わかりますか、だから、犯行現場に来るためにもコートが必要で、逃げる時にも必要だったのです」

しばらく沈黙が落ち、ようやくポーラが口を開いた。「服を着ていなかった？　それって、は……裸の男ってこと？　そんな、ポーの小説から出てきたみたいじゃない！」

「いいや」クイーン君はほほ笑んだ。「単にスタジアムから出てきただけだよ。いいかい、今夜、この付近には服をまったく着ていない――もとい、ほぼ着ていない――紳士の一団がいただろう。そう、拳闘の戦士《グラディエーター》。あるいは、こう言う方がお好みなら、プロボクサーだ。……待った!」エラリーは素早く言った。「これは実に特異な事件です。なぜなら、もっとも難しい点については、殺人が起きたのを知るのとほぼ同時に、ぼくは解いてしまっていたからですよ。ブラウンが刺されたのを発見し、犯人が自分の着てきたコートを捨ててぼくのコートを盗んでいったと気づいた瞬間、ぼくは犯人が十三人のうちのひとりだと知りました……ブラウンが殺されたあと、残った十三人の生きているボクサーのひとりだと。皆さんも覚えているでしょう、今夜はスタジアムに十四人のボクサーがいました——前座の六試合に出場したのが十二人、メインイベントで戦ったのがふたりです。

十三人の生き残りのボクサーのうち、ブラウンを殺したのは誰でしょう? 最初から、それこそがぼくにとっての問題でした。だから、ぼくはどうしてもコートを見つける必要があった。なぜならぼくにとって、それだけが実際に犯人と事件を結びつけることができる唯一の物証だったからです。そしていま、コートを見つけたおかげで、十三人の中で誰がブラウンを殺したのかわかりました」

バーニー・ホークスは言葉を失い、口をぽかんと開けている。

「ぼくはかなり背が高くて、肩幅のある男です。実際に身長は百八十三センチあります」偉大な先生は言った。「それなのに、犯人は逃げる時にぼくのコートを着て、背中と袖ぐりの縫い目を裂いてしまった! その事実が意味するのは、犯人は大きな男だった、それもぼくよりずっと大柄で、肩幅のある男だった、ということです。

今夜の試合に出た、十三人の生き残りのボクサーの中で、ぼくより大柄で、肩幅があるのは誰でしょうか。ああ、今夜は軽量級の試合が多かったですね――バンタム級、ライト級、ウェルター級、ミドル級！　ということは、前座の十二人のボクサーは誰ひとり、ブラウンを殺せたはずがない。すると消去法で、ただひとりのボクサーが残ることになる――身長が百九十八センチあり、肩も背中もたいへんに幅がある男。今夜の試合を捨てろとマイク・ブラウンをそそのかすのに十分な動機を――十分どころか、最大の動機を持つ、ただひとりの男が！」

今度の沈黙は、ある意味を持つ不気味なものとなった。それはジム・コイルの気だるげな笑い声で破られた。「もしおれのことを言ってるんなら、あんた、頭がいかれてるな。マイクが殺されたちょうどその時、おれはシャワールームでシャワーを浴びてる真っ最中だったんだぜ！」

「そうだよ、ぼくはきみのことを言ってるんだ、ミスター・ジム・コイル・短剣ぶんまわし・かわいこちゃん」クイーン君はきっぱりと言った。「シャワールームは、きみの計画の中でいちばん頭のいい部分だ。我々全員の目の前できみはシャワールームにタオルを持ってはいっていくと、ドアを閉め、シャワーの湯を出し、その男らしい素足をズボンに突っこむと、鉤にかかっていたバーニー・ホークスのキャメルの毛皮のコートと帽子をつかんで、シャワールームの窓から裏道にこっそり抜け出した。そこから通りに出れば、道を渡った向かいの駐車場まで、またたきするほどの間で着く。もちろん、犯行の間にホークスのコートを汚してしまったあとは、それを着たまま戻るというリスクはおかせなかった。しかし戻るためにはどうしてもコートを着なければ——コートを着て、ボタンをかけて、その裸の身体を隠す必要がある。だから、きみはぼくのコートを盗んだ。そうしてくれて助かったよ、でなければ、とても——すみませんが、彼をつかまえてくれませんか？　ぼくの右手はそれほど強くないんです」クイーン君はそう言うと、ほんのちょっぴり、華麗なステップを軽やかに踏んで、コイルが突然放ってきた、殺人ストレートをひらりとよけてみせた。

やがて襲いかかる何本もの腕や脚のなだれにのみこまれてコイルが見えなくなると、クイーン君は申し訳なさそうにミス・パリスに囁《ささや》いた。「まあ、あれがね、ヘビー級の世界チャンピオンなんだよ、きみ」

トロイの木馬

Trojan Horse

「誰が」ミス・ポーラ・パリスは、ずっしりとご馳走を背負わされたテーブル越しに問いつめた。「あなたは好きなの、ミスター・クイーン?」

ミスター・クイーンは、クランベリーソースのかかった、おなかに栗を詰めこんだバーモント州名物の野生の七面鳥を頰張っていたが、即座にもごもごと答えた。「きみ」

「そんな意味じゃなくってよ、お馬鹿さんね」ミス・パリスはそう言いながらも嬉しそうだった。「でも、せっかくあなたがそんな話を持ち出してくれたんだから——わたしたちが結婚しても、あなた、そんな優しいことを言ってくれて?」

エラリー・クイーン君は青ざめ、咽喉《のど》を詰まらせて、ナイフとフォークを置いた。ハリウッドに君臨《くんりん》するゴシップの女王こと愛らしいミス・パリスと初めて出会った時、彼女は群衆恐怖《ホモフォビ》症《ア》にかかっていた。あまりに群衆を恐れるあまり、もう何年も、ハリウッドヒルズに建つ処女《おとめ》のごとく清らかな真っ白い木組みの家から、彼女は一歩も外に出ることができずにいた。クイーン君は、なんとも名づけようのない情動に駆られ、このご婦人を苦しめる心の病《やまい》を治してやろうと決意した。治療法は、ショック療法、かつ、代替療法でなければならない。そう考えたエラリーは、ミス・パリスに恋をしかけた。

すると、なんということだろう！　ミス・パリスは病を克服したのだが、恐ろしいことにクイーン君が、治療というものは時に病気よりやっかいなものになりうると思い知るはめになってしまった。なぜなら、患者が治療人にすぐさま恋したものだから、治療人の方が、あとの祭りと言うべき結果から逃れられなくなってしまったのである。

貴重な自由が甘美なる脅威にさらされたクイーン君は、ミス・パリスがほっそりした手でみずからこしらえ、カエデ材と更紗《チンツ》の居心地のよいダイニングルームにて差し向かいで給仕してくれるクリスマスのご馳走を、咽喉に詰まらせたというわけだった。

「やあね、安心してよ」ミス・パリスは頬をふくらませた。「冗談に決まってるでしょ。なんでわたしが、咽喉を切り裂くことを研究したり、泥棒を追っかけまわしたりするのが大好きなんて、悪趣味な人と結婚しなきゃならないのよ」

「女性にとっては恐ろしい運命だ」クイーン君は大急ぎで同意した。「それに、ぼくはきみほどの女性にはふさわしくない」

「わかってるわよ、そんなこと！　でも、あなた、まだわたしの質問に答えていないわ。来週の日曜に、カロライナ大がＵＳＣ（南カリフォルニア大学）を負かすと思う？」

「なんだ、ローズ・ボウルの試合の話か」クイーン君の食欲が奇跡のように復活した。「七面鳥をもっと頼むよ！……そうだなあ、オスタームーアが評判どおりの活躍を見せてくれれば、スパルタンズは楽勝じゃないか」

「そうかしら？」ミス・パリスはつぶやいた。「あなた、忘れてない？　トロージャンズのバックフィールド全体を守護神ロディ・クロケットが守ってるってこと」

「USCのトロージャンズに、カロライナ大のスパルタンズか」クイーン君はもぐもぐと口を動かしながら考えていた。「トロイ人《トロージャン》対スパルタ人《スパルタン》……現代のアメフト版トロイ戦争だね」

「エラリー・クイーンさん、いまのそれ、それって――剽窃《ひょうせつ》でしょ！　あなた、わたしのコラムを読んだわね」

「選手の坊やたちが争う美女ヘレネはいるのかい？」クイーン君はにやりとした。

「あなたったら、どうしようもないロマンチストね、お坊ちゃん。唯一の女性の関係者は、すごい美人で、大金持ちで、とってもいい子で、ジョーン・ウィングっていう女子大生で、スパルタンズの誰の恋人でもないし、誘拐されてもいなくってよ」

「なあんだ」クイーン君はブランデー風味のプラムプディングに手をのばした。「一瞬、何かあるのかと思った」

「でも、ほら、トロイのプリアモス王がいると言えばいるじゃない、ロディ・クロケットはジョーン・ウィングの婚約者で、ジョーンのお父さんのパップ・ウィングはトロージャンズの中で、いちばん高貴なおかただもの」

「たぶん、きみは自分の言っていることの意味がわかってるんだろうがね、美人さん」クイーン君は言った。「ぼくはさっぱりわかってないよ」

「あなたって、カリフォルニアいちの世間知らずだわ！　パップ・ウィングって言ったら、USCでいちばん熱狂的な学生でしょ」

「そうなのか？」

「まさか、パップ・ウィングの名前を聞いたことがないの？」ポーラは信じられないというように訊いた。

「別に知らなくてもばちは当たらないだろ」クイーン君は言った。「プラムプディングをもっとくれないか」

「あの〝万年現役大学生〟よ？　〝永遠におとなにならない少年〟よ？」

「ありがとう」クイーン君は言った。「なんだって？」

「エクスポジション・パークとロサンゼルス・メモリアル・コロシアム（パーク内にあるアメリカンフットボールのスタジアムでトロージャンズの本拠地。オリンピック開会式場に使われた）に居着いてる幽霊で、USCの全試合を見るために終身座席を押さえちゃってる人よ？　非公式のコーチで、マッサージ師で、給水係で、応援団長で、広報で、後援者で、トロージャンズのイレブンにとって最大のパトロンよ？　パーシー・スクワィアーズ・〈おやじさん《パップ》〉・ウィング。南カリフォルニア大一九〇四年度の卒業生で、寝るのも食べるのも息をするのもすべてトロージャンズの勝利のためだけって人で、結婚したけど息子ができなくて、USC史上最高のフルバックを誘惑してつかまえるって目的のためだけに娘をこしらえた男よ？」

「待った、待った。参りました」クイーン君はうめいた。「きみの無慈悲極まりない人物描写にぼくは降参だ。もうこれ以上、知りたくないほど、ぼくはパーシー・スクワィアーズ・ウィングについて詳しくなれたよ」

「あら、お気の毒ね！」ポーラは素早く立ち上がった。「だって、あなたがその底なしのぽんぽんをプラムプディングでいっぱいにしたらすぐ、わたしたち、この偉大なおかたにクリスマスのご挨拶《あいさつ》をしにいくのよ」

「冗談じゃない！」クイーン君は身震いした。

「あなた、ローズ・ボウルの試合を見たくないの？」

「見たくない奴がいるか？　だけどぼくはありったけの愛と金《かね》をつぎこんだのに、ペアチケットひとつ取れなかったんだ」

「かわいそうな坊やだこと」ミス・パリスは甘い声で言うと、両腕をエラリーの身体に回した。

「ほんと、あなたったらなんにもできないんだから。一緒に来て、わたしがパップ・ウィングから席をふたつもぎとる手際を見ていなさいな！」

＊

インググルウッドの途方もなく馬鹿でかい庭園のような敷地に、何本もの塔がそびえ立つ城《シャトー》の主人は、腹の出ていない中年男で、背が高いのと同じくらい横幅があり、小さい真っ赤な頬をした小さい禿げ頭の持ち主だったので、ひと目見た時、クイーン君は、巨大な丸石の上に、大粒の真っ赤な葡萄《ぶどう》がひと粒のっかっているのだと思った。

ふたりは百万長者が広大な芝生の上にどっかり坐って、ひとりの若い男と激しく議論を戦わせているところを見つけた。その青年は、体格といい（ヘラクレスのようだった）骨格といい

（楔形《くさびがた》文字のようだった）肌の色といい（赤銅色だった）、どれをとってもフットボール族のものでしかなく、これこそウィング氏の未来の婿《むこ》、元日のトロージャンズの希望の星に相違なかった。

ふたりはややこしい議論の内容をわかりやすくするために、クローケーの三柱門や打球槌《マレット》やボールをあれこれ動かしながら、ああだこうだと言い争っているのだが、どうやら、カロライナ大イレブンの悪魔のようなクォーターバック、オスタームーアの、より確実な攻略法を模索しているようだった。

赤毛の、つんとした鼻の娘が近くの芝の上で膝をかかえて坐っていた。やわらかな青い瞳は、慕《した》わしい青年を正式に自分のものにした娘だけに許される、崇拝の気持ちをはばかることなくあらわにしたまなざしで、よく日に焼けた青年の顔を、ひたと見つめている。この令嬢こそ、偉大な人物の愛娘で、ロディ・クロケット君の婚約者の、ジョーン・ウィングに違いない、とクイーン君は難なく察することができた。

クイーン君という見慣れない顔の存在に気づいたウィング氏が、しっとロディを黙らせたので、一瞬、クイーン君は敵陣に忍びこんだところを捕まったスパイのように居心地の悪い思いをすることになった。けれどもミス・パリスが慌てて、クイーン君のトロイに対する熱烈な敬愛の念を保証すると、それからしばらくは、クリスマスの挨拶と自己紹介の時間となった。ここでさらにふたりの人物と知りあったのだが、クイーン君は即座に、彼らが通年滞在客族という雑多な種に属することをさぐり当てた。ひとりは頬骨が高く、顎《あご》ひげを生やし、ソヴィエト連邦以前のモスクワ風流儀を身につけた、オストロフ大公の称号を持つ紳士だった。もうひとりは、ほっそりした、鞭のようにしなやかな身体つきで、黒髪で、謎めいた黒い瞳の女性で、マダム・メフィストなる少々奇抜な名前を持っていた。

このふたりはミス・パリスとクイーン君に、おざなりな会釈をしただけだった。彼らは招待主のパーシー・スクワィアーズ・ウィング氏のくちびるからこぼれる単語を、ひとつひとつ耳で受け止めることに夢中で、そのひたむきな様は守護聖人の足元にひざまずく見習い修道士のごとき憧憬《しょうけい》に満ちていた。

トロイの貴人の頬が真っ赤なのは、しょっちゅう外で太陽にさらされているからか、それとも高血圧のせいなのかとクイーン君は考えた。結論として、すぐにどちらも正しいことが判明した。パップ・ウィングは、エラリーが何も言わないのに、自分がアイザック・ウォルトンのように、ゴルフをやり、狩りをやり、登山をやり、ポロをやり、ヨットレースもやるのだと教えてくれた。そしてまた小さな子供のように、すぐに興奮しては全身をよじるのだった。

小さな子供にそっくりな点は、クイーン君がこの〝万年現役大学生〟に引っぱられて、〈ぼくのお宝部屋〉という驚くべき名の部屋に案内された時、さらに強烈に思い知らされることとなった。クイーン君の不安は的中した。この巨大なアーチ天井の部屋を管理しているのは、干からびた、陰気くさい、会話で単語ひとつしか口にしない、〈お喋り《ガビー》〉・ハンツウッドと紹介された老紳士なのだが、ここでクイーン君は、小さい男の子が考える楽園の夢から抜け出たような、ごたごたと雑多に混じりあったがらくたの山を見せられた。

切手帳、アメリカのいろいろな大学の旗、額に固定された野生動物の頭部などが並ぶ室内には、マッチ箱に、葉巻の帯に、魚の標本に、世界大戦における各国の兵士のヘルメットといった、すさまじい数のコレクションがずらりと……とにかく、あらゆる物がひしめいていた。そしてパップ・ウィングはこれらの値がつけられない大切な宝物を見せて、次から次にコレクションの間をいそいそと渡り歩いては、なんとも無邪気に嬉しそうに宝物をなでさすっているものだから、クイーン君は自分がすっかり少年の心を失って年老いたことを実感し、ため息をついた。

「ウィングさん、ここにある品物は、こんな風に無防備に置いておくには、ずいぶん――ええと――貴重な物ばかりではありませんか?」クイーン君は言葉を選んで訊ねた。

「いやいや。このガビーはぼくなんかよりずっと、こいつらの安全に気をつかってくれてるよ!」偉大な男は叫んだ。「そうだろう、ガビー?」

「そうです」ガビーはそう言うと、怪しい者を見る眼でクイーン君を睨んだ。

「それどころか、ガビーはぼくに防犯装置をつけさせたんだ。見えないようにしかけてあってね、この部屋は銀行の金庫室よりもずっと安全だよ」

「ずっと安全でございます」ガビーはクイーン君を睨みつけた。

「クイーン君、ぼくは頭がおかしいと思うかね?」

「いいえ、まったく」クイーン君はそう言ったが、それは「はい、まったく」という意味だった。

「大勢の人がそう思ってるよ」パップ・ウィングはくすくす笑った。「まあ、思わせておけばいいさ。一九〇四年から一九二四年まで、ぼくは草木とおんなじで、ただ生きているだけだった。しかし、あることのおかげでそこから抜け出す気になった。なんだと思う？」

クイーン君の有名な推理力でさえ、これほどの難題はさすがに手に負えなかった。

「若いうちにさっさと引退して、おもしろおかしく遊んで暮らせるだけの金は、もう十分に稼いだ、と気づいたことさ。だからそうしたよ！　四十二で引退して、若いころには時間も金もなくてできなかったことを、かたっぱしからやり始めたってわけだ。とにかく物を集めるのが愉しくてねえ。おかげでいつまでも若くいられる！　ほら、こっちだ、クイーン君、ぼくのいちばんの貴重なお宝を、まあ見てくれ」そう言うと、巨大なガラスケースの前まで引っぱっていくと、まるで腕白小僧が勝負でまきあげたおはじきの山を嬉しそうに眺めるように、にこにこ顔で指さしてみせた。

城の主人の誇らしげな口ぶりに、クイーン君はヨーロッパの王冠のコレクションなみの宝物が並んでいるに違いないと思いながら、眼を凝《こ》らした。そして見えたものはおびただしい数の、すり切れ、傷だらけで、泥まみれのフットボールだった。そのひとつひとつが黒檀《こくたん》の台座にうやうやしくのせられ、金文字で由来の書かれた札《ふだ》がそれぞれに添えられている。目に留まった一枚にはこう書かれていた。〝ローズ・ボウル　１９３０　ＵＳＣ47－Ｐｉｔｔ14（南カリフォルニア大学47点－ピッツバーグ大学14点）〟ほかの札も似たり寄ったりの文字が書かれている。

「百万ドル積まれてもこのコレクションは売れないね」偉大な人物は正直に本音を語った。「なんたって、このケースのボールは過去十五年間にトロージャンズが勝った全試合を表しているんだ！」

「それはすごい！」クイーン君は叫んだ。

「だろう、試合で勝つたびに、チームはこのパップ・ウィングじいさんに豚の革を寄付してくれるんだ。最高のコレクションさ！」そして百万長者はうやうやしく、汚い楕円形のボールを見つめるのだった。

「USCは、あなたをとても大切に思っているんですね」

「まあ、ぼくはそれなりに母校にいろいろしてるんでね」パップ・ウィングは謙虚に言った。「特にフットボール関係には。ウィング運動奨学金を出すとか。選手のためのウィング寮を建てるとか。まあ、いろいろ。何年もかけて、あちこちの大学予備校《プレップスクール》を偵察してきたりね。自腹で。そうしてぼくが引き抜いてきたのが何人も、うちのチームの主力になっているよ。おかげで、ぼくはコーチとすこぶる仲がいい。だから、まあ」彼は幸せそうに大きく息を吸いこんだ。「ぼくはたいていのわがままを母校に聞いてもらえるってわけさ！」

「それはフットボールのチケットもですか？」クイーン君は機会を逃さず、素早く訊ねた。「そういうコネがあるのはすばらしいですね。ぼくはもう何日も、今度の試合のチケットを取ろうと必死なんです」

偉大な人物はクイーン君をためつすがめつした。「きみはどこの大学かな？」

「ハーバードです」クイーン君は申し訳なさそうに言った。「でも、トロージャンズ愛の熱烈さなら、誰にも負けませんよ。ぼくはとにかく、ロディ・クロケットが、生意気なスパルタンズの連中をこてんぱんにやっつけるのを見たくて」

「ほんとかい?」パップ・ウィングは言った。「なら、どうだろう、日曜のローズ・ボウルの試合に、ぼくがミス・パリスときみを招待するっていうのは?」

「ええっ、そんなつもりで言ったんじゃ――」クイーン君はしれっと嘘をつきつつ、いわば木戸口でミス・パリスを出し抜いてやった喜びを噛みしめていた。

「遠慮はいらんよ」ウィング氏は親しみをこめてクイーン君を抱擁《ほうよう》した。「それじゃ、きみはぼくらの仲間というわけだから、ちょっとした秘密を打ち明けておこうかな」

「秘密?」クイーン君はいぶかしんだ。

「ロッドとジョーンは」百万長者は囁《ささや》いた。「今度の日曜にトロージャンズが勝ってすぐに結婚するんだ!」

「おめでとうございます。いい青年みたいですね」

「あれ以上にりっぱな奴はいないよ。まあ、一文無しだがね――ずっと努力してここまでがんばってきた――それでも一月に卒業してしまう……やれやれ! うちの大学史上最高のフルバックだったんだがな。何かふさわしい仕事につけてやろう。そうなんだよ、ロディの引退試合なんだ……」偉大な人物はため息をついた。が、明るい顔になった。「そんなことより、ぼくはかわいいジョーニーのために十万ドルのサプライズプレゼントを用意したよ、なんたってあの子はすぐに、トロージャンズの未来のトリプルスレット（走、投、蹴の三拍子そろった名バック）を育ててくれるんだからね！」

「あの──いくらのプレゼントですって？」クイーン君は弱々しく訊いた。

しかし偉大な男は秘密めかした表情をするばかりだった。「それじゃ、戻ってオスタームーアのへなちょこ《ガチョウ》をうまく料理する作戦を練ろうじゃないか！」

＊

元日は暖かく、太陽が燦々《さんさん》と輝いていた。まずウィング氏の城に集合してからスタジアムに向かうことになっていたので、クイーン君はポーラ・パリスを拾いにいく準備に取りかかったが、その間じゅう、なんだか変な気持ちだった。東部っ子独特の習慣で、フットボールの試合を見にいく時には、セーター、マフラー、コートといった防寒具を山ほど着こむのがお決まりなのに、自分はいま、スポーツジャケット一枚で観戦に行こうとしている！

「カリフォルニアよ、汝《なんじ》の名は因習の打破者なり」クイーン君はつぶやくと、すでに賑わいだしているハリウッドの通りを車で走り抜け、ミス・パリスの家に向かった。

「あらやだ」ポーラは言った。「そんな格好じゃパップ・ウィングのお城に乗りこむわけにいかなくってよ」

「そんな格好？」

「トロージャンズのチームカラーを身につけてないじゃない。わたしたち、あのおじ様のご機嫌はとっておかなきゃいけないの、すくなくとも、無事にスタジアムの中にもぐりこんでしまうまでは。ほら！」そう言うと、ポーラは二枚の婦人物のハンカチーフをひょいひょいと巧みによりあわせて、深紅と金色のポケットチーフをこしらえてくれた。

「きみはすごくすてきじゃないか」クイーン君はすなおに感心した。というのも、もともとポーラはハリウッドで大宣伝されているご婦人がたの多くからひそかに嫉妬されるほどの容姿の持ち主なのだが、深紅と金色のスーツとたっぷりしたギャザースカートを組みあわせたドレスに身を包んだ彼女は、ファッションにとんとうといクイーン君から見ても、ショッキングなほど圧倒的な美しさであった。濡れ羽色の髪には大きな羽根付き帽子がいまにも落ちそうにちょこんとのっかり、きらめく眼の片方を隠している。

「そんな台詞《せりふ》はジョーンを見てから言うことね」ミス・パリスは、それでもご褒美《ほうび》の接吻をくれた。「あの子ったら自分の服の悩みでこの一週間ずっとわたしに電話をかけどおしだったのよ。フットボールの試合と結婚式の両方にふさわしい衣装が必要なんて、女の子の一生にそう何度もあることじゃないもの」そしてクイーン君がイングルウッドに向けて車を出すと、ミス・パリスは考え考え言った。「あのぞっとする人はどんな服を着てくるのかしら。きっとタ一バンと七枚のベールとかね」

「誰のことだい？」

「マダム・メフィストよ。ただ、あの女はスージー・ルカダモって本名で、もとはうさんくさいマジックと読心術の見世物をやってたんだけど、やめて、シアトルで水晶占い師を始めたのよ――どう、〝未知〟のベールの奥まで暴くプロの腕前は？　パップは十一月にＵＳＣ対ワシントン大の試合中にあの女と出会ったの。あの女はパップをインチキ占いで騙《だま》して、クリスマスの休暇をお城で過ごすように招待させたのよ。どうせ自分は一文も使わないで、ハリウッドの大金持ちのおめでたいカモを探すのが目的でしょ」

「ずいぶん彼女のことに詳しいじゃないか」

ポーラはにこりとした。「ジョーン・ウィングからいろいろ聞いてるのよ――どうしてか知らないけど、ジョーニーはあのおばさんが嫌いなの――それ以外は、わたしがいろいろ掘り出したんだけど……ねっ、わかったでしょ、ダーリン、わたしは世の中のあらゆることとあらゆる人を知ってるのよ」

「なら、教えてくれるかい」クイーン君は言った。「オストロフ大公ってのは、何者なんだ？」

「なぜ？」

「なぜなら」クイーン君はしかめ面で言った。「ぼくはあの大公さんが嫌いだし、それに――正直に言うよ！――パップ・ウィングが、あの子供っぽいところもまるごと含めて、どうしようもなく大好きなんだ」

「ジョーンも、パップがあなたを好きだって話してたわ、まったくお馬鹿さんよね！　きっと子供みたいに、本物の生きた探偵を見て、ものすごく喜んだんじゃないの。あなたのＧメン（ＦＢＩ捜査官）のバッジを見せてあげなさいよ」クイーン君はじろりと睨んだが、ミス・パリスは夢見るようなまなざしをしていた。「そういえば、パップは今日、あなたがそばにいてくれて都合がよかったんじゃないかしら」

「どういう意味だ？」クイーン君は鋭く訊いた。

「あの人、ジョーンにサプライズプレゼントを用意したって、あなたに話さなかったの？ ロサンゼルスじゅうの人に喋ってるのに。でも、それが何なのか知ってるのは、あなたのこの卑しい記者だけですのよ」

「ロディも知ってるだろうな。そういや、ご老体が〝十万ドルのサプライズプレゼント〟がどうのと言ってたっけ。で、そいつは何なんだい？」

「そいつはね」ミス・パリスは声をひそめた。「完全に色も粒もそろったスターサファイアひとそろいよ」

クイーン君は黙りこんだ。やがて口を開いた。「きみはどう思う、オストロフってのは――」

「大公殿下はね」ミス・パリスは言った。「マダム・スージー・ルカダモ・メフィストなんかより、ずっとうさんくさい人よ。あの人の本名はルイ・バターソン。ブロンクス出身よ。みんな知ってるわ。知らないのはパップ・ウィングだけ」ポーラはため息をついた。「でも、あなたもハリウッドがどんな場所か知ってるでしょ――〝生き、生かしめよ〟ってね。あなただっていつかはカモのお世話になるかもしれなくってよ。バターソンは上流専門の居候《いそうろう》なの。若いころはずいぶんとくさいことをやってたらしいわ。今日みたいないいお日和《ひより》には、わたしたちの鼻を刺激しないでほしいわね」

「これは」クイーン君はつぶやいた。「めんどくさいフットボールの試合になるぞ、いまから想像がつく」

＊

ウィング家の城の騒がしさに比べれば、ベドラムは修道院も同然だった。城の中は、室内装飾家や、宴会のケータリング業者や、料理人や、給仕でごった返している。クイーン君は、そういえば今日はジョーン・ウィングとロディ・クロケットの結婚式当日だった、と思い出した。

ふたりが着いた時、一行は城にいくつもある幾何学的な庭園のひとつに集合しており――のちにクイーン君はミス・パリスに、フォンテーヌブロー城の庭よりもすばらしい、と述懐したものである――ミス・ウィングはどうやら服装の悩みを解決したようだった。というのも、クイーン君は令嬢の衣装を言いあらわす言葉を見つけることができず、ロディ・クロケット君は見つけたものの、その言葉は「すっっっげえ」だった。

ポーラはもっと専門用語に満ちた歓喜の声をあげ、ミス・ウィングは自分のアメフトの英雄にしがみついており、英雄は少しばかり青い顔をしていた。やがて出陣の時が来て、トロイの誇りは勇ましくロードスターにひらりと飛び乗ると、男らしい若い少々潰《つぶ》れた耳に届く歓呼の声に応えて、オープンカーから手を振った。

パップ・ウィングが車路《くるまみち》に飛び出してきて、去っていくロードスターのうしろから大声で叫んだ。「あのオスタームーア封じ作戦を忘れるなよ、ロディ！」

そしてロディは栄光の土煙を盛大にたなびかせて姿を消した。トロージャンズのもっとも高貴な人物は戻ってきながら、頭を振り振りつぶやいていた。「楽勝のはずなんだ！」お仕着せ姿の給仕たちがカナッペやカクテルをどっさりのせた盆を持って現れた。腰から下にたっぷりギャザーを寄せたロシア風の長いコートを着こんで、いかにもロシア貴族らしい格好をした大公殿下は、目が覚めるほど鮮やかな手品を——長くしなやかな手指は目にも留まらぬ素早い動きを見せ——次々に繰り出し、一同をわかせた。マダム・メフィストは、七枚のベールをかぶってはいなかったものの、予想どおりにターバンを巻いて現れて、瞑想状態にはいり、〝トロージャンズの輝かしい勝利〟が見えるとつぶやいた——その間じゅう、ジョーン・ウィングはカクテルを見つめながらうっとりとほほ笑んでおり、パップ・ウィングは生涯で今日ほど冷静で自信たっぷりに落ち着いていたことはない、と自賛しつつ、元気いっぱいに飛びまわっていた。

やがて、ウィング家の巨大な八人乗りのリムジンに乗りこんだ一行は——パップ、ジョーン、大公、マダム、ガビー、ミス・パリス、クイーン君だ——運命の試合が待つパサデナに向けて出発した。

不意にパップが言いだした。「ジョーニーや、おまえにサプライズプレゼントがあるんだよ」するとジョーンは礼儀として驚いた表情を見せつつ、わずかに息を弾ませた。パップはジャケットの右手側のポケットから長い革ケースを取り出すと、それを開けて、笑いまじりに言った。「今夜までは見せないでおくつもりだったんだがね、ロディが出ていく前に、おまえがとてもきれいだと言っていたものだから、褒美として、先に見せてやらなきゃならんと思ったんだ。お父さんからの贈り物だよ、ジョーニー。気に入ったかい?」

ジョーンは息をのんだ。「気に入ったかですって!」そのあとは「まあ!」とか「ああ!」とかいう声ばかりだった。一同の目の前に現れたのは、黒いベルベットの上にのっている、すばらしい十一個のサファイアであった。表面にくっきりと浮かぶスターが、豪華にまたたいている――完璧に色も粒もそろった宝石のフットボールチーム。

「ああ、お父さん《パップ》!」ジョーンは声を絞り出すと、両腕を投げかけ、肩に顔を埋めて泣きだした。パップは嬉しそうな顔になり、得意げに大きく息をふうっと吐いて、ケースを閉めると、さっきと同じポケットにケースを戻した。

「正式なお披露目は今夜だ。そのあとに、これでネックレスを作るとか、ブレスレットか別の物にするとか、何でもおまえの好きに決めるといい」そしてパップはジョーンがぐすぐすと泣いている間、ずっと髪をなでてやっていた。一方クイーン君は、オストロフ大公こと本名バターソンと、マダム・メフィストこと本名ルカダモを観察しながら、ふたりが驚愕と共にむき出しにした強欲の顔を、あれほど素早く隠したのは実に賢いな、と考えていたのだった。

＊

客人に取り巻かれたパップは、まるでローズ・ボウルもそれに群がる大勢の人間もすべて我が物であるかのように、役員も警備員も下っ端の学生部員も無遠慮に払いのけつつ、まっすぐ大またにトロージャンズの更衣室にずんずん歩いていった。

ドアの前にいた青年が「ようこそ、パップ」とうやうやしく挨拶し、部屋の外のそれほど幸運ではなかった人々の羨望のまなざしを尻目に、一同を中に入れた。

「彼、すてきじゃない?」ひそひそと言いながら、ポーラの瞳は星のように輝いていた。クイーン君が答える前に、口々に歓声があがった。「やあ! ご婦人たちだ!」「パップが来た!」そして監督が近づいてきて、その傍《かたわ》らに、どんなタックルも防御する恐るべき腕で鹿革色のズボンの紐を結びながら、ロディ・クロケットがやってくると、ウィンクをして言った。「いいですよ、パップ。やってください」

するとパップは、いまやひどく青い顔をして、上着を脱いでマッサージ台に放り出した。そのとたん、まわりを囲む選手たちは、急にしんと静まり返った。そしてクイーン君は自分が山のごときタックルと巨獣のようなガードの間にはさまれて身動きできなくなったことに気づいた。ガードが頭上から怒鳴りつけてきた。「おい、あんた、おとなしくしてろ。わかるだろ、いまからパップが演説をするんだ」

そしてパップがとても低い声で言い始めた。「諸君。前回、ぼくが激励の演説をしたのは一九三三年だ。あの時も一月二日で、USC対ピッツバーグのローズ・ボウルの試合だった。あの日、我々は三十五対〇で、相手をぶっ潰した」

誰かが叫んだ。「イェーイ!」しかしパップは片手でそれを制した。

「以前にも、ぼくは元日の激励の演説を三度、したことがある。一度は一九三二年にテュレーン大を二十一対十二で下した時。もう一度は一九三〇年にパンサーズ（ピッツバーグ大学）を四十七対十四でぶちのめした時。いちばん最初が一九二三年で、ペンシルバニア州立大を十四対三でやっつけた時だ。そしてそれが、ローズ・ボウルの歴史上初めて我々が、伝統の地区対抗試合において西海岸大学連盟《PCC》を代表して出場した時でもあった。さて、ひとつ、あと数分でカリフォルニアの半分の人口の前に飛び出していく諸君に覚えておいてほしいことがある」

部屋は静まり返った。

「覚えておいてくれ、トロージャンズはかつて、ローズ・ボウルの試合で四度、戦った。そして、覚えておいてくれ、トロージャンズはローズ・ボウルの試合で四度、勝ったんだ」パップは言った。

そして、パップは台によじのぼって、皆の頭上から、居並ぶ若々しい緊張した顔を見下ろした。やがて、床に飛びおりて、ぜいぜいと息を切らした。

まさに地獄の釜の蓋が開いたかのようだった。青年たちがパップの背中をばんばんと叩く。ロディ・クロケットはジョーンをつかまえて、ロッカーの裏に引っぱっていく。クイーン君は、まるでピンで留められた蝶のように、トロージャンズのセンターの肘でドアにがっちり留めつけられて、帽子は眼にかぶさるほどずりおちている。監督は突っ立ったままパップに笑いかけて、パップも笑いを返したが、監督はどうやら震えおののいているようだった。

「よし、いいか、みんな」監督が言った。「パップ?」パップ・ウィングがにやりとし、皆を振り払って上着を着るのを、ロディが手伝った。しばらくすると、クイーン君は、いつの間にか自分の服がくたくたになって、五十ヤードラインの真上にあるパップのボックス席に坐っていることに気がついた。

やがて、双方のチームが競技場《ボウル》になだれこんで、輝く芝の上を走り抜けていくと、何万もの観衆の叫びがまきおこり、パップ・ウィングがかすかに、悲鳴のような声をあげた。

「どうしたの?」ジョーンがすぐに気づいて、父親の腕をつかんだ。「気分が悪いの、お父さん?」

「サファイアが」パップ・ウィングは片手をポケットに入れたまま、しゃがれた声を出した。

「なくなった」

*

キックオフ! 二十二の肉体が、わあっと一点に駆け寄って、ひと塊《かたまり》にもつれあい、スタンドの観客は雷のように足を踏み鳴らしてどよめき、USC側の味方は狂ったように旗を振り……そして、いっせいにあがったうめき声が青天を引き裂くと、死を思わせる絶望の沈黙が落ちた。

なぜなら、トロージャンズのセーフティがボールを取って、前に駆けだそうとしたとたんに足をすべらせ、その手からぽんと飛び出したボールに、カロライナ大のタイトエンドが飛びついたのだ——そして大ジャンプで勢いづいたスパルタンズは、カロライナ大が獲得したボールを運んでトロージャンズの九ヤードラインに到達し、ファーストダウンを、さらにはタッチダウンを狙って、猛然と突き進んでいく（アメリカンフットボールは野球のように攻守に別れて試合をする。攻撃側は、四回の攻撃で十ヤード以上前に進めばファーストダウン

を獲得できる。ファーストダウンを獲得できれば、再度四回
の攻撃権が与えられる。できなければ攻守チェンジとなる）。

するとパップ・ウィングの慌て声を聞いていなかったガビーが立ち上がり、頭のてっぺんから叫びだした。「だめだ、冗談じゃない！　神様――しっかりしろ、USC！　そこのラインを死守しろ！」

　パップは、まるで三千年の眠りから突然によみがえった木乃伊《ミイラ》を見るように、血走った驚いた眼でガビー・ハンツウッド氏をちらりと見た。それからつぶやいた。「なくなっている。誰かが――ぼくのポケットからすり取った」

「なんですって！」ガビーは囁くように言って、そしてどすんと椅子にへたりこむと、雇い主を恐怖に満ちた眼で見上げた。

「でえすが、それえは、あまありに、現実ばなあれしているじゃあ、ありませんかあ」大公が声をあげた。

　クイーン君は落ち着いて言った。「たしかですか、ウィングさん？」

　パップの視線はフィールドを見ながら、自動的に戦況を分析していた。が、その眼は苦痛に満ちている。「ああ、間違いない。この客の中にまぎれこんだスリが――」

「違います」クイーン君は言った。

「エラリー、それどういう意味？」ポーラが叫んだ。

「ウィングさんの車から降りた瞬間から、トロージャンズの更衣室に着くまで、ぼくらは彼を完全に取り囲んでいた。トロージャンズの更衣室を出た瞬間から、このボックス席にはいるま

で、ぼくらは彼を完全に取り囲んでいた。残念だがね、スリは我々の中のひとりということだよ」

マダム・メフィストが金切声をあげた。「冗談じゃないわ！　あなた、忘れたの、更衣室でウィングさんが上着を着るのを手伝ったのは、クロケットさんじゃないの！」

「おい——」パップは咎《とが》めるように言いながら、腰を浮かせた。

ジョーンが父親の腕に手をかけ、ぎゅっと握ってほほ笑みかけた。「お父さん、本気にすることないわ」

カロライナ大はセンターを突破しようとしてさらに二ヤード稼いだ。パップは片手でひさしを作り、その下から反対側のラインをじっと見つめた。

「ミースター・クイーン」大公殿下は冷ややかに言った。「いまのは、侮辱でえす。私は要求しまあす、ええと——英語ではなんと言いましたか——身体検査を」

パップは弱々しく手を振った。「いや、いい。ぼくはフットボールの試合を見にきたんだ」けれども、もうパップの表情からは幼い少年らしさが消えてしまっていた。

「大公殿下のお申し出は」クイーン君は小声で言った。「たいへんにすばらしいです。ご婦人はご婦人同士で、男は男同士で調べましょう。全員一緒に——ひと塊に——この部屋を出て、手洗い所に行きませんか」

「踏ん張れ」パップは何も聞こえなかったように、つぶやいた。カロライナ大がオフタックルでさらに二ヤード攻めこんできている。残る攻撃はあと二度で、残る距離はあと五ヤード。ロディ・クロケットが、自軍の陣地を守ってずらりと並ぶラインマンのひとりの尻をぽんと叩くのが見えた。

横に並んだ両軍が激突し、列がひしゃげた。成果なし。

「見たかい、ロディがあそこの穴をうまく埋めたのを」パップはぼそぼそと言った。

ジョーンが立ち上がり、女王然としてマダムとポーラに、先に行くように手の動きで命じた。パップは身じろぎひとつしなかった。クイーン君は男たちに身振りで合図した。大公とガビーは立ち上がった。一同は足早に出口に向かった。

それでもまだパップは動こうとしなかった。やがてオスタームーアがエンドゾーンに向かって低いパスを矢のように放ち、カロライナ大のタイトエンドがエンドゾーンに駆けこんで、ボールをがっちり受け止めた（ボールをエンドゾーンに持ちこむ、もしくは、ゾーン内でキャッチすると、タッチダウンとなる）。カロライナ大が六点（タッチダウンの得点）、USCが〇点。大時計は第一クォーター（試合時間は一時間。十五分ずつ、四つのクォーターに区切られている）がまだ一分ほどしか過ぎていないことを示していた。

「そのキックを捕れ！」

ロディがスパルタンズのラインマンたちの中に飛びこみ、ボールを捕った。カロライナ大の選手たちは、にやにやしながら、自陣に駆け戻っていく。

「ふん」パップはがらんとしたボックスの無人の席に向かって言った。そのまま、じっと動かずに坐りこんで、ただ待ち続ける彼は、老人そのものだった。

＊

第一クォーターはそのまま続いた。トロージャンズはどうしても敵陣に切りこめずにいる。何度やってもパスが通らない。スパルタンズの守りは鉄壁だった。

「お待たせしましたわね」ポーラ・パリスの声がした。偉大な人物はゆっくりと振り向いた。

「こちらにはありませんでした」

続いてクイーン君が、ふたりの仲間を引き連れて戻ってきた。クイーン君は無言だった。ただかぶりを振っただけだった。オストロフ大公は盛大に馬鹿にした表情を浮かべ、マダム・メフィストは腹立たしげにターバンの頭をぐっとそらせている。ジョーンは蒼白《そうはく》だった。その視線がさまよってそろそろと眼下のフィールドにロディを探し求めた。ポーラは令嬢の眼が涙でいっぱいなのを見てとった。

クイーン君が出し抜けに言った。「ちょっと失礼します」そしてもう一度、足早に出ていった。

第一クォーターは結局、六対〇のままで終わり、トロージャンズは自陣のゴールポストの危機からどうしても離れることができずにいた……オスタームーア君の鋭い蹴りの人間離れした正確さが脅威で、ゴールポスト前で足止めされているのだ。すさまじく精度の高いキックを前にして、トロージャンズは手も足も出なかった。

*

　クイーン君は戻ってくると、かすかに汗のにじむ眉間をぬぐって、愛想よく言った。「ところで、殿下、急に思い出したんですがね。あなたは前世で――たしか、その時代におけるあなたの名はバターソンで、由緒正しいブロンクスの家のご出身だったと思いますが――あなたは宝石泥棒事件に関わりがありませんでしたか？」

「宝石泥棒！」ジョーンは息をのみつつ、その表情はなぜか少しほっとしたように見えた。大公の突然、震えだした顎ひげを、パップの眼が冷ややかに凝視する。

「そうです」クイーン君は続けた。「たしか、故買屋があなたを道づれにしようとしたんでしたね、殿下は仲介屋なのだと主張して。でも、陪審員は故買屋の言葉を信じなかった、おかげであなたは無罪放免となった。あの時、証人席のあなたはなかなか愛嬌がありましたからね――法廷じゅうが爆笑の渦に包まれましたっけ」

「嘘八百を言うな」大公殿下はしゃがれた声で言ったが、外国なまりは毛ほどもなくなっていた。もじゃもじゃのひげの奥からクイーン君に向かって、狼のような歯がぎらりと光った。

「このはったりの泥棒野郎――」パップ・ウィングは言いながら、腰を浮かせた。

「いや、待った、ウィングさん」クイーン君は止めた。

「あたくし、こんなに侮辱されたのは初めて――」マダム・メフィストは言いかけた。

「それから、あなたも」クイーン君は軽く頭を下げながら言った。「口をつつしむ方が賢明ですよ、マダム・ルカダモ」

ポーラは、どういうことか教えなさいよというように、無言で力いっぱい小突いてきたが、エラリーはかぶりを振った。どうも、彼自身、どうしていいかわからないようだった。

しばらく無言が続いたが、第二クォーターがそろそろ終わるというころに、ロディ・クロケットが飛び出して四十四ヤードを駆け抜けたが、次の攻撃ではカロライナ大側の二十六ヤードライン上をボールが頑として動こうとしない攻防戦となった。

するとパップ・ウィングは立ち上がって精いっぱいに応援し、ガビー・ハンツウッドさえも、油の切れてきしんだ声で盛大に叫んでいた。「行けえ、トロージャンズ！」

「おまえもはりきってるね、ガビー」パップはふっと笑いを浮かべた。「フットボールの試合でおまえが興奮してるのは初めて見たな」

三度の攻撃でトロージャンズはさらに十一ヤード稼いだ。そしてカロライナ大の十五ヤードラインで、ついにファーストダウンを獲得！　ハーフタイムまでもうすぐだ。パップは声を嗄《か》らして絶叫していた。盗難事件はすっかり忘れているようだ。USCのランニング攻撃が二度もオスタームーアに止められ、そのたびにパップはうめいた。ボールがカロライナ大の二十二ヤードラインまで下げられ、ハーフタイム終了のホイッスルまで残る攻撃がワンチャンスしかなくなると、トロージャンズのクォーターバックはキックのフォーメーションを指示した。ロディがまっすぐに蹴りあげたボールは、スパルタンズのゴールポストのど真ん中をきれいに通過していく（フィールドゴール）。

ここでホイッスルが鳴った。カロライナ大が六点、USCが三点（フィールドゴールは三点）。パップはどさりと坐ると、顔をごしごしとぬぐった。「もっとがんばらんと。くそっ、あのオスタームーアの奴！　うちのロディは何をやってるんだ」

ハーフタイムの休憩の間、それまで試合をほとんど見ていなかったクイーン君がぼそぼそと言いだした。「ところで、マダム、ぼくはあなたの比類なき天賦《てんぷ》の才である、占いの能力のすばらしさについて、ずいぶんお聞きしています。どうやらサファイアは自然な方法では見つからないようです。どうでしょう、超自然な方法に頼るというのは？」

マダム・メフィストはエラリーを睨みつけた。「いまは冗談を言っている時じゃないでしょう！」

「本物の天賦の才なら、時も環境も選ばないはずですよね」クイーン君はにこにこしていた。

「この空気は——都合がいいとは、とても——」

「さあ、さあ、マダム！　世話になってる恩人のために、失った十万ドルを取り戻してあげるチャンスですよ、いまこそひと肌脱ぐ時では？」

パップが急に、好奇心をむき出しにしてマダムをじろじろと観察し始めた。

マダムは両眼を閉じ、長い指を額に当てた。「見えます」マダムはつぶやいた。「見えるわ、細長い宝石箱……そう、閉まっています、閉まっています……でも、暗い、とても暗い……それは、中に、暗い場所に……」マダムはため息をつくと、両手をおろし、黒々としたまぶたを上げた。「ごめんなさい。あたくし、これ以上は見えないわ」

「それは暗い場所にある、そのとおりです」クイーン君は淡々と言った。「ぼくのポケットの中にあります」そしてびっくり仰天している一同の目の前に、エラリーはポケットから偉大な人物の宝石箱を取り出した。

クイーン君はぱちんと開いてみせた。「ただ」悲しげに言った。「からっぽなんです。ぼくはこれをトロージャンズの更衣室で見つけました」

ジョーンは、はっとあとずさり、小さなフットボールでできたお守りを、潰れてしまうほどきつく握りしめた。大富豪は石のように表情のない眼で、フィールドのまわりで景気よく演奏するマーチングバンドを見つめている。

「わかりますか」クイーン君は言った。「泥棒はサファイアをどこかに隠して、ケースを更衣室に捨てた。そして、ぼくらは全員、そこにいた。では、問題です。泥棒はいったいどこにサファイアを隠したのでしょう?」

「失礼ですがあ」大公が言った。「盗まれたのはあ、ミースタ・ウィングが宝石箱をポケットにしまったあと、車の中だと思いまあす。ですからあ、宝石は車の中に隠されたままでは」

「ぼくがもう」クイーン君は言った。「車の中を探しました」

「じゃあ、トロージャンズの更衣室にあるのよ!」ポーラが叫んだ。

「いや、そこももう探した——天上から床まで、ロッカーも、棚も、服も全部。あそこにサファイアはない」

「このボックス席に来るまでの通路にサファイアを落としてくるほど、泥棒も馬鹿じゃないでしょうから」ポーラは考えながら言った。「もしかすると、共犯者が——」

「共犯者を作るためには」クイーン君は元気なく言った。「自分がこれから犯罪をおかすことを知っていなければならない。犯罪をおかすためには、そこに犯罪のタネがあることを知っていなければならない。今日、ここにサファイアを持ってくることは、ウィング氏のほか、誰も知らなかった——そうですよね、ウィングさん？」

「そうだ」パップは言った。「ロッド以外は——そう、誰も知らない」

「待って！」ジョーンが激情をあらわにして叫んだ。「みんながどう考えてるかわかるわ。みんな、ロディが——このことに関係してると思ってるんでしょう。わかってるんだから——なによ、お父さんまで、そう思ってるのね！　でも、それがどんなに馬鹿馬鹿しいことかわからない？　どうしてロッドが、自分の物になるのがわかってるのに盗まなきゃならないの？　ロディのことを、ど——泥棒扱いなんて、絶対にさせないんだから！」

「そんなことは思ってないよ」パップは弱々しく言った。

「では、この犯罪は前もって準備できるものではなく、ゆえに共犯者を用意することもできなかったということで、皆さん、よろしいですね」クイーン君は言った。「ついでに言っておきますと、このボックスの中にもサファイアはありません。ぼくが調べました」

「でも、そんな馬鹿なことってないわ！」ジョーンは叫んだ。「わたし、宝石がなくなったことはもういいの、あれは本当に美しかったけれど。お父さんはあれがなくなったくらいでは困らないし。ただ、本当に卑しい、汚いことをされたのが気分悪くてたまらないの。やり口がひ

ど く、頭がいいのも、どうしようもなく汚らしいわ」

「犯罪者というものは」クイーン君はのろのろと言った。「目的を達成するためなら、それほど潔癖ではありませんからね。とりあえず、大事なのは泥棒が宝石をどこかに隠したということです——この犯罪において、いちばんの要《かなめ》がこの隠し場所ですよ。今回の盗みの成功は、どれだけ簡単に隠せるか、そしてあとでそれを回収できるのかにかかっている。ですから、泥棒がサファイアを隠した場所は、誰からも簡単に気づかれない、偶然に見つかることもなさそうな、それでいて、自分があとで都合のいい時にゆっくり取り出せる場所ということになります」

「どういうことなの」ポーラはとうとう苛立って叫んだ。「車にもない、更衣室にもない、わたしたちの誰も身につけていない、このボックス席にもない、共犯者もいない……そんなの不可能じゃないの！」

「違う」クイーン君はつぶやいた。「不可能じゃないんだ。実際に起きてるんだから。しかし、どうやって？　どうやったんだ？」

＊

トロージャンズの闘志に火がついた。彼らは豚革のボールをゆっくりと、着実に、スパルタンズのゴールラインに向かって運んでいった。けれども二十一ヤードラインで攻撃は膠着状態《こうちゃくじょうたい》に陥《おちい》った。あと八ヤードでスリーダウンというところまで来たのに、フィールドの端から端まで縦横無尽《じゅうおうむじん》に駆けめぐる、あの悪魔のようなオスタームーア君に、フォワードのパスを奪い取られ、五十一ヤードも走ってボールを持ち去られてしまい、USCは再び苦しめられることになったのだ。

ついに第四クォーターにはいったが、点数に変化はなかった。観衆の上には雲のようにありありと感じられる感情が垂れこめていた。自分たちがローズ・ボウルの歴史において初のトロージャンズの敗北を見ているのだという感情が。負傷と疲労がトロージャンズの選手たちを蝕み、力を奪っていく。心を折られ、打ちのめされているようだった。

「いつになったらやるつもりなんだ?」パップがつぶやいた。「あの秘策を!」その声が咆哮《ほうこう》になった。「ロディ! やれ!」

突然、トロージャンズが最後の力を振り絞り、猛攻を開始した。カロライナ大は踏ん張ったが、じりじりと後退していく。キックの一騎打ちとなったが、オスタームーアとロディの力は完全に拮抗《きっこう》し、どちらも一歩もゆずらない。

不意に、トロージャンズが一か八かの大勝負に出た。超ロングパス――成功。そして、もう一度!

「いまだ、ロディ、行け、行け!」

パップ・ウィングはサファイアのことをきれいに忘れ、咽喉も裂けよと絶叫していた。ガビーも甲高く応援の雄たけびをあげている。ジョーンは踊るように跳ねまわっている。大公とマダムも礼儀正しく興味をひかれた顔をしている。ポーラさえ大いなる興奮で血がわき立つのを感じた。

けれどもクイーン君は座席に坐ったまま、眉を寄せ、まるでいま新たに、思索するという機能が与えられたばかりのように、ひたすら考えに、考え続けていた。

トロージャンズはじりじりとカロライナ大のゴールラインに近づいた。スパルタンズは狂ったようにすさまじい反撃を続けたが、ボールを取り返せずに押しこまれていく。

カロライナ大の十九ヤードラインで、トロージャンズがファーストダウンを獲得。残り時間が一分を切る！

「ロディ！　キックだ！　あのキックだ！」パップが叫んだ。

スパルタンズは一度目の攻撃を耐え抜いた。二度目の攻撃で一ヤード下がった。三度目の攻撃で――無慈悲な大時計の針は試合時間の終わりをいまにも知らせようとしている――スパルタンズのレフトがタックルでUSCのラインを突破し、六ヤードをもぎとった。四度目の攻撃でもう何秒もないというのに、ボールはカロライナ大の二十四ヤードラインにある！

「この攻撃でしくじれば」パップが悲痛な声をあげた。「負けだ。カロライナは絶対、時間切れまでボールをキープする……ロディ！」パップは雷鳴のような声を轟《とどろ》かせた。「あのキック作戦だ！」

するとその絶望に満ちた声が届いたかのように、ボールがはじき返されたかと思うと、トロージャンズのクォーターバックがそれをがばっとつかんで、右手の甲を芝にすりつけるようにボールを手の上に立て、ロディのキックを待ち構えた……ロディはボールをキックしに突進してきた、と見せかけて、クォーターバックの手からさっとボールをすくい上げ、カロライナ大のゴールラインめがけて、猛然と走っていく。

「うまくいったぞ！」パップは叫んだ。「あいつら、こっちがキックでフィールドゴールの同点を狙うと思ったな――作戦成功だ！　行け、タッチダウンしろ、ロディ！」

USCはさっと展開し、鬼神のように立ちはだかった。カロライナ大チームは完全に虚をつかれていた。ロディは混乱したスパルタンズの防衛ラインの選手の間を縫うようにすり抜け、試合終了のホイッスルが鳴る直前にゴールラインを駆け抜けた。

「勝った！　勝った！」ガビーがしゃがれた笑い声をあげながら、勝ち戦《いくさ》のダンスを踊った。

「やったあああ！」パップは絶叫すると、ジョーンにキスし、ポーラにキスし、マダムにまでキスしそうになった。

クイーン君が顔を上げた。眉間からきれいさっぱり皺《しわ》が消えていた。すっかり心穏やかで、幸せそうに見えた。

「どっちが勝ったんです？」クイーン君はにこにこしながら訊いた。

しかし、誰も答えなかった。フィールドではロディが、押し寄せてくるファンの大群を苦労してかき分けながら五十ヤードラインまで走ってくるところだった。ロディはボックス席に駆け寄ると、トロージャンズのほぼ全選手に囲まれながら、パップ・ウィングの両手に何かを押しこんだ。

「ほら、あなたのですよ、パップ」ロディは息を切らせながら言った。「今日使った豚の革です。あなたのコレクションがまたひとつ増えた。やあ、ハニー！　ジョーン！」

「ああ、ロディ」

「よくやった」感極まって、パップは言いかけたが、言葉が続かなくなり、汚らしいボールをぎゅっと胸に抱きしめた。

ロディはにやっとして、ジョーシにキスすると、大声で叫んだ。「そうだった、今夜、ぼくはきみと結婚するんだったな！」そして、大騒ぎする人々に追われながら、トロージャンズの更衣室に向かって走り去った。

「えへん！」クイーン君は空咳《からぜき》をした。「ウィングさん、そろそろあなたのささやかな問題を解決する時が来たと思いますが」

「あ？」パップは汚いボールを、愛おしくてたまらないように見つめ続けている。「ああ」肩がしょんぼりと垂れた。「たぶん」弱々しく言った。「警察に通報しなきゃなら——」

「ぼくの考えでは」クイーン君は言った。「すくなくとも、いまはまだその必要はないと思いますよ。ひとつ、たとえ話を披露《ひろう》してもよろしいですか？　むかしむかし大昔、いにしえのトロイの都がギリシャ人に包囲されたのですが、非常によく持ちこたえたそうです。あまりにも守りが固いので、たいそう賢かったギリシャ人たちはとうとう、この都にはいりこむには計略を用いるしかないと考えました。そういうわけで、ギリシャ人の知恵者が、実に陰険で狡猾《こうかつ》な策略をめぐらせ、巧妙な作戦を立てました。この策略の肝《きも》は、ギリシャ人が自分たちにはできない部分をトロイ人にやらせることです。覚えておいででしょうが、このギリシャ人の計略は成功しました。トロイ人が好奇心に勝てず、ギリシャ兵が船に乗って逃げ去ったことに油断し、例の木馬をみずからの手で城壁の中に戦利品として運びこんだのですが、なんということでしょう！　その夜、トロイの人々が皆、寝静まると、木馬の腹に隠れ潜んでいたギリシャ兵たちが中からそっと出てきて、その後は皆さんがご存じのとおりというわけです。実に賢い、ギリシャ人というやつはね。ウィングさん、そのボールをちょっと貸していただけますか」

パップはぽかんとしていた。「はあ？」

クイーン君はほほ笑みながらそれを受け取り、バルブを開けて空気を抜いて、革紐をほどくと、パップが受け皿の形にした両手の上で、しぼんだ豚革の袋を振った……ぽとぽとと、十一個のサファイアが落ちてきた。

「というわけです」一同が、パップ・ウィングの震える両手の上の宝石を、声も出せずにじっと見つめている中、クイーン君が静かに語りだした。「泥棒は、トロージャンズの更衣室で、パップさんが愛するチームのために激励の大演説をぶっている間に、パップさんの上着のポケットから宝石を盗みました。上着はマッサージ台の上に放り出されていて、あの場は人がぎっしりでしたから、泥棒はそっとマッサージ台に近づき、パップさんの上着から宝石箱を取り出し、中からサファイアだけを抜き取って、箱を捨てると、ローズ・ボウルの試合で使われる予定の、まだ空気を入れていないボールににじり寄りました。こっそり紐をゆるめ、外側の豚革と空気を入れるゴム袋の間の隙間《すきま》にサファイアを押しこむと、紐をきつく締め、いかにも元どおりであるように見せかけて、ボールを戻しておいたのです。

まあ、考えてもみてください！　ぼくたちが試合を見ていた間じゅう、十一個のサファイアはこのフットボールの中にずっとはいっていたんです。一時間というもの、この楕円形のボールは、蹴られ、投げられ、運ばれ、奪いあわれ、上にのられ、打たれ、つかまれ、こすりつけられ、泥だらけにされ続けたのです――内に王者の宝を抱いたまま！」

「でも、どうしてボールの中に隠されてるってわかったの」ポーラはあえいだ。「そして、泥棒は誰なの。あなたってすごいわ！」

クイーン君はなんでもないことのようにたばこに火をつけた。「すべてのありそうな隠し場所を排除したあとで、ぼくは自分にこう言った。〝我々の中のひとりが泥棒で、隠し場所は試合のあとに泥棒が手をつけられる場所でなければならない〟。そして、ぼくはひとつの寓話とひとつの事実を思い出した。寓話というのは、いまぼくが話したもので、事実というのは、トロージャンズが勝った試合のボールはすべて、のちにパーシー・スクワィアーズ・ウィング氏に贈られるというものだよ」

「でも、まさかきみは――」パップはうろたえて言いかけた。

「いやいや、まさかあなたが自分の宝石を盗むはずはありません」クイーン君はほほ笑んだ。「ですから、おわかりでしょう、泥棒は、試合に勝利したボールがあなたに贈られるという事実を、あなたと同じように利用できる人物でなければならない。泥棒は、宝石を盗むにはふたつの方法があることに気づいたのです。自分が宝石に近づくか、あるいは、宝石が自分のもとに来るように仕向けるか。

それで、ぼくは知ったのですよ。泥棒は、これまで一度としてそうしたことがなかったにもかかわらず、この試合にかぎって、生来のむっつりと寡黙《かもく》な性格に反し、声を嗄らして、トロージャンズになんとしても勝ってくれと、必死に声援を送り続けていた男であると。トロージャンズが勝てば、すぐにボールはパップ・ウィングさんに贈呈されると知っており、トロージャンズに運のすべてを賭けた男であると。試合終了と同時にボールがパップ・ウィングさんに贈られれば、その男が、ただひとりの男だけが、パップさんのすばらしい、あらゆる宝物を集めた蔵の管理人だけが、誰にも見られずにゆっくりと、サファイアを取り戻すことができるのだと——大公殿下！　その愚かな老人を捕まえてください！——ガビー・ハンツウッドを」

〈新冒険〉の新しさを考える

横井　司

よく知られていることかと思いますが、エラリー・クイーンの作家活動は、長編小説を基準にすると、全部で四期に分けることができます。第一期は『ローマ帽子の謎』（一九二九）から『スペイン岬の謎』（一九三五）まで、第二期は『中途の家』（一九三六）から『ドラゴンの歯』（一九三九）まで、第三期が『災厄の町』（一九四二）から『最後の一撃』（一九五八）まで、そして第四期が『盤面の敵』（一九六三）から『心地よく秘密めいた場所』（一九七一）までとなります。第四期は真作と代作が入り混じっており、同時期に出回ったペーパーバック・オリジナルは除いたとしても、単純にひと括りにするわけにもいかないのですが、それはともかく、ここに新訳で上梓されることになった第二短編集『エラリー・クイーンの新冒険』（一九四〇）は、第二期の掉尾《ちょうび》を飾る一冊ということになります。

第一短編集である『エラリー・クイーンの冒険』（一九三四）は第一期の末期に書下し短編も含めて一冊にまとめられたものです。収録作品がすべて第一期に発表されているだけでなく、タイトルはすべて「……の冒険（The Adventure of...）」で揃えられており、統一感がありますし、長編と同様にJ・J・マックが序文を寄せていることもあって、国名シリーズとのつながりが強いという印象を受けます。それに対して『新冒険』の方は、タイトルの統一性が崩れており、マックの序文もありません。収録されている作品も、次に示すように、第一期に発表された作品と第二期に発表されたものとが混在しています（《　》内は初出誌名）。

●一九三五年
暗黒の家の冒険《*American Magazine*》一月号
神の灯《*Street & Smith's Detective Story Magazine*》十一月号（初出題 House of Haunts）
宝捜しの冒険《*Street & Smith's Detective Story Magazine*》十二月号
●一九三六年
がらんどう竜の冒険《*Red Book*》十二月号
●一九三七年
血をふく肖像画の冒険《*American Cavalcade*》九月号（初出題 The Gramatan Mystery）
●一九三九年
人間が犬を噛む《*Blue Book*》六月号
大穴《*Blue Book*》九月号
正気にかえる《*Blue Book*》十月号
トロイの木馬《*Blue Book*》十二月号

そんなこんなで『新冒険』は、どうも第一短編集に比べると分が悪いというか、評価が今ひとつという感があります。江戸川乱歩も『海外探偵小説作家と作品』(一九五七)のクイーンの項目で、概して第一短編集の方に優れた短編が多いようだと書いています。『新冒険』を戦争直後(アジア・太平洋戦争直後)に一読した乱歩は、短編の方は今ひとつとする一方で、中編「神の灯」には非常に感心し、自ら訳筆をとって雑誌《旬刊ニュース》に連載するくらいの惚れ込みようでした。読み終えた原書の見返しには「トリックの独創は師父ブラウンの優れたるものに匹敵し、しかもその取扱いに抽象論理のごまかしなく、あくまで合理的につじつまを合せたる点、やはりクイーン流にて、かかる作風のものとしては最も優れたる構想なり」と書き記しています。

「神の灯」は最初、雑誌に発表されたときはHouse of Hauntsというタイトルでした(フランシス・M・ネヴィンズによる評伝『エラリー・クイーン 推理の芸術』(二〇一三)を翻訳した飯城勇三氏は「幽霊に憑かれた館」と訳されています)。発表当初は、怪奇趣味を前面に押し出したタイトルだったわけですが、単行本に収録するにあたって、より神秘性を前面に押し出すようになったわけです。

もっとも「神の灯」というのは、作中でエラリーが発する言葉から採られていることを、忘れるわけにはいきません。エラリーは「この世は合理的で、起きることはすべて、合理的な説明がつかなけりゃならないんだ」と言うくらいの「救いがたい現実主義者」です。家が消えたという状況に立ち会ったときも、「家は消えた、それは間違いないことだ……さっきからぼくが悩まされているのは、家が消えたという事実じゃない。これを実現した、その方法だ」と言い放つ。しかしながらその一方で、その「方法」を示唆する手がかりを「神の灯」と呼んだのでした。そして読者は、家屋消失の謎が解かれたとき、「神の灯」という言葉に秘められていた意味を知り、感銘を受けるのです。

エラリーは、神の謎は「大いなる深淵《しんえん》」であって、それは解決できるかどうかすら判断できないもの、ただその前に佇むしかないものだが、神に関わる謎でないかぎり、どんな謎も超自然的ではないというスタンスをとっているように思えます。そうしたスタンスが、家屋消失に驚く人々を尻目に「今日はひょっとすると審判が下される、この世の終わりの日かもしれませんが、何もしないより何かした方がずっといい」と語る姿勢につながります。

右のエラリーの発言で思い出されるのは、『シャム双子の謎』（一九三三）で、山火事に包囲されて山荘の地下室に閉じこもるしかない状況にまで追い詰められた人々に向かい、人間としての尊厳を保つために事件の謎解きを語り始めるエラリーの姿です。そうしたエラリーの姿勢が、人事を尽くして天命を待つという諺《ことわざ》もあるように、ある奇跡をもたらしたようにも読めなくはありません。エラリーの発言や振る舞いからは、謎を解くという行為は、人間にのみ許された、神ならぬ身の人間が人間であることを証明する行為であることを、強く感じることができるように思います。神のごとき名探偵、という決まり文句がありますけれど、名探偵は神でないからこそ名探偵、すなわち人間なのです。人間であればこそ人事を尽くさねばならない。「神の灯」という作品は、右のようなことを示唆しているという点で、名作の名に値するだけでなく、今日的な意義を持ちえているのだと思います。

ところで江戸川乱歩は、「黒い家」という邦題で「神の灯」の連載を始めるにあたり、簡単な紹介文を寄せました。そこでは、『新冒険』が本国アメリカで「文庫本ポケット叢書（ポケットブックスのペーパーバック・引用者註）に編入された」後、一九四五年末までに百万部を突破するほど売れたので、同じくらい売れたダシール・ハメットの『影なき男』（一九三四）とともに「記念賞牌を獲得」したと書かれています。ここで乱歩が『影なき男』の名前を出したことは、偶然とはいえ、重要なことを示しています。というのも、『影なき男』は、元私立探偵のニック・チャールズとその妻であるノラが活躍するカップル探偵ものだったからです。

当時、アメリカではカップル探偵ものが流行っていました。創元推理文庫に入っているパトリック・クェンティンのパズル・シリーズもその一例ですが、『新冒険』後半の四編、エラリーとポーラ・パリスが登場する「エラリー・クイーンの異色なスポーツ・ミステリ連作」も、その流行を取り入れたものだと見るべきでしょう。ネヴィンズは、前掲の評伝の中で、実作者クイーンの半身であるフレデリック・ダネイが、第二期の作品について「読者を惹きつける状況をこれまで以上に強調するようにし」て「商業主義に転じた」ものだと語ったことを伝えています。エラリーとポーラの登場する連作が「誤解から生じる喜劇《コメディ・オブ・エラーズ》」（「大穴」中の言葉）のパターンを踏まえており、当時の映画によく見られたスクリューボール・コメディの味を狙っているのであってみれば、他の収録作と同等に語るわけにはいきません。都筑道夫が『黄色い部屋はいかに改装されたか？』（一九七五）において、S・S・ヴァン・ダインの『グレイシー・アレン殺人事件』(一九三八)と『ウインター殺人事件』(一九三九)は「場面の展開に身をまかせていく受け身の読者を、意識して書いている」ため「それまでの十篇の長篇と同列に考えてはいけない」と述べています。その指摘と同じことが、エラリーとポーラの連作にも当てはまると思うわけです。クイーンの場合、四作ともに当時流行のスポーツを絡めているところが徹底しているというか、さすが広告と広報の仕事に就いていただけのことはあるというべきでしょう。そしてそのようにして「商業主義」に染まりながらも、「人間が犬を嚙む」のような優れた本格ミステリを書き上げてしまうところが、クイーンのクイーンたる所以《ゆえん》なのです。

残りの作品についても簡単にふれておくことにします。たとえば「暗黒の家の冒険」であれば、クイーン家の料理人兼給仕ジューナが顔を見せており、シャーロキアン的な関心を抱いている読者の興味をそそるでしょう。その「暗黒の家の冒険」ではフランス人の遊園地経営者が登場し、「宝捜しの冒険」ではアフリカ帰りの冒険家が登場しています。「がらんどう竜の冒険」では日中戦争の影響下にあるアメリカに住む日本人輸入商の家で事件が起き、「血をふく肖像画の冒険」ではイギリス人の画家の家に寄食する政治的亡命者が事件のきっかけとなります。このように、ある種の国際色が意識され、世界大戦前の時代の空気が刻印されているのも見逃せません。そうした点について、まだまだ語りたいことは多いのですが、紙数も尽きたことですし、あとは本書を読まれる読者一人一人のお愉しみということにしておきたいと思います。

〔江戸川乱歩の引用は『江戸川乱歩推理文庫』第45巻(講談社、一九八八)および第47巻(同、一九八九)に拠った〕

訳者紹介　1968年生まれ。1990年東京外国語大学卒。英米文学翻訳家。訳書に、ソーヤー『老人たちの生活と推理』、マゴーン『騙し絵の檻』、ウォーターズ『半身』『荊の城』、ヴィエッツ『死ぬまでお買物』、クイーン『ローマ帽子の謎』など。

検印
廃止

エラリー・クイーンの新冒険

2020年7月22日　初版

著　者　エラリー・クイーン

訳　者　中《なか》　村《むら》　有《ゆ》　希《き》

発行所　(株)　東京創元社
代表者　渋谷健太郎

162-0814/東京都新宿区新小川町1-5
電　話　03・3268・8231-営業部
03・3268・8204-編集部
URL　http://www.tsogen.co.jp
暁印刷・本間製本

乱丁・落丁本は、ご面倒ですが小社までご送付ください。送料小社負担にてお取替えいたします。

ISBN978-4-488-10444-3　C0197